Excalibur

Herausgegeben von
Melissa Andersson
und
Gerd Rottenecker

Die Bücher der Fey bei Excalibur:

1. Die Felsenwächter (70168)
2. Das Schattenportal (70169)
3. Der Thron der Seherin (70170)
4. Die Nebelfestung (70171)
5. Der Schattenprinz (70172)
6. Die Erben der Macht (70173)
7. Die Augen des Roca (70199)
8. Im Zeichen der Schwerter (70200)

Weitere Bände in Vorbereitung.

Kristine Kathryn Rusch

DAS SIEBTE BUCH DER FEY

Die Augen des Roca

Ins Deutsche übertragen von
Gerald Jung und Sabine Reinhardus

Knaur

Die amerikanische Originalausgabe erschien 1998
unter dem Titel »The Fourth Book of the Fey: The Resistance/Teil 1«
bei Bantam Spectra, New York

Deutsche Erstveröffentlichung 2000

Umschlagkonzept: Melissa Andersson
Umschlaggestaltung: ZERO Werbeagentur, München
Umschlagillustration: Mark Harrison, »Ivy«
Lektorat: Ralf Reiter
Satz: Ventura Publisher im Verlag
Druck und Bindung: Nørhaven A/S
Printed in Denmark
ISBN 3-426-70199-5

2 4 5 3 1

Für Phil und Flossie Barnhart.
Vielen Dank für alles.

Danksagung

Vielen Dank an Anne Lesley Groll, die nicht gezögert hat, sich an einem so umfangreichen Projekt zu beteiligen. Ebenso danke ich Carolyn Oakley, die immer an die Fey glaubte; Tom Dupree, dem die ganze Serie so gut gefällt; Merrilee Heifetz für ihre Hilfe; Matt Schwartz, der eine wunderbare Webseite entworfen hat; Nina Kiriki und ihrem unfehlbaren roten Stift; Paul Higginbotham, der so viele Gespräche mit mir führte; Dean Wesley Smith, für seine Unermüdlichkeit, das Brainstorming und seine Unterstützung; und allen Lesern, die mir gezeigt haben, wie sehr ihnen diese Reihe gefällt.

DIE ENTDECKUNG

1

Die Morgendämmerung zog kalt und klar über die Augen des Roca herauf. Die Schamanin hüllte sich in eine Decke und sah zu, wie die aufgehende Sonne die Berge blutrot verfärbte. Seit König Nicholas vor zwei Tagen mit seiner Tochter Arianna, einer Halbfey, hier angekommen war, hatte die Schamanin nicht geschlafen. Arianna war ungewöhnlich mager, ihre Augen tief in den Höhlen eingesunken. Zu oft hatte sie in den vergangenen Tagen ihre Fähigkeit zum Gestaltwandeln im Kampf gegen ihren Urgroßvater Rugad eingesetzt.

Den Schwarzen König.

Die Schamanin erschauerte und zog die Decke fester um sich. Sie saß auf einem Felsbrocken, ihre Füße baumelten über der Schneedecke. Nicholas und Arianna schliefen in der hinter ihr liegenden Höhle, die die Schamanin vor weniger als zwei Wochen, nachdem der Schwarze König über die Insel hergefallen war, gefunden hatte. Wäre sie nicht geflohen, so hätte sie zusammen mit den anderen Fey, die seit der ersten Invasion hier lebten, den Tod gefunden.

Versager hatte Rugad diese Fey genannt, und nach den Gesetzen der Fey war er dazu im Recht. Er hatte keine andere Wahl, als sie zu töten. Versager waren nicht mehr vertrauenswürdig. Eine Schamanin schon gar nicht.

Es war völlig windstill. Die frostige Luft drang eiskalt in ihre Lungen. Trotz des Schlafmangels spürte die Schamanin keine Müdigkeit. Sie dachte fieberhaft nach. Sie hatte ein Dutzend verschiedene Visionen der Zukunft Gesehen, und die junge Arianna hatte bei ihren ersten Visionen ein Dutzend anderer Entwicklungen Gesehen. Die Zukunft lag völlig im Ungewissen.

Der Schwarze König hatte die Welt mit seiner Ankunft auf der Blauen Insel in Gefahr gebracht. Eine der Visionen der Schamanin hatte die schrecklichen Folgen gezeigt, die der Kampf zwischen Schwarzem Blut und Schwarzem Blut auslösen konnte.

Sie hob den Kopf und blickte nach Süden ins Tal hinunter. Es breitete sich, von Landstraßen und Siedlungen gegliedert, grün und goldschimmernd unter ihr aus. Am Horizont war der Himmel noch immer dunstig und von Rauchwolken verfärbt. Dort hielt sich der Schwarze König auf, in jener Stadt, die Nicholas' Volk erbaut hatte und die Rugad jetzt niederbrennen ließ, wie es die Tradition der Fey so vorschrieb.

Der Schwarze König hatte nicht auf die Wünsche seiner Enkelin Jewel, Nicholas' Ehefrau, hören wollen. Damit die Blaue Insel auf friedliche Weise zu einem Teil des Reiches der Fey werden konnte, hatte sich Jewel selbst geopfert. Sie hatte gespürt, daß es ihren Kindern gelingen würde, Inselbewohner und Fey miteinander zu versöhnen, daß die Invasionsarmee der Fey sich von der Insel zurückziehen würde.

Aber es war anders gekommen. Jewels Tod und der mächtige Zauber der Insel hatten eine so tiefe Kluft gerissen, daß nicht einmal die Schamanin sagen konnte, ob sich dieser Riß jemals wieder schließen ließ. Die Dinge nahmen ihren Lauf. Sie konnte nichts weiter tun, als Nicholas und seine ungestümen Kinder zu beraten und darauf zu hoffen, daß das Verderben aufgehalten werden konnte.

Sie wischte sich eine strohige Haarsträhne aus dem Gesicht. Ihre Hände waren kalt. Sie hatte von diesem Platz aus schon mehr als ein Dutzend Mal den Sonnenaufgang beobachtet, aber noch nie zuvor war der Himmel von einem so tiefen Blutrot durchtränkt gewesen. Etwas kündigte sich an, eine gewaltige Veränderung stand bevor. Sie spürte es genau.

Plötzlich überkam sie ein leichter Schwindel. Sie stieß einen Seufzer aus und drehte sich zur Höhle um. Gleich würde sie eine Vision haben. Sie wollte in der Höhle sein, wenn es soweit war. Beim letzten Mal war sie durch den Schnee geirrt und fast erfroren.

Eine Vision ...

Schon brach die Vision über sie herein, brachte ihre Welt aus dem Gleichgewicht und warf sie herum, bis sie in einer Höhle wieder zu sich kam.

Es war nicht ihre Höhle, sondern eine andere. Sie war dunkel und trotzdem von einem inneren Licht erleuchtet. Fremde Mächte umflogen die Schamanin. Sie wisperten leise, so daß sie nicht genau verstehen konnte, was sie sagten. Sie befand sich teilweise in der Höhle und teilweise im Freien.

Die Schamanin war nicht zum ersten Mal an diesem Ort. Ihre Pilgerfahrt als junges Mädchen hatte sie schon einmal hergeführt.

In die Eccrasischen Berge, die Heimat der Fey.

An den Ort der Macht.

Aber Visionen spielten niemals in der Vergangenheit. Das hier war die Zukunft. In den Eccrasischen Bergen? Wie hatten sie Galinas erreicht? Wie den weiten Weg hierher gefunden, zurück zur Wiege der Fey?

Sie blickte auf. Nicholas streichelte ihr Gesicht, und in seinen Augen glitzerten Tränen. Arianna hing schlaff über seiner Schulter.

Sie sah aus wie tot

»Was soll ich tun?« fragte Nicholas. Seine sonst so feste Stimme war voller Panik.

Was soll ich tun?

Hinter ihm erblickte die Schamanin Fey-Gesichter, die aus der Höhle spähten. Zauberkräfte umspielten sie wie rinnendes Wasser.

Der Ort der Macht.

Sie streckte die Hand nach Nicholas aus ...

Und die Welt veränderte sich erneut. Rugad, der Schwarze König, lag zwischen geborstenen Steinen. Mit dem Gewicht seines Körpers hatte er einen reich verzierten Stuhl zerschmettert. An seiner Kehle war eine verheilende Wunde zu erkennen, sein Gesicht von Prellungen übersät ...

... und das Schwarze Blut wallte auf, überschäumte alles. Sie versanken, versanken im Wahnsinn ...

Als die Schamanin wieder zu sich kam, lag sie mit dem Gesicht im Schnee. Sie war völlig ausgekühlt. Taumelnd erhob sie sich und klopfte sich den Schnee von den Kleidern. Die Höhle, die sie entdeckt hatte und in der nun Nicholas und Arianna schliefen, lag immer noch hinter ihr. Die beiden waren noch nicht erwacht.

Lange stand sie einfach nur da und starrte auf den Eingang. Sie erinnerte sich an das Erschauern, das sie in ihrer Vision gespürt hatte, als sie auf der Schwelle zum Ort der Macht gelegen hatte. Dieses Gefühl war zugleich vertraut und neu, vermengt mit einer Liebe, die sie sich nicht hatte eingestehen wollen.

Die Gründe, aus denen sie den Kampf gegen ihr eigenes Volk aufgenommen hatte, waren vielleicht nicht so selbstlos gewesen, wie sie gedacht hatte.

Nicholas.

Der Ort der Macht.

Das Blut. Ströme von Blut.

Die schlimmste aller Krisen hatten sie noch nicht verhindert.

2

Die Stadt am Fuß der Blutklippen hieß Constantia. Einige behaupteten, König Constantin der Erste sei hier zur Welt gekommen. Andere wiederum wollten wissen, daß der Name der Stadt älter sei als der König und daher rühre, daß es sich um die älteste Siedlung der Blauen Insel handle, älter noch als Jahn, das in der Geschichtsschreibung zum ersten Mal in Zusammenhang mit dem ersten Rocaan erwähnt wurde.

Matthias war dieser Ort ans Herz gewachsen. Das war schon seit jeher so gewesen, auch wenn die Stadt seine Liebe nie erwidert hatte. Hier in Constantia war er geboren, ohne seine Mutter jemals kennengelernt zu haben. Weil er ein besonders großer Säugling gewesen war, fast doppelt so groß wie normale Inselbabys, hatte man ihn zu den Blutklippen gebracht und dort seinem Schicksal überlassen. Manchmal schien es ihm, als könne er sich noch an die ersten Tage in den Klippen erinnern, an die Kälte, den Hunger und sein verzweifeltes Weinen. Aber vermutlich hatte er einfach so viele Geschichten darüber gehört, daß sie ihm jetzt wie seine eigene Erinnerung vorkamen.

Er hatte oft genug selbst beobachtet, wie man Säuglinge aussetzte. Der Menschenschlag hier, in der Nähe der Blutklippen, verstand es zuzupacken und war von einem tief verwurzelten Aberglauben geprägt. Sie glaubten fest daran, daß große Säuglinge großen Erwachsenen glichen, und große Erwachsene waren Dämonenbrut. Manch einer ballte bei Matthias' Anblick immer noch die Faust zur Abwehr von dessen verborgener Zauberkraft.

Trotzdem liebte Matthias den Ort. Die Luft war frisch und

kühl, die Sonne leuchtete besonders hell, und die todbringenden Bergketten strahlten eine ganz eigene Schönheit aus, wie er sie in Jahn niemals gesehen hatte. Als er vor fünfzehn Jahren aus Jahn verstoßen worden war, nachdem er sein Amt als Rocaan aufgegeben hatte – ein bis dahin beispielloses Vorgehen –, war er wieder hierher zurückgekommen, nach Constantia, und hier hatte er endlich Frieden gefunden.

Erst vor wenigen Monaten war er nach Jahn zurückgekehrt, um das Wissen, das er sich in langen Studienjahren angeeignet hatte, praktisch zu überprüfen. Er wollte ein Schwert aus Varin herstellen, so, wie es in den Geheimen Worten beschrieben war. Die Geheimen Worte, die nur der Rocaan kannte, galten im Tabernakel als Zeichen der Macht. Aber ihre Bestimmung war in Vergessenheit geraten oder verlorengegangen, und sie galten als nutzlos. Matthias war derjenige gewesen, der entdeckt hatte, daß das Weihwasser mehr war als ein Teil der Tradition. Es war eine tödliche Waffe im Kampf gegen die Fey. Nun fragte er sich, ob sich in anderen Geheimen Worten dieselbe Macht verberge.

Aber diese Theorie mußte er erst noch überprüfen.

Matthias saß auf den Stufen vor seinem Haus und blickte auf die Blutklippen. Sie ragten höher auf als alle anderen Berge, die er je gesehen hatte. Sie gehörten zur Bergkette der »Augen des Roca«, die sich von den Felsenwächtern im Westen bis zu den Blutklippen erstreckte. Aber die Klippen waren einzigartig. Sie waren der höchste Punkt des Gebirgszuges, mit zerklüfteten Gipfeln, die ab einer gewissen Höhe unbezwingbar waren. Außerdem wies diese Felsformation recht ungewöhnliche Farben auf. Die Augen des Roca waren, abgesehen von den ewig schneebedeckten Gipfeln, zum größten Teil braun. Die Klippen hingegen leuchteten so rot, daß sogar der Schnee auf den höchsten Punkten ein bleiches Rosa annahm. Im Sonnenschein vertiefte sich das Rot zur Farbe glühender

Kohlen, so daß es schien, als brenne ein inneres Feuer im Felsmassiv.

Manchmal spürte Matthias dieses Feuer. Nachts erwachte er mit dem plötzlichen Drang, die Berge zu besteigen, als lockten, riefen ihn die Klippen. Auch als Junge hatte er diesen Drang verspürt, und seine Mutter hatte ihn körperlich zwingen müssen, den Bergen fernzubleiben, jenen Bergen, die ihm eines Tages, so glaubte Matthias, vielleicht sogar den Tod bringen würden.

Trotzdem liebte er die Klippen. Er liebte ihre Rätselhaftigkeit, ihre Gefahr und die Geheimnisse, die sie hüteten. Die Höhlen an den Klippen bargen zahlreiche Schätze, wie jenes Varin, aus dem er das Schwert herstellen wollte. Die Pflanzen an der niedrigeren Seite des Berges wuchsen fast ausschließlich in dieser Region. Nur wenige, wie Seze, das zur Herstellung von Weihwasser verwendet wurde, konnte man auch an anderen Stellen finden, zum Beispiel in den im Süden der Insel gelegenen Kenniland-Sümpfen. Diese Ingredienz hatte eine tödliche Wirkung auf die Fey.

Es war kühl so früh am Morgen. Die Sonne verbarg sich noch hinter den höchsten Gipfeln, aber der Himmel war schon hell. In dieser Gegend waren die Tage kurz. Der Morgen brach später an als in den anderen Regionen der Insel, bot aber dafür ein atemberaubendes Schauspiel. Kein Sonnenaufgang glich dem anderen, jeder Sturm, der über die Bergkette fegte, war von einzigartiger Kraft und majestätischer Würde.

Matthias hatte vergessen, wie sehr er diese Landschaft vermißt hatte. Er war nur zwei Monate weg gewesen, und doch hatte ihm etwas gefehlt.

Im Haus waren jetzt erste Geräusche zu vernehmen. Wahrscheinlich Denl. Denl war der einzige in jener seltsamen Gruppe, die Matthias hier hergeführt hatte, der religiöse Gefühle hatte. Er redete Matthias mit Heiliger Herr an, obwohl Matthias ihn gebeten hatte, es nicht zu tun, doch Denl konnte einfach nicht über die Tatsache hinwegsehen, daß er mit dem Einundfünfzigsten Rocaan unterwegs war.

Als sie vom Tod des Zweiundfünfzigsten Rocaan gehört hatten, war es Denl gewesen, der gesagt hatte, jetzt sei Matthias wieder Rocaan. Genaugenommen hatte Denl behauptet, dies sei Gottes Weise, Matthias zu zeigen, daß er immer Rocaan geblieben war.

Wie kann einer eigentlich aufhörn, der Gottgefällige zu sein? hatte Denl gefragt, und in seinem Innersten fürchtete Matthias, daß Denl recht hatte.

Es würde noch dauern, bis Denl aus dem Haus kam. Er mußte zuerst beten und dann frühstücken. Matthias hatte auf dieser einwöchigen Reise einiges über die Gewohnheiten der Gruppe erfahren. Die Denls waren besonders vorhersehbar.

Matthias' Gewohnheiten dagegen änderten sich täglich.

Erst vor wenigen Minuten hatten ihn die Schmerzen geweckt. Vor neun Tagen hatte ihm eine Fey tiefe Stichwunden an Gesicht und Schulter zugefügt, die ihn fast das Leben gekostet hatten. Die Narben entstellten sein Gesicht. Nachdem die Gruppe aus Jahn geflohen war, hatte Matthias in den spiegelnden Wellen des Cardidas zum ersten Mal gesehen, wie übel man ihn zugerichtet hatte. Lange, gezackte Schnitte liefen von der Stirn bis zum Kinn. Marly, die einzige Frau der Gruppe, kannte sich ein wenig in der Heilkunst aus und hatte die Wunden genäht. Sie hatte ihn gewarnt, daß die Einstiche auf beiden Seiten der Narben für immer zu sehen sein würden. Matthias war für den Rest seines Lebens innerlich und äußerlich von den Fey gezeichnet.

Den wahren Abkömmlingen der Dämonen, obwohl Nicholas nicht auf Matthias' Worte hören wollte. Nicholas, der eine Fey geheiratet, Kinder mit ihr gezeugt und die Erbfolge des

Roca durch seelenlose Dämonen schändlich unterbrochen hatte. Matthias hatte nur Gottes Haß auf die Fey bewiesen, als er Jewel, Nicholas' Ehefrau, mit etwas Weihwasser benetzt hatte, woraufhin sie geschmolzen war, genau wie die anderen seelenlosen Fey. Gott haßte dieses Volk und offenbarte seinen Zorn, sobald sich Ihm eine Gelegenheit bot.

Matthias würde dafür sorgen, daß sich noch mehr Gelegenheiten bieten würden.

Jetzt, da er nach Constantia zurückgekommen war, wollte er die anderen Geheimen Worte erforschen und bereit sein, wenn die Fey eines Tages hier auftauchten.

Die Klippen waren der nordöstlichste Punkt der Insel. Der Weg dorthin war beschwerlich, und die meisten Inselbewohner waren noch niemals hier gewesen. Man mußte den Pfad einschlagen, der an den Augen des Roca entlangführte, oder sich auf der Straße durchschlagen, die am Ufer des Cardidas verlief. Die Reise war lang und mühsam, und die Schroffheit der Einheimischen schreckte viele ab.

Matthias fröstelte und rieb sich die Arme. Seit er nach Jewels Tod von seinem Amt zurückgetreten war, trug er keinen Talar mehr. Manchmal vermißte er das schwere, behagliche Kleidungsstück, ganz besonders hier in den Blutklippen, wo sich die Luft niemals richtig erwärmte.

Aber in seinem Haus war es warm. Wie alle Häuser in Constantia war es aus den grauen Steinen erbaut, die überall am Fuß der Berge lagen. Es war Matthias schon immer sonderbar vorgekommen, daß die Steine, die sich aus den Felsmassen lösten, eine graue Farbe annahmen, während die Berge selbst doch aus rotem Gestein bestanden. Er hatte einmal seine Adoptivmutter, eine gutherzige Frau, die ihn mitsamt neun anderen ausgesetzten Säuglingen aufgenommen hatte, nach dem Grund gefragt.

Die Berge sind wie lebendige Wesen, Matti, hatte sie geantwortet und ihm dabei liebevoll über den Kopf gestrichen. *Wenn sich die Steine aus den Felsen lösen, verlieren sie ihre Lebenskraft und sterben.*

Diese Erklärung war ihm damals reichlich phantastisch vorgekommen, aber immer, wenn er die grauen Steine in Constantia liegen sah, erinnerte er sich an ihre Worte. Er dachte oft an sie und daran, wie sehr er sie vermißte. Wie gut ihm ihre Freundlichkeit getan hatte und wie wenig diese Freundlichkeit ihren Mann beeindruckte, der fest entschlossen war, die Kinder so schnell wie möglich wieder loszuwerden.

Als sich die Tür hinter ihm öffnete, raffte sich Matthias auf. Denls Gläubigkeit verstörte Matthias und rief in ihm die Erinnerung an seine Fehler wach, genau wie jener junge Aud, den eine Weisung des Zweiundfünfzigsten Rocaan in den Tunnel geführt hatte und den Matthias angelogen hatte. Matthias sah immer noch das schmutzige, schöne Gesicht des Jungen vor sich, das ihn dazu gebracht hatte, zu verbergen, was aus ihm geworden war.

Dennoch hatte er einen Teil der Wahrheit preisgegeben: *Ich bin nur ein alter Aud, der auf die schiefe Bahn geraten ist.* Das allein hatte den Jungen schon völlig verängstigt.

Ein alter Aud, der auf die schiefe Bahn geraten war.

Ein Rocaan ohne Nachfolger.

Ein Mann mit einer Aufgabe, die nur er allein zu lösen vermochte.

»Was tust du denn hier draußen in der Kälte?« Das war nicht Denls, sondern Marlys Stimme. Sie hatte seine Wunden versorgt und ihm mehr als einmal das Leben gerettet.

»Ich sage den Bergen guten Morgen«, erwiderte Matthias. Er hatte sich angewöhnt, so zu reden, daß er sein Gesicht dabei möglichst wenig bewegen mußte. Für ihn selbst hörte sich diese Sprechweise kurz angebunden und schleppend an.

»Die hast du schon gestern, vorgestern und vorvorgestern gesehn.« Sie stand jetzt hinter ihm, und er spürte ihren warmen Körper an seinem Rücken.

»Aber nicht von hier aus«, gab er zurück. »Findest du sie nicht schön?«

»Eher furchterregend«, erwiderte sie. »In diesen Bergen sind schon viel zu viele Menschen gestorben. In den Seelenräubern.«

Matthias kannte diesen Namen für die Berge, der nur in dieser Gegend verbreitet war. Marly war ebenfalls hier geboren, aber ihre Familie hatte sie in die Sümpfe von Kenniland weggeschafft, wo man weniger Vorurteile gegenüber großen Leuten hatte. Sie sprach wie die Leute aus den Sümpfen, verfügte aber über die Begabungen der hiesigen Einwohner.

Ihre Heilkunst hatte es bewiesen.

»Die Seelenräuber«, wiederholte Matthias nachdenklich. Er fragte sich, ob Marly wußte, woher dieser Name stammte. Er wußte es. Er bezog sich auf jene ausgesetzten Säuglinge, die in den Bergen überlebt hatten. Man hielt sie für Dämonen ohne Seele.

»Ja«, sagte sie. »Sie ham einen bösen Zauber. Fühlst du das nit?«

Im Angesicht der Blutklippen spürte Matthias noch etwas anderes, etwas, das in ihm den heftigen Wunsch auslöste, dort hinzugehen. Er hatte im Süden, in der Nähe der Schneeberge, gearbeitet, aber dort gab es nicht dieselbe Energie, dieselbe Lebendigkeit wie hier. Man hatte das Gefühl, als beobachteten die Berge das Tal, bewachten es, als würden sie anfangen, sich zu bewegen, und eingreifen, wenn ihnen das, was sie sahen, nicht gefiel.

Vielleicht taten sie es tatsächlich, sobald die Fey hier ankamen.

»Ich kann nichts Böses spüren«, sagte Matthias. Was würde

Marly von ihm denken, wenn sie einmal erfuhr, daß er eines der überlebenden Bergkinder war? Würde sie ihn dann immer noch pflegen? Sich um ihn sorgen?

Ihn berühren?

»Du bist der Heilige Herr«, erwiderte sie.

Matthias haßte diese Anspielung auf seine Vergangenheit. Besonders, wenn sie von Marly kam. Er erhob sich. »Nein«, sagte er. »Das bin ich nicht. Es wäre mir lieb, du würdest mich nicht so nennen.«

Durch die plötzliche Bewegung schwankte er ein wenig. Er war immer noch nicht ganz bei Kräften. Marly hatte prophezeit, es werde lange dauern, bis seine Wunden verheilt seien. Matthias hatte einmal gehört, wie sie zu einem anderen Mitglied der Gruppe gesagt hatte, daß Matthias' Kraft sie erschrecke. Ein normaler Mann, hatte sie gemeint, hätte so schwere Verwundungen nicht überlebt.

Beinahe wäre auch Matthias daran gestorben. Die Fey hatte ihn im Cardidas angegriffen, und während er in seinem eigenen Blut unterzugehen drohte, hatte er plötzlich eine Stimme gehört.

Die Stimme eines Fey, den Matthias getötet hatte.

Ihr besitzt große Magie, Heiliger Mann.

Große Magie. Seit fünfzehn Jahren hallten diese Worte in seinem Kopf wider und ängstigten ihn. Er hatte sie niemals vergessen können. Nur zu oft kamen sie ihm ungebeten in den Sinn, als habe der ermordete Fey sie ihm unauslöschlich ins Gehirn gegraben.

Matthias hatte einmal mit seinem Vorgänger, dem Fünfzigsten Rocaan, über den Glauben der Weisen hier in Constantia gesprochen – denjenigen Bürgern, die Matthias für einen Abkömmling der Dämonen hielten und behaupteten, hochgewachsene Menschen müßten sterben, da sie besondere Kräfte hätten. Der Fünfzigste Rocaan dagegen hatte erklärt, diese Kräfte seien von Gott gesandt. Daran hätte Matthias ebenso gern geglaubt wie an die Existenz Gottes. Aber falls Gott überhaupt existierte, war er nicht wirklich greifbar.

Je mehr Matthias sich in seine Studien vertiefte, desto deutlicher wurde ihm klar, daß Gott den Menschen das Werkzeug gegeben und sich dann zurückgezogen hatte. Das Geheimnis bestand darin, das Werkzeug zu finden und richtig zu benutzen.

»Du bist mit deinen Gedanken ganz woanders«, stellte Marly fest.

»Ich denke nur ein wenig nach«, erwiderte Matthias. Er stützte sich mit einer Hand auf ihre Schulter. Sie ließ es geschehen. Marly war eine hochgewachsene Frau; ihr rotes Haar und ihre Körpergröße ließen keinen Zweifel daran, daß sie aus den Blutklippen stammte. Sie hatte ein schmales, feingeschnittenes Gesicht und durchdringend grüne Augen, denen nichts entging.

Obwohl sie sich erst kurze Zeit kannten, konnte sich Matthias ein Leben ohne Marly kaum noch vorstellen. Er versuchte sich einzureden, das komme daher, daß sie ihn geheilt, gepflegt und berührt hatte. Seit langer, langer Zeit war niemand mehr so freundlich zu ihm gewesen.

Das versuchte er sich einzureden, aber er glaubte nicht wirklich daran.

Er hätte sie gerne angelächelt, aber die Erinnerung an den Schmerz, den diese Bewegung beim letzten Mal verursacht hatte, hielt ihn zurück, und er streichelte statt dessen mit der freien Hand ihre Wange.

»Wollen wir ins Haus gehen?« fragte er.

Sie erwiderte die Berührung. »Ja«, sagte sie. »Hier draußen können wir doch nit viel machen.«

»Noch nicht«, gab er zurück und warf einen letzten Blick

auf die Berge. Er war aus einem wichtigen Grund zurückgekehrt, nicht nur, weil er hier ein Haus besaß.

Die Berge hatten ihn gerufen. Er war ihrem Ruf gefolgt, und bald würde er auch erfahren, warum.

Das spürte er deutlich.

3

Gabe stand neben Leen mitten in Constantia und hielt mehrere Goldmünzen in der Hand. Die Stadt, wenn man Constantia überhaupt als Stadt bezeichnen konnte, kauerte sich förmlich im Schatten der Berge zusammen. Von weitem sah sie aus wie ein Teil des Massivs. Die kleinen, abgerundeten Häuser waren aus denselben grauen Steinen erbaut, die überall am Fuß der Berge zu finden waren. Nur die braunen, schnurgerade verlaufenden Straßen verrieten, daß es sich hier um eine von Menschenhand errichtete Ansiedlung handelte.

Bei den Gebäuden handelte es sich größtenteils um Wohnhäuser, doch direkt am Fuß der Berge gab es auch einen großen Versammlungsplatz, der von einigen Geschäften, einem Schmied, verschiedenen, fast ausnahmslos geschlossenen Bergwerksgesellschaften und der unvermeidlichen Kirche umgeben war. Die Kirche wirkte unscheinbar und unbenutzt, aber Gabe fühlte trotzdem eine Bedrohung von dem Gebäude ausgehen.

Die ganze Stadt machte ihn nervös. Seit er die steilen Gipfel der Blutklippen gesehen hatte, fühlte er sich verändert. Etwas schimmerte in dieser Stadt inmitten der Berge, und wenn dieses Schimmern einsetzte, spürte er es so unmittelbar, als blitzte es in ihm selbst auf.

Niemand außer Gabe schien es zu fühlen. Auf dem Weg in die Stadt hatte er Leen gefragt, ob sie die Berge für merkwürdig halte, und daraufhin hatte sie ihm einen Blick zugeworfen, als sei er das einzig Seltsame hier.

Trotzdem war er dankbar über die Gelegenheit, in die Stadt zu kommen, die Berge kurz verlassen zu dürfen und festzustellen, ob er unten im Tal dasselbe empfand. Tatsächlich war das Gefühl hier weniger intensiv, aber Gabe fragte sich, ob dies vielleicht mit seiner steigenden Nervosität zusammenhing.

Die Münzen gruben sich tief in seinen Handteller. Er war zum ersten Mal in der Stadt. Die anderen waren schon hier gewesen: Coulter, Adrian und Fledderer. Aber Coulter und Adrian waren Inselbewohner. Sie waren normal groß, blond und gehörten rein äußerlich dazu. Auch Fledderer fiel nicht auf, sein Feygesicht störte niemanden. Daß er außerdem von niedrigem Rang, ohne Zauberkraft und unrein war, danach krähte hier kein Hahn.

Die Einheimischen hatten noch nie zuvor einen Fey gesehen. Die Fey der ersten Invasion hatten sich nicht so weit nach Norden durchgeschlagen, und auch Rugads zweite Armee war noch nicht bis hierher vorgedrungen.

Aber das war nur eine Frage der Zeit.

Gabe überlief unwillkürlich ein Schauer, sobald er an seinen Urgroßvater dachte. Es war nur eine knappe Woche her, seit dieser Urgroßvater in Gabes Kopf eingedrungen war. Er war auf Gabes Verbindung mit den Schattenlanden entlanggeglitten, bis er in Gabe angekommen war, hatte Gabe beiseite geschoben und aus den Augen seines Enkels geblickt.

Jede Person war durch unsichtbare Fäden mit der Person Verbunden, die sie liebte, und mit jedem Ding, das sie erschaffen hatte. Visionäre und Zaubermeister waren in der Lage, diese Verbindungen zu sehen, und ihr Bewußtsein vermochte, an den Verbindungen entlangzureisen.

Gabe verstand, was dabei vor sich ging. Er war selbst auf der Verbindung zwischen sich und Sebastian entlanggeglitten und hatte Sebastian unzählige Male beiseite geschoben, bis er begriffen hatte, daß sich im Körper des Golems eine Persönlichkeit verbarg, die ebenso fühlte, liebte und dachte wie Gabe. Danach hatte Gabe die Verbindung benutzt, um mit Sebastian zu reden. Sie versteckten sich in einer Ecke des steinernen Körpers und teilten Wissen und Leben miteinander. Nur auf diese Weise hatte Gabe je seinen Vater gesehen und zum ersten Mal seine Schwester Arianna. Sobald er an sie dachte, spürte er den Widerhall von Sebastians Gefühlen und seiner Liebe.

Sebastian. Gabe schloß die Augen. Sebastian war tot. Gabe hatte das Gefühl, als sei ein Teil seiner selbst mit ihm gestorben.

Leen bewegte sich vorsichtig neben ihm. Sie verhielt sich immer noch wie eine Leibwächterin, obwohl sie beide in derselben Lage waren. Ihre Familien waren ermordet worden – seine Adoptiveltern und ihre richtigen Eltern –, so wie alle Fey im Schattenland. Der Schwarze König, Gabes Urgroßvater, hatte sie umgebracht.

Es gab so vieles, wofür sein Urgroßvater bezahlen mußte.

Aber Gabe durfte sich nicht an ihm rächen.

Das würde bedeuten, daß Schwarzes Blut gegen Schwarzes Blut kämpfte.

Stämmige Menschen liefen an ihnen vorüber, auf deren rotblonden Schöpfen die Farbe des Himmels über den Bergen schimmerte. Es war früh am Morgen, und obwohl die Sonne noch nicht über den Klippen zu sehen war, tauchten ihre Strahlen die ganze Stadt schon in rotgoldenes Licht.

Solch einen Morgen hatte Gabe noch nie erlebt. Aber er war bisher auch nur selten außerhalb der Schattenlande gewesen. Er hatte das Schattenland nur über seine Verbindung zu Sebastian verlassen können.

Sein Herz krampfte sich zusammen. Der Tod seiner Eltern und all jener, die er gekannt hatte, betäubte ihn. Aber der Tod Sebastians war wie eine offenliegende Wunde, als hätte jemand einen Teil von Gabe selbst von ihm genommen und zerbrochen.

»Ich sehe keinen Markt«, bemerkte Leen. Sie hatte sich so dicht wie möglich an ihn herangeschoben. Ihr langer, geflochtener Zopf reichte ihr bis auf den Rücken, und ihre Kleidung war zwar von der Reise mitgenommen, aber den gröbsten Schmutz hatte sie abgebürstet. Sie trug die Uniform der Infanterie, obwohl diese Bekleidung inzwischen unpassend war. Sie gehörte ebensowenig zur Armee der Fey wie Gabe. Der einzige Unterschied zwischen ihnen bestand jetzt darin, daß Gabe bereits über Zauberkräfte verfügte, seit er ein kleiner Junge war, und Leen noch nicht.

»Adrian hat gesagt, der Markt sei mitten im Stadtzentrum«, erwiderte Gabe.

»Wo kann dieses Zentrum denn nur sein?« fragte sie. Beide blickten sich um. Die Leute gingen an ihnen vorbei, als seien sie unsichtbar. Ab und zu warf ihnen jemand einen Blick zu und sah dann schnell wieder weg, als habe er etwas Verbotenes gesehen.

Niemand sprach sie an oder machte auch nur den Versuch, ein Gespräch anzuknüpfen.

Gabe selbst hatte es auch noch nicht versucht.

»Wir könnten jemanden fragen«, schlug er vor.

Leen seufzte. »Ich bezweifle, daß diese Leute uns helfen werden.«

Sie hatte recht. Die Leute machten einen weiten Bogen um sie und wechselten sogar die Straßenseite. Seit Gabe und Leen hier stehengeblieben waren, hatten die Vorbeigehenden ihnen verstohlene Seitenblicke zugeworfen und furchtsam miteinander geflüstert.

Adrian hatte Gabe gewarnt. Alle Inselbewohner, aber besonders die im Norden, hatten eine Abneigung gegen hochgewachsene Menschen. Aus diesem Grund hatten bisher nur Adrian, Coulter und Fledderer mit den Einheimischen verkehrt. Zuerst hatte Coulter alle verzaubert, so daß selbst die

Fey wie Inselbewohner aussahen, aber der Zauber hatte nicht lange gewirkt und außerdem auch keinen Einfluß auf die Körpergröße gehabt. Im übrigen war der Zauber eine zu große Belastung für Coulters nachlassende Kräfte. Durch all die Zaubersprüche der letzten zehn Tage war Coulter bleich und mager geworden, und seine Augen blickten leer aus dem abgezehrten Gesicht.

Wäre Gabe nicht so wütend auf ihn gewesen, hätte er sicher Mitleid mit Coulter gehabt. Aber Coulter verstand nicht, was er alles angerichtet hatte. Oder er wollte es nicht verstehen.

»Adrian und Coulter hätten mitkommen sollen«, sagte Leen, und Gabe dachte genau dasselbe.

»Unmöglich«, gab er zurück. »Wenn sie im Steinbruch fertig sind, ist der Markt schon geschlossen.«

Im nahe gelegenen Steinbruch hatten Adrian, Coulter und Fledderer sich als Tagelöhner verdingt. Die Arbeit wurde unter allen verteilt, die morgens erschienen. Seit zwei Tagen waren sie dort beschäftigt und hatten als Lohn jene Münzen bekommen, die Gabe jetzt in der Hand hielt. Auch Gabe und Leen hatten sich um Arbeit im Steinbruch beworben, aber man hatte sie schon am Eingangstor abgewiesen.

Sie brauchten das Geld und die offizielle Arbeit, da sie in dieser Gegend bleiben wollten, bis Coulter wieder bei Kräften war. Adrian glaubte sogar, daß sie vielleicht noch länger bleiben mußten. Er hatte das Gefühl, dies sei der beste Ort, um Gabe so lange zu verstecken, bis sie einen richtigen Plan entwickelt hatten. Gabe wollte nicht zu lange warten. Die Berge machten ihn nervös, aber das war es nicht allein. Mit jedem Tag, der verstrich, festigte sein Urgroßvater seine Position auf der Insel. Die Insel war Gabes Heimat, und er wollte nicht, daß dieser Mörder über sie herrschte.

Trotzdem waren alle stillschweigend übereingekommen, daß Fledderers Plan der beste war. Fledderer wollte Gabe so lange verstecken, bis Gabe es mit dem Schwarzen König aufnehmen konnte, einem Mann, der seit Generationen über die Fey herrschte und ohne jeden Skrupel mordete. Gabe wußte nicht, ob er ihm jemals ähnlich werden konnte.

Leen war mittlerweile die Straße hinuntergegangen und spähte zwischen zwei Häusern hindurch. Die Sonne stieg weiter, leuchtete jetzt direkt hinter den Gipfeln und spendete immer mehr Licht.

»Sieh mal«, sagte Leen. »Ich glaube, das ist es.«

Gabe atmete tief durch. Er wurde unruhig, sobald er lange auf einer Stelle stehenblieb. Adrian und Fledderer hatten beschlossen, daß die Klippler, wie sich die Einheimischen hier nannten, keine Vorurteile gegen die Fey hegten und sich nicht darum scherten, ob Fey unter ihnen waren oder nicht. Im Gegensatz zu den anderen Inselbewohnern würden sie nicht versuchen, die Fey zu töten. Schlimmstenfalls würden sie die Unterschiede einfach nicht beachten.

Abgesehen von der Größe.

Am heutigen Tag würde Gabe erfahren, wie ausgeprägt die Vorurteile gegen hohen Wuchs wirklich waren.

Er überquerte die Straße und blieb neben Leen stehen. Der Weg zwischen den Häusern war hier mit denselben Steinen gepflastert, aus denen die Häuser gebaut waren. Jenseits der Gebäude lag ein Platz, den mehrere Buden säumten, bessere Verkaufsnischen in den Hauswänden, und auch sie aus Stein. Hinter den Buden standen Leute, legten ihre Waren aus und redeten miteinander. Frauen mit Einkaufskörben bahnten sich ihren Weg zwischen den kleinen Hütten, nahmen kritisch Früchte und Gemüse in die Hand und legten die Waren entweder wieder zurück oder bezahlten sie mit Münzen von der Art, die Gabe in der Hand hatte.

»Wollen wir es mal versuchen«, sagte er zu Leen.

Sie betraten die Gasse und erreichten schließlich den Markplatz. Während sie sich näherten, verstummten die Unterhaltungen. Gabe fühlte, wie ihm das Blut in den Kopf stieg.

»Wir sind nur gekommen, um etwas Essen zu kaufen«, äußerte Gabe.

Drei Frauen schüttelten ihm die geballten Fäuste entgegen. Ein Händler folgte ihrem Beispiel.

»Verschwindet, Dämonenbrut!« zischte ein Mann in ihrer Nähe.

Gabe hielt eine Münze hoch. »Wir bezahlen auch«, gab er zurück.

»Wir nehmen kein Geld von Dämonen«, war die Antwort.

»Und sie kamen von den Gipfeln«, erhob plötzlich eine andere Frau die Stimme, die offenbar etwas zitierte, *»mit ihrem Gold und ihrer Schönheit und ihrem liebreizenden Wesen. ›Wir wollen nur etwas kaufen‹, sagten sie und näherten sich. Als ein Händler die Münze nahm, fuhr ihm die Seele aus den Augen, schwebte kurz in der Luft und verschwand dann in den Mündern der Fremden.«*

»Hebt Euch hinweg, Dämonenbrut!«

Gabe war verwirrt. Dergleichen hatte er in seinem ganzem Leben noch nie gehört. »Ich bin nicht von hier«, sagte er. »Bitte, meine Gefährtin und ich möchten gerne etwas zu essen kaufen.«

Die Klippler rückten zusammen, und einer nach dem anderen hob die Faust. In ihren Augen glitzerte die Angst. Leen ergriff Gabes Arm.

»Es hat keinen Zweck, Gabe«, raunte sie. »Laß uns verschwinden.«

»Ich verstehe es einfach nicht«, sagte Gabe laut. »Es ist doch dasselbe Geld, mit dem ihr auch bezahlt. Ich bin kein Abkömmling der Dämonen.«

»Die Großen sind zurückgekehrt«, rief eine ältere Frau aus. »Genauso, wie es die Legenden vorhersagen.«

»Hebt Euch hinweg!« intonierte die Menge im Chor. »Hebt Euch hinweg!«

»Gabe«, mahnte Leen und versuchte, ihn wegzuziehen.

Gabes Nackenhaare sträubten sich. Diese Leute hatten weder Waffen noch einen auffälligen Zauber, und doch war in ihrer kollektiven Energie eine besondere magische Kraft zu spüren. Er würde seine Angst nicht zeigen. Das durfte er nicht. Nicht jetzt. Es würde ihnen zuviel Macht geben.

»Es tut mir leid«, begann er erneut und wunderte sich über die Heftigkeit und die Macht ihrer Furcht. »Ich komme nicht aus euren Bergen. Ich will euch nichts tun.«

»Hebt Euch hinweg!« ertönte der Singsang des langsam näherrückenden Chors.

Gabe ließ sich schließlich von Leen wegziehen. Rückwärts gehend wichen sie bis an die schmutzige Gasse zurück, dann drehten sie sich um und stürzten davon.

Erst am Stadtrand hielten sie an. Gabes Atem ging schwer. Er hatte eine Gänsehaut vor Angst. Leens Gesicht war aschfahl.

»Das war ein Zauberspruch«, sagte sie. »Sie wollten uns beide bannen, mich noch mehr als dich.«

Gabe blickte sie stirnrunzelnd an. Sie standen auf einer kleinen Anhöhe. Die Stadt lag unter ihnen, und die Häuser glitzerten im frühmorgendlichen Sonnenschein.

»Unmöglich«, antwortete er schließlich. »Das sind doch Inselbewohner.«

»Genau wie Coulter«, sagte Leen. Sie fröstelte. »Vielleicht ist er gar nicht so ungewöhnlich, wie wir dachten.«

Gabe blickte auf die Stadt hinunter. Seine Leute hätten es doch gewußt. Die Fey hätten wissen müssen, wenn es noch andere Magie auf der Blauen Insel gab, mehr Magie als jene wilde Magie, die ihn, seine Schwester und Coulter hervorgebracht hatte. Das hätten sie doch bestimmt gewußt.

Sie hätten es gewußt, und sie hätten es ihm gesagt.

Oder etwa nicht?

Aber bis in diese Gegend war noch kein Fey vorgedrungen. Hierher, wo die Berge blutrot schimmerten.

Was hatte seinen Großvater davon abgehalten?

Was hatte seinen Urgroßvater davon abgehalten?

Die Entfernung?

Oder etwas anderes, weniger Sichtbares?

Etwas wie eine Grenze.

Etwas wie ein Bann.

4

Ein Stöhnen weckte Nicholas. Er drehte sich auf die Seite und sah seine Tochter an. Die Haare hingen ihr wirr ins Gesicht. Sie hatte einen Arm unter den Kopf gelegt. Sie war viel zu dünn, und trotz der viertägigen Ruhepause lagen tiefe Schatten um ihre Augen.

In der Höhle war es überraschend warm. Während der Nacht hatte Nicholas sogar seine Decke abgestreift. Das Lagerfeuer, das die Schamanin in Gang hielt, brannte immer noch am Eingang der Höhle, aber von ihr selbst war nichts zu sehen. Das schwache goldene Licht, das von außen hereindrang, verriet ihm, daß der Morgen bereits dämmerte.

Wieder meinte Nicholas, ein Stöhnen zu hören, aber Arianna hatte sich nicht bewegt. Er sorgte sich um sie. Die Schamanin hatte gesagt, Ariannas häufiger Gestaltwandel in den letzten Tagen hätte sie erschöpft, aber Nicholas fragte sich, ob nicht noch mehr dahintersteckte.

Der Verlust ihres Zuhauses und des geliebten Bruders Sebastian zum Beispiel.

Sebastian war nicht ihr richtiger Bruder, das hatte Nicholas erst vor zwei Wochen selbst erfahren müssen. Er war ein Wechselbalg, den Jewels Vater damals beim Raub von Nicholas' richtigem Sohn Gabe zurückgelassen hatte. Gabe war unter Fey aufgewachsen, und Nicholas hatte ein Kind großgezogen, einen begriffsstutzigen, sanftmütigen Jungen, der in Wirklichkeit ein Stein war.

Vor einer Woche war der Stein in einem gleißend hellen Lichtstrahl geborsten, als Sebastian Nicholas vor den Klingen der Garde des Schwarzen Königs schützen wollte. Nicholas hatte der Verlust seines Sohnes schmerzlich berührt, Arianna aber war davon zutiefst verstört.

Sie hatte Sebastian über alles geliebt.

Wenn Arianna nicht gestöhnt hatte, dann mußte das Geräusch von draußen kommen.

Von der Schamanin.

Nicholas erhob sich und rieb sich den Schlaf aus den Augen. Die Schamanin überraschte ihn immer wieder aufs neue und hatte nicht nur einmal, sondern wiederholt, für ihn und gegen die Fey Partei ergriffen. Sie hatte Ariannas Leben gerettet, als Jewel bei der Geburt gestorben war, und Nicholas Ratschläge erteilt, als alle anderen schwiegen. Manchmal kam es Nicholas fast so vor, als sei sie die einzige, die noch an seine und Jewels Zukunftsvisionen glaubte. Nicholas und Jewel hatten sich erhofft, daß sie in der Lage sein würden, den Schwarzen König zu besiegen und die Blaue Insel unversehrt zu erhalten, wenn sich das Volk der Blauen Insel und die Fey zusammentaten.

Aber die Blaue Insel war nicht mehr unversehrt. Der König dieser Insel hauste in einer Höhle. Die Hauptstadt war in Flammen aufgegangen, ein großer Teil der Inselbevölkerung erschlagen. Jetzt lebte der Schwarze König im Palast, aber es ging ihm nicht gut. Bei ihrer ersten und einzigen Begegnung hatte Nicholas ihn fast getötet.

Und dabei Sebastian verloren.

Vor der Höhle sah Nicholas die Schamanin auf ihrem Lieblingsfelsen sitzen. Falls sie eben in Schwierigkeiten gewesen sein sollte, so war jetzt nichts mehr davon zu erkennen.

Nur ...

Nur der Schnee zu ihren Füßen war aufgewühlt.

Hatte sie eine weitere Vision gehabt? Falls ja, würde sie ihm zur rechten Zeit davon erzählen.

Nicholas hatte auch gelernt, darauf zu vertrauen.

Er zog seine Stiefel an und stellte Ariannas Schuhe neben ihren Schlafplatz, für den Fall, daß sie erwachte. Wie alle Gestaltwandler empfand sie tiefe Abscheu vor allem, was sich binden ließ oder bindend war: Schuhe, Kleidung, Regeln. Nicholas hatte dies besonders in den letzten Tagen ziemlich anstrengend gefunden, denn er machte sich im Moment große Sorgen um ihre Gesundheit.

Arianna hatte sich nicht gerührt, aber ihre Brust hob und senkte sich, während sie im Schlaf schwer atmete. Nicholas wollte sie keinesfalls stören. Noch nicht. Außerdem hatte er insgeheim einige Entscheidungen getroffen, die er mit der Schamanin besprechen wollte, bevor Arianna erwachte.

Nach ihrer Ankunft in der Höhle hatte er drei Tage lang nicht schlafen können. Er wußte, daß es ihm irgendwie gelingen mußte, den Schwarzen König von der Insel zu vertreiben. Er spielte mit dem Gedanken, eine Armee um sich zu scharen, um die Fey mit ihren eigenen Methoden zu bekämpfen.

Ein Plan, der nicht funktionieren würde. Während der ersten Invasion hatten die Inselbewohner zwar einige Erfahrung darin erworben, ihr eigenes Land zu verteidigen, aber sie waren von Natur aus nicht kriegerisch.

Nicholas fiel nur eine einzige andere Lösung ein, und die behagte ihm ganz und gar nicht.

Er hoffte, daß die Schamanin vielleicht noch eine andere Idee hatte.

Nicholas warf sich den Umhang, den Arianna für ihn gestohlen hatte, über das Hemd und die Hose, die ebenfalls sie beschafft hatte, und ging dann vor die Höhle, um sich das Gesicht mit Schnee zu waschen. Seit Tagen fühlte er sich schmutzig, und er sehnte sich viel mehr nach den Annehmlichkeiten des Palastes in Jahn, als er sich eingestehen wollte.

»Über dem Feuer sind Wurzeltee und Pilzbrei«, sagte die Schamanin, ohne sich umzudrehen. Seit ihrer Ankunft bereitete sie ihnen kräftigende Mahlzeiten. Nicholas hatte sich um ihren Vorrat an Lebensmitteln Sorgen gemacht, aber die Schamanin hatte ihn nur milde angelächelt. Als er jedoch beharrlich weiter fragte, antwortete sie ihm, daß sie etwas weiter unten, unterhalb der Baumgrenze, genügend nahrhafte Pflanzen für sie alle finden konnte.

»Danke«, sagte er. Er ergriff den einzigen Teller und Löffel, füllte die Tasse mit dem Brei und begann zu essen. Nachdem er seine Mahlzeit beendet hatte, schmolz er Schnee im zweiten Topf und reinigte den Löffel. Anschließend legte er ihn auf den Felsen, wo Arianna ihn finden würde. Dann säuberte er die Tasse, goß Wurzeltee hinein und trank.

In den letzten Tagen hatte er sich an die Bitterkeit dieses Getränks gewöhnt und fand allmählich sogar Geschmack daran.

Er spülte die Tasse aus, stellte sie neben den Löffel und trat neben die Schamanin, die ihn aufmerksam musterte. Nicholas wußte genau, was sie sah. In den letzten beiden Wochen war er gealtert. Außerdem hatte er an Gewicht verloren, sein Gesicht wirkte knochig. Ein Netz feiner Fältchen rund um die Augen verlieh ihm einen besorgten Ausdruck. Das blonde Haar, früher von der Farbe der Sommersonne, schien sich zu lichten, und plötzlich waren die ersten silbernen Strähnen zu sehen.

Am vergangenen Abend hatte die Schamanin eine Bemerkung darüber gemacht. Sie hatte gesagt: »Das, was du durchgemacht hast, kann kein Mensch durchstehen, ohne daß er davon Spuren auf seinem Gesicht trägt.«

Nicholas fragte sich, ob ihre zahlreichen Falten die gleiche Ursache hatten. Seit er sie zum ersten Mal getroffen hatte, kurz vor seiner Hochzeit mit Jewel, hatte sie sich nicht im geringsten verändert. Ihr Haar war weiß und rahmte ihren Kopf wie ein weißer Lichtschein ein. Inmitten all der Falten bildete ihr Mund ein kleines Oval. Nur ihre Augen waren typisch Fey: dunkel, glänzend und energiegeladen. Sie ließen die Schamanin alterslos erscheinen, obwohl Nicholas wußte, daß sie ungefähr so alt wie der Schwarze König war.

Jung für eine Schamanin, wie sie immer sagte.

»Guten Morgen«, begrüßte Nicholas sie.

Die Schamanin klopfte einladend auf den Platz neben sich. »Heute morgen fließt Blut durch die Sonne«, entgegnete sie.

»Das kommt von den Bränden«, gab Nicholas zurück, während er sich niederließ. Der Schwarze König hatte den größten Teil von Jahn niederbrennen lassen. Die Schamanin hatte Nicholas erklärt, dies sei die Kriegstaktik der Fey. Zerstöre die Städte, in denen sich nutzloser Reichtum angehäuft hat. Laß Felder und Höfe unangetastet. Auf diese Weise vernichtete man die Machtzentren des eroberten Landes und erhielt den Reichtum des Bodens.

»Vielleicht«, sagte sie, aber es war deutlich, daß sie anderer Ansicht war.

Nicholas spürte ein leichtes Ziehen im Magen, das gewiß nichts mit der kargen Mahlzeit zu tun hatte, die er gerade zu sich genommen hatte. »Was sollte es denn sonst sein?«

Mit gesenktem Blick schüttelte die Schamanin den Kopf. Irgend etwas *war* heute morgen geschehen. Nicholas spürte es genau.

»Hast du etwas Gesehen?«

»Nichts, was ich begriffen hätte«, antwortete sie.

»Also hast du etwas Gesehen.«

Sie nickte. »Bis jetzt hat sich jedoch nichts ereignet.«

»Aber du glaubst, das wird nicht mehr lange so bleiben?«

Die Schamanin blickte ihn an. In ihren Augen lag eine Traurigkeit, deren Ursache sich Nicholas nicht erklären konnte. »Das hoffe ich«, sagte sie leise.

Nicholas schwieg einen Augenblick. Er mußte unbedingt mit ihr reden, aber sie war in einer sonderbaren Stimmung. Er seufzte. »Manchmal beneide ich dich darum, daß du eine Fey bist.«

Diese Bemerkung brachte die Schamanin sichtlich aus der Fassung. Ihre Wangen färbten sich rot. »Wegen der Visionen?« fragte sie.

Nicholas schüttelte den Kopf. »Weil euer Weg durch das vorgezeichnet ist, was ihr seid. Du wirst immer eine Visionärin sein und meine Tochter eine Gestaltwandlerin.«

Innerhalb der letzten zwei Wochen war aus Nicholas, dem König der Blauen Insel, ein Mann geworden, der sein Land verloren hatte. Der einstige König war jetzt bestenfalls noch Soldat.

Im schlimmsten Fall ein Mörder.

»Du wirst immer ein König sein«, tröstete die Schamanin.

»Ein König ohne Land.« Nicholas faltete die Hände über den Knien. »In den letzten beiden Tagen habe ich viel nachgedacht. Mir bleiben nicht mehr viele Möglichkeiten. Ich kann mich ergeben, Arianna in die Hände des Schwarzen Königs fallenlassen und beobachten, wie er sie nach seinem Vorbild formt. Das wird er bestimmt tun. Ich habe noch niemals einen Mann mit solcher Willenskraft getroffen.«

»Und den vollentwickelten Fähigkeiten eines alternden Visionärs«, ergänzte die Schamanin hinzu. »Verbindungen, Kontrolle, Konstrukte. Arianna würde nicht einmal wissen, wodurch sie sich verändert.«

Nicholas' Herz pochte. Soeben hatte die Schamanin das bestätigt, wovor er sich am meisten fürchtete. Wenn er sich ergab, würde er Arianna verlieren.

»Ich könnte gegen ihn kämpfen«, fuhr Nicholas fort. »Aber meine Armeen sind dezimiert und meine Leute haben das Vertrauen in mich verloren, seit ich Jewel geheiratet habe. Sie glauben, daß ich auf der Seite der Fey stehe, und wir haben nicht genügend Zeit, um sie vom Gegenteil zu überzeugen.«

Die Schamanin wartete. Sie war eine ausgezeichnete Zuhörerin. Die beste, die Nicholas je erlebt hatte.

»Ich könnte hierbleiben«, überlegte er weiter, »und meine Tochter verstecken. Du könntest nach Gabe suchen und ihn zu mir bringen. Die Blaue Insel müßte sich selbst verteidigen, soweit das möglich ist. Ohne seinen Urenkel kann der Schwarze König nicht nach Leutia weiterziehen. Wir könnten ihn eine Zeitlang festhalten, aber irgendwann würden wir nachlässig werden. Damit hätten wir das Spiel verloren.«

»Und wenn du selbst nach Leutia gingest?« schlug die Schamanin vor. »Du könntest aus dem Exil regieren, eine Armee zusammenstellen und zur Blauen Insel zurückkehren.«

Daran hatte Nicholas auch schon gedacht. In den letzten beiden Tagen hatte er diese Möglichkeit besonders gründlich in Erwägung gezogen. Aber er wußte nichts über den Kontinent hinter der Blauen Insel. Sein Volk hatte nur Handelsbeziehungen mit den Nye auf Galinas unterhalten, und das noch vor seiner Zeit als König.

»Die Blaue Insel in den Händen des Schwarzen Königs zurücklassen? Den Tod auf See riskieren?« Nicholas lächelte. »Hier ist meine Heimat. Dieser Plan ist sogar für mich zu waghalsig.«

Die Sonne war höher gestiegen, ohne dabei mehr Wärme zu spenden. Das Licht war noch immer rötlich, als schienen die Strahlen durch ein blutiges Tuch. Die Schamanin zog die Decke fester um sich. Auch Nicholas spürte die Kälte.

»Du hast einen Ausweg gefunden«, sagte sie. Das war keine Frage.

»Ich glaube ja«, erwiderte Nicholas. »Etwas anderes fällt mir einfach nicht ein. Vielleicht deine Vision ...«

»Laß erst deinen Plan hören«, entgegnete die Schamanin.

Nicholas holte tief Luft. Erst jetzt, als er davon sprechen sollte, kam ihm seine Idee unrealistisch vor. Er neigte den Kopf und fuhr sich mit der Hand durch das Haar. Seine Finger fühlten sich eiskalt an.

»Ich werde von hier weggehen«, fing er schließlich stokkend an. »Du sollst dich um Ariannas Sicherheit kümmern.«

»Willst du sie nicht mitnehmen?« fragte die Schamanin.

»Das geht nicht«, sagte Nicholas. »Sie ist zu impulsiv.«

Die Augen der Schamanin weiteten sich überrascht. Sie wußte bereits jetzt, was er sagen wollte. Angst und Mißfallen waren nur zu deutlich auf ihrem Gesicht zu lesen. Nicholas hatte es schon einmal versucht, ohne etwas zu bewirken.

Abgesehen davon, daß er Sebastian dabei verloren hatte.

Was wiederum nichts mit dem Schwarzen Thron und dem Fluch zu tun hatte. Oder doch?

»Es ist unmöglich, Nicholas«, protestierte die Schamanin.

»Einer muß es versuchen«, antwortete Nicholas. Er streckte die Hand aus, um sie im Sonnenschein zu wärmen.

»Du hast keine Zauberkraft«, wandte die Schamanin ein.

»Ich brauche keine Zauberkraft. Der Schwarze König ist genauso sterblich wie wir alle.« Nicholas legte den Kopf schief. Die Sonne übergoß seine Haut mit einer blutigroten Färbung. »Aber ich allein kann ihn toten.«

5

Rugad, der Schwarze König, stand auf dem Balkon, der die beste Aussicht über den Park bot. Dort unten blühten Pflanzen, die er nicht kannte. Vor der Ankunft der Fey mußte Jahn eine schöne Stadt gewesen sein.

Jetzt hing ein beißender Geruch in der Luft. Noch immer waren nicht alle Brände erloschen. Die Stadt rund um den Palast war nur noch eine schwarze Wüste, denn fast alle brennbaren Gebäude waren den Flammen zum Opfer gefallen. Nur der Palast war völlig unversehrt. Der Palast und die dazugehörigen Wirtschaftsgebäude. Den Rest der Stadt hatte man dem Erdboden gleichgemacht.

Oder würde es in Kürze tun. Rugad mußte nur noch den Befehl dazu erteilen, und daran würde ihn nichts hindern. Er würde einige Häuser zwischen Palast und Fluß stehenlassen und die Lagerhäuser neu aufbauen. Die restlichen Gebäude der Stadt – und damit der größte Teil von Jahn – würden völlig zerstört werden. Diese einfältigen Inselbewohner hatten Jahn auf erstklassigem Ackerboden errichtet. Die Feuer würden die Erde fruchtbar machen, genau wie in anderen Städten, die die Fey erobert hatten, und dann würden die Inselbewohner das Land bewirtschaften und Rugad für seine Großzügigkeit danken.

Die zusätzlichen Nahrungsmittel kämen den Fey zugute. Die Blaue Insel würde den nötigen Vorrat an Lebensmitteln für den nächsten Kriegszug liefern, der Rugad nach Leutia führte.

Wie erwartet war es einfach gewesen, die Blaue Insel zu erobern. Sein Sohn Rugar, der die Streitkräfte der ersten Invasion hierhergeführt hatte, war einfach unfähig gewesen.

Diese Unfähigkeit war die Ursache von Rugads anderem Problem.

Seine Urenkel. Noch immer fehlte von ihnen jede Spur.

Vorsichtig berührte Rugad den Verband um seinen Hals. Vor einer Woche hatte ihn Jewels Gemahl, der Inselkönig, fast umgebracht. Rugad hatte es nur der schnellen Reaktion seiner Leibwache und den Fähigkeiten der Domestikenheiler zu verdanken, daß er noch am Leben war. Seit Tagen hatte er keine Stimme, aber heute nachmittag würde sich das ändern. Er hatte sich in die alten Zauberbücher vertieft und wußte jetzt, daß ein Heilzauber existierte, der ihm trotz der Verletzungen seine Stimme zurückgab.

Die Heiler hatten ihm diesen Zauber verschwiegen, weil sie die Risiken kannten.

Genau wie er.

Jetzt.

Aber diese Entscheidung konnte nur er allein treffen.

Genauso wie die Entscheidungen über das zukünftige Schicksal der Insel. Rugad stützte sich auf das Geländer. Er war immer noch nicht bei Kräften. Es war eine schwere Verletzung gewesen. Es würde noch dauern, bis er längere Zeit stehen konnte. Aber schließlich war er nicht zum ersten Mal verwundet, und er hatte gelernt, daß einen Bettruhe noch mehr schwächte. Wenn man seine körperlichen Kräfte nicht schonte, dann aktivierte das die Lebensgeister.

Hinter dem Garten konnte Rugad die Türme des Tabernakels erkennen, der dem Schloß direkt gegenüberlag. Er stand auf der anderen Seite des Cardidas, den Rugad bald als Haupttransportweg erschließen wollte. Der Tabernakel und die Schwarzkittel darin hatte Rugad als erstes vernichtet, er hatte die alte Religion ausgemerzt, bevor sie sich aus ihrem tiefen Schlaf erheben konnte. Diese Religion hatte während der ersten Invasion großen Schaden angerichtet. Jenes Zaubergift, das die Inselbewohner Weihwasser nannten, hatte die Fey schnell und auf gräßliche Weise getötet. Eine Vision hatte Rugad alles über die Macht des Wassers gezeigt. Er hatte die übriggebliebenen Anhänger des Rocaanismus auf Nye von seiner Wache beobachten lassen. Vor einigen Jahrzehnten hatten Rocaanisten den Versuch unternommen, ihre Religion auf dem Kontinent Galinas zu verbreiten, aber es hatte nichts gefruchtet. Nur wenige hatten sich der Sekte angeschlossen, und von diesen waren noch weniger am Leben, als Rugad von ihrer Existenz erfuhr.

Rugad hatte um etwas Weihwasser gebeten und die Probe an seine Hüter weitergegeben. Sie hatten die Knochen und das Blut toter Fey benutzt, um die Wirkungskraft des Wassers zu untersuchen und herauszufinden, wie man diese am besten bekämpfen könnte. Die Lösung bestand in einem einfachen Gegengift, das den Soldaten vor dem Betreten der Insel verabreicht wurde. Offenbar enthielt das Weihwasser eine Ingredienz, die eine tödliche Wirkung auf sein Volk ausübte, und die Hüter hatten einen Weg gefunden, diese Wirkung zu neutralisieren.

Rugad wollte sich nicht hinterrücks übertölpeln lassen wie sein Sohn.

Seine Taktik war einfach. Neutralisiere das Gift und vernichte die Quelle.

Jetzt hatte Rugad die Insel überwältigt und konnte beginnen, seinen Eroberungsfeldzug nach Leutia zu planen. Aber es waren nicht nur strategische Gründe, die ihn auf die Blaue Insel geführt hatten.

Er war hier, weil er zweiundneunzig Jahre alt war. Nach der normalen Lebenserwartung eines Fey blieben ihm damit noch fünfzig weitere Jahre. Er hoffte, in diesem Zeitraum seinem Urenkel oder seiner Urenkelin alles Wichtige über die Fey beizubringen und sie zu richtigen Fey zu machen.

Einer seiner Urenkel und nicht die in Nye zurückgebliebenen Enkel würde Rugads Nachfolge auf dem Schwarzen Thron antreten.

Nach allem, was Rugad bis jetzt von den Fähigkeiten seiner Urenkel gesehen hatte, war er davon überzeugt, die richtige Entscheidung getroffen zu haben. Sie waren klug, sie hatten Visionen, sie verfügten über Zauberkräfte. Sie würden die Fey ebenso gut und skrupellos regieren wie Rugad selbst.

Vorausgesetzt, er brachte es ihnen bei.

Solange das Mädchen bei seinem Vater blieb, hatte Rugad keine Chance. Das Kind war wunderbar. Es glich Jewel aufs Haar, und es hatte Mut. Mit Feuer in den Augen, Haß auf den Lippen und einem Plan in ihrem Herzen hatte es ihn angesehen. Es verfügte über jene Intelligenz, die man für den Schwarzen Thron benötigte.

Seinem Urenkel war Rugad noch nicht begegnet. Durch die Verbindung hatte er den Jungen einmal berührt, bis der Beschützer des Jungen, ein mächtiger Zauberer, die Verbindung blockiert hatte. Es war zu kurz gewesen, um sich ein Bild von dem Jungen machen zu können, aber nach allem, was Rugad gehört hatte, war sein Urenkel Gabe besonders talentiert. Während des kurzen Eroberungszuges hatte Rugad erste Auswirkungen der frühen Visionen des Jungen aufgespürt. Gabe hatte die Schattenlande repariert, etwas, das nicht einmal jedem erwachsenen Visionär gelang.

Das waren seine Urenkel, aber um an sie heranzukommen, mußte er sie zuerst einmal finden und sie dann irgendwie auf seine Seite ziehen. Was das Mädchen betraf, mußte er seine Loyalität zu ihrem Vater untergraben. Es würde einige Zeit in Anspruch nehmen, diese Ziele zu erreichen, aber für Rugad waren sie wichtiger, als nach Leutia weiterzuziehen. Der Kontinent Leutia konnte warten. Dort wußte man wahrscheinlich schon, daß die Fey auf dem Weg dorthin waren, aber nur wenige Länder konnten sich gegen die Fey verteidigen. Leutia gehörte sicher nicht dazu.

Es war eine Überraschung gewesen, daß die Blaue Insel sich hatte erfolgreich wehren können.

Ein Klopfen an der Tür ließ Rugad herumfahren. Er konnte den Besucher nicht zum Eintreten auffordern. Seit seiner Verwundung betraten die Leute einfach Rugads Gemächer, aber damit würde es bald ein Ende haben.

Die Tür öffnete sich, und Weißhaar trat ein. Sein langes Haar war zu zwei Zöpfen geflochten, die ihm bis auf den Rücken reichten. Seine Arme waren voller Narben, ein Ritual, das er von den L'Nacin übernommen hatte, nachdem die Fey sie unterworfen hatten. Seit Rugads Verletzung war Weißhaar seine Stimme, ein Umstand, der Rugad überhaupt nicht behagte.

»Ich habe nach Seger schicken lassen, wie du es befohlen hast«, sagte Weißhaar in leicht tadelndem Ton. Rugad hatte die Heilerin schriftlich herbefohlen und dabei eines der kostbaren, von Hand geschöpften Papiere benutzt. Rugad fand das Schreiben immer ermüdender. Er wollte sprechen, so wie es sich gehörte, ohne daß ein machthungriger Ratgeber seinen Worten den Biß nahm. »Sie läßt dir ausrichten, daß dieser Zauber deine Stimme nicht heilt, sondern dir nur erlaubt, mit Hilfe anderer Muskeln ein heiseres Flüstern hervorzubringen.«

Rugad winkte ab. Das wußte er alles längst.

»Sie läßt dir auch ausrichten, daß du Gefahr läufst, niemals mehr deine richtige Stimme zurückzubekommen, wenn du den Muskel überanstrengst.«

Rugad nickte kurz. Auch das war ihm nicht neu.

»Bevor sie den Zauber anwendet, wird sie dich noch einmal daran erinnern, falls du deine Meinung änderst.«

Trotz seines unsicheren Gleichgewichts verschränkte Rugad die Arme vor der Brust. Er wollte, daß Weißhaar das Thema fallenließ. Rugad hatte eine Entscheidung getroffen. Besser eine halbe Stimme als gar keine. Besonders jetzt, wo er seine Urenkel finden und erziehen mußte.

Wo er ihren Vater aufspüren und töten mußte.

Weißhaar blickte ihn einen Augenblick lang durchdringend an und nickte dann, als habe er verstanden. »Ich bestelle ihr, daß sie kommen soll«, sagte er zögernd. Also fand er tatsächlich keinen Gefallen daran, die Macht wieder aufzugeben, die ihm als Rugads Stimme verliehen worden war.

Rugad machte sich im Geiste eine Notiz. Es war an der Zeit, Weißhaar eine neue Position zuzuweisen, die nur nach außen hin, aber nicht in Wirklichkeit, einflußreich war. Er würde etwas Geeignetes finden.

Weißhaar hatte noch nicht begriffen, daß seine Tage gezählt waren.

»Noch eine letzte Sache«, begann er. »Bei der Reinigung des Palastes haben die Domestiken eine ganze Reihe von Geheimgängen gefunden. Sie führen über die Verliese hinaus. Ich vermute, wir sollen diese Gänge noch gründlicher auskundschaften?«

Rugad hob den Finger, um Weißhaar anzudeuten, daß er zu warten hatte, anstatt Rugads Antworten vorwegzunehmen. Weißhaar ergriff ein Papier und reichte es Rugad zusammen mit einem verzauberten Füllfederhalter, der nicht mehr in Tinte getaucht werden mußte. In der letzten Woche hatten Weißhaar und Rugad dieses neue Ritual häufig genug absolviert. Mehr als alles andere überzeugte dieses Ritual Rugad jetzt davon, daß man ohne Stimme nicht kommandieren konnte. Schreiben und Handzeichen ließen zu vieles offen, ließen zu viel Raum für Auslegungen.

Rugad ließ sich auf einen eisernen Stuhl an der Balkonwand nieder und breitete das Papier auf seinen Knien aus.

Während er den Bogen mit der einen Hand festhielt, kritzelte er schnell mit der anderen:

Tötet keinen der Inselbewohner, die Ihr in den Tunneln findet. Unsere Leute sollen unsichtbar bleiben. Laßt die Inselbewohner beschatten und erstattet mir dann Bericht.

Er reichte Weißhaar das Papier. Dieser las es durch und runzelte die Stirn. »Aber«, wandte er ein, wie er es in letzter Zeit viel zu häufig tat, »glaubst du nicht, es wäre besser, ihnen klarzumachen, daß Fey in ihrer Nähe sind?«

Wütend schlug Rugad auf das Papier. Dann ballte er die Faust, kniff die Augen zu schmalen Schlitzen zusammen und wies gebieterisch zur Tür.

Weißhaar nickte. »Du hast recht, wie immer«, lenkte er ein. »Ich werde den Befehl sofort weitergeben und dich auf dem laufenden halten.«

Zur Bestätigung nickte Rugad kurz, erhob sich dann und drehte Weißhaar den Rücken zu. Einen Augenblick später hörte er die Tür ins Schloß fallen.

Was für ein Esel. Er begriff nicht, daß wahrscheinlich nur wenige Inselbewohner über die Geheimgänge Bescheid wußten. Der Gute König Nicholas und Rugads Enkelin gehörten zu diesem kleinen Kreis Eingeweihter. Aber auch wenn sich Nicholas und Arianna gerade woanders aufhielten, wußten vielleicht die Inselbewohner, die sich dort versteckten, wohin sich die beiden zurückgezogen hatten. Mit ein bißchen Glück führten sie Rugads Leute womöglich bis zum König und seiner Tochter.

Mit ein bißchen Glück.

Solange die Fey sich nicht blicken ließen.

Solange Weißhaar die richtigen Befehle weitergab.

Rugad preßte eine geballte Faust auf die Brüstung. Seger würde gut daran tun, sich zu beeilen. Rugad brauchte eine Stimme, bevor dieser Tag vorüber war.

6

Con lehnte sich gegen die Kisten mit Weihwasserfläschchen. Der große Tunnel, in dem er zum ersten Mal den alten Aud »auf der schiefen Bahn« und dessen Diebesbande getroffen hatte, war jetzt gedrängt voll mit richtigen Auds, einigen Geistlichen und zahlreichen Daniten. Sie alle hatten den Angriff der Fey auf den Tabernakel und den darauffolgenden Brand überlebt, indem sie sich in die Katakomben unterhalb des Tabernakels zurückgezogen hatten und von dort aus, ebenso wie Con wenige Stunden vor ihnen, unter der Brücke bis hierher gekrochen waren.

In dieser großen, von Menschen gebauten Höhle, in der es schwach nach Rauch und Fluß roch, befand sich alles, was vom Rocaanismus, der Religion der Blauen Insel, übriggeblieben war. Tragischerweise war der Rocaan, religiöser Führer und Bewahrer der Geheimnisse, nicht unter ihnen. Er war durch einen Sturz aus einem der Turmfenster ums Leben gekommen und anschließend von den Tieren der Fey gefressen worden.

Oder vielleicht waren diese Geschöpfe auch zur Hälfte menschliche Fey. Con wußte es nicht und konnte es nicht verstehen. Er war erst dreizehn Jahre alt, obwohl er seit der letzten Woche das Gefühl hatte, um zehn Jahre gealtert zu sein. Er war selbst ein Aud, der Niedrigste der Niedrigen im Rocaanismus, was seine bloßen Füße, sein schmuckloses fleischfarbenes Gewand und das kleine Silberschwert um seinen Hals bewiesen. Die amtierenden Geistlichen, die hochrangigsten Überlebenden des Angriffs, trugen samtene schwarze Talare und Sandalen, und ihre Hälse zierten filigrane, handgefertigte teure Schwerter.

Das alles spielte jetzt keine Rolle mehr. Ohne den Rocaan war der Rocaanismus wahrscheinlich zum Untergang verurteilt.

Die Überlebenden hatten sich in der Höhle verteilt. Viele von ihnen schliefen. Andere kümmerten sich um die Verletzten. Manche beteten. In den verschiedenen Ecken der Höhle brannten insgesamt fünf Fackeln, die ein fahles Licht verbreiteten. Seit Con hier unten war, hatte er mehr und mehr das Gefühl, sich in der Dunkelheit, die seine Kräfte aufzusaugen schien, zu verlieren.

Neben sich hörte er ein leises Stöhnen, gefolgt von dem sonderbar knirschenden Geräusch, mit dem Steine aneinanderschabten. Sebastian war erwacht.

Con schauderte. Als der Tabernakel in Brand geraten war, hatte er die letzte Weisung des Rocaan empfangen: durch die Tunnel zum Palast zu gehen und den König zu warnen, daß die Invasion der Fey begonnen hatte. Nach einer langen, qualvollen Reise durch die Gänge, während der er fast das Opfer des alten Aud und seiner Bande geworden wäre, war er gerade rechtzeitig im Palast angekommen, um in den Tunneln auf die Truppen des Königs zu treffen, die gerade zum Kampf gegen die Fey antraten.

Vergeblich. Die Fey waren Sieger geblieben. Aber Con, der eine Weisung auszuführen hatte, war in den Palast eingedrungen und dort im großen Empfangssaal gelandet, vor einer mit Schwertern dekorierten Wand. Er hatte die Geheimtür aufgestoßen und sich plötzlich einigen Fey, die auf ihn gewartet hatten, Auge in Auge gegenübergesehen. Er hatte sich ein Schwert von der Wand geschnappt und festgestellt, daß dieses Schwert die Fey ebenso schnell tötete wie Weihwasser.

Jetzt lag das Schwert neben ihm, zusammen mit jenem anderen, den er aus dem Palast gerettet hatte: Sebastian, einem steinernen Geschöpf, das den Fey ähnelte und der Sohn des Königs Nicholas war.

»Wir ... müssen ... weg.« Sebastian sprach langsam. Seine Stimme war so tief und dumpf wie die eines Steins. Con drehte sich um. Sebastian hatte sich aufgesetzt und stützte sich auf die Hände. Sie kannten sich seit einer Woche, aber Sebastian hatte noch nie einen Vorschlag geäußert, ganz zu schweigen von einem Befehl.

»Weggehen?« fragte Con.

Sebastian nickte auf seine sonderbare Art. Er senkte den Kopf nur einmal nach unten und hob ihn dann wieder, als bereite ihm diese Bewegung Schwierigkeiten. Jede Bewegung schien mühsam für ihn zu sein. Con wußte nicht, ob das ungewöhnlich war.

Er hatte Sebastian durch reinen Zufall entdeckt. Con hatte sich in einem Zimmer des Palastes versteckt, auf dessen Boden überall kleine Steine verstreut lagen. Auf diesen Steinen hatte Con sein ungewöhnliches Schwert abgelegt. Daraufhin ertönte eine Art Explosionsgeräusch, ein Donner hallte, und plötzlich schien alle Luft aus dem Zimmer gesogen zu werden. Con wurde nach hinten geschleudert. Als er wieder zu sich kam, sah er, daß er nicht mehr allein war.

In der Mitte des Zimmers saß Sebastian. Er war nackt, feine Linien und Risse überzogen seinen Körper, als sei er ein geborstener Becher, den man ungeschickt wieder zusammengeklebt hatte. Die Steine waren verschwunden. Con erkannte in Sebastian den halb schwachsinnigen Sohn des Königs.

Es überraschte Con, daß die Vermählung zwischen einer Fey und einem Inselbewohner zu einem Sohn geführt hatte, der nicht aus Fleisch und Blut, sondern aus Stein zu bestehen schien und dessen Verstand, obgleich funktionstüchtig, sich mit der Langsamkeit eines Berges bewegte, während seine Seele so unschuldig war wie die eines Neugeborenen.

»Wir ...*müssen* ... gehen«, wiederholte Sebastian eindringlich, und Con runzelte die Stirn. Er hatte seit Tagen das gleiche Gefühl, aber die Geistlichen weigerten sich, auch nur einen von ihnen gehen zu lassen. Sie fürchteten, daß Rocaanisten, die die Gänge erforschten, auf Fey stoßen und diese unwissentlich zu ihnen führen könnten. Die Geistlichen schützten die Höhle nicht wegen der Weihwasserkisten, die sich hier befanden. Deren Nutzlosigkeit im Kampf gegen die Fey hatte sich bereits erwiesen. Ihnen ging es um die Vorräte, die sie vorgefunden hatten: Nahrung, Wasser, sogar Decken. Es schien, als habe die Bande, die sich vor ihnen hierher zurückgezogen hatte, ihren Schlupfwinkel fluchtartig verlassen müssen.

»Ich weiß«, antwortete Con und hoffte, Sebastian durch seine Zustimmung zu beruhigen. Sebastian hatte sich in vielerlei Hinsicht als schwierig erwiesen. Hatte er einmal eine Idee, so war er nicht mehr davon abzubringen. Als ihn Con aus dem Palast gerettet hatte, hatte er unbedingt seine Schwester und seinen Vater sehen wollen. Schließlich hatte Con ihn angelogen und ihm erzählt, sie würden in den unterirdischen Gängen nach den beiden suchen.

Einen Tag später hatte Sebastian mit sorgenvollem Gesicht gesagt: »Wir ... suchen sie ... nicht ... mehr.«

Das stimmte. Der König war verschwunden und hatte seinen Sohn sich selbst überlassen. Nein, der König war nicht etwa tot, Con hatte ihn mit eigenen Augen aus dem Palast reiten sehen. Er war ohne seinen Sohn verschwunden, einen Sohn und Nachfolger, der schon von Natur aus stark benachteiligt war. Angesichts von Sebastians Schwäche schien dies eine ungewöhnlich grausame Reaktion zu sein. Con hatte das Gefühl, als könne er Sebastian nicht auch noch im Stich lassen. Sebastian war ein Teil seiner Weisung, jedenfalls empfand er es so. Nicht der Rocaan, sondern der Heiligste hatte gewußt, daß Sebastian beschützt werden mußte. Er war es, der Con geschickt hatte.

»Jetzt«, sagte Sebastian. So beunruhigt und drängend hatte sich seine rauhe Stimme noch nie angehört.

Con drehte sich zu ihm um. Manchmal fiel es ihm schwer, Sebastian anzusehen, auf dessen grauer Haut sich Sprünge und Risse abzeichneten. Jetzt sahen sie aus wie Sorgenfalten. Sie verrieten Sebastians Angst ebenso wie das vorspringende Kinn und die herabgezogenen Mundwinkel.

»Warum?« fragte Con fast gegen seinen Willen.

»Der ... Zauber ... hat ... sich ... verändert«, erwiderte Sebastian.

Con hatte keine Ahnung, was das heißen sollte. Er wußte jedoch, daß Sebastian zur Hälfte Fey war und daher Dinge wußte, die Inselbewohner nicht wissen konnten. Davor hatten sich auch die Geistlichen gefürchtet, als Con mit seinem Schützling in die Höhle gestolpert kam.

Bring ihn weg von hier, hatten sie gesagt. *Er ist ein Fey. Er gehört nicht hierher.*

Aber er ist der Sohn des Königs, hatte Con protestiert.

Er kann hier nicht bleiben, hatten sie geantwortet.

Er ist meine Weisung, hatte Con erwidert.

Das hatte sie zum Schweigen gebracht. Kurze Zeit später war es erneut zu einer Diskussion über Sebastian gekommen, aber wieder hatte Con die richtige Antwort parat. Wenn sie Sebastian gehen ließen, so würde er vielleicht die Fey herführen. Diese Gefahr hatten sie gegen alle Leute abgewogen, die sich in der Höhle versteckt hielten, und seither durfte niemand von ihnen die Höhle verlassen.

»Wo sollen wir denn hin?« wollte Con wissen. Seit Tagen fragte er sich das selbst. Er verabscheute die Dunkelheit hier, das Warten, die Vorahnung kommenden Unheils. Die Geistlichen hatten die Geschriebenen und Ungeschriebenen Worte offenbar völlig vergessen.

Die Stärke eines Mannes liegt in seiner Fähigkeit, sich und andere zu retten.

Die Geistlichen mochten diesen Satz vielleicht vergessen haben, nicht aber Con.

»Ich ... weiß ... nicht«, antwortete Sebastian. »Wir ... müssen ... einfach ... gehen. Sofort.«

»Wir alle?«

»Nein.« Sebastians Sorgenfalten schienen noch tiefer zu werden. »Du ... und ... ich.«

Con wischte sich mit der Hand über die Stirn. Die Angst, die er so lange unterdrückt hatte, flackerte jäh auf. Er war hierher geflohen, weil ihm kein anderer Ort eingefallen war. Sein ursprünglicher Plan war gewesen, wieder zum Tabernakel zurückzugehen, aber es hatte nur einiger Sekunden bedurft, um zu erkennen, daß der Tabernakel und die gesamte Stadt vernichtet worden waren.

Vermutlich hätten sie versuchen können, Cons Familie ausfindig zu machen, um festzustellen, ob jemand überlebt hatte. Con war der Zweitgeborene, der noch als Junge, wie es der Tradition entsprach, dem Rocaanismus überantwortet worden war. Seine Familie hatte ihn weggegeben, und Con gehörte jetzt dem Rocaan. Es war ein so schmerzlicher Abschied gewesen, ein solcher Verlust, daß er es vorgezogen hatte, seine Familie nie wiederzusehen.

Er war sich nicht einmal sicher, ob er wissen wollte, wie es ihnen ergangen war.

»Wir können nirgendwo hingehen«, sagte Con. Er stellte sich vor, wie sie versuchten, sich quer durchs Land durchzuschlagen, ohne den Fey in die Hände zu fallen. Sebastian war nicht in der Lage, sich schnell zu bewegen. Sobald sie ein Fey erspäht hätte, wäre ihr Schicksal besiegelt gewesen.

Sebastian schauderte. Con fühlte es wie ein inneres Rütteln, als habe sich die Erde bewegt.

»Ich ... kenne ... einen ... Ort«, sagte Sebastian. »Aber ... ich ... war ... noch ... niemals ... dort.«

»Wunderbar«, sagte Con. »Wie sollen wir diesen Ort dann finden?«

»Ich ... habe ... Erinnerungen ... keine ... eigenen ... ich ... werde ... es ... herausfinden.« Damit verschwand er aus seinen Augen. Con hatte noch niemals etwas Derartiges gesehen. Im einen Augenblick unterhielt er sich mit einem lebendigen, atmenden, menschlichen Wesen, im nächsten saß er neben einer Statue. Die Angst, die er schon die ganze Zeit unterdrückte, stieg an. Wenn dies wirklich seine Weisung war, dann handelte es sich um eine höchst sonderbare Weisung. Aber er konnte die Weisung nicht ablehnen. Durch die Adern des Königs floß Rocas Blut. Er war ein direkter Nachfolger des Roca. Das galt auch für seinen Sohn.

Nach dem Tod des Roca aber bewahrte die königliche Familie in ihren Körpern einen der kostbarsten Schätze des Rocaanismus.

Con hatte sich immer über den Roca gewundert. Seine Ratschläge, die er der Nachwelt in den Geschriebenen und Ungeschriebenen Worten hinterlassen hatte, waren voller Weisheit, aber seine letzte Tat, die durch die Religion verherrlicht wurde, schien auf den ersten Blick die Handlungsweise eines Narren zu sein. Als man den Roca aufforderte, sich zu entscheiden, ob er sein Volk in einen Kampf führen wolle, den es nicht gewinnen konnte, oder ob er die Soldaten des Feindes niedermetzeln wolle, entschied er sich dafür, sich selbst zu opfern. Bevor er sich von den Soldaten des Feindes erstechen ließ, reinigte er sein Schwert mit Weihwasser. Dann wurde er in Gottes Hand Aufgenommen, wo er jetzt als Fürsprecher seines Volkes wirkte.

In der letzten Zeit war es mit seiner Fürsprache allerdings nicht weit hergewesen.

Con ballte die Faust. Er wußte genau, daß dieser Gedanke gotteslästerlich war. Aber die Inselbewohner standen jetzt zum zweiten Mal innerhalb von zwanzig Jahren den Soldaten des Feindes gegenüber, und Gott hatte nichts dagegen unternommen.

Vielleicht hatte Ihm der Zweck mißfallen, zu dem man das Weihwasser benutzt hatte. Oder vielleicht erwartete Er mehr von seinem Volk, als in den Geschriebenen und Ungeschriebenen Worten stand.

Plötzlich war Sebastian wieder in sein Blickfeld zurückgekehrt. Die Veränderung war ebenso überraschend wie unmerklich vor sich gegangen. Con spürte den Unterschied deutlich, ohne daß er ihn hätte erklären können. Es war wie eine Brise, die unerwartet an einem Sommertag aufkommt.

»Ich ... kann ... den ... Ort ... finden«, erklärte Sebastian. Langsam beugte er sich vor und ergriff Cons Arm. Sein Griff war fest, beinahe schmerzhaft. »Wir ... müssen ... gehen.«

»Gut«, sagte Con. Er wußte, daß es trotz der Befehle der Geistlichen einfach war, von hier zu verschwinden. Die Dunkelheit schützte sie, und außerdem achtete sowieso niemand auf die beiden Jungen. Alle waren viel zu sehr mit ihren eigenen Verlusten beschäftigt. »Ich besorge uns etwas Proviant, dann können wir gehen.«

Con wußte nicht genau, ob er dem sonderbaren Geschöpf neben sich uneingeschränkt vertrauen durfte, aber es war auf jeden Fall besser, mit Sebastian zu gehen, als hier unter der zerstörten Stadt zu bleiben und auf die Fey zu warten. Con hatte schon einmal gegen die Fey gekämpft, und das reichte ihm für den Rest des Lebens.

7

Du bist nicht der einzige, der den Schwarzen König töten kann«, sagte die Schamanin. Sie wickelte sich noch fester in die Decke, als fröstelte es sie bei ihren eigenen Worten.

Nicholas war es trotz des Schnees und der kalten Luft ungewohnt warm. Am fahlen Sonnenlicht konnte es nicht liegen. Die Wärme, die er spürte, kam aus ihm selbst, von der Entscheidung, die er soeben unwiderruflich getroffen hatte.

Ihm blieb keine andere Wahl.

»Es gibt andere ...«

»Die würden nicht mal in seine Nähe kommen.«

Die Schamanin legte den Kopf schief und sah Nicholas an. Ihr Haar war in dem spärlichen Sonnenlicht fast farblos und umgab ihren Kopf wie ein Heiligenschein. Nicholas hatte bis jetzt erst zwei Fey getroffen, die kein schwarzes Haar gehabt hatten, und eine der beiden war die Schamanin.

»Du kommst doch auch nicht an ihn heran«, wandte sie ein. »Er wartet auf dich. In seinen Augen bist du ein würdiger Gegenspieler, und er rechnet damit, daß du es noch einmal versuchst. Er wird alles tun, um das zu verhindern.«

»Mir fällt schon etwas ein. Ich kenne Geheimgänge im Palast ...«

»Die kennt er bestimmt auch bald, wenn er nicht schon jetzt Bescheid weiß.« Die Schamanin drehte sich ein wenig auf dem Felsen herum. Die dunklen Augen wirkten wie Löcher in ihrem Gesicht. »Nicholas, du weißt nicht, mit wem du es zu tun hast. Er beherrscht ganze Kontinente. Er ist der beste militärische Anführer, den die Fey seit Generationen gehabt haben, und wir sind ein Volk von Kriegern. Du hast beim ersten Mal

Glück gehabt und ihn fast getötet. Aber eine solche Chance wirst du kein zweites Mal bekommen.«

»Hast du etwas Gesehen?« fragte Nicholas.

Sie starrte ihn an und schloß die Augen. »Ich habe so vieles Gesehen. Meistens Sehe ich den Tod.«

Nicholas schüttelte den Kopf. Der Tod war immer in ihrer Nähe. Arianna war jetzt seine Nachfolgerin. Sollte ihm etwas zustoßen, würde sie die Regierung übernehmen. Falls es noch etwas gab, worüber man regieren konnte. Dafür konnte man nur sorgen, indem man den Schwarzen König beseitigte.

»Ich kann versuchen, an ihn heranzukommen.« Nicholas blieb stur. »Schließlich bin ich dafür bekannt, daß ich manchmal erstaunlich viel Glück habe.«

»Das wirst du auch brauchen«, erwiderte die Schamanin. »Bestimmt hat der Schwarze König schon längst den Befehl für deine Hinrichtung gegeben.«

Dieser Gedanke schockierte Nicholas nicht. Er wußte es. Vielleicht konnte er sogar einen Vorteil aus diesem Befehl schlagen, wenn es sein mußte. Wie, wußte er allerdings nicht.

Noch nicht.

Ein scharrendes Geräusch ertönte hinter ihm. Nicholas drehte sich um. Seine Tochter stand im Höhleneingang. Sie war in eine Decke gewickelt, die ihre ungesunde Magerkeit nicht zu verbergen vermochte. Ihre feyhaften Gesichtszüge wirkten dadurch noch ernster als sonst. Früher hatte sie mehr von seinem etwas rundlicheren Gesicht gehabt, aber davon war nichts mehr zu sehen.

Nur die hellblauen Augen und die helle, leicht gebräunte Haut stammten von Nicholas. Noch nie war ihm aufgefallen, wie zerbrechlich sie durch den Kontrast zwischen der hellen Haut und dem dunklen Haar wirkte. Nicht einmal als Neugeborenes, das unfähig war, seine Gestalt zu behalten, war sie ihm so verletzlich vorgekommen.

»Papa kann nicht nahe an ihn herankommen, aber ich kann es«, äußerte Arianna. Ihre Stimme war voll Selbstvertrauen, aber in ihren Augen lag ein gequälter Ausdruck.

»Du kannst nicht in seine Nähe kommen«, erwiderte die Schamanin, ohne sich umzudrehen. Unverwandt blickte sie ins Tal hinab, als gäbe es in den Dörfern weit unten etwas Besonderes zu sehen.

»Doch, das kann ich«, widersprach Arianna. Früher hätte sie diesen Satz mit feurigem Temperament ausgesprochen. Nun lag nichts als ruhige Entschlossenheit in ihrer Stimme. »Ich kann aussehen wie hundert verschiedene Fey. Ich kann ihm ganz nahe kommen, und er wird nicht einmal wissen, daß ich da bin. Ich kann aussehen wie sein vertrautester Ratgeber.«

»Mit etwas Übung«, sagte Nicholas. Sein Herz zog sich zusammen. Er wollte sich nicht vorstellen, wie Arianna in die Nähe der Macht und der Versuchungen des Schwarzen Königs kam.

In die Nähe seiner Soldaten.

»Mit etwas Übung«, stimmte sie zu.

»Und was willst du dann tun, Kind? Mit ihm reden? Ihn dazu bewegen, daß er die Insel verläßt? Dich selbst als Opfer anbieten und vorgeben, mit ihm gemeinsame Sache zu machen, um die Blaue Insel zu retten?«

Ariannas Augen blitzten. Blau, leuchtend, unergründlich. »Ihn töten.«

»Das ist unmöglich«, sagte die Schamanin. »Dadurch forderst du den Fluch des Blutes heraus.«

»Daran glaube ich nicht«, fuhr Arianna auf. »Papa hat den Schwarzen König verletzt, und es ist nichts passiert.«

»Dein Vater hat ihn nicht getötet.«

»Außerdem betrachtet man mich vielleicht nicht als Träger des Schwarzen Blutes«, fügte Nicholas hinzu.

»Vielleicht doch«, wandte die Schamanin ein. »Unterschätze nicht die Mächte und Mysterien. In ihren Händen befindet sich der Schlüssel zu allen Geheimnissen.«

»Und die Mysterien sind unberechenbar«, sagte Arianna. »Ich könnte es doch trotzdem versuchen.«

»Du willst wirklich einen Krieg des Blutes riskieren?« fragte die Schamanin. »Immerhin besteht die Möglichkeit, daß du dich täuschst. Der Schwarze Thron beruht auf der Magie des Blutes. Wenn dieses Blut, an dem du durch deine Mutter teilhast, sich gegen sich selbst wendet, bricht völliges Chaos aus. Millionen werden sterben. Du kannst dein eigenes Leben für ein waghalsiges Abenteuer in Gefahr bringen, Kind, aber das Leben von Millionen Menschen darfst du nicht aufs Spiel setzen. Und du«, setzte die Schamanin hinzu und warf einen Blick auf Nicholas, »darfst das auch nicht.«

»Aber ich habe es bereits getan«, erwiderte er. »Ich habe versucht, ihn zu töten.«

»Wirklich?« fragte die Schamanin. Sie schien noch mehr in sich zusammenzusinken, drehte sich aber nicht um. »Du bist ein Krieger, lieber Nicholas. Krieger verfehlen ihre Ziele nicht.«

Nicholas' Herz klopfte ihm bis zum Hals. Arianna runzelte die Stirn und warf ihm einen verständnislosen Blick zu.

»Warum solltest du ihn nicht töten wollen?« fragte sie.

»Ich wollte ihn ja töten«, antwortete Nicholas.

»Aber etwas in dir hat es verhindert. Etwas ließ dich innehalten, anstatt ihm den Kopf abzuschlagen«, sagte die Schamanin.

»Ja«, stimmte Nicholas zu. »Sein harter Nacken.«

Arianna verschränkte die Arme, und die Decke rutschte von ihren Schultern. Darunter trug sie Reithosen und ein Leinenhemd. Sie sah verfroren aus.

Die Schamanin schüttelte den Kopf. »Ich glaube, es war

mehr als nur das«, widersprach sie. »Ich glaube, du hast geahnt, welche Konsequenzen diese Tat haben würde, wenn sie sich als falsch erwiese. Du bist ein Mann, der gewohnt ist, Entscheidungen für Tausende von Leuten zu fällen. Es ist ein instinktiver Vorgang. Auch in diesem Fall bist du deinem Instinkt gefolgt.«

»Du hörst dich so überzeugt an«, sagte Nicholas.

Endlich drehte sich die Schamanin zu ihnen um. Ihr Gesicht war grau, die Augen tiefdunkel. »Ich habe es Gesehen«, flüsterte sie. »Ich habe Gesehen, wie sich das Blut gegen sich selbst wendet. Das Chaos.«

»Wann?« Ariannas Frage hatte einen scharfen Unterton.

»Zum ersten Mal habe ich es an jenem Tag Gesehen, als ihr beide, du und dein Vater, dem Schwarzen König entkommen seid«, antwortete die Schamanin. »Ich hatte eine ganze Reihe von Visionen, und in der letzten wandte sich Blut gegen Blut, die Fey wurden wahnsinnig und töteten alles, was sich ihnen in den Weg stellte. Ich habe diese Vision immer und immer wieder Gesehen, mein Kind. Es ist eine Möglichkeit.«

»Ich habe es nicht Gesehen«, entgegnete Arianna.

»Wir Sehen nicht alles«, erklärte die Schamanin. »Wir Sehen nur Teile des Ganzen. Manchmal Sehen wir sogar überhaupt nichts. Aus diesem Grund vergleichen Visionäre ihre Visionen. Du hast an jenem Tag etwas Gesehen. Ich auch. Wir sollten es miteinander vergleichen.«

Die Wärme, die Nicholas noch vor kurzem gespürt hatte, war verflogen. Statt dessen war ihm plötzlich eiskalt. Er glaubte an Visionen. Er kannte ihre Grenzen und ihre Stärken. Arianna lebte, weil die Schamanin eine Vision gehabt hatte, eine Vision, daß jemand bei Ariannas Geburt zu Hilfe kommen mußte. Sonst wäre nicht nur Jewel, sondern auch Arianna gestorben.

»Du hast also Schwarzes Blut gegen Schwarzes Blut kämpfen sehen«, sagte Nicholas mit unsicherer Stimme.

Die Schamanin nickte. Daher rührte ihre veränderte Stimmung, seit sie hier angekommen waren. Der Grund dafür war nicht nur, daß sie sich von allem, was sie je gelernt hatte, abgewandt und ihren Platz im Schattenland verlassen hatte, weil sie nicht mit den anderen Fey der ersten Invasion zusammen hatte sterben wollen. Es war auch nicht nur ihre Sorge um ihn und Arianna, nein, sie ängstigte sich um die Zukunft der ganzen Welt.

Alles hing jetzt von ihrer Entscheidung ab.

Die sie gemeinsam trafen.

Schon zweimal hatte Nicholas die eigene Welt untergehen sehen, aber die Fey waren sonderbare Eroberer. Sie zerstörten nicht einfach alles. Felder und Ernten ließen sie unangetastet, und die Leute, die sich darum kümmerten, unverletzt, damit der ertragreiche Boden dem Imperium der Fey zugute kam.

Sollten die Visionen der Schamanin aber eintreffen, dann würde auch das verschwinden. Die Fey würden in geistiger Umnachtung versinken, ihr Reich zerbrechen und in so gewaltigen Feuersbrünsten untergehen, wie sie die Welt seit Beginn der Eroberungszüge der Fey nicht gesehen hatte.

Beim bloßen Gedanken daran drehte sich Nicholas der Magen um.

»Glaubst du ihr?« fragte Arianna.

Nicholas nickte. »Mit Visionen sollte man nicht leichtfertig umgehen«, sagte er. »Deine Mutter hat es versucht und ist das Opfer ihrer eigenen Vision geworden.«

Arianna trat einen Schritt vor. »Aber Visionen können falsch sein. Das hast du doch selbst gesagt. Du hast gesagt, mein Großvater sei einer falschen Vision gefolgt. Deswegen habe er die Blaue Insel nicht erobert.«

Nicholas warf der Schamanin einen Blick in der Hoffnung

zu, sie würde Arianna vielleicht alles erklären. Aber ihre einzige Antwort bestand in einem aufmunternden Nicken in Nicholas' Richtung.

»Er ist gescheitert«, begann Nicholas. »Er hat mit niemandem über seine Visionen gesprochen. Hätte er seine Vision mit derjenigen deiner Mutter verglichen, so hätte er den Schluß daraus ziehen müssen, daß sie auf der Blauen Insel sterben würde. Seine Information war jedoch unvollständig, und das hat Hunderte von Leben gekostet.«

»Also könnte auch deine Vision unvollständig sein«, wandte sich Arianna an die Schamanin.

Diese nickte. »Das könnte sein. Ich bin sogar sicher, daß es so ist«, bekräftigte sie. »Aber wir wissen noch nicht, welche Teile fehlen. Vielleicht werden wir beim Vergleich unserer Visionen feststellen, daß du den Weg Gesehen hast, der zum Kampf von Blut gegen Blut führt, während ich das Resultat Sah. Aber ohne den Weg ist das Resultat belanglos.«

»Nicht belanglos«, widersprach Nicholas. »Damals hattest du diese Vision schließlich zum ersten Mal, oder nicht?«

Die Schamanin schüttelte den Kopf.

»Also hat uns vielleicht etwas, was wir damals taten, zu jener geistigen Umnachtung geführt, von der du sprichst. Irgend etwas hat sich an jenem Tag verändert, und vielleicht befinden wir uns schon auf dem Weg dorthin.«

»Das ist richtig«, stimmte die Schamanin zu.

»Wäre das denn so schlimm?« fragte Arianna.

Nicholas blickte sie an. Eine klirrende, eisige Kälte kroch in ihm hoch. Er mußte sehr schockiert aussehen, denn Arianna hob die Hand, als wolle sie sich selbst verteidigen.

»Ich weiß natürlich, daß all die Toten schrecklich sind«, sagte sie. »Das weiß ich ja. Aber das geschieht im Imperium der Fey, nirgendwo sonst. Wenn wir den Schwarzen König nicht aufhalten, wird es auch auf Leutia und in der restlichen

Welt Tote geben. Ich habe das Gefühl, als tauschten wir Fey-Leben gegen richtige Leben. Vielleicht lohnt sich das ja.«

Nicholas starrte sie an. Sie sah aus wie immer. Das Muttermal am Kinn machte sie zu seiner Arianna, die er immer gekannt hatte. Hochgewachsen, schlank, Jewel sehr ähnlich. Aber diese Skrupellosigkeit, diese blanke Mißachtung menschlichen Lebens konnte sie nicht von ihm haben.

Oder etwa doch?

»Deine Tochter ist durch und durch Fey, Nicholas«, hörte er die Schamanin sagen, und in ihrer Stimme schwang eine leichte Enttäuschung mit. »Sie würde den Schwarzen König ohne die geringsten Gewissensbisse umbringen.«

»Ich hätte Gewissensbisse«, erwiderte Nicholas.

Die Schamanin streckte eine Hand unter der Decke hervor und legte ihre Finger auf seinen Arm. Ihre Haut war so kalt, als könne nichts sie erwärmen.

»Das ist der Grund, weshalb du nicht zu ihm gehen darfst«, mahnte sie. »Du bist kein Mörder, Nicholas. Du bist ein Krieger. Du könntest niemals kaltblütig töten. Sonst hättest du schon längst den Schwarzkittel umgebracht, der Jewel ermordet hat.«

Matthias. Nicholas ballte die Faust. Nur zu gern hätte er Matthias an jenem Tag getötet, aber das hätte ihn, Nicholas, auf eine Stufe mit dem Mörder gestellt.

»Es ist ein Risiko, das wir nicht eingehen dürfen, Arianna«, sagte Nicholas. Er legte eine Hand über die Finger der Schamanin. Seine Finger waren viel wärmer als ihre. »Ich kann nicht glauben, daß du das nicht verstehst. Ich kann einfach nicht glauben, daß du den Wert eines Menschenlebens nicht kennst.«

»Sie ist eine Gestaltwandlerin, die von einer Gestaltwandlerin erzogen wurde«, beschwichtigte die Schamanin und seufzte. »Hätte ich gewußt, daß Solanda über sich selbst hinauswachsen und bei dem Kind bleiben würde, hätte ich etwas unternommen. Ich dachte, die Haltung ihres Vaters würde einen tieferen Eindruck auf sie machen als die einer reinen Fey.«

»Mit Solanda gab es keine Probleme«, mischte sich Arianna ein, und ihre Stimme hob sich ein wenig. »Sie war genau richtig für mich.«

Und jetzt ist sie wahrscheinlich tot, dachte Nicholas. »Wäre Jewel am Leben geblieben, dann wäre Arianna auch von einer Fey großgezogen worden.«

»Wäre Jewel am Leben geblieben«, entgegnete die Schamanin, »dann hätte Arianna nicht überlebt. Ich wäre nicht zu Hilfe gekommen, und Jewel hätte die Geburt einer so mächtigen Gestaltwandlerin niemals überstanden.«

Arianna kniff ärgerlich die Augen zusammen. »Hör auf, über mich zu reden, als wäre ich gar nicht da.«

Nicholas schüttelte den Kopf. Um seine Tochter mußte er sich später kümmern. Das Ausmaß ihrer Gefühllosigkeit war mehr, als er im Moment ertragen konnte.

Er hatte Arianna so gedrängt, ihm zu folgen, weil er seinen Sohn Gabe nicht kannte. Genau davor, vor dieser gefühllosen Fey-Art, fürchtete er sich bei seinem unter Fey aufgewachsenen Sohn.

»Der Schwarze König wird keine Ruhe geben, bis ich nicht mehr zwischen ihm und seinen Urenkeln stehe«, sagte Nicholas. »Dann wird er nach Leutia weiterziehen und die restlichen Länder dieser Welt in seine Gewalt bringen.«

»So sind die Fey nun einmal«, bestätigte die Schamanin.

»Warum hilfst du uns dann?« erkundigte sich Arianna.

»Weil es eines Tages ein Ende haben muß. Das Imperium der Fey ist groß genug. Die Männer deiner Familie – deiner Fey-Familie – betrachten die Welt als eine Art Spielzeug, und Eroberungen sind für sie ein unterhaltsamer Zeitvertreib. Durch den Mut deines Urgroßvaters hat das Reich der Fey seine jetzige Größe erreicht. Früher waren Eroberungen für uns eine Überlebensfrage. Wir waren ein kleines Volk mit wenig Land und noch weniger Fähigkeiten, uns selbst zu versorgen. Irgendwann hörten wir schließlich auf, uns selbst verbessern zu wollen. Irgendwann wurden wir blind, machthungrig und gierig. Das muß aufhören, bevor wir Leutia erreichen. Es muß auf der Blauen Insel aufhören. Dafür haben Nicholas und Jewel gesorgt. Sie haben uns Kinder geschenkt, die beiden Völkern angehören. Diese Kinder sind Symbole des Friedens.«

Die Schamanin betonte die letzten drei Worte so nachdrücklich, als wollte sie sie Arianna mit Gewalt einhämmern.

Arianna lief rot an. »Warum tötest du ihn nicht, wenn du das glaubst?« fragte sie.

»Weil ich dann meine Macht verlieren würde, mein Kind. Ich glaube aber, daß meine Ratschläge und Visionen für dich und deinen Vater von größerer Bedeutung sind als mein Tod.«

»Auch wenn das bedeutet, daß der Schwarze König weiterleben wird?« fragte Arianna.

Die Schamanin drückte Nicholas' Arm und zog ihre Hand zurück. »Auch dann«, erwiderte sie. »Du bist noch nicht reif genug, um zu regieren. Du bist zu jung, zu impulsiv, und du hast noch nichts anderes kennengelernt als die kleine Welt, in der du aufgewachsen bist. Der Schwarze König wird erst weiterziehen, wenn er dich oder deinen Bruder auf seiner Seite hat. Das verschafft uns Zeit.«

»Zeit wofür?« wollte Arianna wissen.

»Zeit, um mit dir zu arbeiten«, antwortete die Schamanin. »Und Zeit für dich, Nicholas, um jemanden zu finden, der den Schwarzen König vernichtet, ohne daß es Auswirkungen hat.«

»Ich dachte, du hättest gesagt, daß er den Schwarzen König nicht töten soll«, sagte Arianna.

»Nicht direkt«, gab die Schamanin zurück.

»Als wäre es indirekt möglich«, spottete Arianna.

Nicholas spürte, wie ihm das Herz stehenblieb. Das war eine ernstzunehmende Möglichkeit. Er glaubte daran, daß sich durch politischen Mord ein Krieg verhindern ließ. Er wußte, manchmal war es besser, ein Leben zu opfern, um Tausende zu schonen. Er war sich nur nicht sicher, ob er fähig war, dieses Leben zu opfern.

Oder ob die Zauberkräfte der Fey dies zu verhindern wußten.

»Es ist indirekt möglich«, sagte die Schamanin sanft. »Das ist die beste Methode, einen Träger des Schwarzen Blutes zu töten.«

»Was soll das heißen?« fragte Arianna. »Die beste Methode?«

»Genau das, wonach es sich anhört«, antwortete die Schamanin im gleichen, sanften Tonfall, als gäbe sie große Wissensschätze preis und nicht nur die Geschichte einiger Todesfälle. »Dein Urgroßvater hat deinen Großvater mit genau dieser Methode umgebracht.«

»Ich dachte, Solanda hätte meinen Großvater auf dem Gewissen«, widersprach Arianna.

»Das hat sie auch«, stimmte die Schamanin zu, »aber dein Urgroßvater hatte eine Vision, daß dein Großvater auf der Blauen Insel versagen würde. Versagen ist aber gleichbedeutend mit Tod.«

»Weil ihn mein Urgroßvater dann hätte töten dürfen?« fragte Arianna.

»Nein«, entgegnete die Schamanin. »Wenn der Oberbefehlshaber einen Krieg verliert, kommt das einem Todesurteil gleich. Man muß es Rugar hoch anrechnen, daß er die Niederlage so lange überlebt hat. Aber seine Invasion war kein totaler Fehlschlag. Du und dein Bruder sind ein Resultat dieser Invasion, ihr seid zwei der mächtigsten Fey, die es jemals gab.«

»Mir hat es bis jetzt nichts genützt, daß ich so mächtig bin«, äußerte Arianna. »Ich konnte Sebastian nicht helfen.«

»Sebastian ist gestorben, als er mich zu retten versuchte«, sagte Nicholas mit brechender Stimme. »Es war meine Schuld.«

Mit dieser Schuld würde er leben müssen. Er hatte den Jungen, der nicht aus Fleisch, sondern aus Stein bestand, in sein Herz geschlossen, auch wenn er kein Blutsverwandter war. Sebastian war sein Kind, das geborsten war, als es Nicholas vor dem Angriff der Soldaten des Schwarzen Königs schützen wollte.

Plötzlich durchfuhr Nicholas ein unangenehmer Gedanke. »Haben eure Mysterien Sebastian zu sich genommen, weil ich versuchte, den Schwarzen König zu töten?« fragte er die Schamanin.

Sie zuckte die Achseln. »Ich verstehe die Mysterien nicht«, erwiderte sie. »Niemand von uns versteht sie. Sie sind unvorhersehbar, mächtiger als alles, was wir kennen, und sie leiten uns auf wundersame Weise.«

»Also weißt du es nicht«, stellte Nicholas fest.

»Es ist möglich«, gab sie zurück, »aber es ist auch ebensogut nicht möglich.«

Nicholas warf Arianna einen Blick zu. Eine Träne rann über ihre Wange. Ihre Liebe zu Sebastian war tief und bedingungslos gewesen, und seit seinem Tod hatte sie kaum gesprochen. Vielleicht hatte Nicholas sie zu streng beurteilt, hatte nicht berücksichtigt, was sie alles durchgemacht hatte. Arianna hatte alles verloren: ihr Zuhause, ihr Land, ihren geliebten Bruder. Die einstige Prinzessin hauste jetzt in einer Höhle. Während sie all diese Verluste erlitt, hatte sie festgestellt, über welche Macht sie verfügte.

Nicholas streckte Arianna seine Hand entgegen, und sie kam zu ihm. Er zog sie an sich und spürte ihre Schulterblätter unter seinen Händen. Sie war so dünn und zerbrechlich, die Schamanin hatte recht. Arianna war noch nicht soweit, Entscheidungen zu treffen. Weder für sich selbst noch für ihre Familie oder ihr Land.

Noch nicht.

Nicholas mußte eine Tochter großziehen und für ihre Sicherheit sorgen. Jetzt war sie noch zu leicht zu beeinflussen. Zum Teil gab sich Nicholas selbst die Schuld daran, denn er hatte sie zu sehr vor allem beschützt. Er hatte ihr keine Möglichkeit gegeben, jemanden außerhalb des Palastes kennenzulernen. Aus Angst, sie zu verlieren, hatte er ihr ein eigenes Leben verweigert.

Jetzt aber lief er Gefahr, ihr Herz und ihre Seele gleichzeitig zu verlieren.

Er war ebenso im Recht wie die Schamanin. Der Schwarze König mußte sterben, aber nicht durch Nicholas' Hand. Es mußte indirekt und unberechenbar geschehen. Sie brauchten einen guten Plan.

»Was sollen wir jetzt machen?« murmelte Arianna in seinen Armen. Wahrscheinlich dachte sie an Sebastian, aber es gab nichts, was sie jetzt für ihn tun konnten. Der Junge war nicht mehr am Leben, aber sie durften deshalb nicht in Untätigkeit verharren.

»Wir suchen deinen Bruder«, sagte Nicholas plötzlich, ohne nachzudenken. »Deinen wirklichen Bruder.«

Arianna wich zurück. Sie hielt Nicholas auf Armeslänge von sich. Die Schamanin starrte ihn ebenfalls überrascht an.

Nicholas blickte beide an. »Der Schwarze König ist gekommen, um seine Urenkel zu finden. Beide sind Visionäre. Vielleicht ist er nicht Ariannas wegen hier. Vielleicht sucht er den Jungen, Gabe. Aber wen er auch finden mag, er wird diese Person nach seinen persönlichen Vorstellungen formen. Wir müssen meinen Sohn finden, ehe uns der Schwarze König zuvorkommt.«

»Was hast du dann mit ihm vor?« erkundigte sich Arianna.

»Ich will ihn beschützen«, gab Nicholas zurück. »Genauso wie dich.«

8

Pausho kam als erste in der Versammlungshalle an. Das große, steinerne Gebäude war leer und trotz des frühmorgendlichen Lichts dunkel. Sie öffnete die Türen, zog die Vorhänge zur Seite und stellte ihren Korb auf den Tisch. Die anderen Weisen aus Constantia mußten in Kürze eintreffen. Sie würden nach den anderen schicken müssen.

Ihr Herz pochte heftig. Der Anblick jener hochgewachsenen, dünnen Gestalt auf dem Marktplatz war fast zuviel für ihr schwaches Herz gewesen. Dennoch hatte sie sich an den Beschwörungsgesang erinnert, nicht nur an die Gesten, sondern auch an die Worte, und das hatte die Leute stark genug gemacht, um das Wesen und seine lange, dünne Frau zu vertreiben.

Jedenfalls dieses Mal.

Paushos Mund war trocken. Sie war beinahe siebzig Jahre alt, hütete die alten Weisheiten und hätte nie gedacht, daß sie je etwas anderes damit bewirken würde, als das Blut der Klippler rein zu erhalten. Nicht einmal das war ihr geglückt. Von all den Säuglingen, die in den Bergen ausgesetzt worden waren, hatten mehr als zwei Dutzend überlebt. Manche davon hatte die fehlgeleitete Güte kinderloser Frauen gerettet, andere waren von jungen Auds aus anderen Gegenden entdeckt worden. Diese gläubigen Kinder wußten nichts von ihrem Erbe. Sie ahnten nicht, daß jenes mitfühlende Geschwätz in den letzten Kapiteln der Geschriebenen und Ungeschriebenen Worte dem Buch erst Generationen nach dem Tod des Roca zugefügt worden war.

Das Original der Worte wurde in einem steinernen Behälter in einem Gewölbe unter dieser Halle aufbewahrt. Pausho hatte sie gelesen, genau wie die anderen Weisen, und im Unterschied zum Tabernakel wußte man in Constantia genau, was im Laufe der Generationen zugefügt oder entfernt worden war.

Pausho atmete tief ein und legte die Hand auf ihr Herz. Die grobe Wolle des Pullovers kratzte auf ihrer Haut. Sie war für den frühen Morgen angezogen und trug einen Pullover, einen dicken Rock und darunter lange Hosen und Stiefel. Während der Versammlung würde ihr bestimmt der Schweiß ausbrechen. Aber es war zu spät, um jetzt noch nach Hause zu laufen und sich umzuziehen, zu spät, um ihrem Mann Bescheid zu sagen, zu spät, um einzukaufen.

Es handelte sich hier um einen Notfall, und Pausho mußte so schnell wie möglich handeln.

Alle mußten so schnell wie möglich handeln.

»Die Langen.«

Sie wirbelte herum. Hinter ihr stand Zak. Er war älter als sie, und das Alter hatte sein rotes Haar gelb verfärbt. Sein Gesicht war von tiefen Sorgenfalten gefurcht. Er hatte einmal zu ihr gesagt, kein Mensch könne Säuglinge zum Tode verurteilen, ohne daß man es ihm ansähe.

»Ich habe sie gesehen«, begann Pausho. »Auf dem Marktplatz.«

»Das habe ich gehört.« Zaks Stimme war tief, warm und voller Mitgefühl. Während er zum Tisch humpelte, stützte er sich auf einen Stock. »Ich habe gehört, wie du sie vertrieben hast.«

Pausho nickte. »Wir haben sie gebannt.«

»Es war gut, daß du da warst.« Zak sprach gedämpft. Seine Worte hingen zwischen ihnen. Die ganze Stadt wäre verloren gewesen, wenn einer von ihnen auch nur eine Münze von dem Langen angenommen hätte. Es war schon schlimm genug, daß Matthias sich nach all den Jahren wieder in Constantia aufhalten durfte. Aber die Weisen konnten ihn nicht von hier fernhalten. Seit dem Tag, als die fehlgeleitete Elda ihn in den Bergen gerettet hatte, hatte er einen Platz in Constantia.

Darin war die Tradition unmißverständlich: Wer aus den Bergen zurückkehrte, verdiente es zu leben.

Aber Fremde, hochgewachsene Fremde, die von außerhalb nach Constantia kamen, waren durch und durch böse. Sie mußten vertrieben werden, und gelang das nicht, so mußten sie sterben.

»Vor zwei Tagen sind die Langen gesehen worden«, sagte Zak. »Sie versuchten, im Steinbruch Arbeit zu bekommen, wie wir jetzt erst erfahren haben.«

Pausho seufzte. Heutzutage wurden so viele Kinder hier großgezogen, ohne daß man sich dabei um die Traditionen scherte. Sie gab den Auds die Schuld daran. Den Auds und dem übermächtigen Tabernakel, wo man die eigene Auslegung der Worte für die einzig richtige hielt.

Zumindest gab es augenblicklich keine Auds in der hiesigen Kirche. Pausho hatte es fertiggebracht, den Tod des letzten Aud vor dem Tabernakel geheimzuhalten.

Eine Stufe knarrte. Tri stand draußen, sein langes rotes Haar umrahmte sein Gesicht wie eine Wolke. Er war erst vierzig Jahre alt und damit der jüngste Weise. Als sein Vater vor einem Jahr starb, hatte man ihn in die Traditionen eingeführt.

»Wie es heißt, werden die Legenden Wirklichkeit«, bemerkte er. Seine Stimme zitterte ein wenig, und Pausho hörte den Unglauben darin. Sie hatte es schon immer für einen Fehler gehalten, Tri in die Führungsriege aufzunehmen. Er war als Rocaanist erzogen worden, man nannte ihn Dimitri nach einem König der Blauen Insel, und er hatte mehr auf seine religiöse Mutter als auf seinen weisen Vater gehört. Aber nach der Tradition mußten nur drei Weise einer Ernennung zustimmen, und alle hatten ihn unterstützt. Alle außer Pausho.

»Auf dem Marktplatz waren heute Lange«, sagte sie. »Ich habe sie gesehen.«

»Fremde?« Tri klang immer noch ungläubig.

Sie nickte.

Er trat ein, ohne sie anzusehen. Statt dessen ging er zu Zak, zog einen Stuhl heran und half Zak, sich zu setzen. Pausho beobachtete Tri, aber er ließ nicht erkennen, ob er beunruhigt war oder dieses Treffen nur als ein lästiges Zwischenspiel empfand, das ihn von seiner Arbeit in der Schmiede abhielt.

»Sind die anderen benachrichtigt worden?« erkundigte sich Tri.

»Ja«, erwiderte Pausho und fragte sich, ob er sie für eine Idiotin hielt. Sie wußte genau, wie man eine Versammlung einberief, auch wenn sie es noch nie zuvor getan hatte. Normalerweise trafen sich die Weisen am Tage des Vollmonds, und diese Versammlungen dauerten nur sehr kurz.

Trotzdem kannte Pausho die vorgeschriebene Prozedur. Pausho wußte, daß der Anblick eines Langen eine Versammlung erforderlich machte, genau wie die Geburt eines Dämons.

In diesem Augenblick trat Fyr ein. Sie war ganz außer Atem. An ihrem dicken Arm hing ein Korb, und auch sie war passend zur frühen Morgenstunde gekleidet. Sie war fünfzehn Jahre älter als Tri und ein Jahr vor ihm in den Kreis der Weisen gewählt worden.

Pausho sehnte sich nach ihrer alten Gruppe, mit der sie den größten Teil ihrer Laufbahn zusammengearbeitet hatte. Eine Gruppe, die ohne viel Federlesens Säuglinge in den Bergen aussetzen ließ, die an den Traditionen und Legenden festhielt, ohne sich von Geschichten aus anderen Gegenden irritieren zu lassen, und die es für notwendig hielt, schnell und ohne lange Diskussionen zu handeln.

»Ich habe Rin gesehen«, keuchte Fyr. »Sie muß jeden Moment hier eintreffen.«

Rin war die fünfte und letzte der Weisen von Constantia. Sie war der Gruppe kurz nach Pausho beigetreten, und sie standen sich fast so nahe wie Schwestern.

Rin trat ein. Auch sie war außer Atem, ihr rundes Gesicht war dunkelrot. Sie sah aus, als habe sie einen weiten Weg hinter sich.

»Die Langen«, schnaufte sie, und aus ihrer Stimme hörte Pausho die gleiche Angst, die sie selbst verspürte. Sie waren jetzt die ältesten Weisen. Es schien erst Wochen her zu sein, als sie noch die jüngsten gewesen waren und wissensdurstig zu jenen aufgeblickt hatten, die einige Jahrzehnte älter waren.

Jahrzehnte älter und jetzt tot.

»Die Langen«, sagte auch Pausho. »Schließ doch bitte die Tür.«

Rin kam der Aufforderung nach. Sie war klein und rundlich, ihre graudurchsetzten braunen Locken waren ungekämmt. Ihre bunte Kleidung war wahllos zusammengewürfelt, die Verschlüsse der Kleidungsstücke standen größtenteils offen. Jemand hatte sie aufgeweckt, und sie hatte sich in aller Eile etwas übergeworfen, bevor sie hierher gestürzt war.

»Wir müssen die anderen Weisen benachrichtigen lassen«, forderte Zak.

Er meinte die Weisen der anderen Dörfer, die die kleinen Siedlungen in den Bergen vertraten, und jene Weisen, die isoliert in der Nähe der Spangen des Todes lebten und nur ihre eigenen Familien repräsentierten.

»Machen wir«, stimmte Pausho zu. In den letzten Jahren hatte sie die Führung dieser Gruppe übernommen, ohne daß sie sich mit ihrer Stellung hätte anfreunden können. Eigentlich war Zak der älteste, aber er hatte weder den Wunsch noch die Fähigkeit zu führen. Er machte nur Vorschläge. Pausho dagegen verstand es, sich durchzusetzen. »Als erstes müssen wir unsere eigenen Leute warnen. Wir müssen verhindern, daß die Langen in dieser Gegend ihre Geschäfte treiben, in Kontakt mit unseren Kindern kommen und unsere Jugend verführen.«

Tri seufzte. »Ich glaube, wir reagieren ein wenig übertrieben. Wir wissen doch gar nicht, wer die Leute sind oder was sie wollen. Wahrscheinlich halten sie uns jetzt für abergläubische Hinterwäldler.«

»Ist das wichtig?« fragte Fyr gelassen. »Kümmert es uns, was andere über uns denken?«

Tri zuckte die Achseln. »Mir ist es jedenfalls nicht gleichgültig. Wenn sie zu Pferd kommen, brauchen ihre Pferde vielleicht neue Hufeisen. Oder ihre Waffen müssen repariert werden. Ich kann in meiner Schmiede immer neue Kunden gebrauchen. Pausho hat selbst gesagt, daß sie auf den Marktplatz gehen wollten. Sie wollten Geld ausgeben. Das ist doch gut für uns ...«

»Gut?« Rin ließ sich auf einen der Stühle sinken. Mit alterskrummen Fingern versuchte sie, die Knöpfe ihres Pullovers zu schließen. »Du bist ein Weiser, ohne die Geschichten zu kennen?«

»Lang!« sagte Tri. Dann erhob er sich. Er war genauso groß wie Pausho, Rin und Zak. Die meisten Einwohner hier wurden nicht größer. Seit vielen Jahren hatten sie die Langen verbannt, und nur eine Handvoll von ihnen hatte überlebt.

Die Handvoll, der die Berge nichts hatten anhaben können.

»Lang!« wiederholte Tri. »Für meine Kinder bin ich auch lang. Aber bin ich deswegen schlecht? Und was heißt schon lang? Vielleicht reden die alten Geschichten gar nicht von Menschen, die so groß sind wie Matthias. Vielleicht reden sie von Riesen. In diesen Legenden geht es um Menschen, die den Bergen gewachsen sind. Sind damit Menschen gemeint, die auf diese Berge klettern, oder Menschen, die so groß sind wie die Berge? Wir wissen es nicht. Diese Geschichten sind von Generation zu Generation weitergegeben worden. Nur weil Pausho annimmt, diese Leute seien lang, macht sie das noch nicht zu den Langen unserer Legenden.«

Pausho verschränkte die Arme. »Du gehörst nicht hierher«, sagte sie.

Tri hob eine Braue. »Weil ich das, was du sagst, nicht schweigend akzeptiere? Weil mir die Aufgaben der Weisen nicht gefallen? Weil ich mich weigere, das Todesurteil über Menschen zu sprechen, ohne vorher ein paar Fragen zu stellen?«

»Weil du nichts verstehst«, erwiderte Pausho gleichmütig.

»Dann erkläre es mir«, forderte Tri sie auf. »Erkläre es mir. Sag mir, was mit uns geschehen würde, wenn diese Langen ein paar Münzen in unserer Stadt ausgäben. Matthias gibt sein Geld auch bei uns aus. Ihr habt ihn in die Berge geschickt, und als er überlebte, habt ihr eure Meinung geändert und gesagt, Überlebende gehörten zu uns.«

»Matthias lebt nicht mehr in Constantia«, erwiderte Fyr.

»Matthias ist letzte Nacht zurückgekehrt, zusammen mit ein paar anderen«, gab Tri zurück.

»Vielleicht waren das die Langen, die du gesehen hast«, äußerte Zak.

»Es war Matthias«, antwortete Tri. »Sein Haus liegt neben meinem. Ich habe gesehen, wie sie alle eintraten. Jeder einzelne von ihnen war ein Fremder.«

»Waren die Langen bei ihm?« fragte Pausho. Ihr Herz klopfte schnell. Als sie vor vielen Jahren eine Weise geworden war, hatte sie nicht gewußt, was es bedeutete, über Leben und Tod anderer Menschen zu entscheiden. Sie hatte nicht verstanden, daß sie sich niemals daran gewöhnen würde, niemals jene Gefühle ablegen würde, die Tri jetzt als Argumente benutzt hatte; das Gefühl nämlich, daß sie kein Recht hatte, diese Entscheidungen zu treffen und ebenso verwirrt war wie alle anderen.

»Eine Frau war genauso lang wie er«, sagte Tri. »Sie hatte auch rote Haare. Aber ich habe sie noch nie gesehen.«

»Die Frau, die ich gesehen habe, hatte dunkle Haut«, bemerkte Pausho. »Dunkles Haar, dunkle Haut, dunkle Augen. Sie war nicht von hier. Der Mann auch nicht.«

Zak legte eine Hand auf ihren Arm. »War es Nacht, als der Mann zurückkam?«

Tri nickte.

»Dann kannst du nicht wissen, ob diese Langen vielleicht zu ihm gehörten.«

»Ich weiß, daß diese Langen vor zwei Tagen im Steinbruch waren und Arbeit suchten«, sagte Zak.

»Und im Steinbruch arbeitet jetzt ein Fremder«, sagte Fyr. »Er ist zwar nicht groß, aber dunkel, genau wie du es beschrieben hast. Er stammt auch nicht von hier.«

»Ist Matthias vielleicht vor ein paar Tagen zurückgekommen, ohne daß er nach Hause gegangen ist?« fragte Rin.

»Warum?« wollte Tri wissen. »Warum sollte er nicht nach Hause gehen, wo er in Sicherheit ist?«

Paushos Mund war wie ausgedörrt. »Hast du dich eigentlich mit Matthias angefreundet?« sagte sie zu Tri und stellte damit endlich jene Frage, die ihr seit fast einem Jahr auf der Zunge lag.

»Wir haben uns unterhalten«, erwiderte Tri. »Schließlich sind wir Nachbarn.«

»Und kommt er in deine Schmiede?«

Tri zuckte die Achseln, wandte aber den Blick ab. »Alle kommen in meine Schmiede.«

»Auch Matthias?«

Tri blieb die Antwort schuldig. Fyr erhob sich und berührte

seinen Arm. Er blickte sie nicht an, sondern starrte unverwandt auf den Boden.

»Tri«, beharrte sie. »Das ist wichtig.«

»Wichtig, weil es euch das Recht gibt, einen Mann nur wegen seiner Körpergröße zu verfolgen, ohne daß ihr etwas über ihn wißt? Er war der Gottgefällige«, gab Tri zurück. »Das kann euch doch nicht gleichgültig sein.«

»Er ist zurückgetreten«, antwortete Rin.

»Das sollte dir besonders viel Freude bereiten, wo du den Tabernakel doch für fehlgeleitet hältst«, erwiderte Tri.

Pausho stand unbeweglich. Mit pochendem Herzen blickte sie Tri ungläubig an. Ein Weiser, der sich mit einem Verstoßenen einließ? Hatten sie einen so großen Fehler begangen, als sie Tri ernannten? Hatten sie sich solchen Schaden zugefügt?

»Was hast du für ihn getan?« fragte sie.

Tri hob ein wenig das Kinn. »Ich habe ihm Varin besorgt.«

Varin. Ein Edelmetall von unendlichem Wert, das es nur an den Blutklippen gab. Nur von einer Handvoll Menschen berührt, von eigens dazu Auserwählten abgebaut, von den Weisen in den unteren Gewölben dieser Versammlungshalle gehortet.

»Varin«, flüsterte Pausho.

Fyr trat einen Schritt von Tri zurück, als sei er verseucht. »Warum nur? Wie konntest du das tun?«

»Weil Matthias danach gefragt hat?« sagte Zak.

»Weil er dafür bezahlt hat.« Rin spuckte den Satz förmlich aus. »Ich kann einfach nicht glauben, daß du dich mit einem Ausgestoßenen einläßt.«

»Ihr habt gesagt, er sei kein Ausgestoßener«, protestierte Tri. »Er hat in den Bergen überlebt.«

»Wir haben gesagt, daß er hier leben kann. Aber wir haben niemals gesagt, er sei kein ...« Pausho hielt inne. Sie konnte es einfach nicht besser erklären. »Verstehst du denn nicht, welche Gelübde du abgelegt hast? Deine Pflichten unseren Leuten gegenüber?«

Tri kreuzte die Arme über der Brust, so, wie es vorgeschrieben war, wenn man die Gelübde ablegte. »›Ich gelobe, die Bewohner von Constantia stets zu unterstützen, zu verteidigen und zu führen‹«, zitierte er feierlich, »›was es mich, meine Familie oder meinen inneren Frieden auch kosten möge.‹ Reichlich vage, findet ihr nicht?«

»Vage?« Zak schüttelte den Kopf. »Da bin ich anderer Ansicht.«

Aber Pausho begriff langsam, worauf Tri hinauswollte. »Es ist vage, wenn man die Worte nicht gelesen hat, die Geschichte nicht kennt und sich nicht ausführlich mit den Legenden beschäftigt hat.«

»Hast du das getan?« Rins Stimme war sanft, mit einem harten Unterton.

»Wir haben ihn dazu aufgefordert«, sagte Zak.

»Hast du das getan?« wiederholte Rin.

Tri ließ die Arme sinken. »Manches davon habe ich gelesen«, antwortete er widerstrebend.

»Welchen Teil?« bohrte Rin. Ihre Stimme hob sich mit jeder Frage an.

»Ich habe mir die Worte angesehen.«

»Aber du hast nicht darin gelesen«, vervollständigte Pausho. »Wie steht es mit der Geschichte? Oder den Legenden?«

»Sie haben nichts mit der Gegenwart zu tun«, gab Tri zurück.

»Sie haben alles mögliche mit der Gegenwart zu tun«, fuhr Zak auf. »Heute morgen war ein Langer auf dem Marktplatz. Ohne Geschichtskenntnis kannst du das gar nicht verstehen. Und wenn dir das Verständnis fehlt ...«

»Dann verspüre ich auch kein Bedürfnis, unschuldige Kinder zu töten«, sagte Tri.

»Glaubst du, es geht nur darum?« fragte Rin.

Paushos Herz klopfte immer schneller. Sie hatte es gespürt. Von Anfang an hatte sie es bei Tri gespürt. Jetzt begriff sie endlich, warum er sich den Weisen angeschlossen hatte. Nicht um zu helfen, sondern um ihre Macht in Frage zu stellen.

»Natürlich geht es darum«, antwortete Tri. »Darum, und um euren Führungsanspruch über Constantia, der zu alt ist, um noch sinnvoll für diese Stadt zu sein. Natürlich habe ich Matthias das Varin gegeben. Ich sah keine Veranlassung, jemandem ein so kostbares Gut vorzuenthalten, wenn er es benutzen will. Ich werde mich auch dagegen wehren, Kinder zu töten, besonders Neugeborene, nur weil uns ihr Äußeres mißfällt. Das ist doch barbarisch.«

»Du hast dich uns angeschlossen, um uns zu verändern.« Zak hörte sich verängstigt an. Mit rotgeränderten Augen und noch bleicher als sonst blickte er zu Pausho hinüber. »›Wenn die Langen zurückkehren, wird der Verrat aufgedeckt werden und die Berge einstürzen‹.«

»Diese Prophezeiung ist ein Teil der Legenden«, sagte Pausho zu Tri. »Wenn du dich damit beschäftigt hättest ...«

»Hätte ich das getan, dann hätte ich genau dieselbe Gehirnwäsche hinter mir wie ihr. Versteht ihr denn nicht, was aus euch geworden ist? Mörder im Namen der Tradition. Versteht ihr nicht, was ihr damit anrichtet, welche Auswirkungen es auf unsere Gemeinschaft hat? Mitten in der Nacht schleichen sich Schwangere heimlich davon, weil sie lieber die Gefahren einer Reise auf sich nehmen wollen, als sich eurem Urteil über ihre Kinder zu unterwerfen. Geheime Gruppierungen sind entstanden, um diese Kinder vor euch zu schützen. Die Leute beobachten die Berge, um die Kinder, die man im Schnee ausgesetzt hat, zu retten.«

Pausho hatte das Gefühl, als habe man ihr ein Messer mitten ins Herz gestoßen. Sie tastete nach einem Stuhl, ließ sich darauf fallen und starrte Tri an.

Er wirkte größer und energischer als früher. »Das ist noch nicht alles«, fuhr er fort. »Ihr versagt unserer Gemeinschaft das nötige Geld, indem ihr uns unsere wertvollen, einzigartigen Schätze vorenthaltet. Ihr häuft das Varin an, gebt dem Tabernakel Seze und untersagt das Pflücken der Blauen Naris. Unter eurer Führung werden wir arm und isoliert bleiben. Nicht einmal an der Mündigkeitszeremonie des neuen Prinzen habt ihr teilgenommen, obwohl man euch eingeladen hatte. Ihr verhaltet euch so, als gehörten wir nicht zur Blauen Insel.«

»Wir sorgen dafür, daß unsere Leute in Sicherheit leben können«, erwiderte Zak.

»Aber dafür zahlen wir einen hohen Preis«, sagte Tri.

»Du verstehst das nicht«, sagte Rin. »Wir erhalten die Reinheit der Menschen hier. Wir sind die einzigen, die ...«

»Es spielt keine Rolle.« Der Satz löste sich von Paushos Lippen, bevor sie etwas dagegen tun konnte. Sofort breitete sich Schweigen aus. Alle blickten auf Pausho.

Blickten auf sie hinunter. Es war ein seltsames Gefühl, als einzige zu sitzen, als einzige von Tris Worten besiegt worden zu sein, anstatt gegen sie anzukämpfen.

»Ihr braucht nicht weiter mit ihm zu diskutieren«, wandte sie sich an ihre Freunde, die anderen Weisen, die Tri in diesen Kreis gewählt hatten. »Ihr könnt ihn doch nicht überzeugen. Er ist zu uns gekommen, um uns zu verändern, er wollte so lange schweigen, bis wir ihn akzeptiert hatten, oder bis zur ersten schwierigen Entscheidung. Dann wollte er die Maske fallenlassen, so, wie er es jetzt getan hat.«

»Er hat Matthias Varin gegeben.«

»Ich bin sicher, daß er auch mehr als eine Familie gewarnt hat, damit sie rechtzeitig flüchten konnte.« Pausho ballte die

Fäuste. Sie wußte von mindestens zwei Schwangeren aus Familien, in der häufig lange Neugeborene zur Welt kamen, die kurz nach der Entscheidung der Weisen verschwunden waren, diese Familien besonders sorgfältig zu beobachten. »Aber das muß jetzt ein Ende haben. Tri wird uns verlassen.«

»Der Weise hat das Gelübde für die Dauer seines ganzen Lebens abgelegt«, protestierte Tri.

Pausho nickte. Sie war völlig erschöpft. »Er legt ein Gelübde für die Dauer seines Lebens ab«, bestätigte sie, »und er bleibt ein Weiser, solange er sich an dieses Gelübde hält. Du hast niemals ein Gelübde abgelegt. Deine Absicht war von Anfang an, es zu brechen.« Sie wischte sich mit der Hand über das Gesicht. Paushos Haut war weich, die Augen vom Leben so hart geworden, daß keine Tränen darin schimmerten. »Du hast ja keine Ahnung, was du angerichtet hast.«

»Ich habe versucht, meine Leute zu schützen«, sagte Tri. Pausho hörte einen ungewohnten, rauhen Unterton in seiner Stimme. »Ich glaube, daß euer Anspruch auf Führung überholt ist. Er gründet sich auf Dinge, die heutzutage nicht mehr wichtig sind.«

»Heute morgen waren Lange auf dem Marktplatz«, bemerkte Zak.

Pausho ließ die Hand sinken und seufzte. Während sie sich langsam erhob, spürte sie jedes einzelne ihrer siebzig Jahre. »Weißt du überhaupt, was Varin ist?«

»Ein Metall. Es hat Eigenschafen, die seine Verarbeitung besonders schwierig machen, aber einmal geschmiedet, liefert es teuflische Klingen, die auch im Lauf der Zeit nicht stumpf werden.«

»Das ist nur ein kleiner Teil seiner Eigenschaften«, gab Pausho zurück. »Varin tötet durch eine einzige Berührung. Als Klinge zerschneidet es alles mühelos, aber es findet Gefallen am Zerschneiden, am Blut. Es wird so lange nicht aufhören, bis jemand kommt, der dieses Metall zu beherrschen versteht, der seine Macht und seinen Nutzen kennt und es kontrollieren kann. Bist du dazu in der Lage?«

Tri runzelte die Stirn.

»Natürlich nicht«, antwortete Pausho statt seiner. »Du verabscheust unsere Traditionen. Kann Matthias ein solches Schwert beherrschen? Nein. Er weiß nur, daß das Varin ein Teil jener Rezeptur ist, von der er als der Gottgefällige erfahren hat.«

Es gelang ihr nicht, den Sarkasmus dieser letzten Worten zu mildern.

»Matthias ist ebensowenig der Gottgefällige wie ich. Er hatte in dieser Position nichts zu suchen. Sie kann nur durch die direkten Nachfolger des Zweitgeborenen Sohnes des Roca eingenommen werden. Diese Stellung wird vererbt, ebenso wie die des Königs, die den erstgeborenen Söhnen des Roca zugesprochen wurde. Niemals hätte jemand wie Matthias von diesen Rezepturen erfahren dürfen. Sie sind nur für Männer bestimmt, die sich ihrer zu bedienen wissen, Männer, in deren Adern das Blut des Roca fließt.«

Pausho zitterte am ganzen Körper.

»Du hast versagt, Tri. Du hast kein Recht mehr auf einen Platz unter uns. Du hast uns betrogen und dein Gelübde gebrochen.«

Zak schluckte heftig. Er blickte zuerst auf Pausho, dann zu Tri. »Du hast kein Recht mehr auf einen Platz unter uns.«

Rin und Fyr sprachen nacheinander dieselben Worte.

»Wenn wir dich hier noch einmal antreffen, wenn du hierherkommst, wenn du irgend etwas in dieser Halle berührst, werden wir dich bestrafen«, sagte Pausho.

»Mit dem Tod, nicht wahr?« Tri schüttelte den Kopf. »Ihr seid so erbärmlich berechenbar. Das Schlimme ist nur, daß so viele Unschuldige von euch abhängig sind. Sie glauben an euch. Sie lassen es zu, daß ihr in ihre Häuser eindringt und ihre Kinder stehlt. Sie hören auf euch, wenn ihr andere als Dämonenbrut, als böse oder teuflisch verdammt. Sie fürchten euch. Nun, ich fürchte euch nicht. Ich glaube, ich hätte viel für unsere Gemeinschaft tun können. Ich hätte endlich einen Schlußstrich unter die Vergangenheit gezogen und allen den Weg in die Gegenwart gezeigt. Ich hätte ...«

»Gemeinsame Sache mit den Langen gemacht und uns alle ins Verderben gestürzt«, vervollständigte Rin. Sie verschränkte die Arme. »Sieh zu, daß du von hier verschwindest.«

»Verschwinde«, sagte auch Zak.

»Verschwinde«, sagte Fyr. Sie schob sich dichter an ihn heran, als wolle sie ihn hinausdrängen.

Tri blickte sie nacheinander an. »Versteht ihr denn nicht, daß ihr etwas Falsches tut?«

»Verschwinde«, sagte Pausho.

Tri schüttelte den Kopf, drehte sich um und ging hinaus. Pausho folgte ihm, zog die Tür hinter ihm ins Schloß und ließ die Hand auf der Klinke liegen. Es war eine Ironie des Schicksals. Eine Ironie des Schicksals und traurig zugleich. In der Diskussion mit ihnen, durch das Eingeständnis seines Verrats, hatte Tri die Rückkehr der Langen bestätigt.

Dämonenbrut.

Sie schauderte und wandte sich dann um. Die anderen beobachteten sie.

»Und was jetzt?« fragte Zak.

»Unsere Anzahl ist verringert und dadurch auch unsere Macht«, sagte Rin. »Ausgerechnet zu dem Zeitpunkt, an dem wir sie am nötigsten brauchen.«

Pausho schüttelte den Kopf. »Unsere Macht ist nicht geringer geworden«, widersprach sie. »Wir sind gestärkt. Wir wären nur dann ohnmächtiger, wenn wir ihm gestattet hätten zu bleiben.«

»Dadurch wissen wir aber auch noch nicht, was wir jetzt machen sollen«, gab Zak zurück.

»Wir folgen der Legende«, antwortete Pausho. »Wir hören auf die Prophezeiung.«

»Aber wir brauchen einen Schmied«, gab Rin zu bedenken.

»Es gibt noch andere.« Pausho wußte nicht, wen sie jetzt noch fragen sollte. Auch sie hatte sich auf Tri verlassen.

»Wir müssen rasch einen Schmied finden«, sagte Fyr, »bevor die Langen zurückkommen.«

»Falls sie überhaupt weggegangen sind«, meinte Zak.

»Sie gehen nicht weg«, erwiderte Pausho. Sie schloß die Augen vor der Wahrheit der Prophezeiung. »Sie gehen erst, wenn wir ihnen gehören.«

9

Adrian stützte sich auf seine Spitzhacke und holte tief Luft. Obwohl die Sonne gerade erst aufgegangen war, war er jetzt schon in Schweiß gebadet. Rücken und Arme schmerzten von der Anstrengung, und alle Blasen, die er sich gestern hier zugezogen hatte, waren inzwischen aufgeplatzt.

Er hatte immer die Feldarbeit für hart gehalten, aber das hier war etwas völlig anderes.

Der Steinbruch erstreckte sich in alle Richtungen, soweit das Auge reichte, und überall waren muskelbepackte Männer zu sehen, die sich trotz der morgendlichen Kühle das Hemd ausgezogen hatten und große, metallhaltige Felsbrocken in kleinere Stücke hackten. Andere Männer transportierten die Stücke in Schubkarren in die Gießerei, wo die erfahreneren Arbeiter den Brocken das Metall entzogen. Der übrige Stein wurde zu Kies zerkleinert und beim Straßenbau für die wichtigeren Verbindungsstraßen im Norden eingesetzt.

So weit würde Adrian niemals in der Hierarchie des Steinbruchs aufsteigen. Er war nur ein Tagelöhner, genau wie Fledderer und Coulter. Er hatte kurzfristig mit dem Gedanken gespielt, sich hier in der Nähe niederzulassen, solange sie mit Gabe zusammenarbeiteten. Es blieb ihnen nicht viel Zeit. Sie mußten Gabes Fähigkeiten und Kräfte erweitern und ihm beibringen, wie man Menschen führt.

Adrian wußte nicht so recht, wie sie das fertigbringen sollten – und ob sie es überhaupt fertigbringen würden. Sie mußten es einfach versuchen.

Während der ganzen Zeit mußten sie Gabe vor seinem Urgroßvater, dem Schwarzen König, verbergen.

Adrian gefiel es hier. Als Fledderer diesen Ort als Ziel vorgeschlagen hatte, war er zuerst sehr skeptisch gewesen. Niemand ging soweit nach Osten oder Norden. Sie befanden sich am östlichen Rand der Bergkette, die man als »Die Augen des Roca« bezeichnete, ein Gebirge, das sich über den gesamten nördlichen Teil der Insel erstreckte und hier in die Blutklippen überging. Sie hatten die Klippen über die Flußroute erreicht, waren vom Landesinneren erst nach Osten, dann in nördliche Richtung gezogen, bis sie den Cardidas erreicht hatten. Es war nicht einfach gewesen, den Fluß zu überqueren, aber sie hatten es geschafft.

Jetzt befanden sie sich in einem Teil des Landes, den die meisten Inselbewohner nur vom Hörensagen kannten. Sie wußten, daß sie hier nicht gern gesehen waren. Daher hatte Adrian auch Fledderes Vorschlag, hierherzugehen, für ziemlich verrückt gehalten. Wahrscheinlich hatte Fledderer gar nicht gewußt, wie sonderbar diese Region der Insel war.

Wie schon oft hatte Adrian Fledderer unterschätzt.

Fledderer war zwar ein Fey, aber er war ein höchst ungewöhnlicher Vertreter dieses Volkes. Er war eine Rotkappe, eine kleinwüchsige, vierschrötige Rotkappe ohne jede Zauberkraft. Die Fey zwangen die Rotkappen, an Leichen zu arbeiten, die toten Körper im Dienste der Magie aufzuschlitzen und sie nach dem Ausweiden beiseite zu schaffen. Die Fey hielten Rotkappen nicht für ihresgleichen, sondern für schmutzige, minderwertige Geschöpfe, die eine undankbare Arbeit zu verrichten hatten. Fledderer war vor den Fey und der Arbeit geflohen, und fühlte sich der Blauen Insel jetzt tiefer verbunden als mancher Inselbewohner.

Fledderer, der Inselbewohner, der soviel von Zauberkräften wußte und diese zum Objekt lebenslanger eigener Forschung gemacht hatte. Da er nicht über eigene Zauberkräfte verfügte, hatte er sich überlegt, daß er zumindest mehr als andere davon verstehen sollte.

Fledderer war der einzige von ihnen, der gleichmäßig hackte. Seit sie kurz vor Sonnenaufgang im Steinbruch angekommen waren, hatte er einen roten Stein nach dem anderen zerschmettert. Seine Muskeln zeichneten sich deutlich auf dem breiten Rücken ab.

Coulter fiel die Arbeit schwerer. Am ersten Tag hatte er fest zugepackt, am zweiten das Tempo gedrosselt, und heute war sein Gesicht weiß vor Schmerz. Er war harte körperliche Arbeit nicht gewohnt.

Der junge Mann war so groß wie Adrian, reichte Gabe jedoch nur bis zur Schulter. Er hatte ein rundes Gesicht, blaue Augen und strohblondes Haar. Er war sechs Monate vor der ersten Invasion der Fey zur Welt gekommen, und er verfügte über Zauberkräfte, die Adrian erzittern ließen. Seit der Schwarze König auf die Blaue Insel gekommen war, hatte Coulter durch seine besonderen Kräfte der Gruppe das Leben bereits zweimal gerettet.

Davon war er immer noch angegriffen, weniger durch die Erschöpfung seiner Zauberkräfte – obwohl auch das nach Fledderers Ansicht eine Ursache für seinen schlechten Zustand war –, sondern weil er Leben ausgelöscht hatte. Coulter war einer der gutherzigsten Menschen, die Adrian kannte. Daß er mehr als einmal hatte töten müssen, um das Leben eines Freundes zu retten, der gar nicht verstanden hatte, was vor sich ging, machte ihm schwer zu schaffen.

Fledderer behauptete, Coulter könne Kiesel in Goldmünzen verwandeln, und dieser Zauber würde auch dann noch wirksam bleiben, wenn die Gruppe schon längst weitergezogen war. Adrian wußte jedoch genau, daß die Inselbewohner einen solchen Vorfall niemals vergessen würden, was wiederum den Schwarzen König direkt auf ihre Spur lenkte. Er machte sich Sorgen, weil Gabe und Leen sich in der Stadt gezeigt hatten, aber Coulter hatte einfach nicht mehr genügend Kraft, um ihnen das Aussehen von Inselbewohnern zu verleihen. Gabe war derjenige gewesen, der ihn gebeten hatte, damit aufzuhören. Es waren so viele Fey auf der Insel, daß sie früher oder später doch in diesen entlegenen Teil der Insel vorstoßen würden.

Der Schwarze König konnte ja nicht wissen, daß ausgerechnet die ersten diejenigen waren, nach denen er suchte.

Die ganze Gruppe hatte beschlossen, dieses Risiko einzugehen.

Adrian wischte sich die schmerzenden Hände an den schmutzigen Hosenbeinen ab, ergriff die Hacke und hieb sie in den vor ihm liegenden Steinbrocken. Ihr metallischer Klang vermischte sich mit dem der anderen Spitzhacken ringsum. Eine fast musikalische Arbeit: das Klirren der Hacke, die auf den Stein traf, das Grunzen der Arbeiter, die quietschenden Räder der Schubkarren, die vorüberrumpelten.

Jetzt hatte sein Pickel Risse im Stein hinterlassen, ohne ihn gleich zu zerkleinern. Adrian hatte schon häufiger beobachtet, daß der rote Stein eine graue Farbe annahm, wenn er brach. Mit fast entsetztem Gesichtsausdruck hatte Fledderer auf den ersten Stein geblickt, den er gespalten hatte.

»Mir gefällt es nicht, wie sich das anfühlt«, sagte er.

Aber Adrian hatte Fledderers Empfindungen weiter nicht beachtet, denn wer zuviel redete, wurde sofort aus dem Steinbruch entlassen, und am Abend, als er zum Lager zurückgekehrt war, hatte er Fledderers Bemerkung vergessen.

Jetzt mußte er wieder daran denken. Jedesmal, wenn sein Pickel auf den Felsen traf, bildete sich eine tiefrote Linie, die verschwand und beim nächsten Schlag erneut zu sehen war.

Adrian war froh, daß sie sich darauf geeinigt hatten, nur ein paar Tage im Steinbruch zu arbeiten. Es war eine knochenharte, stumpfsinnige Plackerei. In einigen Tagen hatten sie genügend Geld, um eine Woche essen zu können. Dann aber würden sie längst in einer anderen Stadt sein, an einem anderen Ort. Sie würden endlich das perfekte Versteck finden, in dem sie sich für längere Zeit aufhalten konnten und das sie nach Fledderers Ansicht unbedingt brauchten. Dort würde man sie erst einmal in Ruhe lassen.

Jedenfalls hoffte Adrian das.

Eine Hand berührte seinen schweißbedeckten Arm. Es war Fledderers.

»Hör nicht auf zu arbeiten«, flüsterte er. »Sieh mal dort.«

Er stand so dicht neben Adrian, daß kein anderer seine Worte hören konnte. Dann ging er wieder zu seinem Steinbrocken. Sein Pickel hatte ein tiefes Loch in der Mitte geschlagen, aber noch mußte der richtige Punkt gefunden werden, um den Stein zu spalten.

Adrian drosch seinen Pickel kräftig in das Gestein, drosselte aber das Tempo. Er suchte mit den Augen das Gelände ab, bis er gefunden hatte, was Fledderer meinte.

Ein Mann, den Adrian noch nie zuvor gesehen hatte, stand am Tor des Steinbruchs und unterhielt sich mit dem Besitzer. Der Mann trug einen Pullover, Reithosen und Stiefel. Die Kleidung eines Bergbewohners, der keine harte körperliche Arbeit im Kalten verrichten mußte. Er gestikulierte beim Reden und hob die Hände, als wolle er auf etwas Langes hinweisen.

Oder Hochgewachsenes.

»Das gefällt mir nicht«, sagte Coulter, der näher herangekommen war.

»Mir auch nicht«, stimmte Adrian zu.

»Glaubst du, es hat etwas mit uns zu tun?« wollte Coulter wissen.

»Ich glaube, das sollten wir in Betracht ziehen«, meinte Fledderer.

»Du leidest ja auch unter Verfolgungswahn«, gab Coulter

zurück, und das war nicht als Witz gemeint. Coulter hatte vor zwei Wochen aufgehört, Witze zu reißen.

»Stimmt genau«, erwiderte Fledderer. »Genau deshalb bin ich noch am Leben.«

»Ich glaube, wir sollten herausfinden, was sie wollen«, schlug Adrian vor.

»Und ich glaube, wir sollten verschwinden«, erwiderte Fledderer.

»Aber wir haben unseren Tageslohn noch nicht«, wandte Coulter ein.

»Wir haben auch noch keinen ganzen Tag gearbeitet«, sagte Fledderer.

Adrian spürte die Spannung zwischen den beiden. Seine Nackenhaare sträubten sich. Kein angenehmes Gefühl, aber er wollte keinesfalls gehen, bevor er nicht in Erfahrung gebracht hatte, was hier vor sich ging.

»Ihr beide verschwindet jetzt«, zischte er leise. »Schnappt euch Gabe und Leen und geht zum Lager zurück. Wenn ich bis morgen früh bei Tagesanbruch nicht dort bin, brecht ihr ohne mich auf.«

»Wir können dich nicht allein hier lassen«, sagte Coulter, und seine Stimme wurde dabei ein wenig lauter.

»Doch, das könnt ihr«, antwortete Adrian. »Gabe ist jetzt der Wichtigste, und das wißt ihr genau.«

Coulter schüttelte den Kopf. »Ich bleibe bei dir. Ich kann dich verteidigen.«

Adrian lächelte. Manchmal war Coulter mehr wie ein Sohn für ihn als Luke. Das hatte Adrian bewiesen, als er Luke auf dem Hof zurückließ, damit er sich um die Farm kümmerte, während Adrian selbst mit Coulter zu einer Reise aufbrach. Die langjährige gemeinsame Zeit als Gefangene der Fey, in der sie einander beigestanden hatten, hatte sie eng zusammengeschweißt.

Sie hatten sich gegenseitig das Leben gerettet.

»Du darfst Gabe nicht verlassen«, entgegnete Adrian. »Die Visionen zeigen dich zusammen mit Gabe. Ich komme zu euch. Ich möchte nur erst herausfinden, was hier los ist.«

Coulter schluckte so heftig, daß sein Adamsapfel auf und ab hüpfte. Fledderer hieb seinen Pickel in den Stein und packte dann Coulters Arm.

»Los«, flüsterte er.

»Ich schaffe das schon«, versicherte Adrian.

Coulter nickte. Er hatte begriffen. Es gefiel ihm zwar nicht, aber er hatte begriffen.

Adrian hatte keine Sekunde daran gezweifelt. Coulter liebte Adrian wie seinen eigenen Vater, aber er war mit Gabe Verbunden. Wenn Gabe starb, starb auch Coulter und umgekehrt. Es machte beide zu zwei Teilen eines Ganzen.

Fledderer berührte Coulter leicht am Arm. Wie vereinbart schulterten sie ihre Pickel und ließen sie an einem abgelegenen Platz zurück. Dann machten sie sich zwischen den Felsblöcken aus dem Staub. Adrian war dabeigewesen, als sie die Fluchtroute festgelegt hatten. Es würde einige Zeit dauern, bis sie den Steinbruch verlassen hatten.

Sie hatten die Route für den Fall geplant, daß plötzlich Fey auftauchten. Adrian hatte angenommen, daß der Schwarze König nur wenige Tage, höchstens eine Woche brauchen würde, um bis in diese nordöstliche Ecke der Insel vorzudringen. Bis jetzt war jedoch kein einziger Fey gesichtet worden. Vielleicht war die Wunde des Schwarzen Königs, die Gabe Gesehen hatte, tödlich gewesen, und die Nachricht war noch nicht bis in diese abgelegene Region gelangt.

Adrian hatte den Gedanken kaum erwogen, da wußte er auch schon, daß er falsch war. Der Schwarze König würde nicht sterben. Noch nicht. Nicht ohne die Person in seine Gewalt zu bringen, um derentwillen er hergekommen war.

Nicht ohne Gabe.

Adrian hieb den Pickel in den Stein. Er war entschlossen, so lange zu arbeiten, bis er sicher war, daß Coulter und Fledderer den Steinbruch verlassen hatten. Seine Rückenmuskulatur und seine Arme schmerzten. Jeder Schlag auf den Stein erschütterte seinen Körper so heftig, als habe der Pickel ihn selbst getroffen. Sein Mund war ausgedörrt, und er hatte Angst.

Er wußte, daß der Mann, der mit dem Eigentümer sprach, wegen Gabe und Leen gekommen war.

Er wußte es genau. Er hätte die beiden niemals bitten sollen, auf den Markt zu gehen. Er wußte es, seit man die beiden im Steinbruch abgewiesen hatte, als sie um Arbeit fragten. Aber die Gruppe hatte nur noch wenig Lebensmittel, und Adrian wollte nicht, daß Fledderer weiterhin stahl. Sie mußten verhindern, daß nicht nur die Fey, sondern auch die Inselbewohner hinter ihnen her waren.

Aber hier waren keine Fey. Nicht ein einziger, außer Fledderer, Gabe und Leen. Wäre da nicht die sonderbare Reaktion auf Gabes und Leens Körpergröße gewesen, hätten auch sie im Steinbruch arbeiten können.

Was sagte Fledderer immer? Körpergröße und Zauberkraft gehören zusammen.

Abgesehen von Coulter. Coulter war nicht besonders groß.

»Augenblick mal«, vernahm Adrian plötzlich eine Stimme hinter sich. »Mach mal `ne Sekunde Pause.«

Adrian ließ den Pickel sinken und umklammerte ihn, während er sich umdrehte und einen ruhigen Eindruck zu machen versuchte. Hinter ihm stand der Besitzer. Der Besitzer und der Besucher, mit dem er sich vorhin unterhalten hatte.

Der Besitzer war ein älterer Mann, dessen Gesicht so glatt war wie die Oberfläche der Steine. Seine Augen waren dunkelgrau, der Mund nur ein schmaler Strich. In den wenigen

Tagen, die Adrian jetzt für ihn arbeitete, hatte er den Mann noch kein einziges Mal lächeln sehen.

Der Besucher sah ganz anders aus. Er war schlank und leicht gebeugt, als ruhte das Gewicht der ganzen Welt auf seinen Schultern. Sein Gesicht war von tiefen Falten durchzogen, Sorgenfalten, wie sie Adrians Frau immer genannt hatte. Nur seine Augen hatten einen anderen Ausdruck. Sie blickten so kalt und hart wie die Berge.

»Wo sind deine Kameraden?« fragte der Besitzer.

Adrian schüttelte den Kopf. »Die sind heute morgen nicht aufgetaucht.«

Der Besitzer verschränkte die Arme vor der Brust. »Der Vorarbeiter hat gesagt, sie hätten ihre markierten Plätze verlassen.«

Der Besitzer hatte ein einfaches System, um den Lohn festzulegen. Morgens wurde eine Markierung angebracht, die man abends umsetzte. War der Arbeiter bei seiner Markierung angekommen, so erhielt er ein paar Münzen für seine Arbeit. Nur eine bestimmte Anzahl von Markierungen wurde ausgegeben. Waren genügend Arbeiter da, wurden alle anderen Arbeitssuchenden abgewiesen.

An die Markierungen hatte Adrian nicht gedacht. »Ich habe sie heute morgen noch nicht gesehen«, erwiderte er.

»Ich dachte, ihr drei gehört zusammen«, äußerte der Besitzer mit schmaler werdenden Augen.

»Wir haben zusammen angefangen. Dabei haben wir uns kennengelernt.« Das hatten sie schon abgesprochen. Es war besser. Schützte vor zu vielen Fragen.

»Aber Freunde seid ihr nicht?« sagte der Besitzer, dem man ansah, daß er nicht überzeugt war.

»Nein«, bestätigte Adrian.

»Drei Fremde, die zusammen ankommen und keine Freunde sind.«

Adrian zuckte die Achseln.

»Fünf Fremde«, ließ sich jetzt der andere Mann hören. Seine Stimme war tief, und er sprach so deutlich, daß Adrian dachte, dieser Mann könnte summen und würde doch verstanden werden. Der Mann hatte die beiden Worten so ungläubig ausgesprochen, daß Adrian fast zusammengezuckt wäre.

»In den letzten Tagen waren wir nur zu dritt«, antwortete Adrian. Er war lange Zeit Gefangener der Fey gewesen. Er hatte gelernt, seine Stimme zu kontrollieren. Er konnte so glatt lügen, daß ihm niemand je auf die Schliche kommen würde.

»Du bist mit zwei Langen gekommen«, sagte der Mann.

»Nein«, entgegnete Adrian. »Heute morgen war ich allein.«

»Nicht heute morgen«, gab der Mann zurück. »Gestern.«

»Ja«, bestätigte Adrian, »gestern waren ein paar Lange in der Gruppe. Aber sie waren nicht mit mir zusammen.«

»Du hast mit ihnen gesprochen«, sagte jetzt der Besitzer. »Ihr habt euch verabredet.«

»Ja, natürlich«, erwiderte Adrian. »Sie haben uns an diesem Morgen das Frühstück gebracht. Wir verabredeten, daß wir nach der Arbeit dafür bezahlen wollten.«

»Du hast ein Geschenk von den Langen angenommen?« Die Stimme des Mannes zitterte vor Entsetzen.

Adrian zuckte die Achseln und fragte sich, welche lokalen Sitten er damit verletzt hatte. »Wir haben uns das Frühstück geteilt«, erwiderte er. »Es war kein Geschenk. Wir haben sie dafür bezahlt.«

»Dann machst du Geschäfte mit den Langen«, stellte der Mann fest.

»Natürlich«, sagte Adrian. »Die Langen. Fey. Ihr habt sicher davon gehört. Sie sind seit zwanzig Jahren auf der Blauen Insel.«

»Alles Gerüchte«, brummelte der Mann.

»Ihr habt sie gesehen«, wandte sich Adrian an den Eigentümer. »Es sind nur Fey. Sie gehören genauso zur Blauen Insel wie wir.«

Mehr wollte Adrian nicht sagen. Wenn sich die Nachricht von der Invasion des Schwarzen Königs noch nicht bis hierher herumgesprochen hatte, wollte er nicht derjenige sein, der sie als erster verbreitete.

»Warum bist du mit diesen Fremden unterwegs?« erkundigte sich der Mann.

»Das bin ich nicht«, log Adrian. »Ich bin hier, weil ich auf der Suche nach Arbeit war.«

»Hier kommen keine Leute her, die Arbeit suchen«, sagte der Mann. »Du klingst, als würdest du aus Jahn kommen. Stadtleute brauchen unsere Hilfe nicht.«

Adrian seufzte. Er mußte es ihnen doch erzählen. Sonst würden sie sich an ihn erinnern, wenn der Schwarze König auf seiner Suche hierherkam.

»Jetzt brauchen sie eure Hilfe«, erwiderte er leise. »Ich bin wahrscheinlich einer der ersten. Bald werden noch mehr Fremde hier eintreffen.«

Der Besitzer verschränkte die Arme vor der Brust, als glaubte er Adrian kein Wort. Die Augen des anderen Mannes blickten mißtrauisch, und Adrian spürte, wie er seine Worte abschätzte.

»Noch mehr?« fragte er.

Adrian nickte. »Es gab eine zweite Invasion der Fey. Dieses Mal führt sie der Schwarze König persönlich an. Er hat Tausende von Soldaten mitgebracht und ist entschlossen, unseren König zu stürzen.«

»Warum nimmst du dann dein Essen von diesen Langen an?«

»Sie haben nichts mit dieser zweiten Invasion zu tun«, erwiderte Adrian. »Sie gehören zur ersten. Der Schwarze König will sie ebenso vernichten wie die Inselbewohner. Das ist so Brauch bei den Fey.«

»Und diese Fey, sind sie lang?« wollte der Mann wissen.

»Einige«, antwortete Adrian und wünschte, er würde diese fixe Idee verstehen. »Aber der kleine Mann, mit dem ich am ersten Tag gearbeitet habe, der, den ihr eingestellt habt«, bei diesen Worten nickte er in Richtung des Besitzers, »der ist auch ein Fey. Aber er ist nicht lang.«

Der Besitzer runzelte die Stirn und wandte sich ab.

Jetzt war es für Adrian an der Zeit, eine wichtige Frage zu stellen. Er mußte seine Worte so wählen, daß er dabei nicht seine eigenen Interessen verriet. Er stützte sich auf den Pickel. »Warum sucht ihr denn nach diesen Leuten? Haben sie etwas angestellt?«

»Nein«, antwortete der Mann. »Aber sie wollten Geschäfte mit uns machen.«

Adrian schluckte. Demnach waren Gabe und Leen zum Marktplatz gegangen, und ihr Erscheinen hatte eine feindselige Reaktion ausgelöst. Nicht etwa, weil sie Fey, sondern weil sie hochgewachsen waren.

»Soll das heißen, daß ich das Geld, das ich hier verdiene, in Constantia nicht ausgeben darf?« fragte Adrian.

»Du schon«, erwiderte der Mann. »Aber sie nicht.«

»Warum nicht?« Adrian konnte nicht verhindern, daß seine Stimme schockiert klang.

»Haben die euch in Jahn denn gar nichts beigebracht?« fragte der Mann mindestens ebenso schockiert wie Adrian.

»Sieht ganz so aus«, gab Adrian zurück.

Besitzer und Besucher warfen einander einen Blick zu, als hätte Adrian soeben eingestanden, daß er nicht wußte, wie man aß. Dann sagte der Mann: »Ich vermute, du bist Rocaanist.«

Adrian nickte, obwohl es nicht ganz stimmte. Er war seit

Jahrzehnten in keiner Andacht mehr gewesen, aber er war gläubig erzogen, und als Jungen hatte man ihn in den Lehren des Tabernakels unterwiesen.

»Dann kennst du die Geschichte des Roca.«

Adrian runzelte die Stirn. »Ich kenne sie. Aber was spielt das für eine Rolle?«

»Er kam von den Klippen.«

»Ich dachte, er sei in den Schneebergen geboren«, erwiderte Adrian. »Das habe ich vor Jahren einmal gehört.«

0Der Mann schüttelte den Kopf. »Wir hier kennen seine unverfälschte Geschichte. Die Leute aus den Schneebergen nahmen unsere Geschichten schon vor Jahrhunderten und verdrehten sie, als sie versuchten, die religiöse Macht zu ergreifen. Wir hier sind jedoch im Besitz des ursprünglichen Wortlauts seiner Lehre.«

Adrian stützte sich noch schwerer auf den Pickel. Er hatte das Gefühl, als steckte er mitten in einer intellektuellen Debatte, die er nicht begriff.

»Aus den Tagen des Roca sind viele Schriften und Legenden auf uns gekommen«, fuhr der Mann fort. »Die meisten davon sind niemals vom Tabernakel aufgezeichnet worden. Die meisten davon sind verlorengegangen – absichtlich, wie wir glauben –, als der Tabernakel seine Hausmacht ausbauen und sichern wollte.«

Adrian blinzelte verwirrt. Er hatte sich auf eine verzwickte Geschichte gefaßt gemacht, aber nicht auf diese Eröffnung.

Der Mann schob die Ärmel seines Pullovers hoch. Es wurde langsam warm. Die Sonne hatte die Wolken über den Bergen aufgelöst.

»Viele dieser Geschichten handeln von den Langen. Sie sind böse und müssen vernichtet werden.«

Adrian schüttelte den Kopf. So etwas hatte er noch nie gehört. »Aber ich dachte immer, gerade die Leute von den Klippen seien hochgewachsen.«

Der Besitzer fluchte leise. Der Mann schloß einen Augenblick die Augen und öffnete sie dann wieder, als habe er soeben etwas schier Unerträgliches gehört. »Ich habe es Pausho gesagt«, äußerte er zum Besitzer gewandt. »Aber sie wollte es ja nicht wahrhaben.«

»Was denn?« fragte Adrian.

»In unseren Familien gibt es eine Tendenz, lange Kinder zur Welt zu bringen. Wir töten sie. Viele Schwangere verlassen uns, bevor wir uns um sie kümmern können.«

Adrian sträubten sich die Nackenhaare. Dieser Mann hatte gerade, ohne mit der Wimper zu zucken, von Kindsmord gesprochen. »Also sind die hochgewachsenen Inselbewohner von den Klippen ... böse?« Das letzte Wort spuckte Adrian fast heraus.

»Und müssen getötet werden«, ergänzte der Mann mit der gleichen ruhigen Stimme wie vorher.

Adrian war außer Atem. Er hatte das Gefühl, als hätte ihm jemand einen heftigen Schlag vor die Brust versetzt. Seine eigene Kultur. Sein Volk. Äußerlich glichen sie ihm, aber innerlich waren sie grundverschieden.

Das konnte nicht sein.

Oder doch?

»Ihr ... *tötet* ... hier lange Menschen?« fragte Adrian und machte nicht einmal den Versuch zu verbergen, wie ungläubig er klang. Gabe. Leen. Hatten sie den Marktplatz noch verlassen können? Hatte er sie, ohne es zu wissen, in den Tod geschickt?

»Das müssen wir. Das ist Gesetz«, gab der Mann zurück.

»Weil der Roca es gesagt hat?« fragte Adrian, der immer noch nicht glauben wollte, was er da hörte.

»Es steht nicht in den Worten, die der Tabernakel benutzt.«

Adrian fühlte eine gewisse Erleichterung.

»Es steht in den Worten, die der Tabernakel überarbeitet hat.«

»Sie haben Veränderungen in den Geschriebenen und Ungeschriebenen Worten vorgenommen?«

»Der Tabernakel hat die Worte abgeändert«, bestätigte der Mann, als spreche er zu einem Kind. Als sei dieser Umstand allgemein bekannt. »Sie haben vieles herausgenommen, woran sie nicht glauben wollten. Aber es steht in unseren Worten, im Original.«

Adrians Handflächen waren feucht geworden. Er spürte, wie die beginnende Tageshitze auf seinem Gesicht brannte.

»Er will nichts davon hören, er will nichts über seine langen Freunde wissen«, warf der Besitzer ein.

Schnell schüttelte Adrian den Kopf. »Nein, nein«, protestierte er. »Ich möchte es hören. Wirklich.« Er mußte irgendeine Erklärung für seine körperliche Reaktion finden. »Ich bin nur entsetzt, daß der Tabernakel etwas Heiliges abgeändert hat.«

»Genau wie wir. Aber das liegt schon Generationen zurück. Der Tabernakel hat sich zu intensiv mit sich selbst und zu wenig mit den Seelen der Lebenden beschäftigt. Es hat seine Wurzeln vergessen. Nicht einmal der Rocaan war noch mit dem Roca verbunden. Das kommt einem Bruch mit unseren Traditionen gleich.«

Adrian wollte nichts davon hören. Er wollte noch mehr über die Langen erfahren.

»Was diese langen Fremden von heute morgen betrifft«, begann er, konnte aber die Furcht in seiner Stimme nicht verbergen, er, der immer so stolz auf seine unerschütterliche Verfassung gewesen war. Aber nicht einmal die Fey hatten ihn je so schockiert. »Die Leute, mit denen ich gefrühstückt habe. Ihr habt sie getötet, und jetzt seid ihr hinter mir her, weil ich mit ihnen zusammen war?«

Eigentlich hatte er die Absicht gehabt, mit dieser Frage seine Furcht zu erklären, die beiden Männer in dem Glauben zu wiegen, dies sei es, wovor er sich fürchtete. Erst als er die Worte ausgesprochen hatte, begriff Adrian, daß er damit etwas ausgesprochen hatte, was ihn zutiefst verängstigte.

Gabe und Leen waren tot, dort umgebracht, wohin sie schutzsuchend geflohen waren.

Jetzt war die Reihe an ihm. Er würde Fledderer und Coulter nicht mehr rechtzeitig warnen können.

»Nein, sie sind nicht tot«, sagte der Mann. »Wir töten die Langen nicht, es sei denn, sie bleiben hier. Wir fordern sie auf zu gehen. Dann sind sie in Sicherheit.«

Adrian schluckte. Er konnte seine Nervosität nicht mehr unterdrücken. »Warum seid ihr dann zu mir gekommen?«

»Falls du dich ihnen angeschlossen hast«, sagte der Mann, »dann mußt du auch gehen. Wenn du sie aber nur flüchtig kennst, willst du sie vielleicht warnen, daß sie aus Constantia wegbleiben sollen.«

»Ich habe sie nur bei der Gelegenheit kennengelernt, von der ich euch erzählt habe«, erwiderte Adrian.

Der Mann zuckte die Achseln. »Dann kannst du bleiben. Du solltest jedoch wissen, daß du dieselbe Bestrafung wie sie erhalten wirst, falls du gelogen hast.«

»Bestrafung«, wiederholte Adrian. »Für nichts?«

Der Mann hob leicht das Kinn. »Allein der Atem der Langen bringt uns Verderben«, erwiderte er. »Es gibt genügend Leute hier, die glauben, daß wir viel zu nachsichtig mit den Langen sind, wenn wir sie einfach weggehen lassen. Viele glauben, daß wir sie töten sollten, sobald wir sie sehen.«

»Das tut ihr aber nicht?« fragte Adrian und hoffte, daß er sich nicht täuschte.

Der Blick des Mannes wurde ein weniger milder. Sein Gesichtsausdruck war gelöster, und seine Augen blickten wärmer. »Der Roca war ein harter Mann, der in einer harten Zeit lebte«, antwortete er. »Er sagte immer, diese Zeiten würden wiederkommen und wir sollten uns darauf vorbereiten. Das tun wir seit Generationen. Aber weil wir uns so lange darauf vorbereitet haben, müssen wir uns auch vor Augen halten, daß der Roca uns bat, unseren Mitmenschen Mitgefühl entgegenzubringen.«

Der Mann lächelte, und dieses Lächeln veränderte sein ganzes Gesicht. Er schien selten zu lächeln. Sein Gesicht war nicht daran gewöhnt. Das Lächeln wirkte irgendwie schmerzhaft.

»Wir haben diesen langen Fremden Mitgefühl entgegengebracht. Wenn wir sie ein zweites Mal treffen, werden wir uns an die Worte des Roca erinnern und uns auf harte Zeiten vorbereiten.« Sein Lächeln erlosch. »Das ist deine einzige Warnung.«

Er drehte sich um und stapfte davon. Der Besitzer blieb stehen. Adrian fühlte, wie ihn ein Schauer überrieselte.

»Ich habe dich beobachtet«, sagte der Besitzer. »Du arbeitest gut. Solange du allein zur Arbeit erscheinst, kannst du hier bleiben.«

»Danke«, erwiderte Adrian. Er hatte Mühe zu sprechen. Selbst in den eigenen Ohren hörte sich seine Stimme sonderbar an. Dem Besitzer schien aber nichts aufzufallen. Er nickte kurz und folgte dann dem Besucher.

Adrian sah ihnen nach, bis sie den Eingang zum Steinbruch erreicht hatten. Dann ergriff er seinen Pickel. Wenn er jetzt davonlief, um Gabe und Leen zu warnen, würde er sie womöglich dem Zorn der ganzen Stadt ausliefern.

Er wollte bis Sonnenuntergang im Steinbruch bleiben. Dann mußte er dafür sorgen, daß sie alle diese Gegend so schnell wie möglich verließen.

10

Luke tauchte einen Lappen in den Wassereimer, den er in die Küche getragen hatte, und wischte sich damit den Schweiß von Gesicht und Hals. Der Morgen war heiß, obwohl es noch nicht einmal Mittag war. Er schöpfte Wasser in eine Tasse und trank in langen, durstigen Zügen.

Der ständige Schlafmangel setzte ihm langsam zu.

Durch die geöffnete Tür blickte er auf die Felder. Die erste Ernte war beinahe reif, und er würde sie allein einbringen müssen. Die Fey in diesem Gebiet hatten ihm zwar Hilfe angeboten, aber er wollte sie nicht auf das Land seines Vaters lassen.

Auf sein eigenes Land.

Plötzlich fröstelte Luke trotz der Hitze. Seit Adrian vor zwei Wochen mit Coulter, Fledderer und Jewels Sohn Gabe von hier weggegangen war, hatte er nichts mehr von ihm gehört. Luke war sich nicht sicher, ob er jemals noch etwas von seinem Vater hören würde.

Die Fey waren jetzt hier, und die Insel gehörte ihnen. Das hatte sich schnell herumgesprochen. König Nicholas war besiegt. Einige behaupteten, er sei tot, andere sagten, er habe sich ins Exil zurückgezogen und sein ältester Sohn sei von den Fey niedergemetzelt worden.

Luke wußte, daß es sich dabei nicht um Gabe handeln konnte. Es mußte der Golem gewesen sein, Sebastian, und das war ja wohl kein großer Verlust. Dieses Wesen hätte den Thron seinem rechtmäßigen Nachfolger vorenthalten, und bei diesem Gedanken hatte sich Luke immer unwohl gefühlt.

Aber auch Gabe mit seinem Feygesicht und der bleichen Haut hatte in Luke Unbehagen ausgelöst. Gabe sah seiner

Mutter Jewel sehr ähnlich, jener Frau, die Luke und seinen Vater Adrian zu Gefangenen der Fey gemacht und Luke so verhext hatte, daß dieser glaubte, er sei in Jewel verliebt.

Manchmal träumte er noch von ihr, von den schönen, geschwungenen Augen, dem langen schwarzen Haar. In diesen Träumen sprach sie zu ihm, und er sehnte sich danach, sie zu berühren. Dann begriff er, daß es nur ein Traum war, und zwang sich zum Aufwachen. Die Fey hatten ihm während seiner kurzen Gefangenschaft noch andere Dinge angetan. Sie hatten ihn durch einen Zauberspruch zum Mörder gemacht. Luke hätte beinahe den Einundfünfzigsten Rocaan ermordet. Hätte der Rocaan ihn damals nicht mit Weihwasser übergossen und den Zauber aufgehoben, hätte Luke für die Fey einen Mord begangen.

Seitdem hatte Luke seinen Hof nicht mehr verlassen.

Er hätte sich nicht träumen lassen, daß die Fey jemals zu ihm kommen würden.

Er seufzte und holte das letzte Brot aus dem Kasten. Direkt vor seiner Abreise hatte sein Vater noch gebacken, und Luke ein zweites Mal kurz danach, in der Hoffnung, daß sein Vater bald zurückkommen werde. Aber diese Hoffnung hatte sich nicht erfüllt. Er war mit Coulter verschwunden, der in vieler Hinsicht viel mehr sein Kind war als Luke. Die Fey hatten Adrian und Coulter auf ähnliche Weise geschadet. Während ihrer Gefangenschaft, die sehr lange gedauert hatte, da Adrian sein Leben gegen das von Luke eingetauscht hatte, hatten sie sich so eng zusammengeschlossen, daß sie wie Vater und Sohn wirkten. Adrian schloß Luke niemals aus, aber sie standen sich nicht so nahe.

Luke redete sich immer ein, das spiele keine Rolle.

Aber das stimmte nicht.

Besonders jetzt nicht. Jetzt, wo er allein und Adrian weggegangen war, um Coulter zu beschützen.

Als hätte nicht auch Luke ein bißchen Schutz nötig.

Vielleicht aber auch nicht. Er war erwachsen, fünfzehn Jahre älter als Coulter, alt genug, um der Vater des Jungen sein zu können. Er brauchte nicht eifersüchtig auf ihn zu sein. Adrian sagte, Luke müsse eine eigene Familie gründen, damit er sich von ihnen lösen könnte.

Vielleicht hatte er ja recht.

Von diesen Überlegungen allein wurde die Ernte jedoch nicht eingefahren. Auch das unangenehme Gefühl in seinem Bauch, daß seinem Vater etwas zugestoßen sei, vertrieb diese Gedanken nicht. Das letzte, was Adrian ertragen konnte, war eine zweite Gefangennahme durch die Fey. Er hatte einmal zu Luke gesagt, er würde eher sterben, als das noch einmal durchzumachen.

Luke legte sich ein Stück Käse auf das Brot und aß im Stehen. Er mußte noch soviel erledigen, und niemand würde ihm dabei helfen. Er müßte schon längst wieder auf dem Feld sein, aber er hatte sich hier mit einem Nachbarn verabredet.

Die Fey sahen es nicht gern, wenn Nachbarn zusammenkamen, aber Luke hatte sich etwas ausgedacht. Er sagte einfach, er benötigte Hilfe bei der Feldarbeit, was auch zutraf. Der Hauptmann der Fey hatte die Hilfe seiner Soldaten angeboten, aber die hatte Luke abgelehnt. Jahrelange Erfahrungen mit Fey hatten ihn davon überzeugt, daß Soldaten keine Domestiken waren. Sie mochten vielleicht den Anweisungen zuhören und sie auch zufriedenstellend ausführen, aber für seine Zwecke waren sie als Hilfskräfte ungeeignet.

Das hatte er jedenfalls den Fey erzählt, die bei ihm auf der Farm erschienen waren. Ihr Anführer, der ungefähr genauso alt war wie Luke, hatte mit den Achseln gezuckt und zu Luke gesagt, das sei in Ordnung, er könne tun, was er wolle. Sollte es aber so aussehen, als könne er den Mais nicht rechtzeitig einbringen, würden sie Soldaten schicken. Es ginge hier um die Ernte. Er sagte, die Fey hätten die Blaue Insel des fruchtbaren Bodens wegen besetzt, und jeden Versuch, diesen Reichtum zu sabotieren, werde man als Verrat an den Fey ansehen und mit dem Tod bestrafen.

Luke plante zwar, die Fey zu verraten, aber nicht auf so simple und sinnlose Weise.

Der Nachbar, auf den er jetzt wartete, war der letzte, mit dem er sprechen mußte. Luke wollte eine Widerstandsgruppe gegen die Fey aufbauen, die so raffiniert und unvorhersehbar agierte, wie es sich Luke nur auszudenken vermochte.

Die Idee war ihm während des Gesprächs mit dem Anführer der Fey gekommen. Wenn König Nicholas tatsächlich noch am Leben war und sich im Exil befand, so waren die Inselbewohner es ihm schuldig, sich zur Wehr zu setzen. Sie mußten verhindern, daß die Fey die Insel zu ihrer Festung ausbauten.

Luke sprudelte fast über vor Ideen, wie man sie davon abhalten konnte.

Er hatte begonnen, indem er Gespräche mit seinen Nachbarn führte und sie über seine Pläne informierte. Sollte ihn einer von ihnen an die Fey verraten, dann hatte Luke eben Pech gehabt. Zumindest hatte er etwas unternommen.

Luke konnte einfach nicht zulassen, daß die Fey die Blaue Insel besetzten, ohne daß er den Versuch machte, dagegen anzukämpfen.

Er hatte sein Brot aufgegessen und spülte es mit einem Schluck Wasser hinunter. Luke wußte, daß es schwierig war, sich in der Mittagszeit zu verabreden, aber die Fey hatten nächtliche Treffen untersagt. Er hatte diese Zeit von seiner Arbeitszeit abgezwackt, um herauszufinden, was er tun konnte.

Dann hörte Luke ein Klopfen an der Seitentür. Er drehte sich um. Er hatte die Ankunft seines Nachbarn nicht bemerkt, aber schließlich hatte er auf das Maisfeld geblickt und nicht auf die Straße.

Sein Nachbar Jona war sehr schmal und ein paar Jahre jünger als Adrian. Er hatte mehrere, größtenteils erwachsene Kinder, und sein Gesicht trug den müden Ausdruck eines Mannes, der sein Leben lang auf dem Feld gearbeitet hatte.

Luke öffnete die Tür. »Danke, daß du gekommen bist«, sagte er.

»Machen wir's kurz«, erwiderte Jona. »Ich muß mich um die Ernte kümmern.«

Trotzdem trat er ein. Er war schmutzig, und Schweißströme hatten kleine Streifen in sein Gesicht gemalt. Wahrscheinlich sah Luke nicht viel besser aus.

»Wasser?« fragte Luke.

»Bitte«, antwortete Jona. »Es ist jetzt schon heiß. Der Tag wird unerträglich.«

Luke nickte. Er tauchte eine zweite Tasse in den Wassereimer und reichte sie Jona tropfnaß.

»Waren die Fey schon bei dir?«

Jona trank in langen Zügen und erwiderte: »Sie waren bei mir. Sie wollten genau über unsere Erträge Bescheid wissen. Wie lange wir arbeiten, wie wir unser Land bepflanzen. So etwas habe ich noch nie gemacht. Ich wußte nicht einmal, was ein Bepflanzungsplan ist, bevor ich mit einem von ihnen gesprochen hatte.«

Luke lehnte sich gegen die Küchentheke. Sein Vater hatte dieses Haus eigenhändig erbaut. Die Theken, die Schränke, die Holzeinbauten waren alle nach seiner Gefangenschaft bei den Fey entstanden, als sei er durch diese fünf Jahre, die er unter ihnen verbracht hatte, auf Ideen gekommen, die noch kein Inselbewohner vor ihm gehabt hatte.

Zum Beispiel auf die Idee, einen Bepflanzungsplan aufzustellen.

»Einer der Fey hat mir gesagt, daß König Nicholas möglicherweise noch am Leben ist«, flüsterte Luke.

Jona hob überrascht den Kopf. »Mir haben sie gesagt, er sei tot.«

»Sie wollen, daß wir das glauben«, erwiderte Luke. »Aber mein Vater hat mir Fey beigebracht, und ich habe einen von ihnen in seiner Muttersprache gefragt, was mit dem König geschehen ist. Er sagte, das wisse niemand so genau. Es seien Gerüchte im Umlauf, daß er den Herrscher der Fey erstochen und die Stadt zu Pferd verlassen habe.«

Jona stellte seine Tasse ab und zog sich einen Stuhl heran. »Darf ich?« fragte er, setzte sich aber hin, bevor Luke antworten konnte.

»Wenn der König lebt, dann besteht noch Hoffnung«, sagte Jona.

»Es besteht auch dann Hoffnung, wenn er tot ist«, widersprach Luke. »Wir sind ihnen zahlenmäßig überlegen. Wir waren über Generationen die Herren dieser Insel.«

Ihre Stimmen waren leiser geworden. Obwohl die Fey die Insel erst seit kurzem beherrschten, hatten alle sehr schnell begriffen, welche Folgen Ungehorsam den neuen Herren gegenüber haben konnte. In der zweiten Nacht nach der Eroberung der Insel hatten die Fey eine Zusammenkunft aller Bauern einberufen. Man hatte sie gezwungen zuzusehen, wie die Fey zwei Gefangene bestraften und ihnen verkündet, daß jedem, der den Anweisungen der Fey nicht folgte, dieselbe Strafe drohe.

»Vielleicht sind wir mehr als sie, aber wir haben nicht ihre Macht«, entgegnete Jona.

Lukes rechte Faust ballte und öffnete sich mehrmals. »Macht ist nicht alles«, gab er zurück.

»Magie schon.«

Luke schüttelte den Kopf. Dafür hatte er zuviel von Fledderer gelernt, der keine Magie besaß. »Die Fey halten sich für allmächtig. Sie glauben, keiner würde sich ihnen widersetzen.

Wenn wir uns auf Kleinigkeiten konzentrieren, um ihr Selbstvertrauen zu erschüttern, kleine Überfälle, unbedeutende Siege, gelingt es uns vielleicht, in den besetzten Gebieten wieder Fuß zu fassen.«

»Überfälle? Wir sollen uns auf Händel mit den Fey einlassen?«

Luke nickte. »Zumindest bis wir wissen, was mit König Nicholas und seinen Kindern passiert ist. Wir müssen diese Insel erhalten. Sie lassen uns jetzt schon härter arbeiten, als wir gewohnt sind. Sie sprechen von Nutzungsplänen und hohen Erträgen, denn wir sollen zehnmal soviel ernten wie bisher.«

»Warum denn?« fragte Jona. »Wir hatten doch schon immer einen Überschuß.«

»*Wir* schon«, antwortete Luke, »aber nicht das Imperium der Fey. Du brauchst nur zuzuschauen. Nach dieser Ernte werden sie uns Pflanzen anbauen lassen, die robust genug für weite Transporte sind. Einiges werden sie einlagern, anderes per Schiff nach Galinas zurückbringen. Wenn wir nichts dagegen unternehmen, ziehen die Fey von hier nach Leutia weiter und verschiffen unsere Produkte ebenfalls dorthin.«

»Wir können doch nicht alle versorgen«, wandte Jona ein.

»Noch nicht. Aber die Domestiken der Fey kennen andere landwirtschaftliche Techniken als wir. Sie werden hier alles von Grund auf verändern.«

Jona runzelte die Stirn. »Sie haben gesagt, wir könnten unser Land behalten.«

»Solange wir die vorgesehenen Erntemengen einbringen. Die von den Fey festgelegt werden.«

Jona atmete plötzlich laut aus und schien kleiner zu werden. »Daran habe ich nicht gedacht. Aber sie werden uns doch unser Eigentum lassen.«

»Fledderer«, Luke sprach den Name etwas ängstlich aus, da sich die meisten Nachbarn vor ihm gefürchtet hatten, »sagt, daß sie das Land konfiszieren und dann den früheren Eigentümer zwingen, es zu bearbeiten. Es dauert manchmal Jahre und wird als eine Art rechtmäßiger Überschreibung verschleiert. Nur wenige Menschen, die keine Magie besitzen, bringen es fertig, soviel zu ernten, wie die Fey brauchen.«

Jona griff hilfesuchend nach seiner Tasse. Nachdenklich trocknete er mit dem Finger die Wassertropfen an der Seite. »Wo ist Fledderer?«

»Er ist bei meinem Vater und Coulter.« Luke konnte nicht anders, als einen Blick zur Tür hinauszuwerfen. Eine leichte Brise ließ den Mais hin- und herschwanken. Die Pflanzen dehnten sich in endlosen Reihen vor Lukes Augen. Diese Ernte würde er nie, niemals alleine einbringen können. »Sie sind vor zwei Wochen losgezogen, um gegen die Fey zu kämpfen, und bis jetzt sind sie noch nicht zurückgekommen.«

»Glaubst du, der kleine Mistkerl hat sie umgebracht?«

»Fledderer?« fragte Luke. »Er haßt die Fey mehr als jeder Inselbewohner. Nein, ich glaube nicht, daß er sie getötet hat. Ich glaube eher, daß sie im Kampf mit den Fey ums Leben gekommen sind.«

So. Jetzt hatte er es endlich ausgesprochen. Diese Überzeugung hatte ihn bewogen, selbst kämpfen zu wollen. Er mußte etwas von dem erhalten, was seinem Vater gehörte, auch wenn es sich dabei um dessen Haus und Land handelte.

Jona blickte jetzt ebenfalls zur Tür hinaus. Sein schmales Gesicht war nahezu ausdruckslos. »Im Kampf gestorben, hm?«

»Ich weiß es nicht. Aber ich habe nichts von ihnen gehört und nehme es an. Hier waren so viele Patrouillen, daß mein Vater wahrscheinlich direkt in eine davon hineingelaufen ist. Er hätte es niemals zugelassen, daß sie ihn ein zweites Mal gefangennehmen.«

Jona beugte sich dichter zu Luke. »Ich ließ sie bis an meine Tür kommen. Sie klopften sehr höflich an und teilten mir mit, daß die Blaue Insel jetzt zum Reich der Fey gehöre. Sie sagten mir, sie seien jetzt meine Ansprechpartner und daß wahrscheinlich jemand käme, um mit mir über mein Land zu sprechen. Sie sagten, ich könne es behalten, wenn ich sie nicht irgendwie nach den Gesetzen der Fey herausfordern würde. Sie sagten, die Fey hielten diese Gesetze, die auch für jeden Bürger des Fey-Imperiums gelten würden, für besonders wichtig. Dann bedankten sie sich und gingen.«

Lukes Mund war wie ausgedörrt. Er hatte sich genau dieselbe Rede angehört. Nach einer Weile hatte er ihnen Fragen gestellt. Auf Fey. Daraufhin hatten sie angenommen, er stünde auf ihrer Seite und waren etwas lockerer geworden. In diesem Augenblick hatte er begriffen, daß Fledderer recht gehabt hatte. Einen Fey eroberte man am besten, indem man seinen Geist eroberte.

Gegenwehr war ihnen unbekannt.

Verlieren waren sie nicht gewohnt. König Nicholas hatte das begriffen. Ebenso wie Adrian. Versagen brachte die Fey aus der Fassung. Sie konnten es nicht ertragen.

Nur so konnte man die Fey gegen die eigenen Leute aufbringen.

»Ich habe ihnen einfach zugehört, als sie mitteilten, sie seien jetzt für alles hier verantwortlich, und ich sagte zu meiner Frau: ›Ich denke, das spielt keine Rolle für mich. Vom König haben wir ja doch nie was gehört.‹ Als könnte er mit jedem von uns eine Privatunterhaltung führen. Meine Frau ging aus dem Zimmer. War wütend auf mich, nehme ich an. Wütend, weil ich mich nicht gewehrt habe.«

Die ganze Woche hindurch hatte Luke diese Rede in allen möglichen Abwandlungen gehört. Alle seine Nachbarn waren so vor den Kopf gestoßen von der sachlichen Art, in der die Fey die Herrschaft übernommen hatten, daß sie unfähig gewesen waren, etwas dagegen zu unternehmen.

In Wahrheit konnten sie tatsächlich nichts ausrichten. Zumindest nicht allein.

»Du hättest dich nicht wehren können«, tröstete Luke ihn. »Nicht allein. Allein hat keiner von uns eine Chance gegen die Fey.«

Jona blickte ihn an. Seine Augen hatten einen gequälten Ausdruck. »Was schlägst du vor?«

»Ich schlage vor, daß wir uns tagsüber wie untadelige Bürger des Fey-Imperiums verhalten und es nachts zu zerstören versuchen. Man kann sie genauso überraschen wie uns. Die Fey sind genauso sterblich wie wir. Man kann ihre Moral untergraben. Das ist uns schon einmal gelungen. Wir können es ein zweites Mal fertigbringen.«

»Wir haben damals nichts gemacht«, entgegnete Jona. »Wir haben uns ja nur um unsere Ernten gekümmert. König Alexander war für den Widerstand verantwortlich, und er ist tot.«

»In Wirklichkeit waren es König Nicholas und das Weihwasser aus dem Tabernakel«, berichtigte Luke. »Die Chancen, daß er noch lebt, stehen gar nicht so schlecht. Die Fey wollen uns nur glauben machen, er sei tot. Denn dann gibt es nichts mehr, woran wir uns noch festhalten können. Ich glaube, das ist der erste Punkt auf der Tagesordnung. Wir müssen jedermann auf der Insel davon überzeugen, daß der König noch am Leben ist.«

»Wir können aber nicht noch gleichzeitig die Ernte einbringen.«

»Na klar können wir das«, widersprach Luke. »Wir erfinden irgendwelche Vorwände, um mit allen zu sprechen, und verbreiten es auf diese Weise. Ich habe auch einen Vorwand gefunden, um mit dir zu reden.«

Ein breites Grinsen zeigte sich auf Jonas Gesicht. Es veränderte ihn und machte ihn jünger. »Da hast du vermutlich recht«, sagte er. »Aber du hast einen echten Grund gehabt. Du brauchst Hilfe bei der Ernte. Allein schaffst du das nie und nimmer.«

»Ich weiß«, gab Luke zu. »Ich will nur nicht, daß die Fey mir helfen.«

»Wie steht's denn mit weiblicher Hilfe?« erkundigte sich Jona. »Ich schaffe es mit meinen Söhnen, auch die zusätzliche Arbeit. Meine Töchter wissen, wie man Ernten einbringt. Sie kennen sich auch beim Säen aus. Ich weiß schon, es ist nicht gerade üblich, aber ...«

»Ich habe nichts dagegen, mit Frauen zusammenzuarbeiten«, sagte Luke. Darin war er anders als die älteren Inselbewohner. Als er die Fey zum ersten Mal gesehen hatte, war er jung genug gewesen, um einen bleibenden Eindruck von ihrer andersartigen Kultur zurückzubehalten. Frauen mußten nicht nur im Haus arbeiten. Sie waren stark und energisch und wurden auch mit schwierigen Aufgaben wie dem Einfahren der Ernte genauso gut fertig wie Männer.

»Ich kann nicht viel zahlen«, fuhr Luke fort. »Das meiste in Naturalien.«

»Sie brauchen nicht viel«, antwortete Jona. »Ich mache das nicht, um dir zu helfen. Ich will einfach nicht, daß die Fey dein Land betreten. Wenn es stimmt, was du sagst, dann müssen wir versuchen, die Fey auf Distanz zu halten. Die Mädchen können dabei nützlich sein.«

»Danke«, erwiderte Luke.

Jona erhob sich. »Du weißt, daß Reden allein bald nicht mehr reichen wird. Wir müssen etwas unternehmen.«

»Ich weiß«, entgegnete Luke.

»Hast du schon einen Plan?«

Luke lächelte. »Ich habe den Anfang eines Plans.«

Jona nickte. »Mehr als ich heute morgen«, sagte er. Er griff nach der Klinke. »Ich schicke die Mädchen rüber, sobald ich zu Hause bin.«

»Danke«, wiederholte Luke. Vorsichtig schloß er die Tür und blickte Jona nach, der über die Felder davonging. Dann atmete er tief aus.

Er hatte gelogen. Er hatte überhaupt noch keinen Plan. Nur eine Idee. Er wußte, daß er die Fey angreifen und demoralisieren mußte. Aber wie, das wußte er noch nicht so genau.

Er wußte allerdings ganz genau, welches Risiko er dafür auf sich nehmen wollte.

Sein Vater war bereit gewesen, alles aufzugeben, um zu verhindern, daß Luke ein Gefangener der Fey blieb. Jetzt war es an der Zeit, daß Luke sich bei ihm revanchierte. Es war an der Zeit, sich bei der Blauen Insel zu revanchieren.

Um die Fey zu vertreiben, war kein Opfer zu groß.

Keines. Nicht einmal das eigene Leben.

11

Ich will ihn gar nicht finden«, sagte Arianna. Sie schlang die Arme noch enger um sich, als müßte sie sich selbst festhalten. »Du kennst Gabe nicht. Er ist böse.«

Nicholas legte die Hand auf Ariannas Rücken. Sie zitterte, nicht vor Kälte, sondern vor Aufregung. Hinter dem, was wie mutwillige Launenhaftigkeit wirkte, vermutete Nicholas etwas ganz anderes.

Furcht.

Die erste Begegnung mit ihrem Bruder hatte sie zutiefst verängstigt. Sie hätte beinahe den größten Fehler ihres jungen Lebens begangen, und bis jetzt war sie noch nicht bereit gewesen, diesen Fehler einzugestehen, ja, sie war sogar soweit gegangen, abzustreiten, daß der Kampf von Schwarzem Blut gegen Schwarzes Blut Unheil heraufbeschwor.

Sie hatte beinahe den eigenen Bruder getötet und wollte ihnen auch noch weismachen, daß sie es nicht bedauerte.

Aber das nahm Nicholas ihr nicht ab.

»Gabe ist nicht böse.« Die Schamanin hatte sich auf ihrem Sitzplatz umgedreht. Vor Kälte war sie ganz klein zusammengekauert, ihre Nase rot angelaufen. Schon den ganzen Morgen befand sie sich in einer seltsamen Stimmung, aber Nicholas wußte nicht genau, was der Grund dafür war. Hing es mit den Visionen zusammen, die sie gehabt hatte?

Jenen Visionen, über die sie nicht sprechen wollte?

»Er hat Sebastian weh getan«, erwiderte Arianna mit bebender Stimme.

»Er hat Sebastian geholfen, Kind. Er war ein Teil von Sebastian. Ohne Gabe hätte Sebastian nicht existieren können.«

»Das ist nicht wahr.« Arianna löste ihre verschlungenen Arme, fuhr sich über die Nase und schniefte.

Reglos hörte Nicholas der Unterhaltung zu. Er hatte seinen Sohn noch nie als Erwachsenen gesehen. Er konnte sich genau an das Neugeborene erinnern, an die winzigen Hände und den beweglichen Mund, der nie stillzustehen schien. Daran, wie der Junge mit einem Mal das Interesse an seiner ganzen Umgebung verloren hatte. Aus einem lebhaften, neugierigen Bündel war ein träges, schwerfälliges und müdes Kind geworden.

Jewel hatte gedacht, er sei krank.

Nicholas hatte nichts von Säuglingen verstanden. Er hatte nicht begriffen, was sich verändert hatte.

Was war er doch für ein Esel gewesen. Seine Tochter und die Schamanin hatten beide seinen Sohn gesehen, aber Nicholas hatte ihn noch nie zu Gesicht bekommen. Er wollte ihn gerne sehen, schämte sich aber, es zuzugeben. Er fürchtete, daß er durch diesen Wunsch Verrat an jenem Kind beging, das er großgezogen hatte, seinen Sohn aus Stein, der ihm das Leben gerettet hatte.

»Es ist die Wahrheit«, sagte die Schamanin mit leiser, freundlicher Stimme. Auch sie wußte, wie verletzlich Arianna im Augenblick war. »Dein Bruder ist ein Visionär, Arianna, genau wie du. Visionäre können die Verbindungen benutzen.«

»Ich weiß«, gab Arianna zurück.

»Aber du hast es noch nie getan. Du weißt es nicht aus eigener Erfahrung.«

»Ich *weiß!«* erwiderte Arianna trotzig.

»Nun«, fuhr die Schamanin ungerührt fort, als habe sie Ariannas Antwort gar nicht gehört, »was du vielleicht weißt, vielleicht aber auch nicht, ist, daß Visionäre Teile von sich selbst in denjenigen zurücklassen können, deren Verbindung sie benutzt haben. Diese Teile können sich selbständig entwickeln.«

»Das hat mir Solanda erzählt«, antwortete Arianna.

»Wirklich?« fragte Nicholas. »Sogar, daß man das eigene Selbst zurücklassen kann?«

»Ja«, entgegnete Arianna. »Du warst doch dabei.«

Das stimmte. Er erinnerte sich genau. Danach, wie Solanda es beschrieben hatte, hatte Nicholas angenommen, daß es sich bei Gabes Verschwinden um einen Zufall gehandelt hatte.

»Visionäre tun das absichtlich?« fragte Nicholas, ohne seine Tochter weiter zu beachten. »Willst du damit sagen, daß Gabe Sebastian absichtlich erschaffen hat?«

»Nein«, erwiderte die Schamanin. »Das glaube ich nicht. Dafür war er zu jung. Er war ein unwissendes Kind, als er sich seiner Visionären Macht bedient hat. Das hat es in unserem Volk noch nie zuvor gegeben. Aber gewöhnlich verfolgen die Visionäre bei diesem Vorgang einen bestimmten Zweck. In den Gedanken eines anderen erschaffen sie ein Konstrukt. Dieses Konstrukt wächst heran, wie dein Sebastian, aber im Lauf der Jahre wird es immer beherrschender.«

Sie lehnte den Kopf zurück, stieß einen Seufzer aus und sagte: »Hast du dich nie gefragt, wie es ein Visionär ohne besondere magische Kräfte fertigbringt, die gesamten Fey zu kontrollieren?«

»Durch Konstrukte?« Nicholas war entsetzt. Vor seinem geistigen Auge erschien ein Schreckensbild der Fey, von denen kein einziger Herr seiner eigenen Handlungen war, weil sie alle durch einen einzigen Visionär gesteuert wurden. Den Schwarzen König.

»Seltener durch Konstrukte. Normalerweise werden Zauberer dafür benutzt, die zu selbständig geworden sind. Sie sind zu wertvoll, um vernichtet zu werden, weißt du.« Es klang, als spräche die Schamanin von einem Pferd. »Sie alle werden wahnsinnig. Ein kluger Visionär wird sein Konstrukt lange

Zeit vor dem Ausbruch dieses Wahnsinns in den Geist eines anderen einpflanzen. Dann wird das Konstrukt den Zauberer für ein weiteres Jahrzehnt beherrschen und dafür sorgen, daß der Wahnsinn in dieser Zeit nicht ausbricht.«

»Siehst du?« bemerkte Arianna sanft. »Ich habe dir doch gesagt, daß Gabe böse ist.«

Aber Nicholas konnte keinen Zusammenhang feststellen. »Wie kommst du nur darauf?« wollte er wissen.

»Weil er ein Konstrukt in Sebastian erschaffen hat.«

»Aber Sebastian selbst ist das Konstrukt«, widersprach die Schamanin. »Der Junge, den du wie einen Bruder liebst, ist und war immer ein Teil deines echten Bruders. Gabe war ein warmherziges, großzügiges und mitfühlendes Kind.«

»Er ist erwachsen.«

»Er ist immer noch ein Junge«, sagte Nicholas, der sich genau daran erinnern konnte, wie er selbst sich als Achtzehnjähriger gefühlt hatte. Damals hatte er geglaubt, alles zu wissen. Er war fast so impulsiv gewesen wie Arianna. »Auch wenn er sich selbst für erwachsen hält.«

»Du bist fest entschlossen, ihn anzuerkennen, nicht wahr?« fragte Arianna.

»Er ist mein Sohn«, erwiderte Nicholas.

»Er ist ein Fey.« Das letzte Wort spuckte sie fast aus.

»Nicht mehr als du«, wandte die Schamanin ein.

»Oh, viel mehr als ich«, begehrte Arianna auf. »Dein Volk hat ihn großgezogen. Er hat all eure bösen Eigenschaften.«

»Arianna«, mahnte Nicholas. »Die Schamanin hat uns geholfen.«

»Geholfen?« Arianna breitete die Hände aus. »Sieh dich doch um, wo wir sind. Währenddessen sitzt der Schwarze König in unserem Zuhause und regiert unser Land.«

»Das werden wir ändern«, sagte Nicholas.

»Sicher nicht mit ihrer Hilfe«, gab Arianna zurück. Sie kniff die Augen zusammen, während sie die Schamanin anblickte. »Du tauchst in keiner meiner Visionen auf.«

»Ich weiß«, flüsterte die Schamanin.

Nicholas hob den Kopf. Die Schamanin hielt ihren gesenkt. Sein Herz begann heftig zu klopfen. »Du nicht auch noch«, sagte er. »Ich will dich nicht auch noch verlieren.«

Die Schamanin hob den Kopf. »Mir geht es gut, Nicholas.«

Aber sie stritt es nicht ab. Sagte nicht, daß sie überleben würde.

Sie strich sich eine Haarsträhne aus dem Gesicht. »Ich weiß, wo Gabe ist«.

Nicholas nickte. »Du hast es mir erzählt, als wir uns zum ersten Mal getroffen haben.«

»Du darfst ihr nicht glauben«, warf Arianna ein.

»Doch, das darf ich«, entgegnete Nicholas bestimmt, der sich unsicher war, wie er mit einer Tochter umgehen sollte, die innerlich so zerrissen war. »Das darf ich und das werde ich auch.«

»Ich bringe euch zu ihm«, sagte die Schamanin. Sie reckte sich und blickte Nicholas an. »Ich denke, so ist es am besten.«

»Arianna und ich können auch allein gehen, wenn es für dich zu gefährlich ist.«

Die Schamanin schüttelte den Kopf. »Es ist gefährlich für mich, mit dem Schwarzen König auf der Blauen Insel zu sein«, erwiderte sie. »Wo ich mich hier aufhalte, spielt keine Rolle.«

»Ich will ihn gar nicht finden«, verkündete Arianna.

Nicholas strich ihr über den Rücken. Er spürte jeden einzelnen Wirbel. »Aber ich«, sagte er.

Sie drehte sich zu ihm um. »Bin ich dir denn nicht genug, Papa? Sind wir denn nicht auch so eine vollzählige Familie?«

Nicholas nickte. »Du wirst mir immer besonders nahe stehen. Du hast von Anfang an zu mir gehört.« Er hatte sie kurz nach der Geburt in seinen Armen gehalten, als sie noch kaum fähig war, ihre Gestalt zu behalten.

Während seine Frau tot zu seinen Füßen gelegen hatte.

Nicholas schüttelte die Erinnerung ab. »Der Schwarze König ist hier, um seine Urenkel zu holen. Wenn wir ihn besiegen wollen, müssen wir dafür sorgen, daß er zu uns kommt.«

»Die Schamanin sagt, daß wir ihn nicht töten dürfen.«

»Das dürfen wir auch nicht«, erwiderte er. »Aber wir können verhindern, daß er dich oder Gabe in die Hände bekommt.«

»Gabe ist mir egal!« zischte Arianna.

»Ich weiß«, entgegnete Nicholas. »Aber deinem Urgroßvater ist er nicht gleichgültig. Er braucht die Macht, die Gabe ihm geben kann, unbedingt.«

»Brauchen wir sie denn?«

Nicholas zog seine Tochter an sich. Er konnte ihr nicht erklären, warum er sich nach seinem anderen Kind sehnte. Er wußte selbst nicht, woher das plötzliche Bedürfnis in ihm kam, dem Jungen zu helfen. Aber er konnte Arianna zumindest einen einleuchtenden Grund nennen.

»Wir müssen es schaffen, daß der Schwarze König zu uns kommt, nur zu uns«, antwortete Nicholas. »Er wird dorthin kommen, wo du bist. Wo Gabe ist.«

»Er wird kommen, wenn wir zusammen sind«, sagte sie.

»Genau.«

Arianna seufzte und lehnte den Kopf an Nicholas' Schulter. Sie war so zart, so verletzlich, so impulsiv und schwierig. Wie hätte er jemals ohne dieses Kind leben können?

»Ich will aber nicht freundlich zu ihm sein«, murrte sie.

»Verhalte dich einfach so, daß du ihn nicht verletzt.«

»Vielleicht erinnerst du dich einmal daran, daß Sebastian, den du so liebst, ein Teil von Gabe ist«, sagte die Schamanin.

Arianna ließ Nicholas los und blickte die Schamanin an. Ihr Gesicht war tiefrot. »Das glaube ich niemals!«

Die Schamanin zuckte die Achseln. »Damit enthältst du dir ein Mitglied deiner Familie vor. Eines, das du lieben könntest.«

»Du bist voreingenommen.«

»Du auch«, gab die Schamanin sanft zurück.

Nicholas holte tief Luft. Er hatte genug davon. Die beiden konnten sich ebensogut unterwegs streiten. »Wir müssen aufbrechen«, bestimmte er. »Können wir bis zum Abend bei Gabe sein?«

»Nein«, antwortete die Schamanin. »Aber bis zur Morgendämmerung.«

Zur Morgendämmerung. Sein Sohn. Zum ersten Mal würde er mit seinen Kindern vereint sein. Ein weiterer Schritt zur Wiedererlangung seiner alten Macht.

Ein weiterer Schritt, um den Schwarzen König zu besiegen.

Ein weiterer Schritt in Richtung Hoffnung.

12

Feder flog in der Mitte des Tunnels. Der winzige Lichtfunke seines Körpers war die einzige Beleuchtung. Seine Flügel schlugen über ihm zusammen, er hatte die Arme gegen die Brust gepreßt und die Beine eng an den Körper gezogen. Der Luftmangel in diesem Tunnel machte ihm zu schaffen, genauso wie das Heu, der Staub und die Spinnweben. Er fürchtete sich vor allem möglichen, während er so dahinschwirrte. Zum Beispiel fürchtete er, sein kleiner Lichtfunke würde im Heu und der Trockenheit ein Feuer entzünden, oder der Staub würde ihn überwältigen, oder er würde sich in einem Spinnennetz verfangen und sich nicht aus eigener Kraft daraus befreien können.

Er war jetzt so weit vom Palast entfernt, daß kein Zweifel mehr daran bestand, daß man diese Tunnel seit langem nicht mehr benutzt hatte.

Der Schwarze König persönlich hatte ihn mit einer Aufgabe betraut. Feder hatte sich immer noch nicht daran gewöhnt, einer der wichtigsten Irrlichtfänger der Invasionsstreitkräfte zu sein. Wirbler, Feders Vorgänger, war nie mehr von seiner Mission, den Urenkel des Königs zu finden, zurückgekehrt. Ebensowenig wie Cinder. Zwei weitere Irrlichtfänger waren im Kampf verletzt worden, und die meisten der älteren Irrlichtfänger waren als Kundschafter über die ganze Insel versprengt, wenn sie nicht damit beschäftigt waren, all jene Dinge zu erledigen, in denen sich die Irrlichtfänger besonders hervortaten. Feder war einer der wenigen, die der König in seiner Nähe behalten hatte. Er war der älteste unter ihnen, auch wenn er aus Nye nur wenig Kampferfahrung mitgebracht hatte.

Man hatte Feder in diese Gewölbe geschickt, um sie auszukundschaften. Der Schwarze König war der Ansicht, der König der Inselbewohner habe sich bei seinem Gegenangriff dieser Tunnel bedient und ein Großteil des Palastpersonals sei durch die unterirdischen Gänge entkommen. Weißhaar hatte diese Informationen an Feder weitergegeben, als er ihn über seine Aufgabe, die Tunnelanlage zu erforschen, unterrichtet hatte.

»Du mußt vor allem herausfinden«, ließ ihn Weißhaar wissen, »wie lang die Tunnel sind, wo sie enden, und worin ihr Zweck besteht.«

Feder konnte noch keinen Zweck erkennen, obwohl er schon den ganzen Morgen durch die endlosen Gänge flog. Eine ganze unterirdische Anlage unter der Stadt war gewiß mehr, als ein einzelner Irrlichtfänger an einem einzigen Tag erforschen konnte. Immer noch wartete er darauf, daß die Gänge jäh vor einer Mauer endeten, aber bis jetzt war dieser Fall nicht eingetreten. An irgendeinem Punkt mußte er auf den Fluß stoßen, dachte Feder. Die Tunnel konnten doch nicht durchs Wasser führen.

Es war ihm vieles aufgefallen, was er zu berichten haben würde. Das Gebiet rund um die Verliese war ziemlich sauber und wurde unterhalb der Baracken noch reinlicher. Von hier aus hatte man vermutlich den Gegenangriff lanciert.

In der Nähe der Verliese schwenkte Feder in einen Seitengang ein und fand zwei Paar Fußspuren im jahrhundertealten Staub. Sie führten zu einer verborgenen Tür. Er quetschte sich hindurch und stand wieder mitten im Großen Empfangssaal, wo überall Waffen an den Wänden hingen. Einige Fey hatten berichtet, daß hier wie durch Zauberei ein Schwarzkittel aufgetaucht sei, der ein mächtiges Schwert getragen hatte.

Das war keine Magie gewesen, sondern nichts anderes als einfacher, altmodischer Einfallsreichtum.

Jetzt flog Feder durch einen Tunnel voller Spinnweben. Das fand er besonders unangenehm. Er stellte sich vor, wie er sich in den klebrigen Fäden verfing und vor lauter Panik nicht mehr seine natürliche Körpergröße annehmen konnte. Sein Zappeln würde eine Spinne veranlassen, sich zu ihm abzuseilen und ihn weiter einzuspinnen. Er hatte Geschichten von Irrlichtfängern gehört, die auf diese Weise in den alten Häusern von L'Nacin umgekommen waren, aber er wußte nicht, ob an diesen Erzählungen wirklich etwas dran war.

Er wollte es auch gar nicht wissen.

Auch in diesem Tunnel gab es Fußabdrücke: Ein einzelnes Paar zeigte in Richtung Palast, ein doppeltes führte davon weg. Die Spuren schienen schon älter zu sein, aber Feder konnte nicht sagen, wie alt. Er vermutete, daß sie beim letzten Angriff auf Jahn entstanden waren. Jemand war hier durchgekommen, und zwei andere hatten sich auf demselben Weg abgesetzt. Feder wußte nicht, ob diese Spuren unabhängig voneinander entstanden waren, aber er hoffte, daß sie ihn zu den Hauptgängen führen würden.

Er flog immer weiter. Er hatte das Gefühl, als sei er seit seiner Ankunft hier auf der Blauen Insel, einen knappen Monat zuvor, schon viel zuviel geflogen. Erst hatte er als Kundschafter gearbeitet, dann nach dem Urenkel des Schwarzen Königs gesucht, anschließend seinen bescheidenen Anteil zum Sturm auf Jahn beigetragen, und nun erforschte er diese Tunnel.

Die Tunnel waren jedenfalls am schlimmsten. Feder verabscheute die tiefe Dunkelheit hier unten. Als einzige Lichtquelle hier fühlte er sich schutzlos zur Schau gestellt. Normalerweise brannten an Orten, die Menschen erbaut hatten, Fakkeln, oder ein Feuer prasselte im Kamin, so daß Feder sich jederzeit als Funke tarnen konnte. Dann bemerkte ihn niemand. Sollte er hier jemandem begegnen, würde derjenige einen vereinzelten Lichtpunkt ausmachen, der alleine und zielgerichtet flog. Das könnte zu der Annahme führen, daß es sich um einen Fey handelte, und man würde ihn mit bloßen Händen zerquetschen.

Seine Mutter war auf diese Art ums Leben gekommen. Ein Kaufmann in Nye hatte sie wie eine Mücke totgeschlagen. Feder war dabeigewesen und wäre um ein Haar auf dieselbe Weise getötet worden. Er hatte immer noch Alpträume von Riesen, deren Hände sich um ihn schlossen, und von den kurzen Sekunden, bevor der Schmerz einsetzte.

Er schüttelte diese Gedanken ab. Seine Aufgabe bestand darin, diese Tunnel bis zu ihrem Ende zu erforschen, und genau das würde er tun. Er hatte keinen Proviant dabei, aber er hatte viele Gänge gesehen, die seitlich abzweigten und außerdem noch ein paar verborgene Türen. Er nahm an, daß er schnell ins Freie gelangen konnte, wenn er eine Stärkung benötigte. Die Fey hielten Jahn besetzt. Es war kein Problem, einen Ort zu finden, wo man Essen und Trinken bekam.

Der Tunnel verlief jetzt schräg nach oben, und Feder meinte, schon den rostigen Gestank des Flusses in der Nase zu haben. Er hörte Echos. Zuerst hielt er es für Wellen, die gegen Mauern schwappten, aber dann begriff er, daß es sich um Stimmen handelte.

Flüsternde Stimmen.

Feders Nackenhaare stellten sich auf, und sein Flügelschlag wurde unregelmäßiger. Er streifte schon fast den Boden, bevor es ihm gelang, sich von seinem Schrecken zu erholen.

Warum sollte hier unten jemand flüstern?

Weil er befürchtete, entdeckt zu werden.

Aber von wem?

Diese Tunnel sahen verlassen aus, und Feder hatte kein anderes Geräusch bemerkt. Selbst wenn er etwas gehört hätte, wäre er davon ausgegangen, daß es die Fey waren, die in den Straßen über ihm ihren üblichen Tätigkeiten nachgingen.

Er hatte nichts gehört.

Bis zu diesem Augenblick.

Er kam dem Flüstern eindeutig näher. Trotz seiner Abneigung gegen Spinnweben flog Feder bis an die Decke des Tunnels und drosselte dann seine Fluggeschwindigkeit. Er wollte keinesfalls bemerkt werden. Er wollte nur beobachten.

Er bog um die Ecke und befand sich in einer großen Höhle. Wäre er der Decke nicht so nahe gewesen, hätte er wahrscheinlich nicht bemerkt, daß es sich dabei um eine von Menschen gebaute Höhle handelte. Aber so war es. Jeder Ziegelstein hier war von Hand eingefügt worden. Viele davon waren feucht. Der Fluß befand sich in nächster Nähe, und an den Wänden rann Wasser herab.

Das überraschte Feder nicht besonders. Was ihn aber beinahe aus der Fassung gebracht und in die Flucht geschlagen hätte, war die plötzliche Übermacht von Schwarzkitteln. Obwohl Rugads Hüter das Gift der Schwarzkittel unschädlich gemacht hatten, waren Feder doch einige Geschichten zu Ohren gekommen. Er wußte, daß dieses Gift einen Fey mit einer einzigen Berührung zum Schmelzen brachte. Er wußte auch, daß man ihm ein Gegengift verabreicht hatte. Er fürchtete jedoch, daß die Schwarzkittel noch ein paar ähnliche Tricks auf Lager hatten, die sie nur bei Rugads blitzschnellem Überraschungsangriff auf ihre Festung nicht hatten einsetzen können.

Jetzt waren sie in dieses Versteck geflohen. Etwa einhundert Schwarzkittel, vielleicht auch mehr, die das Weihwasser in Kisten an den Wänden stapelten, eingehüllt in den durchdringenden Modergeruch des Flusses.

Der Schwarze König würde über diese Entdeckung sehr erbaut sein. Er würde keinen Moment zögern, die Zuflucht zu zerstören, genau wie er vor zwei Wochen die Festung der Schwarzkittel dem Erdboden gleichgemacht hatte.

Feder wußte genug. Den Rest der Tunnel würde er später

erforschen. Dem Schwarzen König durfte diese Entdeckung nicht länger vorenthalten werden.

Feder wollte sich gerade umdrehen, als er ein Flüstern vernahm.

»...verschwunden«, sagte eine Stimme in Inselsprache. Feders Kenntnis dieser Sprache war bei seiner Ankunft hier nur mittelmäßig gewesen, aber im letzten Monat hatte er große Fortschritte gemacht. »Ich bin aufgewacht, und Con war verschwunden. Die Auds sagen, er sei mit dem Sohn des Königs auf und davon.«

Der Sohn des Königs. Als Feder das hörte, spitzte er die Ohren.

Natürlich. Wenn der Junge sich hier versteckt hielt, war er unauffindbar für jeden Irrlichtfänger. Rugad hatte erst vor kurzem von dem Tunnelsystem erfahren.

»Gut, daß wir den los sind«, tuschelte eine andere Stimme. Feder versuchte nicht einmal, den Sprecher zu sehen. Er klemmte sich in einer Ritze zwischen zwei Ziegelsteinen fest und machte sich so unsichtbar wie nur möglich. Es war nicht einfach, im Mörtel Halt zu finden. Seine winzigen Finger hatten nicht viel Kraft, und er wollte keinesfalls mit den Flügeln schlagen. Diese Ziegel waren alt und morsch. Er befürchtete, daß Staub auf die Schwarzkittel dort unten rieselte. Dann würden sie vielleicht zur Decke blicken und ihn sehen.

»Der Junge ist nicht ganz richtig im Kopf«, fuhr die zweite Stimme fort. »Außerdem sah er so seltsam aus, als würde er von innen her auseinanderfallen.«

Feder runzelte die Stirn. Er wußte nicht, was der Grund dafür sein konnte. Normalerweise gab es keine Gesundheitsprobleme, wenn die Fey sich mit einer anderen Rasse vermischten. Es machte sie sogar kräftiger.

»Seid ihr sicher, daß sie sich davongemacht haben?« fragte die zweite Stimme.

»Ich habe sie gesucht, aber nirgends finden können. Con war in meinen Diensten, bevor der Rocaan ihm diese Weisung erteilte. Er ist ein guter Junge. Ich mache mir Sorgen um ihn, besonders, wenn er mit dem Sohn des Königs zusammen ist. Er scheint zu glauben, daß der Sohn des Königs irgendwie ein Teil seiner Weisung sei, aber ich glaube, er irrt sich. Habt ihr dieses Schwert gesehen? Es war voller Blut.«

Feder schauderte. Wahrscheinlich Feyblut. Das war sehr interessant, viel interessanter, als er erwartet hatte. Viel interessanter, als der Schwarze König erwartet hatte.

»Ich habe es gesehen«, sagte die zweite Stimme. »Er hat sich nicht wie ein Aud verhalten. Dieses Schwert, seine ganze Einstellung. Daß er nicht hier bleiben wollte, obwohl seine Vorgesetzten sagten, es sei besser so.«

»Das werden sie ihn büßen lassen«, sagte die erste Stimme.

»Wenn sie ihn finden«, entgegnete die zweite Stimme.

»Wenn unsere Religion wieder ihre alte Machtstellung hat.«

Diese Bemerkung stimmte die beiden Schwarzkittel traurig, und sie schwiegen plötzlich und starrten auf ihre Hände. Feder klammerte sich am Mörtel fest und versuchte, aus den Informationen schlau zu werden. Der Sohn des Königs war hier gewesen, aber jetzt war er gemeinsam mit einem Schwarzkittel verschwunden. Warum? Um sich zu schützen?

Am wichtigsten war es jedoch zu wissen, daß der Junge erst vor kurzem aufgebrochen war. Feder würde ihn noch hier unten finden.

Aber was dann? Ihn bitten, einen Moment zu warten? Feder war nur ein Irrlichtfänger. Er war auch bei voller Körpergröße nicht in der Lage, gegen einen mit einem Schwert bewaffneten Schwarzkittel zu kämpfen.

Es war besser, zum Schwarzen König zurückzukehren und diesen die Invasion der Tunnelanlage planen zu lassen. Gegen

Hunderte von Fey hatte der Urenkel keine Chance. Er würde dem Schwarzen König unweigerlich in die Hände fallen.

Feder lächelte. Er würde der Held des Tages sein. Derjenige, der den Urenkel des Königs nach Hause gebracht hatte.

13

Con kroch aus dem engen Gang und hielt sein Schwert fest umklammert. Staub wirbelte auf, und er versuchte, ein Husten zu unterdrücken. Es roch durchdringend nach erkaltetem Rauch. Er lehnte das Schwert gegen sein Bein, drehte sich um und ergriff Sebastians Hand.

Für Con war es immer noch merkwürdig, Sebastian zu berühren. Seine Haut war so kühl und glatt. Hätte Con nicht gewußt, daß Sebastian atmete und sprach, hätte er ihn für ebenso tot gehalten wie die Steine ringsum.

Sebastian packte Cons Hand. Er steckte immer noch in dem schmalen Gang. Es würde nicht ganz einfach sein, ihn herauszuziehen.

Der ganze Morgen war beschwerlich gewesen. Nach Sebastians Warnung hatten sich die beiden unter Cons Führung bis hierher durchgeschlagen, bis zu jenem Gang, vor dem Con sich fürchtete. Er verlief unterhalb der Brücke, die den Cardidas überspannte. Unter den Fußweg, der über die Brücke führte, hatte man einen winzigen Tunnel eingebaut, der so eng war, daß Con vor zwei Wochen hatte hindurchkriechen müssen.

Vor zwei Wochen.

Das schien eine Ewigkeit her zu sein.

Soweit das überhaupt möglich war, hatte sich der Gang noch weiter verengt. Schaler Rauchdunst überdeckte den Geruch des Flusses. Aus der Decke hatten sich vereinzelte Steine gelöst, als Hunderte von Fey-Füßen in den letzten beiden Wochen über die Brücke marschiert waren.

Aber vielleicht hatten sie auch schon vorher dort gelegen, und Con hatte sich bloß nicht richtig erinnert. Es spielte auch keine Rolle. Das Problem bestand darin, Sebastian durch diese Gänge zu schleusen.

Sebastian war zwar groß und schmal, aber er bewegte sich äußerst ungeschickt. Con mußte ihm zeigen, wie man sich am besten durch den engen Tunnel zwängte, doch mehr als einmal hatte Con auf der Suche nach Sebastian zurückkriechen müssen. Der steckte irgendwo fest und weinte mit gesenktem Kopf und ausgestreckten Armen. Con wollte Sebastian niemals mehr weinen hören. Es hörte sich an, als scheuerten zwei Steine gegeneinander, und bei diesem Geräusch standen Con die Haare zu Berge.

Sebastian hatte häufig geweint, seit Con ihn gefunden hatte. Ohne seine Familie fühlte er sich verloren, und er vermißte insbesondere seine Schwester. Es fiel ihm schwer, sich auf unbekannte Situationen einzustellen, und wie sich herausstellte, hatte er den Palast noch nie verlassen, bevor Con ihn von dort weggebracht hatte. Die Tunnel jagten ihm panische Angst ein, und die niedrigen Gänge machten alles noch schlimmer. Con mußte Sebastian aber nicht erst erklären, warum es so wichtig war, die Höhle zu verlassen. Das wußte Sebastian bereits, und er hatte es mit der Flucht noch eiliger gehabt als Con selbst.

Seine Warnungen hatten Con beunruhigt. Auch Con war sich darüber im klaren, daß er die Höhle bald verlassen mußte, da die Fey sie früher oder später entdecken würden, aber irgend etwas in Sebastians Verhalten hatte ihn zu noch größerer Eile angetrieben. Sebastian verfügte über die Magie der Fey, und wenn er behauptete, er könne Veränderungen in seiner Nähe wahrnehmen, dann glaubte ihm Con.

Sebastian brauchte einen Beschützer, und bis sie den König gefunden hatten oder Sebastian allein weitergehen konnte, wollte Con diese Aufgabe übernehmen.

»Gut«, sagte Con und umklammerte Sebastians Hand. »Ich halte dich fest. Schieb dich vor, und ich ziehe dich raus.«

Sebastian strengte sich an. Con schob seine Hand an Sebastians Arm hoch, bis er dessen Schulter umfaßte und ihm aus dem Gang heraushelfen konnte. Sebastian war schwer. Er wog fast doppelt soviel, wie Con erwartet hatte, wenn man berücksichtigte, wie schlank er war und wie wenig er aß. Er klagte niemals über Hunger oder Durst. Was das anbelangte, hatte er so gut wie keine Bedürfnisse.

»Wo ... ist ... das ... Ende?« fragte Sebastian, dessen Stimme vom Weinen und vom Rauch heiser klang.

Es hatte lange gedauert, bis sich Con an die Dunkelheit gewöhnt hatte, aber Sebastians Augen schienen sich überhaupt nicht anzupassen. Nicht nur, daß er Mühe hatte, durch diese Gänge zu kommen, er war obendrein auch noch blind.

»Das dauert noch ein bißchen«, sagte Con und wünschte, Sebastian wäre geschickt genug, so hinunterzurutschen, wie Con es gemacht hatte, mit dem Gesicht voran. »Ich werde dir helfen, bis du deine Beine aus dem Gang ziehen kannst.«

Die Öffnung des Durchlasses war auf dieser Seite etwas größer. Con hoffte, daß Sebastian es fertigbringen würde, seine Beine hindurchzustecken und sich langsam herabzulassen. Er würde ihn teilweise tragen müssen, aber nicht die ganze Zeit.

Con ließ eine Hand auf Sebastians Schulter und legte die andere auf dessen Brust. Sebastians Hüften waren schon fast frei.

»Gut«, sagte Con. »Kannst du knien?«

»Ja«, erwiderte Sebastian. Er richtete sich langsam auf den Knien auf. Con mußte ihn jetzt loslassen, streckte aber die Hände hoch, für den Fall, daß Sebastian schwankte.

Oder um seinen Sturz abzufangen.

Con schauderte. Er war nicht sicher, ob er es überlebte, falls Sebastian mit seinem ganzen Gewicht auf ihn fiel.

Sebastian stemmte seine Hände gegen den Rand der Öffnung, wie Con es ihm gezeigt hatte. Er streckte erst einen, dann den anderen Fuß hindurch, ohne sich dabei, wie Con befürchtet hatte, in seinem Gewand zu verheddern. Sebastian saß jetzt in der Öffnung, seine Füße baumelten über dem Boden.

»Sehr gut«, lobte Con. Er senkte die Arme. Sein rechter Arm war eingeschlafen und brannte, seine Schultern schmerzten. Er wußte nicht genau, wie lange er Sebastian noch stützen mußte. »Jetzt leg die Hände auf meine Schultern und rutsch runter.«

Sebastian beugte sich vor. Con meinte fast, das Knirschen seines Körpers zu hören. Manchmal war Con wütend auf den König, weil er diesen Jungen im Stich gelassen hatte.

Sebastians große Hände senkten sich auf Cons Schulter, fest, solide, schwer. Sebastian verlagerte sein Gewicht auf Con und rutschte mit den Beinen vor. Con war außerstande, mehr zu tun, als darauf zu achten, daß er nicht rückwarts taumelte.

Es schien ewig zu dauern, bis Sebastian endlich den Boden erreicht hatte. Er stand da wie ein Kind, das stolz darauf ist, nicht hingefallen zu sein. Er ließ die Hände auf Cons Schulter liegen und lächelte.

»Wir ... haben ... es ... geschafft«, sagte Sebastian.

»Na ja, wir haben den Fluß überquert«, stimmte ihm Con zu. »Aber ich weiß nicht, wie weit diese Tunnel noch reichen. Der Tabernakel ist nicht weit von hier. Wo sind denn deine Freunde?«

»Im ... Süden«, antwortete Sebastian. Er blinzelte und fügte hinzu: »Ein ... Tagesmarsch ... für ... dich.«

»Und für dich?« fragte Con und wunderte sich, woher Sebastian, der doch niemals den Palast verlassen hatte, das alles wußte. Diese geborgten Erinnerungen waren äußerst verstörend. Aber schließlich war alles an Sebastian verstörend. Besonders seine Anhänglichkeit. Con wünschte, Sebastian würde die Hände wegnehmen, wagte aber nicht, ihn darum zu bitten, aus Angst, ihn zu verletzen.

Langsam löste Sebastian die Hände von Cons Schultern, als habe er dessen Gedanken gelesen. Aber das war doch wohl unmöglich, oder? Con schauderte erneut. Vielleicht war Sebastian ja auch dazu imstande. Er besaß viele Fähigkeiten, die Con beunruhigten.

»Ich ... weiß ... nicht«, erwiderte Sebastian. Undeutlich zeichneten sich seine großen Umrisse im Halbdunkel ab. Glücklicherweise konnten sie hier aufrecht stehen. Cons Rücken schmerzte vom langen Kriechen.

Con überlegte. Es war lange her, seit er zum letzten Mal außerhalb Jahns gewesen war. Sebastian hatte ihm erzählt, wo der Bauernhof lag. In seiner bedächtigen, umsichtigen Art, an die Con sich erst langsam gewöhnen mußte, hatte Sebastian ihm den gesamten Weg beschrieben, für den Fall, daß sie getrennt werden würden. Sebastian hatte an alles gedacht. Er war gar nicht schwer von Begriff, wie es immer hieß, sondern einfach nur in allem sehr langsam: seine Bewegungen, sein Sprechen, sein Handeln.

»Ich glaube nicht«, sagte Con, »daß wir schnell vorankommen können. Wir müssen herausfinden, wo die Tunnel hinführen, und ihnen soweit folgen. Ich will nicht zu früh ins Freie. Die Fey sind überall, und sie sind auf der Suche nach dir.«

»Und ... dir«, erwiderte Sebastian leise.

Con runzelte die Stirn. Er war sich dessen nicht so sicher. Er wußte aber genau, daß die Fey die Rocaanisten fürchteten. Soviel hatte er von den Überlebenden auf der anderen Seite des Flusses aufgeschnappt. Sie sagten, die Fey glaubten, daß die Rocaanisten noch über mehr »Magie« verfügten als das Weihwasser und einen Weg finden würden, die Fey zu vernichten.

Con verfügte in der Tat über mehr Magie. Das Schwert, das gegen sein Bein lehnte. Aber die Waffe hatte nichts mit den Rocaanisten zu tun. Er hatte sie im Palast gefunden. Er fragte sich, was dort noch alles sein mochte, direkt vor der Nase des Schwarzen Königs.

Con ergriff das Schwert. »Gehen wir weiter«, sagte er.

Sebastian nickte. Con ließ ihn vorangehen. Er wollte Sebastian nicht in der Dunkelheit verlieren.

Je weiter sie gingen, desto widerlicher roch es. Der abgestandene Rauchgestank wurde immer stärker. Cons Augen brannten. Der Rauch hatte sich mit etwas anderem vermischt, etwas, das älter und primitiver war. Cons Nackenhaare sträubten sich.

Tod.

Es roch nach Tod hier unten.

Er zwang sich zu schlucken. Natürlich roch es verwest. Oben mußten Leichen liegen, und ihre Ausdünstungen drangen bis hier unten. Aber schon während er sich diese Erklärung zurechtlegte, wußte er, daß sie falsch war.

»Stinkt ... hier«, äußerte Sebastian.

»Ich weiß«, gab Con zurück. Sie bogen um die einzige Ecke, und Sebastian blieb abrupt stehen. Con trat neben ihn. Quer über dem Gang lag eine Leiche. Sie war nicht mehr zu identifizieren. Sie war seit zwei Wochen hier unten verwest.

»Wir müssen um die Leiche herumgehen«, sagte Con.

Sebastian packte Cons Arm. »Hier ... sind ...noch ... mehr. Ich ... rieche ... sie.«

»Ich auch«, antwortete Con. »Aber wir müssen es trotzdem versuchen.«

Vorsichtig, ohne sie mit den nackten Füßen zu berühren, ging er um die Leiche herum. Sebastian machte es genauso, stützte sich dabei aber schwer auf Con, um das Gleichgewicht nicht zu verlieren. Con wünschte, er hätte etwas, um sich die

Nase zuhalten zu können. Er versuchte, durch den Mund zu atmen. Dann ballte er die Faust und ging weiter.

Natürlich lag hier alles voller Leichen. Natürlich. Es hatte einen Frontalangriff auf das Tabernakel gegeben. Die Ältesten in der Höhle auf der anderen Seite des Cardidas hatten eine kleine Zeremonie für alle Verletzten und Kranken abgehalten, die zurückgeblieben waren. Als sie den Gang unter der Brücke erreicht hatten, wußten sie, daß nur die Gesunden auf diesem Weg entkommen konnten. Den anderen blieb nichts übrig, als umzukehren und sich nach neuen Fluchtmöglichkeiten umzusehen.

Offenbar waren einige von ihnen nicht durchgekommen.

Con war sich nicht sicher, ob die Gruppe auf der anderen Seite des Flusses durchkommen würde. Die Gruppe nahm an, daß die Fey sich irgendwann aus Jahn zurückziehen würden, und hoffte darauf, so lange in ihrer Höhle ausharren zu können.

Con hielt es für unwahrscheinlich, daß die Fey sich jemals wieder zurückzogen. Sie hatten die Blaue Insel erobert. Wenn nicht jemand kam und sie ihnen wieder wegnahm.

Cons einzige Hoffnung war, daß König Nicholas noch lebte. Das war allerdings eine recht unwahrscheinliche Hoffnung. Was konnte ein einzelner schon gegen die Fey und ihre Zauberkräfte ausrichten? Was konnte man überhaupt tun?

Con legte eine Hand über die Nase und packte Sebastian mit der anderen. Er befürchtete, daß es ebenso scheußlich wie schwierig sein würde, die nächsten Meter hier unten zu überwinden.

»Los«, sagte er zu dem Königssohn und zukünftigem Herrscher der Blauen Insel. »Wir schaffen das schon irgendwie.«

Con hoffte inständig, daß er sich nicht täuschte.

14

Boteen stand im Palastgarten. Der Geruch von Blumen und Gras mischte sich unter den Aschegestank, der seit einer Woche in der Luft hing. Die ganze Zeit über herrschte Windstille, weshalb der Rauch aus den Feuersbrünsten wie eine Giftsäule über der Stadt stand.

Seit seiner Verwundung hatte Rugad vieles vernachlässigt. Er hätte den Wetterkobolden Anweisungen geben müssen. Sie würden niemals von selbst auf die Idee kommen, für Wind zu sorgen. Ohne Führung beschäftigten sie sich mit so abgehobenen Dingen wie der Frage, ob der Reinheitsgehalt eines Regentropfens höher sei als der einer Schneeflocke. Ohne Führung waren sie nichts als faule, nutzlose Zauberer, und von Boteen nahmen sie keine Befehle entgegen.

Auch wenn er ihr Vorgesetzter war.

Boteen richtete sich zu voller Höhe auf. Er war der längste Fey, den es je gegeben hatte, und wahrscheinlich auch der dünnste, aber das kümmerte ihn wenig. Er aß, bis er satt war, aber er verbrauchte soviel Energie, daß das Essen ihn kaum zu nähren schien. Unablässig arbeitete er an sich, um seine Fähigkeiten zu erweitern.

Es frustrierte ihn, daß die Zauberkraft eines Zaubermeisters ihre Grenzen hatte. Anfangs konnte er alle Zaubersprüche mit großer Energie anwenden, aber seine Kräfte erschöpften sich sehr schnell. Es war ihm fast unmöglich, einige der schwierigeren Zauber auszuführen. Er konnte sie zwar anwenden, aber ohne den Grad an Vollkommenheit mit der beispielsweise ein Kobold einen Sturm oder Hurrikan entfesseln konnte. Boteen brachte nur einen kräftigen Wind oder Hurrikan zustande, der nach wenigen Augenblicken wieder abflaute. Er mochte sich noch so sehr anstrengen, doch er war nicht fähig, ein solches Ausmaß an Zerstörung hervorzurufen, wie es den Kobolden während einer Schlacht auf Nye gelungen war.

Er fragte sich, ob die anderen dazu in der Lage waren.

Die anderen. Boteen holte tief Luft und ballte die Fäuste. Zaubermeister waren selten. Er war der einzige, den Rugad auf diese Reise mitgenommen hatte, und der einzige, den die Fey zwischen Nye und L'Nacin kannten. Er vermutete, daß unter den Fey, die in den Eccrasischen Bergen zurückgeblieben waren, ein Zaubermeister zur Welt gekommen war, aber das war nur eine Vorahnung, die er während einer stürmischen Nacht gehabt hatte, die Geburt eines Kindes und das Aufblitzen seiner Zauberkraft.

Da dieses Aufblitzen aus den Bergen gekommen war, fühlte Boteen sich davon nicht betroffen. Seine Position wurde dadurch nicht gefährdet.

Ganz anders verhielt es sich mit den beiden Zaubermeistern hier auf der Blauen Insel. Rugad behauptete, einen von ihnen getroffen zu haben. Dieser Zaubermeister hatte Gabe beschützt, den Urenkel. Er war, so hieß es, ein Inselbewohner mit blondem Haar, vollem Gesicht und so kleinwüchsig wie alle hier. Aber Boteen war sich nicht sicher. Erfahrene Zaubermeister konnten ihre Gestalt Wandeln. Sie konnten zwar nicht für lange Zeit in der anderen Gestalt verweilen, und sie gingen dabei ein großes Risiko ein, aber es war ihnen durchaus möglich. Vielleicht hatte dieser Zaubermeister sich Gewandelt.

Obwohl das keine befriedigende Erklärung der Geschichten war, die die Versager aus den Schattenlanden erzählt hatten. Sie behaupteten, einen blonden Inseljungen bei sich aufgezogen zu haben, dessen Zaubertalente nur die Gestaltwandlerin Solanda erkannt habe. Als er schließlich entdeckt worden sei, habe ihn Gabe – damals noch ein Junge – gerettet und ihm zur Flucht aus dem Schattenland verholfen.

Boteen vermutete, daß Gabe nun mit diesem Zaubermeister unterwegs war. Das war nur logisch. Hatte man erst einmal den Zaubermeister gefunden, dann konnte der Junge nicht weit sein.

Es würde aber nicht einfach werden. Rugad hatte erzählt, der Zaubermeister habe Gabes Verbindungen geschlossen. Der Zaubermeister würde seine eigenen Verbindungen ebenfalls schließen und damit seine Spur verwischen.

Wenn er raffiniert genug war.

Die Frage nach dem anderen Zaubermeister war damit aber noch nicht beantwortet. Angeblich hatte ihn niemand gesehen. Weder die Versager noch die gefolterten Inselbewohner, einfach niemand.

Boteen aber spürte ihn.

Er hatte seine Anwesenheit bereits gespürt, als er die Klippen im Süden zum ersten Mal berührte, eine große Kraftquelle, unverschlossen und leck.

Dieser Zaubermeister wußte nichts mit seiner Macht anzufangen, und das machte ihn sehr gefährlich.

Es machte ihn unsichtbar.

Todbringend.

Boteen ballte die Fäuste. Er war auf Rugads Befehl hergekommen. Rugad wollte den Jungen. Er glaubte, Boteen könne den Zaubermeister verfolgen. Bis zu einem bestimmten Punkt traf das auch zu. Aber es war nicht so einfach, wie Rugad dachte. Nichts war so einfach, wie Rugad dachte.

Aber das war dem Schwarzen König gleichgültig. Er wollte Resultate und keine Klagen.

Boteen blickte zum Himmel. Die Sonne war aufgegangen, aber Rauch und Asche färbten den Himmel grau. Seine Aufgabe wäre leichter zu lösen, wenn er die Kobolde dazu bewegen könnte, Wind zu machen. Aber er wollte Rugads Autorität nicht untergraben. Das duldete Rugad nicht. Sollte er auch nur den leisesten Verdacht haben, daß er seine Macht teilen mußte, würde Rugad nicht zögern, einen vertrauten Ratgeber, und sei es selbst seinen einzigen Zaubermeister, auszuschalten.

Daran hatte er niemals einen Zweifel gelassen.

Als er seinen Sohn Rugar hier hergeschickt hatte, waren die letzten Zweifel ausgeräumt worden. Nach Rugars Tod hatte Rugad weder Kummer noch Reue erkennen lassen. Nur Erleichterung.

Schwarzes Blut konnte nicht offen gegen sich selbst kämpfen. Aber die klugen Führer, die aufgestiegen und lange genug auf dem Schwarzen Thron gesessen hatten, fanden immer Mittel und Wege, um jene rätselhafte Bestimmung zu umgehen, die die Mächte ihnen vor vielen Jahrhunderten auferlegt hatten.

Rugads Verhalten hatte eine lange Tradition.

Boteen holte tief Luft. Er verabscheute das nachfolgende Brennen in seinen Lungen. Er bekam einfach keine Verbindung zu dem anderen Zaubermeister. Niemand hatte eine Verbindung zu ihm, soweit Boteen wußte. Irgendwo mußte es aber Spuren geben. In den Boden eingeätzte Spuren, Spuren in der Luft, Spuren in allem, was er berührt hatte.

Spuren waren etwas anderes als Empfindungen. Spuren waren einfach Wege, auf denen der Zaubermeister gegangen war. Diese Spuren blieben überall zurück. Alles Magische hinterließ deutliche Spuren, die erst mit der Zeit verschwanden.

Boteen konnte jeden verfolgen, solange es eine Spur gab.

In dieser Stadt gab es die Spur eines Zauberers. Allerdings nur eine. Es schien, als sei der zweite Zaubermeister niemals hier gewesen. Die einzige Frage war nun: Welcher der beiden beschützte das Schwarze Blut?

Boteen konnte nur raten. Er nahm an, daß der Beschützer vor langer Zeit in dieser Stadt gelebt und sich seit fast ebenso langer Zeit daraus zurückgezogen hatte. Seine Spur war sehr alt und fast unkenntlich. Sie war so alt, daß sie fast erloschen war. Boteen konnte weder ihre Farbe noch ihre Essenz erkennen. Er spürte kaum noch, daß sie einst einem Zaubermeister gehört hatte.

Die Spur stammte aus der Zeit, als Jewel noch gelebt hatte und die Versager die Blaue Insel zum ersten Mal verloren hatten. Der Zaubermeister war nicht im Garten gewesen, sondern viele Male im Palast, und von dort führte seine Spur durch die Straßen zum Fluß.

Seine Essenz war deutlich im Fluß zu spüren, fast so, als habe er einen Teil seiner selbst darin verloren.

Boteen lächelte. Er würde die Spur genau studieren. Er würde ihren Geruch kennenlernen, ihre Form, ihr innerstes Wesen.

Dann würde er auf Schleichwegen der Spur folgen, bis er den Zaubermeister gefunden hatte.

Bis er beide Zaubermeister gefunden hatte.

Bis er Rugads Urenkel gefunden hatte.

Gabe.

15

Rugad berührte seinen Hals. Die immer noch schmerzende Wunde unter seinen Fingern war steif und geschwollen. Eine Narbe würde zurückbleiben, als Erinnerung an die Macht des Königs, in dessen Palast Rugad eingezogen war.

Rugad stand neben der Balkontür. Seger, die Heilerin, war noch auf dem Balkon und sammelte ihr Werkzeug ein. Sie war hager und hatte die typisch lederne Haut der Wetterkobolde, als habe sie sich zu lange in der Sonne aufgehalten. Die Anstrengungen der letzten Wochen zeigten sich jetzt bei allen Heilern. Jeder von ihnen hatte an Gewicht verloren. Einige hatten Rugad gebeten, einen Tag aussetzen zu dürfen, damit sie ihre Kräfte etwas schonten. Heiler glaubten, nicht ganz zu Unrecht, wie manche sagten, daß Fey ihre Zauberkräfte so vollständig verbrauchen konnten, bis nichts mehr davon übrig war.

Rugad hatte das noch nie erlebt, aber er setzte seine Kraft auch nicht so ausdauernd ein. Heiler konnten tage- und wochenlang arbeiten, ohne zu schlafen, ohne sich körperliche oder geistige Ruhepausen zu gönnen.

Die letzten Visionen, die Rugad gehabt hatte, jene, in denen er den von König Nicholas angezettelten Aufstand Gesehen hatte, hatten den Schwarzen König erschöpft. Er hatte es nur nicht zeigen dürfen.

Seger trat jetzt durch die Balkontür. Sie trug ihre Kräuterbeutel und die Decke, die sie während der Behandlung um Rugads Hals geschlungen hatte. Außerdem hielt sie ein kleines Gefäß in den Händen. Sie behauptete, in diesem Gefäß, das einen leeren Eindruck machte, befinde sich Rugads Stimme.

Sie reichte es ihm. Das Glas fühlte sich warm an. »Wo willst du das aufbewahren?« fragte sie. »Ich wage es nicht, das Glas bei mir zu behalten. Wenn die Stimme verschwindet, reißt du mir den Kopf ab.«

Rugad lächelte. Seger kannte ihn gut. Er stellte das Gefäß auf eines der vielen Tischchen, die im ganzen Raum verteilt waren. Er würde es wegstellen, wenn sie gegangen war, sobald er allein war. Niemand würde erfahren, wo es sich befand und wie man sich des Gefäßes bedienen konnte.

»Ich sage es dir jetzt noch einmal«, sagte Seger. »Falls du möchtest, daß ich dir deine richtige Stimme wiedergebe, sobald deine Kehle verheilt ist, dann benutze diese falsche Stimme nicht zu oft. Sonst mußt du sie für den Rest deines Lebens behalten.«

»Ein Herrscher ohne Stimme ist machtlos«, entgegnete Rugad. Seine neue Stimme war eine Mischung aus Atem und einem tiefen Ton. Seger hatte die Muskeln in seiner Kehle so verzaubert, daß sie Schwingungen aufnehmen und einen Ton hervorbringen konnten. Es hörte sich nicht sonderlich eindrucksvoll an, und der Schmerz, der ihm dabei vom Mund in die Brust fuhr, war überwältigend.

»Deine falsche Stimme wird nicht kräftiger werden«, erwiderte Seger.

Er atmete tief ein. »Und der Schmerz?«

»Entweder Schmerzen oder Stille«, gab sie zurück. Ohne jedes Anzeichen von Furcht stand sie vor ihm. Sie hatte keinen besonderen Respekt vor Rugad, und in diesem Augenblick war er dankbar dafür.

»Immer?« wollte er wissen.

»Solange du diese Stimme benutzt.« Sie lächelte. »Das sollte Anreiz genug für dich sein, dir deine alte Stimme zurückzuwünschen.«

»Ich kann mir den Luxus, länger zu warten, nicht leisten«, antwortete Rugad. »Ich habe schon zu lange gewartet.«

»Wie du willst«, sagte Seger zweifelnd. Sie nickt kurz und trug dann ihre Sachen zur Tür hinaus. Er war allein.

Er nahm das kleine Gefäß und hielt es in den Lichtstrahl, der vom Balkon her ins Zimmer fiel. Er konnte nichts darin sehen und verstand auch nicht ganz, weshalb Seger seine wirkliche Stimme herausgenommen hatte.

Ein Mann kann niemals zwei Stimmen haben, hatte ihm Seger erklärt. *Er kann nur mit einer Stimme und deren Autorität sprechen. Die zweite Stimme würde nur Verwirrung stiften und vielleicht Unheil anrichten.*

Rugad wußte genug über die Heilkunst, um zu verstehen, daß seine alte Stimme in etwas, oder jemanden, eingesetzt werden konnte. Deswegen wollte Seger die Stimme nicht auf den Winden davonfliegen lassen. Jemand hätte sie sehen und einfangen und dann mit Rugads Stimme sprechen können.

Wer Rugads Stimme besaß, hatte auch seine Autorität.

Rugad ergriff das Gefäß und trug es zu dem großen Schlafzimmer, das er benutzte. Er nahm einen Beutel aus seinen Kleidern und legte das Glas hinein. Dann band er es um seine Taille. Auch er würde mit seiner Stimme vorsichtig umgehen. Er würde sie bewachen, als sei sie noch ein Teil seines Körpers.

Niemand würde jemals für ihn sprechen, ganz bestimmt nicht mit der Stimme, die ihm zweiundneunzig Jahre so gute Dienste geleistet hatte.

Rugad berührte erneut seine Kehle. Dieser verdammte Nicholas! Verdammt sei Jewel, weil sie ihn geheiratet hatte. Diese kleine Insel hätte ein schneller Sieg werden sollen, nichts als ein Stiefelschritt auf dem Weg nach Leutia.

Und keine Grenze. Schon gar nicht die Grenze, die jetzt daraus geworden war.

Er ging wieder ins Wohnzimmer zurück. Er hatte sich selbst ermahnt, die Inselbewohner nicht zu unterschätzen, und nun war ihm genau dieser Fehler unterlaufen.

Er hätte ihn beinahe das Leben gekostet.

Rugad legte die Hand auf die Lehne eines verzierten Stuhles. Das geschwungene Holz schnitt in seine Handfläche. Dieser Palast war für ein bequemes Leben eingerichtet, nicht für einen Krieg. Es gab kaum Anzeichen dafür, daß hier je ein Krieg stattgefunden hatte. Bei seiner Ankunft hatte er die einfache Eroberung der südlichen Insel als einen Beweis für die Unfähigkeit des Inselvolks gehalten, zu kämpfen. Mittlerweile neigte er eher zu der Annahme, daß sein Sohn im Kampf unfähiger war als die Inselbewohner.

Rugar hätte Jewel vertrauen sollen. Jewel war eine kluge Frau gewesen, und sie hatte keinen Ausweg gesehen. Sie hatte Nicholas geheiratet, ihm Kinder geschenkt und die Insel auf die altmodische Art erobert. Durch die Vermischung von Blut.

Dann hatte man sie ermordet.

Rugads Urenkel war von Versagern großgezogen worden.

Seine Urenkelin von Inselbewohnern.

Keiner der beiden kannte die Fey. Rugad konnte ihnen nur dann alles über sein Volk beibringen, wenn er die beiden auf seiner Seite hatte.

An seiner Seite hatte.

Deswegen mußte er sie finden.

Ein Klopfen an der Tür überraschte ihn. Ohne auf eine Antwort zu warten, wurde die Tür geöffnet.

»Ich kann jetzt sprechen«, sagte Rugad mit schneidenden Schmerzen in der Kehle.

Weißhaar schlüpfte herein und schloß die Tür hinter sich. »Es tut mir leid, Herr«, sagte er. »Ich hatte Seger nicht gehen sehen.«

»Du wirst nie wieder unaufgefordert meine Räume betreten«, blaffte Rugar. Er hatte noch nicht entschieden, was mit Weißhaar geschehen sollte. Am besten wartete er, bis der Berater besonders verletzlich war, um dann zuzuschlagen.

Vielleicht wäre es aber noch unangenehmer für Weißhaar, seine einstige Macht häppchenweise zu beschneiden. Rugad mußte noch entscheiden, was davon der bessere Weg war.

»Vergib mir«, entschuldigte sich Weißhaar und deutete eine leichte Verbeugung an. »Ich habe Neuigkeiten.«

Rugad faltete die Hände hinter dem Rücken und wartete.

Weißhaar kniff verwirrt die Augen zusammen und fuhr dann fort: »Einer der Irrlichtfänger, die du in die Tunnel geschickt hast, ist ziemlich aufgeregt zurückgekommen. Er behauptet, er habe deinen Urenkel gefunden.«

Rugad atmete heftig aus. »Schick ihn zu mir«, befahl er und ging zur Tür.

Weißhaar öffnete die Tür und bedeutete jemandem einzutreten. Ein Irrlichtfänger kam herein. Er war schlank, zu schlank, wie so viele aus Rugads hart arbeitenden Truppen, und hatte die Flügel flach an den Rücken gelegt. Sein schwarzes Haar war nach Art der Nye kurz geschnitten und klebte schweißtriefend an seinem Schädel. Er war mit Spinnweben, Staub und Schmutz bedeckt.

»Verzeih mein Aussehen«, sagte er. »Ich bin so schnell gekommen, wie ich nur konnte.«

Rugad hob eine Hand. »Laß uns allein, Weißhaar«, ordnete er an.

»Aber Herr ...«

»*Sofort.*« Rugad legte soviel Nachdruck in seine Stimme, daß er das Gefühl hatte, sich selbst die Kehle aufzuschlitzen.

»Ja, Herr.« Weißhaar warf ihm einen besorgten Blick zu, wirbelte dann herum und verließ das Zimmer.

»Komm«, sagte Rugad zu dem Irrlichtfänger und führte ihn auf den Balkon. Eine leichte Brise ließ die Flügel des Irrlichtfängers zittern und zauste spielerisch an Rugads Schopf. Rugad schloß die Balkontür hinter sich. Er wollte verhindern, daß Weißhaar ihr Gespräch mithörte. Sollte er an der Tür lauschen, konnte er sie auf dem Balkon nicht hören.

»Wie heißt du?« erkundigte sich Rugar. Früher hatte er die Namen all seiner Truppenmitglieder gekannt, aber er hatte schon vor langer Zeit aufgehört, sein kostbares Gedächtnis mit solch unbedeutenden Kleinigkeiten zu belasten. Die einzigen Namen, die er sich jetzt noch merken konnte, waren die Namen von Leuten, die einen besonders guten oder schlechten Eindruck auf ihn gemacht hatten.

»Feder, Herr«, gab der Irrlichtfänger zurück.

»Setz dich, Feder«, forderte Rugad ihn auf und wies auf einen der breiten Sessel. Feder ließ sich seitlich darauf nieder, damit seine Flügel nicht zerdrückt wurden. Rugad setzte sich in genau der gleichen Haltung auf einen anderen Sessel. »Du hast meinen Urenkel gefunden.«

»Nein.« Feder warf einen Blick zur Tür. »Hat Weißhaar das behauptet?«

»Das hat Weißhaar behauptet.« Rugad sprach mit ruhiger Stimme. Der Schmerz in seiner Kehle war nahezu unerträglich.

»Nein, ich habe gesagt, daß ich vielleicht weiß, wo er ist.« Feder sah besorgt aus. Er wußte, daß es den Tod bedeuten konnte, wenn man dem Schwarzen König eine falsche Information gab.

»Erzähl mir, was passiert ist«, sagte Rugad.

Also erzählte Feder von den unterirdischen Gängen, von der Höhle, in die sich die Schwarzkittel geflüchtet hatten, und der Unterhaltung, die er belauscht hatte.

»Das ist wichtig«, stellte Rugad fest. »Du sagst, sie hielten ihn für langsam. Sprach er langsam? Bewegte er sich langsam?«

»Ja«, sagte Feder. Er hatte seine langen Finger zusammengepreßt und verdrehte sie, als würde er Wäsche auswringen.

»Auf seinem Gesicht waren Linien zu sehen?«

»Ich weiß es nicht, Herr, ich habe ihn nicht selbst gesehen.«

»Aber das haben die Schwarzkittel gesagt?«

»Sie sagten, er sähe sonderbar aus, Herr.«

Rugad nickte und stützte die Ellbogen auf die Knie. Nicht sein Urenkel, sondern dessen Golem. In gewisser Weise war das fast genauso gut. »Glaubst du, er hält sich immer noch in den unterirdischen Gängen auf?«

»Ja, Herr. Deswegen bin ich früher gekommen, anstatt erst alle Tunnel zu erforschen. Ich dachte, wenn wir unsere Infanterie nach unten schicken, haben wir ihn bestimmt bald gefunden.«

Rugad lächelte. »Ausgezeichnete Idee. Die Infanterie wird ihn finden. Außerdem werden wir auch noch alle Ein- und Ausgänge bewachen lassen. Ich lasse die Irrlichtfänger ihre Anstrengungen verdoppeln. Der Junge wird uns dank deiner Informationen, Feder, schon nicht durch die Finger schlüpfen.«

»Ich würde ebenfalls gerne in die Tunnel zurückkehren und sehen, ob ich ihn vielleicht aufspüren kann.«

»Natürlich.« Rugad erhob sich und gestattete Feder, ebenfalls aufzustehen. »Es war richtig, daß du zu mir gekommen bist. Ich weiß einen Mann zu schätzen, der versteht, worum es uns geht, und der sein Handeln danach ausrichtet.«

»Danke, Herr«, sagte Feder und schrumpfte dann zu seiner Irrlichtfängergröße. In einer Sekunde war er zu einem Funken geworden, den die Brise davontrug.

Rugad blickte ihm nach. Der Golem. Wenn er den Golem auf seine Seite bringen konnte, dann wäre er ein wundervolles Werkzeug. Die Verkörperung von Nicholas' Niederlage. Die Einwohner der Insel würden annehmen, ihr Prinz habe einen Pakt mit den Fey geschlossen.

Aber auch wenn er den Golem nicht auf seine Seite zog,

würde er dennoch nützlich sein. Er mußte mit jemandem Verbunden sein, um so lange überleben zu können. Rugad konnte an diesen Verbindungen entlangreisen. Er vermutete, daß er am anderen Ende seinen Urenkel, seine Urenkelin oder womöglich sogar König Nicholas selbst finden würde.

Dann würden sie das wahre Ausmaß der Zauberkraft der Fey kennenlernen.

Dann würden sie erst wirklich begreifen, was es hieß, Verlierer zu sein.

16

Matthias saß am Tisch des größten Zimmers seines Hauses. Er hatte den Kopf in den Nacken gelegt und die Augen geschlossen. Marly stützte mit einer Hand seinen Hinterkopf und rieb mit der anderen seine immer noch nicht verheilten Wunden ein. Die Flüssigkeit brannte. Seit Marly Matthias' Behandlung übernommen hatte, malträtierte sie ihn jeden Tag auf diese Weise. Als Matthias einmal nach dem Grund gefragt hatte, hatte Marly erklärt, die Wunden müßten sauber bleiben. Das Brennen war kaum zu ertragen, und sobald es aufhörte, begannen die Wunden scheußlich zu jucken. Marly behauptete, das Jucken sei ein gutes Zeichen, ein Zeichen der Heilung.

Matthias verabscheute es.

Er verabscheute auch den Anblick seines Gesichts in dem silbrigen Glas, das in seinem geräumigen Schlafzimmer hing. Die Wunden verliefen vom Haaransatz bis zum Unterkiefer, zerschnitten seine Wangen in zwei Hälften und verfehlten sein rechtes Auge nur um ein Haar. Der Faden, mit dem Marly sie genäht hatte, war außen verknotet, so daß Matthias aussah wie ein schlampig geflicktes Stück Stoff. In Ruhestellung verzog sich sein Mund nach links, und sein linkes Augenlid hing schlaff herab. Er war auch vorher kein besonders schöner Mann gewesen, aber er hatte immerhin ein interessantes Gesicht gehabt.

Jetzt war es noch viel interessanter.

Die anderen waren schon aufgebrochen. Matthias hatte ein paar Münzen aus seinem Versteck gekramt und die Männer mit der strengen Anweisung zum Markt geschickt, Vorräte für mehrere Tage zu kaufen, nicht zu stehlen. Er wußte nicht, was er mit all diesen Leuten anfangen sollte, dieser Bande von Ganoven, die ihm versehentlich das Leben gerettet hatte. In den letzten Jahren hatten sie in den Tunneln gelebt, die Jahn unterirdisch durchzogen, und von dort aus von Geld bis zu Weihwasser aus dem Tabernakel alles gestohlen, was sie in die Finger bekommen hatten. In der Nacht vor der Invasion der Fey hatten sie den sterbenden Matthias am Flußufer gefunden und zu Marly gebracht, damit sie seine Wunden behandelte – offenbar fühlte die Bande sich verantwortlich für Leib und Leben der einfachen Leute. Marly hatte Matthias erzählt, daß sie manchmal sogar ihre Mahlzeiten mit den Bedürftigen teilten.

Nach dem zu schließen, was Matthias bis jetzt gesehen hatte, waren die Diebe aber längst nicht so menschenfreundlich, wie sie glaubten. Mit ihm waren sie nur so schnell warm geworden, weil Marly ihn in Schutz nahm und weil sie Jakibs Schwester war. Jakib war zwar nicht der Anführer der Bande, aber er hatte sie alle zusammengebracht.

Der Anführer war Yasep, der zwar behauptete, Matthias zu akzeptieren, ihn aber in Wirklichkeit nicht leiden konnte.

Immerhin hatte Matthias sie hierher in Sicherheit gebracht. Die Bande hatte eine Zuflucht vor den Fey gesucht, und Matthias wiederum brauchte Leute, die für ihn körperliche Arbeit verrichteten. Die Fey verschanzten sich auf der Blauen Insel. Titus, der Zweiundfünfzigste Rocaan, war tot, und Matthias war der letzte, der die Geheimnisse kannte.

Eines der Geheimnisse war imstande gewesen, Fey zu töten. Matthias mußte herausfinden, ob auch andere Geheimnisse diese Eigenschaft besaßen.

Marly hörte auf, sanft sein Gesicht zu berühren. Schmerz durchzuckte ihn.

»So«, sagte sie, richtete seinen Kopf wieder auf und nahm die Hand aus seinen Locken. Matthias öffnete die Augen. Im

Zimmer war es immer noch dunkel, obwohl es noch nicht einmal Mittag war. Trotzdem fingen die Fenster, die Matthias auf der Bergseite des Hauses hatte einbauen lassen, ein wenig Licht ein. Hier hatte Matthias die meiste Zeit seines Exils mit dem Studium des Rocaanismus verbracht. Was er herausgefunden hatte, hatte selbst ihn überrascht. Die frühe Geschichte der Religion war eine Geschichte von Rivalen, von blutigen Kämpfen um die Vorherrschaft. Das war auch einer der Gründe, weshalb die Geheimnisse so geschützt wurden. Früher hatte man gemunkelt, daß derjenige, der sie kannte, unverwundbar sei.

Ein Klopfen ließ Matthias zusammenfahren. Er warf Marly einen fragenden Blick zu, aber die Frau zuckte bloß die Achseln. Matthias stand auf, schob seinen Stuhl beiseite und ging in die Diele.

Nachdem er das Haus in Besitz genommen hatte, hatte er es umgebaut. Ein alter Freund seiner Familie hatte es ihm überlassen, ein älterer, kinderloser Mann, der fand, daß man Matthias in seiner Jugend ungerecht behandelt habe und die Weisen sich gegen ihn versündigt hätten. Als Matthias in den Besitz des Hauses kam, hatte es nur aus einem einzigen Raum bestanden, und er hatte es vergrößert. Das Innere hatte er nach dem Vorbild der Gemächer im Tabernakel eingerichtet: ein Hauptraum mit einem seitlich angrenzenden Schlafzimmer. Nachdem er sich erst einmal in die Geheimnisse vertieft hatte, hatte er den Eingangsbereich angebaut, damit kein Straßenschmutz in seine Wohnräume gelangte. Das zweite Schlafzimmer war erst später entstanden, als Matthias gemerkt hatte, daß er eine Schlafmöglichkeit für Gäste brauchte.

Wieder klopfte es. Matthias straffte sich. Er wußte, wer das war. Bestimmt einer der Weisen, der sich fragte, was Matthias wieder in Constantia zu suchen hatte. Aber hinter dem vermeintlichen Interesse verbarg sich der Wunsch, Matthias möge schleunigst wieder verschwinden.

Sie haßten seinen Anblick. Sie haßten seine Nähe. Er erinnerte sie ständig daran, daß ihre Taktik manchmal versagte und daß Mitleid über Furcht siegte.

Matthias packte den Knauf und riß die Tür auf.

Tri, sein Nachbar, stand vor ihm, die breiten Schultern in einen Umhang gehüllt. Das rote Haar floß ihm offen über den Rücken.

»Na, haben sie diesmal dich vorgeschickt?« fragte Matthias spöttisch. Tri war erst letztes Jahr in den Kreis der Weisen aufgenommen worden. Zuerst war Matthias erschrocken gewesen, nunmehr Tür an Tür mit einem Weisen zu wohnen. Aber dann hatte er gemerkt, daß Tri sein Amt anders auffaßte, daß er nicht an die alten Lehren glaubte und frischen Wind in die Ratsversammlung brachte. Zwar hatte auch das Matthias beunruhigt – er hatte die Erfahrung gemacht, daß die alten Sitten manchmal sinnvoll waren –, doch es hatte ihn andererseits auch erleichtert. Tri würde Matthias nicht schikanieren, jedenfalls nicht so wie die anderen.

Jetzt starrte Tri ihn an, als sähe er ihn zum ersten Mal. Matthias widerstand dem Drang, sein verwüstetes Gesicht mit der Hand zu bedecken.

»Was ist denn mit dir passiert?« fragte Tri.

Matthias schüttelte den Kopf. »Ist 'ne lange Geschichte«, wich er aus. Er hatte jetzt keine Lust, darüber zu reden. »Sag schon, was sie von mir wollen, und bring es hinter dich.«

»Sie haben mich nicht geschickt«, erklärte Tri, »aber ich muß trotzdem mit dir sprechen. Darf ich hereinkommen?«

Darum hatte Tri noch nie gebeten. Matthias runzelte die Stirn und zuckte vor Schmerz zusammen, aber er trat beiseite und hielt Tri die Tür auf. Bevor Tri ins Haus schlüpfte, warf er einen Blick über die Schulter. Auch Matthias warf einen Blick auf die Straße. Sie war sonnenbeschienen und leer. Die benachbarten Häuser dösten in mittäglicher Stille. Wenn jemand sie beobachtete, dann heimlich.

Matthias schloß die Tür hinter sich. Marly erschien in der Diele. »Alles in Ordnung?« fragte sie.

Bei ihrem Anblick weiteten sich Tris Augen. Fragend blickte er Matthias an. Matthias beachtete ihn nicht.

»Ja«, sagte er. »Tri ist mein Nachbar. Kannst du uns einen Moment allein lassen, Marly?«

Sie seufzte, aber sie verschwand. Sie fühlte sich als Matthias' Beschützerin, und er stellte fest, daß es ihm gefiel.

Noch nie hatte ihn jemand beschützt.

Er führte Tri zu dem Tisch, an dem er noch vor wenigen Minuten mit Marly gesessen hatte. Ihre Umschläge und Heilsalben lagen noch auf der Tischplatte verstreut. Das Zimmer roch schwach nach Kräutern und verbranntem Haar.

»Ist sie eine Heilerin?« fragte Tri.

»Unter anderem«, gab Matthias, der nicht willens war, Fragen über seine Gefährten zu beantworten, zurück.

»Sie sieht aus, als wäre sie hier geboren, aber sie spricht nicht so.«

»Ist sie auch nicht«, erwiderte Matthias. Er schob mit dem Fuß einen Stuhl heran und forderte Tri mit einer Handbewegung auf, sich zu setzen.

Tri schüttelte den Kopf und verschränkte die Arme vor der Brust. Sein Umhang öffnete sich ein bißchen und ließ das traditionelle Gewand der Klippler sehen: Pullover, grobe Kniebundhosen und Stiefel. »Ich bin hier, um dir ein paar Fragen zu stellen und dich zu warnen«, verkündete er.

Zorn wallte in Matthias auf. In dem Versuch, sich und seine Stimme unter Kontrolle zu bringen, stützte er sich auf den Tisch. »Hast du nicht eben gesagt, daß sie dich nicht geschickt haben?«

»Das stimmt auch«, bestätigte Tri. »Aber ich komme gerade aus der Versammlung. Ich habe mich so schnell davongeschlichen, wie ich konnte. Ich weiß, daß du gestern abend in die Stadt gegangen bist. Frühmorgens, als der Markt öffnete, wurden dort zwei großgewachsene Fremde gesehen und vertrieben.«

Solche Vorkommnisse gab es in Constantia dauernd. Die Einwohner hatten panische Angst vor Fremden. Nachdem Matthias den Tabernakel verlassen hatte, hatte er sich nur hierher zurückziehen können, weil man sich von früher her an ihn erinnerte. Er hatte erwogen, auch die Bande hierherzubringen, aber von allen Leuten, die er kannte, konnten diese noch am ehesten für sich selbst sorgen.

»Und da hast du geglaubt, es wären meine Leute gewesen?«

»Du bist nicht allein gekommen«, erwiderte Tri. »Und deine Frau ist groß.«

»Sie war die ganze Zeit hier.« Dann hob Matthias die Hand ans Gesicht. Die anderen hatten noch geschlafen. »Bist du sicher, daß es morgens war?«

»Ja. Der Markt beginnt, bevor die Sonne über die Berge kommt.«

Matthias drehte sich der Magen um. »Und wie sahen diese großen Fremden aus?«

»Das weiß ich nicht«, erwiderte Tri. »Ich habe sie ja nicht gesehen. Aber die Frau, die davon berichtet hat, sagt, sie waren groß, dünn und dunkel.«

»Dunkel«, flüsterte Matthias. Er blinzelte und versuchte nachzudenken. Sein Herz pochte heftig. »Wie dunkel?«

»Keine Ahnung«, entgegnete Tri. Er klang jetzt verwirrt. »Was geht hier vor, Matthias?«

»Hast du schon einmal einen Fey gesehen?« fragte Matthias.

Tri schüttelte den Kopf. »Ich habe dich nur von ihnen erzählen hören. In all den Jahren, die sie nun schon auf der Insel sind, haben sie noch keinen Schritt in diese abgelegene Gegend getan.«

»Sie sind auch nie zuvor in solch großer Zahl auf der Insel gewesen wie jetzt«, erwiderte Matthias und klammerte sich an die Tischkante. »Und diese Beschreibung trifft zu? Groß, dünn und dunkel?«

»So sicher ich eben sein kann, ohne sie selbst gesehen zu haben«, erwiderte Tri. »Und ich glaube nicht, daß du mit der Augenzeugin sprechen kannst. Sie gehört zu den Weisen.«

»Du hast geglaubt, es wären meine Leute. Du bist gekommen, um mich zu warnen.« Matthias' Gesicht begann zu jucken. Er packte die Tischkante noch fester. »Was werden deine ›Weisen‹ mit diesen Großen machen?«

»Sie aus der Stadt werfen, wenn es geht.«

»Und wenn nicht?«

»Du weißt, welche Lösung die Weisen für solche Fälle parat haben.«

Matthias überlief ein Schauder. Er wußte es nur zu gut. »Du wolltest mich davor warnen, daß man meine Freunde töten wird, wenn sie bleiben.«

»Und ich wollte dir meine Hilfe anbieten«, fügte Tri hinzu. Kaum hatte er gesprochen, biß er sich auf die Unterlippe und verstummte.

»Warum sollte einer der Weisen mir helfen wollen?«

»Ich bin kein Weiser mehr«, murmelte Tri. »Sie haben mich hinausgeworfen.«

»Heute morgen?« Matthias starrte Tri ungläubig an. Das war unmöglich. In all den Jahren, seit Matthias die Weisen kannte, war so etwas noch nie vorgekommen. »Ein hübscher Scherz, mein Freund, aber den Weisen kann man nur durch den Tod entrinnen.«

»Oder durch Ausschluß«, erwiderte Tri. »Ich wurde ausgeschlossen.«

»Warum? Hast du Zweifel an ihrer Weisheit geäußert?«

»Ich habe mein Varin mit dir geteilt«, gab Tri zurück.

Das Blut wich aus Matthias' Gesicht. Das Jucken wurde schlimmer. »Woher wußten sie das?«

»Ich habe es ihnen erzählt.«

»Du hast es ihnen *erzählt*?« Matthias' Stimme wurde lauter. Er hörte Marly im Nebenzimmer rascheln. »*Erzählt*? Warum?«

»Weil sie sich irren. Sie haben die großen Fremden gesehen und sind sofort in Panik geraten. Genau wegen solcher Vorfälle bin ich den Weisen beigetreten, Matthias. Ich wollte verhindern, daß Unschuldigen etwas zustößt.«

»Du weißt doch gar nicht, wer diese Großen sind«, wandte Matthias ein. »Wenn es Fey sind, sind nicht sie, sondern Constantia in Gefahr.«

»Und was, wenn nicht?« gab Tri zurück. »Dann billigen wir den Tod Unschuldiger, nur weil sie anders aussehen als wir? Dann müßtest auch du sterben, Matthias. Du und die hübsche Frau im Nebenzimmer. Das willst du doch bestimmt nicht.«

»Aber ich will auch nicht, daß du dafür bezahlen mußt, daß du mir hilfst«, erwiderte Matthias.

»Ich muß für gar nichts bezahlen. Es ist besser für mich, die Weisen zu verlassen. Es hat mir nie behagt, einer von ihnen zu sein. Ihr Verfolgungswahn ist heimtückisch. Er hat mich verändert, mich verführt. Ich wollte nicht mehr dazugehören.«

Matthias verstand. Tri beschrieb zwar nicht ganz die Gefühle, die Matthias selbst gegenüber dem Tabernakel hegte – wahre Gläubige wie den Fünfzigsten Rocaan hatte Matthias immer respektiert –, aber Matthias erinnerte sich nur zu gut an seine Ungeduld mit den Ungläubigen, den Taktikern, die dem Tabernakel nur beigetreten waren, um ihre persönliche Macht zu vermehren. Manchmal hatte Matthias das Gefühl, diese Leute hätten seine Erfahrung beschmutzt und ihn irgendwie verdorben.

Offensichtlich mißverstand Tri Matthias' plötzliches Schweigen. »Ich kann noch mehr Varin für dich auftreiben, wenn du willst.«

Matthias lächelte und zuckte wieder zusammen. Er vergaß noch immer, daß selbst das kleinste Mienenspiel ihm höllische Schmerzen verursachte. »Das wäre mir schon recht«, entgegnete er, »aber ich habe über etwas anderes nachgedacht.«

Er war nicht bereit, Tri seine geheimsten Gedanken über den Tabernakel mitzuteilen. Er sprach mit fast niemandem über seine Vergangenheit.

»Ich mache mir Sorgen wegen dieser Großen«, sagte er. »Wenn es wirklich Fey sind, steht Constantia eine Menge Ärger bevor. Die Fey pflegen nicht paarweise unterwegs zu sein. Sie reisen fast niemals ohne eine große Armee. Wenn diese Leute Kundschafter waren, können wir vielleicht ...«

»Also willst auch du sie töten«, unterbrach ihn Tri kopfschüttelnd. »Ist das die einzige Antwort, die die Leute hier auf Fremde haben?«

Matthias fröstelte. Nach Jewels Tod hatte Nicholas ihn einen Mörder genannt. Und in gewisser Weise war er das auch. Er hatte Dutzende Fey getötet, und es hatte ihm kaum etwas ausgemacht.

War er denn keinen Deut besser als die Leute, die ihn als Neugeborenen auf einem Berggipfel ausgesetzt hatten?

»Was schlägst du vor?« fragte er.

»Ich schlage vor, daß wir die Fremden suchen«, erwiderte Tri. »Wir sollten herausfinden, was sie wollen, warum sie hier sind und ob wir ihnen irgendwie helfen können.«

»Warum sollten wir ihnen denn helfen?« fragte Matthias.

»Warum nicht?«

»Wenn es Fey sind ...«

»Wenn es wirklich Fey sein sollten, werden wir die Konsequenzen ziehen. Wenn nicht, können wir sie wenigstens vor den Weisen warnen.« Tris Augen wurden schmal. »Ich dachte immer, du wärst ein guter Mensch, Matthias.«

»Wie meinst du das?« fragte Matthias. Sein Mund war wie ausgedörrt. Diese Frage konnte er unmöglich direkt beantworten.

»Ein guter Mensch, ein Gottesmann, würde versuchen, anderen zu helfen. Genau das lehren uns doch die Worte, oder?«

»Aber sie lehren uns auch, uns zu schützen«, gab Matthias zurück. Er holte tief Luft und stieß sie zischend durch die Zähne wieder aus. »Du hast noch keine Fey gesehen. Du weißt ja nicht, wozu sie fähig sind. Sie haben ganz Jahn niedergebrannt und die meisten Einwohner getötet. Sie sind blutdürstig und mächtig, und sie zerstören alles, wofür die Blaue Insel steht. Sie haben sogar den Tabernakel angezündet.«

Tri riß die Augen auf. Natürlich hatte er davon noch nichts gehört. Niemand hier wußte das. Dieser Ort war zu abgelegen und die Dorfbewohner zu mißtrauisch gegenüber Fremden.

»Und der Rocaan?«

»Der ist tot.«

Endlich ließ sich Tri auf den Stuhl sinken, den Matthias ihm angeboten hatte. »Also bist du jetzt der Rocaan.«

»Nein«, erwiderte Matthias. »Ich bin zurückgetreten.«

»Ich glaube nicht, daß du das kannst«, wandte Tri ein. »Die Geheimnisse ...«

»Dienen vielleicht nicht der Religion«, fiel ihm Matthias ins Wort.

»Was soll das nun wieder heißen?« fragte Tri.

»Ich bin mir noch nicht ganz sicher«, wich Matthias aus. »Deswegen wollte ich ja das Varin von dir haben.«

Tri kratzte sich am Kopf. »Wenn der Rocaanismus wirklich tot ist, was wird dann als nächstes passieren?«

»Ich habe nicht gesagt, daß der Rocaanismus tot ist«, berichtigte Matthias. »Ich habe gesagt, der Tabernakel ist abgebrannt und der Rocaan tot.«

»Aber das ist doch dasselbe wie die Religion.«

Matthias hätte fast gelächelt, erinnerte sich aber rechtzeitig und unterdrückte den Impuls. »Dieser Satz aus dem Munde eines Weisen? Höchst interessant.«

»Oh, du glaubst also, daß sich die Weisen erheben und eine neue Religion gründen werden?«

»Ich glaube, daß der Tabernakel den Rocaanismus befleckt und ihn nach seinen eigenen Wünschen umgeformt hat. Ich glaube, daß die Religion jetzt womöglich zu ihrer ursprünglichen Reinheit zurückfinden kann.«

»Mit dir an der Spitze«, ergänzte Tri.

Matthias schüttelte den Kopf. »Nein. Ich repräsentiere weder den Tabernakel noch die Religion. Ich bin lediglich im Besitz der Geheimnisse. Du mußt mir helfen, Tri. Bring mir mehr Varin, und wir werden versuchen, den Rocaanismus nach unseren Vorstellungen neu zu erschaffen.«

Tri runzelte die Stirn. »Klingt gefährlich«, murmelte er.

»Es wäre auch gefährlich, wenn der Tabernakel noch existierte«, nickte Matthias beipflichtend. »Aber er existiert nicht mehr.«

Tri fuhr sich nachdenklich über das Kinn. Dann schlug er sich mit der flachen Hand aufs Knie. »Ich beschaffe dir mehr Varin, aber nur unter einer Bedingung. Hilf du mir, die langen Fremden zu finden. Hilf mir, sie vor Constantia und den Weisen zu warnen. Ich habe den Eindruck, sie kennen die hiesigen Vorurteile nicht, und das könnte tödlich für sie enden.«

»Und wenn es doch Fey sind?« fragte Matthias.

»Du kannst dich nicht dein Leben lang vor den Fey fürchten«, erwiderte Tri. »Wenn sie tatsächlich hier sind und wenn es wirklich nur zwei sind, dann laß uns herausfinden, was sie hier zu suchen haben. Das kann nichts schaden.«

»O doch«, sagte Matthias. »O doch.«

17

Keuchend erklomm Fledderer den steilen Pfad, blieb stehen und zog sich mit Händen und Unterarmen auf einen Felsbrocken. Dort setzte er sich einen Augenblick hin.

Vor ihm hastete Coulter den Berg hinauf, um Gabe einzuholen.

Fledderer mußte einen Moment allein sein. Niemand war ihnen gefolgt. Er bezweifelte, daß sie überhaupt jemand beim Verlassen des Steinbruchs gesehen hatte.

Er duckte sich auf den Stein und spähte hinunter ins Tal.

Graue Steinhäuser schmiegten sich an den Fuß des Berges, lehmige Straßen führten in die Stadt hinein. Fledderers Herz pochte wie wild. Seit sie den Steinbruch hinter sich gelassen hatten, waren er und Coulter gerannt und erst stehengeblieben, als sie den Felspfad erreicht hatten, der zu ihrem Lager führte.

Die Stelle, an der sie das Lager aufgeschlagen hatten, gefiel Fledderer ganz und gar nicht. Es befand sich noch weiter oben, in einer natürlichen Felsnische. Es war nicht allzuweit vom Steinbruch entfernt, lag aber in einigem Abstand zur Stadt. Das hatten Gabe und Coulter für einen Vorteil gehalten.

Fledderer nicht. Im Gegensatz zu ihm hatten Gabe und Coulter sich nicht eingehend mit der Geographie der Blauen Insel beschäftigt. So etwas war nicht ihre Art. Sie waren Anführer kraft ihrer Intuition, und das beunruhigte Fledderer. Vielleicht hatten alle mit Magie begabten Menschen ein derartiges Selbstvertrauen; Fledderer jedenfalls fehlte es. Er war zwar ein Fey, aber Zauberkraft hatte er nie besessen. Er gehörte zu den Unglücklichen. Im Imperium der Fey waren die kleinen, nichtmagischen Fey gezwungen, als Rotkappen zu arbeiten und alles zu tun, womit die anderen Fey sich nicht die Finger schmutzig machen wollten.

Fledderer hatte seinen Beruf allerdings seit zwanzig Jahren nicht mehr ausgeübt.

Dafür war er auch seit zwanzig Jahren kein Mitglied des Imperiums mehr.

Nachdem er viele Jahre lang allein gelebt hatte, waren ihm Adrian und Coulter über den Weg gelaufen, die gerade aus dem Schattenland geflohen waren. Er hatte ihnen geholfen, sich vor den Fey zu verstecken, und als Gegenleistung hatten sie ihm auf der Blauen Insel ein Zuhause geboten.

Fledderer schuldete den beiden viel für ihre Freundschaft und Anerkennung, für die Zuneigung, die sie ihm stets entgegengebracht hatten, sogar dann, wenn sie ihm nicht immer alles geglaubt hatten.

Jetzt allerdings hatten sie keinen Grund, an ihm zu zweifeln. Während der ganzen Wanderung hatte sich sein Wissen als unentbehrlich erwiesen. Als Fledderer beschloß, sich auf der Blauen Insel niederzulassen, hatte er seinen neuen Wohnort genauestens studiert, genauso, wie er sich mit Magie beschäftigt hatte, als ihm klar wurde, daß er ohne diese Fähigkeit im Imperium der Fey überleben mußte.

Und gerade wegen seiner guten Kenntnis der Blauen Insel machte er sich jetzt Sorgen.

Unter seiner Führung hatten sie den äußersten Nordwesten der Insel erreicht. Die Augen des Roca, jene Bergkette, die weit vor dem Tal von Constantia begann, erhob sich auf der Nordspitze der Insel steil in den Himmel. Ihre letzten Ausläufer waren diese hohen Felsen, die man Blutklippen nannte.

Wenn Constantia eine so ungastliche Stadt war, wie Fledderer befürchtete, hatte ihre kleine Truppe nur zwei Möglichkeiten: Entweder mußten sie sich in die Berge zurückziehen und hoffen, dort ihr Leben zu fristen, oder zurück nach Süden gehen.

Auch wenn sie sich tatsächlich für den Süden entschieden, hielt es Fledderer für besser, in der Nähe der Berge zu bleiben. Hatte man die Klippen erst einmal hinter sich gebracht, erreichte man den östlichen Teil des Cardidas. Es war schon einmal schwierig genug gewesen, ihn zu überqueren. In diesem Teil der Insel konnte es sich als unmöglich erweisen.

Außerdem ragten auf seinem anderen Ufer die Spangen des Todes auf.

Schon die bloße Erwähnung ihres Namens jagte Fledderer einen Schauer über den Rücken. Diese Bergkette war gewaltig. Auch die Blutklippen waren eindrucksvoll, aber Fledderer hatte gehört, daß die Spangen des Todes noch gefährlicher, noch bedrohlicher waren.

Er wollte es lieber nicht mit eigenen Augen überprüfen.

Er wollte sich der Herausforderung nicht stellen.

Aber vielleicht hatte er keine Wahl. Denn jetzt, wo der Schwarze König gekommen war, zählte auch Fledderer zu den Versagern. Wenn man Gabe glaubte – und Fledderer hatte keinen Grund, ihm nicht zu glauben –, waren alle Fey, mit denen Fledderer vor vielen Jahren auf die Insel gekommen war, tot. Von Rugad umgebracht, weil er keine Versager duldete.

Und weil er keine Uneinigkeit unter seinen Untergebenen wollte.

Manchmal trickste Rugad sogar sich selbst aus.

Fledderer holte tief Luft und erhob sich. Er klopfte sich den Staub von der Hose, stützte sich auf einem niedrigeren Felsen ab und kletterte wieder zurück auf den Pfad.

Kurz nachdem sie im Steinbruch nach Arbeit gefragt hatten, hatten sie dieses Versteck gefunden. Genaugenommen hatten Gabe und Leen es entdeckt, nachdem sie feststellen mußten, daß sie im Steinbruch nicht erwünscht waren. In diesem Lager hatten sie ihre mageren Lebensmittelrationen und Fledderers gesamtes Waffenarsenal verstaut. Ohne seine Waffen hatte Fledderer sich nackt gefühlt, aber er wußte, daß er sie nicht zur Arbeit mitnehmen konnte. Er hoffte, daß Gabe und Leen bewaffnet in die Stadt gegangen waren.

Zugleich hoffte er, daß sie nicht gezwungen gewesen waren, ihre Waffen zu benutzen.

Coulter hatte zuerst vorgeschlagen, sich in der Stadt selbst niederzulassen, aber Adrian hatte diesen Vorschlag nicht einmal in Erwägung ziehen wollen. Seine Befürchtungen hatten sich tatsächlich als berechtigt erwiesen: Die Einwohner hatten panische Angst vor großgewachsenen Menschen. Fledderer verstand das immer noch nicht ganz. Warum sollten Inselbewohner, die noch nie einen Fey gesehen hatten, sich vor großen Menschen fürchten? Hatten sie Angst vor Magie? Aber auch das ergab keinen Sinn, denn schließlich verfügte Coulter über alle magischen Kräfte eines Zaubermeisters, ohne deshalb besonders groß zu sein.

Trotzdem fand Fledderer noch immer, daß sie sich ein besseres Versteck suchen sollten. Ihr derzeitiges Lager gefiel ihm nicht. Sie brauchten ein Versteck, das ihnen Zeit verschaffte, denn Fledderer mußte Gabe beibringen, wie ein Fey zu denken.

Er befürchtete allerdings, daß Gabe ein hoffnungsloser Fall war.

Dann war da noch Coulter. Ohne Zweifel war der Inselbewohner ein Zaubermeister, aber er beherrschte seine eigenen Zauberkräfte viel zu wenig. Fledderer wußte zwar, welche Zaubersprüche Zaubermeistern zur Verfügung standen, aber er hatte keine Ahnung, wie man sie anwenden mußte. Er konnte Coulter lediglich darauf hinweisen, daß es solche Zaubersprüche gab.

Immerhin war Coulter bereit, sie auszuprobieren.

Aber es waren so viele, und sie hatten sowenig Zeit, besonders jetzt, wo sie auf der Flucht waren.

Fledderer fragte sich, wie lange ihre Flucht noch dauern würde. Er hegte keinen Zweifel an den Fähigkeiten des Schwarzen Königs. Rugad wollte Gabe, und er würde alles tun, um ihn zu finden, einbegriffen solcher Tricks, die Fledderer als Fey ohne magische Kräfte einfach nicht kannte.

Fledderer seufzte und lief weiter. Sein Herz pochte noch immer, aber er atmete jetzt wieder gleichmäßig. Er fürchtete, daß Gabe und Leen von ihrer Expedition heute morgen nicht zurückgekommen waren, aber derartige Befürchtungen verfolgten ihn jedesmal, wenn die Gruppe sich teilte.

Den Jungen nach allem, was geschehen war, zu verlieren, wäre schrecklich. Besonders, wenn Irrtum oder Leichtsinn daran schuld waren.

Der Pfad war an dieser Stelle so schmal, daß Fledderers zierliche Füße kaum Platz fanden, und Fledderer fragte sich wieder einmal, ob dies hier ein offizieller Weg der Inselbewohner oder ein häufig benutzter Tierpfad war.

Er wollte lieber nicht wissen, welches Tier hier oben im unwirtlichen Gebirge lebte. Nur verdammt zähe Geschöpfe konnten hier den Winter überstehen.

Fledderer beneidete sie nicht um ihr Schicksal.

Er bog um eine Ecke und erblickte das Lager. Die Felsen ragten wie Säulen aus dem Boden, und über ihnen sprang ein Sims vor. Es war kein richtiges Dach, aber es bot genügend Schutz, wenn die fünf sich mit dem Rücken an die Felswand lehnten. Den ersten Abend hatten sie damit zugebracht, größere Steine wegzuräumen und die Erde zu ebnen, damit sie bequem schlafen konnten. Fledderers Waffen lagen an der hinteren Wand auf einem Haufen.

Coulter befand sich bereits im Lager. Fledderer sah sein gelbes Haar aufblitzen. Leen hockte auf einem Felsbrocken davor. Sie war auf der Hut, ihr Rücken angespannt, die Hand lag auf dem Knauf des Messers. Trotzdem wirkte sie erschöpft.

»Wo ist Gabe?« fragte Fledderer.

»Drinnen«, erwiderte Leen kurz angebunden.

»Hat Coulter was gesagt?«

»Nein. Er mußte zuerst etwas trinken. Ihr beide hättet bei dieser Hitze nicht so rennen sollen.«

»Wahrscheinlich nicht«, stimmte Fledderer zu. Er wischte sich mit der Hand über den Mund. Auch er hätte etwas Wasser gut gebrauchen können, aber Leen würde ihm keines anbieten. Dafür war sie noch zu sehr Fey. Sie ließ sich ja kaum herab, mit ihm zu reden. »Aber im Steinbruch ist etwas Seltsames passiert.«

»Was ist passiert?« Gabe tauchte zwischen den Säulen auf, in der Hand einen ledernen Wasserbeutel. Hinter ihm erschien Coulter. Sein Gesicht war schmutzig und das Haar lehmverklebt. Er nahm Gabe den Wasserbeutel aus der Hand und reichte ihn an Fledderer weiter.

Fledderer trank. Das Wasser war sandig und warm, aber es schmeckte köstlich. Er hatte gar nicht gemerkt, wie durstig er war.

»Was ist passiert?« wiederholte Gabe.

Coulter starrte Fledderer an. Coulter und Gabe sprachen noch immer nur das Notwendigste miteinander. Offensichtlich hielt Coulter dies hier nicht für eine solche Gelegenheit.

Fledderer setzte den Wasserbeutel ab und ließ ihn zwischen den Fingern baumeln. »Ein fremder Mann ist im Steinbruch aufgetaucht. Er schien Fragen zu stellen. Adrian ist dageblieben, um herauszufinden, was da vor sich geht.«

»Und du hast nicht abgewartet, ob es etwas mit uns zu tun hat?« fragte Leen verächtlich.

Gabe legte ihr beschwichtigend die Hand auf die Schulter.

»Nach dem, was heute morgen vorgefallen ist, hat es bestimmt etwas mit uns zu tun. Wahrscheinlich suchen sie uns schon.«

Fledderer schloß eine Sekunde lang die Augen. Also hatten sich seine Befürchtungen bestätigt. Auf dem Markt war etwas vorgefallen.

»Was ist heute morgen passiert?« fragte Coulter. Fledderer hörte seiner Stimme die Besorgnis an, obwohl Coulter versuchte, sie zu verbergen. Er stand ein Stück hinter Gabe, und seine blassen Wangen hatten sich bei Gabes Andeutungen gerötet.

»Wir sind auf den Markt gegangen und haben ihnen unser gutes Geld angeboten ... aber sie haben sich benommen, als ob wir ... ich weiß nicht ... leibhaftige Dämonen wären oder so etwas.«

Leen hatte sich umgedreht, so daß sie jetzt statt Fledderer Coulter ansah. »Ich glaube nicht, daß es daran lag, daß wir Fey sind. Ich bezweifle, daß sie jemals einen Fey zu Gesicht bekommen haben.«

»Es hatte mit unserer Körpergröße zu tun. Fledderer könnte wahrscheinlich stundenlang unbehelligt über den Markt spazieren.«

Fledderer hatte den letzten Rest des Weges zurückgelegt und blieb neben Leen stehen, teils, um sie zu ärgern, teils, um der Unterhaltung besser folgen zu können.

»Was ist dann passiert?« mischte er sich ein.

»Wir sind wieder gegangen«, sagte Gabe.

»Sie haben uns weggejagt«, berichtigte Leen. »Sie haben die Fäuste gehoben und gerufen ›*Hebt Euch hinweg*‹. Wir wurden gebannt.«

»Das war ein Zauberspruch«, flüsterte Fledderer, und zum ersten Mal sah Leen ihn richtig an.

»Ja«, bestätigte sie. »Genau das war es.«

»Und es waren wirklich Inselbewohner?« unterbrach Coulter. Er lehnte sich an eine Säule und legte die Hand an die Stirn.

»Ganz bestimmt«, versicherte Gabe. »Aber es war merkwürdig. Wir hatten das Gefühl, zurückgestoßen zu werden. Leen hat darauf stärker reagiert als ich, aber gespürt haben wir es beide.«

»Inselbewohner«, wiederholte Coulter nachdenklich.

Fledderer musterte ihn. Der Junge schien gerade zu merken, daß er nicht einzigartig war. War das für ihn eine Offenbarung oder eine Erleichterung?

Fledderer hielt sich mit einer Hand an einer Säule fest und spähte ins Tal hinunter. Es sah nicht anders aus als am Tag zuvor, aber Fledderers Wahrnehmung hatte sich plötzlich verändert, als hätte sich die ganze Welt ein Stück verschoben.

Auch die Fey waren vor vielen Jahrhunderten aus den Bergen gekommen. Aus den Eccrasischen Bergen. Die benachbarten Völker hatten keine Magie besessen, die Fey, die ursprünglichen Bergbewohner, dagegen schon.

»Seid ihr sicher, daß es an eurer Größe lag?« erkundigte sich Fledderer noch einmal.

»Sie haben uns ›Lange‹ genannt«, bestätigte Leen.

Fledderers Blick streifte Gabes. »Lange Leute verfügen über magische Kräfte«, gab Fledderer zu bedenken.

»Nicht auf der Blauen Insel«, widersprach Gabe. »Sieh dir doch nur Coulter an.«

Trotzdem war Coulter nach allem, was Fledderer bis jetzt gesehen hatte, ein kleines Stück größer als die anderen Inselbewohner. Manchmal machte selbst ein kleines Stück einen großen Unterschied.

»Vielleicht ist er eben gerade groß genug«, meinte Fledderer.

»Du kannst deine Fey-Maßstäbe nicht einfach auf die Inselbewohner übertragen«, fauchte Coulter ihn an. Er ließ die

Hand sinken. Seine blauen Augen glänzten, als würden sie von innen erleuchtet.

»Wahrscheinlich nicht«, gab Fledderer zu. »Aber es war das erste, was mir einfiel.« Er holte tief Luft. »Bei den Fey wenden nur Domestiken Zaubersprüche an. Sie benutzen sie, um sich zu schützen, und das auch nur, wenn sie verängstigt sind.«

»Diese Leute waren völlig verängstigt«, erklärte Leen.

»Aber sie haben euch nicht getötet«, sagte Fledderer mehr zu sich selbst.

»Offensichtlich nicht«, spottete Leen.

»Interessant«, murmelte Fledderer nachdenklich. Viele Domestiken wurden ihrer magischen Kräfte beraubt, wenn sie töteten. Anders als dunkle Magie duldete Heilmagie keine vorsätzliche Gewalt gegenüber anderen Lebewesen. Die Fey allerdings hatten sich bevorzugt in dunkler Magie geübt. Sie war in Kriegszeiten erheblich wirkungsvoller. Die Heilmagie geriet oft in Vergessenheit.

All das galt für die Fey. Das durfte er nicht vergessen. Hier dagegen handelte es sich um Inselmagie, und damit mochte es sich ganz anders verhalten.

»Sind sie euch gefolgt?« erkundigte sich Fledderer.

Gabe schüttelte den Kopf. »Nein. Wir haben aufgepaßt.«

»Aber sie suchen nach euch«, murmelte Fledderer, weniger als Frage, denn als Feststellung.

»Das wissen wir noch nicht«, antwortete Coulter. »Der Mann kann einen ganz anderen Grund gehabt haben, den Steinbruch aufzusuchen.«

»Vielleicht«, erwiderte Fledderer. »Aber vielleicht ist er auch gekommen, um sich nach irgendwelchen Langen zu erkundigen. Erinnerst du dich an die Bemerkungen, die fielen, als Gabe und Leen gestern dort waren?«

»Wir sollten lieber auf Adrian warten. Er weiß bestimmt mehr«, schlug Coulter vor.

»Bestimmt«, pflichtete Fledderer ihm bei. »Falls er uns rechtzeitig findet.«

»Warum sollte er nicht?« fragte Coulter.

»Weil die Leute sich vor großen Menschen fürchten. Sie wissen, daß Gabe und Leen noch in der Nähe sind. Sie werden nach ihnen *suchen.*« Fledderer bekam eine Gänsehaut. Er hatte für den Rest seines Lebens genug gekämpft. Er wollte sich nicht schon wieder verteidigen müssen.

»Aber wie sollen sie uns hier finden?« fragte Leen.

»Das hier ist ihr Gebirge«, erklärte Fledderer. »Und sie können zaubern. Vielleicht steht ihnen noch andere Magie zur Verfügung.«

»Wenn sie schon Angst vor großen Leuten haben, müßten sie dann nicht noch mehr Angst vor Magie haben?« wandte Coulter ein.

»Du kannst auf Inselbewohner keine Fey-Maßstäbe anwenden«, äffte Fledderer ihn nach.

Coulter nickte wie bestätigend.

»Aber vielleicht bleibt uns nichts anderes übrig«, sagte Gabe leise. »Vielleicht müssen wir unsere eigenen Maßstäbe anwenden. Wir haben keine Ahnung von ihren Fähigkeiten. Wir sollten lieber das Schlimmste annehmen.«

»Das Schlimmste ist, daß sie uns finden, gefangennehmen und töten«, erklärte Fledderer.

»Also brauchen wir ein besseres Versteck«, konterte Leen.

»Hast du einen Vorschlag?« fragte Fledderer. »Wir befinden uns hier bereits am äußersten Ende der Insel.«

Gabe betrachtete die Felswand direkt unter dem Gipfel. »Ich habe eine Idee«, rief er aus.

Coulter legte ihm die Hand auf den Arm. »Ich glaube nicht, daß es eine gute Idee ist.«

Gabe schüttelte ihn ab. »Fühlt ihr es auch?« wandte er sich an Fledderer und Leen. »Fühlt ihr die Kraft des Berges?«

Fledderer warf Gabe einen mißtrauischen Blick zu. Diese Wendung des Gesprächs mißfiel ihm. »Ein Berg ist einfach ein Berg«, wehrte er ab.

»Wenn das stimmt«, widersprach Gabe, »warum ist dieser Berg dann rot? Warum fühlt er sich anders an?«

»Und warum verlieren die Steine ihre rote Farbe, wenn man sie aus dem Felsen bricht?« fügte Coulter hinzu.

»Ich dachte, dir gefällt diese Idee nicht«, stichelte Fledderer.

»Er hat sie ja noch gar nicht gehört«, sagte Gabe.

»Das ist auch nicht nötig«, unterbrach Coulter. »Ich fühle den Berg, und mir gefällt dieses Gefühl nicht. Und dir sollte es besser auch nicht gefallen.«

Fledderer seufzte und schloß die Augen. Schon wieder stritten sie sich. Das haßte er. Warum konnten sie ihre Meinungsverschiedenheiten nicht endlich beilegen?

Er rutschte von seinem Sitz, trat an den Rand des Abhangs und blickte ins Tal hinunter. Er konnte niemanden entdecken. Sie würden auf Adrian warten müssen. Wenn Adrian erst einmal zurückgekommen war, würde er mit der Stimme der Vernunft sprechen.

Dann konnten sie eine Entscheidung treffen.

Hoffentlich war es dann nicht schon zu spät.

18

Sie brachten die verschneite Zone schneller hinter sich, als Arianna erwartet hatte. Sie blieb auf dem schmalen Pfad stehen und hockte sich auf einen Felsbrocken. Unter ihr fiel der nackte Fels steil ab und verschwand in einem Gürtel von Baumkronen. Hinter ihr gab es nur Schnee, unter ihr Bäume und neben ihr den schmalen Grat, der den Pfad bildete, auf dem sie, ihr Vater und die Schamanin gingen.

Ihr Vater und die Schamanin hatten nicht gesehen, daß Arianna sich hingesetzt hatte. Sie setzten ihre gefährliche Wanderung fort. Ariannas Vater hatte ein provisorisches Bündel über die Schulter geworfen. Es war groß und bauchig und enthielt die Vorräte, die die Schamanin in ihrer Höhle versteckt hatte. Auch Arianna trug ein solches Bündel auf dem Rücken, nur kleiner. Die Schamanin dagegen hatte in ihren Gürteltaschen die für ihre Zauberkünste unentbehrlichen Kräuter verstaut.

Arianna klopfte sich den Schnee von den Stiefeln. Auf dem letzten Stück des Weges war die Schneedecke dünn gewesen. Vor ihr auf dem Pfad waren nur noch Reste zu erkennen. Vielleicht hätten sie nicht so vorsichtig zu sein brauchen, aber die Schamanin hatte sie davor gewarnt, den losen Pulverschnee loszutreten. Auf solchen steilen Berghängen konnte sich rasch eine Lawine entwickeln, die sie alle fortreißen und töten würde.

Durch die dünnen Sohlen hindurch spürte Arianna den kalten Stein. Die weichen Stiefel waren naß. Das lag zum Teil daran, daß sie Arianna nicht richtig paßten. Bevor sie mit der Schamanin ins Gebirge aufgebrochen waren, hatte Arianna Kleider für sich und ihren Vater gestohlen, und kein Stück hatte die richtige Größe. Arianna hätte ihre Füße wachsen lassen können, aber das war ihr zu anstrengend.

Alles war ihr in den letzten Tagen zu anstrengend.

Ihr Vater und die Schamanin waren schon ein ganzes Stück voraus. Sie blickte ihnen nach. Vielleicht würde sie sich Wandeln und sie einholen.

Vielleicht auch nicht.

Auch das Wandeln war anstrengender geworden. Die Schamanin behauptete, Arianna habe ihre Magie in den letzten Wochen über Gebühr beansprucht. Ihr Körper brauche Zeit, sich auszuruhen und neue Kraft zu schöpfen.

Ihr Vater und die Schamanin legten ein weiteres Stück Weg zurück, ehe ihnen auffiel, daß Arianna fehlte.

»Ari!« rief ihr Vater.

»Ich brauche eine Pause«, schrie sie zurück. Ihre Stimme war ganz eingerostet vom langen Schweigen. Seit sie beschlossen hatten, die Höhle zu verlassen, hatte Arianna kein Wort mehr gesprochen, obwohl ihr noch nie etwas so schwer gefallen war wie dieser Aufbruch. In ihren Gedanken hatte sich die Höhle in den einzig sicheren Platz auf der Welt verwandelt. Auf seltsame Weise war sie Ariannas Zuhause geworden, endlich ein Zuhause nach den verstörenden Ereignissen der letzten Zeit.

Nach dem Verlust Sebastians.

Arianna vermißte ihn. Vermißte ihn hier an ihrer Seite. Vermißte seine kühlen Hände, sein rissiges Lächeln und seine leise, stammelnde Stimme. Schließlich hatte sie ihr ganzes Leben mit ihm geteilt. Eine ihrer frühesten Erinnerungen war, wie er sie über den Rand ihrer Wiege anblickte und lächelte.

Jetzt machte ihr Vater kehrt und kam zu ihr zurück. »Die Schamanin sagt, direkt hinter diesen Felsen gibt es ein Sims.« Er zeigte nach vorne. »Es ist ein guter Platz, um sich auszuruhen und etwas zu essen.«

Arianna wußte nicht, ob sie es bis dahin schafften. »Sie weiß wohl alles, was?« knurrte sie bitter. »Sie weiß, wo dieser Gabe steckt, sie weiß, wo der nächste Rastplatz ist, und wahrscheinlich weiß sie auch, ob wir es schaffen oder nicht, und hat bloß keine Lust, es uns zu verraten.«

»Sie ist schon einmal in dieser Gegend gewesen«, beschwichtigte ihr Vater mit leiser, mitleidiger Stimme. Seit ihrer Flucht aus dem Palast betrachtete er Arianna schon die ganze Zeit mit dieser Mischung aus Verwirrung und Besorgnis.

Seit alles anders geworden war.

»Machst du dir denn gar keine Sorgen?« platzte Arianna heraus. »Ich meine, schließlich hast du wegen diesem Gabe alles aufgegeben!«

Nicholas lächelte. Es war ein müdes Lächeln und ließ seine Augen unberührt. »Was meinst du mit ›alles‹, Liebling? Wir sind heute früh in einer Höhle aufgewacht.«

»Dort waren wir wenigstens in Sicherheit«, gab Arianna zurück, und zu ihrem Erstaunen brannten Tränen in ihren Augen. Sie zwinkerte fest, um sie zurückzuhalten.

Ihr Vater setzte sich neben sie auf den Felsen und nahm sie in die Arme. Sie hatte gar nicht gemerkt, wie sehr ihr das gefehlt hatte. Ihr Atem ging stoßweise. Sie schwor sich, nicht zu weinen. Das hatte sie nicht nötig. Sie konnte es auch so durchstehen. Das wußte sie.

Aber es gab nichts *durchzustehen.* Jedesmal, wenn sie sich früher diesen Befehl gegeben hatte, hatte es sich um Lappalien gehandelt. Sie hatte sie durchgestanden, und dann war alles wieder wie vorher.

Aber jetzt war nichts mehr wie vorher. Der Schwarze König hatte Arianna ihr Zuhause geraubt, er hatte die Stadt, in der sie aufgewachsen war, niedergebrannt, und seine Leute hatten den einzigen Bruder umgebracht, den sie je gekannt hatte.

Ihr Vater legte ihr die Hand auf den Scheitel. Sein Körper war warm und roch dumpf nach alter Wolle. Sie lehnte den Kopf gegen seine Schulter. Die Schulter fühlte sich stark und unverwüstlich an. So hatte ihr Vater sich für Arianna angefühlt, seit sie auf der Welt war.

Es gab nichts, was er nicht fertigbrachte.

Arianna holte tief Luft. »Papa«, begann sie. »Dieser Gabe ... Ich glaube nicht, daß es richtig ist, nach ihm zu suchen.«

»Ich weiß, Kleines, das hast du schon gesagt.«

»Aber du hast mir nicht zugehört. Bitte. Hör mir zu.«

Nicholas seufzte. »Also gut«, sagte er.

»Ich habe ihn gesehen. Er ist schlau.«

»Wie schlau, Ari?«

»So schlau wie ich«, erwiderte sie. »Vielleicht noch schlauer. Und er ist bei *ihnen* aufgewachsen.«

»Bei den Fey«, berichtigte ihr Vater mit Nachdruck.

»Ja.«

»Warum hast du solche Angst vor ihnen?« fragte Nicholas. »Es ist das Volk deiner Mutter.«

»Sie haben meine Stadt in Schutt und Asche gelegt.«

»Nicht die Fey, die deinen Bruder aufgezogen haben. Diese Fey haben in Frieden auf der Blauen Insel gelebt.«

»Sie haben sich versteckt«, fuhr Arianna fort. »Die Schamanin hat sie ›Versager‹ genannt.«

»Trotzdem haben sie deinen Bruder aufgezogen. Die Schamanin sagt, er gleiche Sebastian.«

»Warum glaubst du ihr alles?«

»Warum nicht?«

»Weil sie dir nie erzählt hat, daß die Fey diesen Gabe bei sich haben.«

Wieder seufzte ihr Vater. »Sie hat es versucht«, murmelte er.

»Aber nicht oft genug.«

»Es ist nicht unsere Aufgabe, die Handlungen der Schamanin zu verstehen.«

»Das wäre aber besser«, entgegnete Arianna. »Sie ist schließlich diejenige, die uns zu diesem Gabe führt. Sie behauptet, daß wir nichts zu befürchten haben. Und ich glaube, daß sie *lügt*.«

Ihr Vater schwieg einen Augenblick. Vielleicht teilte er ihre Bedenken. »Auch ich glaube nicht, daß sie uns alles erzählt«, sagte er dann. »Ich weiß nicht, ob man das als ›lügen‹ bezeichnen kann.«

»Warum vertraust du ihr mehr als mir, Papa?«

»Das tue ich doch gar nicht«, widersprach Nicholas.

»Warum sind wir dann hier?«

Ihr Vater schob sie von sich weg, damit er ihr ins Gesicht sehen konnte. Sein eigenes Gesicht war schmaler und faltiger geworden. Er war in der vergangenen Woche gealtert, und er sah müde aus. Müder, als Arianna ihn je zuvor gesehen hatte.

»Ich habe deine Mutter geliebt«, murmelte er. »Habe ich dir das jemals erzählt?«

Arianna schüttelte den Kopf. In einiger Entfernung sah sie die Schamanin. Wartend, aber außer Hörweite.

»Du bist das Resultat dieser Liebe. Du und Gabe. Ich erinnere mich an ihn.«

»Wieso? Sebastian war doch da.«

»Nicht die ersten drei Tage. Drei Tage lang war er ein anderes Kind.«

Das wollte Arianna nicht hören. Sie wollte nicht wahrhaben, daß sich ihr Vater nach diesem anderen Kind sehnte. »Er war noch keine Persönlichkeit. Er war ein Baby.«

Nicholas lächelte. »Er war eine Persönlichkeit. Genau wie du. Von Anfang an.«

»Die Fey haben ihn verändert. Da bin ich ganz sicher«, wandte Arianna ein.

»Das spielt keine Rolle«, gab ihr Vater zurück. »Er ist genauso in Gefahr wie du. Vielleicht sogar noch mehr, denn alle seine Freunde sind tot. Wir sind alles, was ihm geblieben ist, Ari.«

»*Du* bist alles, was ihm geblieben ist«, korrigierte sie.

»*Wir*«, widersprach Nicholas. »Er ist auch dein Bruder.«

»Sebastian war mein Bruder.«

»Und Gabe auch.«

Eine Träne lief Arianna über die Wange. Wütend schlug sie danach. Ihr Vater wischte ihr eine zweite aus dem Gesicht.

»Du bist mein Mädchen«, flüsterte er. »Mein Kleines. Daran wird sich nie etwas ändern.«

Ariannas Unterlippe bebte. Nicholas zog sie an sich. Sie ließ sich von ihm halten, als wäre sie noch ein kleines Kind. Was die Schamanin dachte, war ihr egal. Nicholas' Wärme war wohltuend. Ariannas Oberkörper fühlte sich angenehm an, während ihr die Kälte des Felsens in Beine und Gesäß drang.

Er würde immer ihr Vater bleiben. Das wußte sie.

Sie war nicht fair.

»Machst du dir denn gar keine Sorgen?« murmelte sie.

»Ich mache mir große Sorgen, Ari, aber ich glaube nicht, daß wir eine Wahl haben.«

»Vielleicht will er uns täuschen. Er könnte den Schwarzen König auf uns hetzen.«

»Nein, Ari«, beruhigte ihr Vater. »Gabe ist zwar von Fey aufgezogen worden, aber das waren die Leute der Schamanin. Sie sind alle tot.«

»Ach ja?« fragte Arianna.

Ihr Vater umarmte sie fester. »Du weißt selbst, wie uns ohne Sebastian und unser Zuhause zumute ist. Dasselbe hat der Schwarze König Gabe angetan. Auch Gabe hat kein Zuhause mehr. Alle seine Leute sind tot. Er ist ganz allein dort draußen und wahrscheinlich noch verstörter als wir.«

»Er kann Sebastian nicht ersetzen«, beharrte Arianna.

Nicholas lehnte seine Stirn gegen ihre. »Ich will gar nicht, daß jemand Sebastian ersetzt«, sagte er leise. »Ich werde diesen Jungen lieben und vermissen, bis ich sterbe.«

»Dann weiß ich nicht, wozu du diesen Gabe brauchst, Papa«, konterte Arianna. »Du hast doch mich.«

»Das stimmt.« Nicholas' Stimme war sanft. »Und wenn diese Welt eine andere wäre, würden du und ich das tun, was wir vor ein paar Wochen geplant haben. Dann wärst du jetzt Sebastians Kopf, und Gabe hätten wir seinen eigenen Weg gehen lassen. Aber das geht jetzt nicht mehr. Wir dürfen nicht zulassen, daß Gabe in die Hände des Schwarzen Königs fällt. Gabe ist genauso mächtig wie du. Die Blaue Insel braucht euch beide, und zwar auf unserer Seite. Ihr dürft nicht gegeneinander kämpfen. Stell dir vor, was das für eine Katastrophe wäre, Ari.«

»Ich könnte ihn besiegen«, murmelte Arianna unsicher. Sie erinnerte sich an den Tag, als sie Gabe zum ersten Mal gesehen hatte. Er stand hinter Sebastian, und sein Gesicht war das Ebenbild von Sebastians gewesen, nur daß Gabes kantiger und nicht von Rissen durchzogen war. Seine Augen strahlten so hell, daß es fast blendete. Er war ihr entwischt, hätte sie fast überlistet und war eine der wenigen echten Herausforderungen gewesen, mit denen sie sich vor der Ankunft des Schwarzen Königs hatte auseinandersetzen müssen.

»Das würdest du nicht wagen, Ari.«

»Ich weiß schon«, fauchte sie. »Die Sache mit dem Schwarzen Blut. Du scheinst wirklich daran zu glauben.«

»Ich habe schon zu viel Fey-Magie gesehen, um es nicht zu glauben. Wir müssen vorsichtig sein. Sonst verlieren wir vielleicht alles.«

»Ich dachte, das hätten wir schon«, spottete Arianna.

»Nein, Kleines«, erwiderte ihr Vater. »Wir haben immer noch uns.«

»Meinst du etwa, wir könnten auch das noch verlieren?« fragte Arianna.

»Ich habe deine Mutter verloren«, seufzte ihr Vater. »Und deinen Bruder.«

Natürlich dachte er das. Natürlich.

»Mich wirst du nie verlieren, Papa«, versprach sie.

Nicholas lächelte müde. »Ich weiß, Schatz«, murmelte er. Aber Arianna merkte genau, daß er ihr nicht glaubte.

19

Der Gestank war unerträglich.

Con und Sebastian bahnten sich vorsichtig einen Weg durch die verwesenden Leichen. Sebastian bestimmte das Tempo, denn er war nicht so schnell wie Con. Bei dem Versuch, einer Leiche auszuweichen, war er schon mehr als einmal hingefallen.

Der Tunnel hatte sich verbreitert, und jetzt erkannte Con ihn auch wieder. Sie befanden sich in den Katakomben unter dem Tabernakel. Das war auch an den Gewändern der Toten zu erkennen. Beige Talare, schwarze Talare, manche aus Leinen und manche aus Samt. Der Tod hatte keinen verschont.

Die Leichen waren schon zu verwest, als daß Con ihre Gesichter erkennen konnte.

Er versuchte es auch erst gar nicht.

Er konzentrierte sich ganz aufs Atmen. Der Gestank war so übel, daß es ihm den Magen umdrehte, aber durch den Mund wollte er lieber nicht Luft holen. Er wollte das Grauen nicht noch mehr schmecken, als es unvermeidlich war.

Der Gestank schien durch die Poren in seinen Körper einzudringen. Er lag dick auf seiner Zunge und kroch ihm durch die Kehle in den Magen. Seine Augen brannten.

Auch Sebastian entging der Gestank nicht, aber er schien ihn nicht so zu stören wie Con. Ihn schienen vielmehr die Leichen zu beunruhigen, denn er betrachtete jeden einzelnen Toten prüfend, wie um festzustellen, ob er ihn kannte.

Con kannte die Toten nur zu gut. In den vergangenen zwei Jahren war er jeden Tag mit ihnen zusammengewesen. Bei der Invasion der Fey waren sie in die Katakomben geflohen, um sich in Sicherheit zu bringen.

Trotzdem hatte etwas sie getötet, aber es sah nicht nach den Fey aus.

Die Leichen lagen so verstreut, als wären sie bei der Flucht in die Tunnel, die Con und Sebastian eben verlassen hatten, umgekommen. Noch immer hing beißender Rauchgeruch in der Luft, und Con fragte sich, ob vielleicht das Feuer, das Jahn verwüstet hatte, auch die hier unten versammelten Rocaanisten getötet hatte.

Der Tunnel war an dieser Stelle so eng, daß man annehmen konnte, die Hitze habe die Menschen zusammengetrieben und der Qualm den Sauerstoff verdrängt. Trotzdem hatten viele Rocaanisten es bis ans andere Flußufer geschafft.

Nur merkwürdig, daß die Gruppe, bei der Con Zuflucht gefunden hatte, nie von dem Schlachtfeld gesprochen hatte, das hinter ihnen lag.

Vielleicht wußten sie nichts davon.

Vielleicht glaubten sie, die Fey hätten ihre Brüder getötet.

Die steinernen Wände und der Fußboden waren jedenfalls hier schwarz – soweit Con das erkennen konnte. Wenigstens gab es hier mehr Licht. Kleine Lichtflecken fielen auf den Steinfußboden, als hätte die Decke Risse.

Con versuchte beim Gehen nichts zu berühren. Er hob die Füße sorgfältig, um den verstreut liegenden Leichen auszuweichen, zuckte aber zusammen, als seine Sohlen auf den schleimigen Boden aufsetzten. Wenn er erst einmal draußen war, würde er sich unverzüglich den Talar vom Leibe reißen, ein Bad im Cardidas nehmen und den scheußlichen Gestank abwaschen, der schon fast ein Teil von ihm geworden war.

Sebastian hatte eine kleine Biegung im Gang erreicht. Davor versperrten ihm drei Leichen den Weg. Er blieb stehen und drehte sich unendlich langsam nach Con um.

»Sollen ... wir ... umkehren?« fragte er. Es klang fast hoffnungsvoll.

»Nein«, erwiderte Con. »Wir haben das Ende der Katakomben fast erreicht. Die Karte zeigt keinen anderen Weg. Es sieht so aus, als ob die Tunnel am Tabernakel enden, aber ich hoffe, daß es eine Abzweigung gibt, so daß wir auf diesem Weg noch weiter nach Süden vordringen können. Ich habe keine Lust, den Fey über der Erde aus dem Weg zu gehen.«

»Ich ... auch ... nicht«, stimmte Sebastian zu. Er betrachtete wieder die Leichen. »Aber.. hier ... entlang ... will ... ich ... nicht ... gehen.«

»Je mehr wir uns beeilen, um so schneller sind wir draußen«, versprach Con. Und um so schneller konnte er wieder richtig atmen.

Schließlich ging er zu Sebastian hinüber. Die langgestreckten, aufgedunsenen Leichen waren mit Ruß und Staub bedeckt. Sie waren richtiggehend in den engen Durchgang hineingezwängt. Um durch die Öffnung zu gelangen, mußten Con und Sebastian sie entweder wegräumen oder auf sie treten.

Con gefielen beide Möglichkeiten nicht. Als Aud trug er keine Schuhe. Barfuß auf Leichen zu treten, erschien ihm ebenso abwegig, wie sie anzufassen.

Aber Sebastian war nicht gelenkig genug, um zu springen.

Con wußte ohnehin nicht, ob er Sebastian dazu bewegen könnte.

»Was ... ist ... hinter ... diesem ... Gang?« stotterte Sebastian.

»Der letzte Hauptraum, soweit ich mich erinnere«, antwortete Con. Als er das letzte Mal hiergewesen war, hatten die Katakomben ganz anders ausgesehen. Damals hatten die Fey vor dem Tabernakel gelauert, und die Katakomben waren leer gewesen, voller Staub und Spinnweben, wie die Tunnel unter dem Palast. Allerdings fand man in den Katakomben noch Reste von Möbelstücken, die aus jener Zeit stammten, als die Auds noch ohne jedes Licht in völliger Dunkelheit lebten.

»Können ... wir ... dann ... nach ... draußen?«

»Oder wir sehen nach, ob es noch einen anderen Gang gibt«, schlug Con vor.

»Können ... wir ... nicht ... hier ... nachsehen?« bat Sebastian.

Con runzelte die Stirn. Er wollte genauso wenig wie Sebastian auf diese Leichen treten. Er erinnerte sich nicht mehr gut genug an die Katakomben. An jenem Nachmittag vor zwei Wochen – er schien schon ein ganzes Leben zurückzuliegen – war er in solcher Eile gewesen, daß er kaum auf seine Umgebung geachtet hatte und auch nicht stehengeblieben war, um die Nebenräume zu erforschen.

»Ich sehe hier keine anderen Gänge. Und du?« fragte Con.

»Nein ...«, gab Sebastian zu.

»Dann müssen wir wohl weitergehen.«

»Wie ...?«

Con schloß einen Moment lang die Augen. Es würde einfacher sein, auf die Leichen zu treten, statt sie wegzuräumen, obwohl es den Toten gegenüber unehrerbietiger war.

Seine Füße waren schon schmutzig, seine Hände immerhin noch halbwegs sauber.

»Wir steigen drüber«, erklärte er.

Er öffnete die Augen wieder, murmelte eine leise Bitte um Vergebung und stützte sich mit beiden Händen an den Wänden des Ganges ab. Dann setzte er den Fuß auf den Rücken der ersten Leiche und fühlte, wie er in den schleimigen Resten des Gewandes versank. Er bekam eine Gänsehaut.

Er stellte seinen anderen Fuß daneben und sprang mit einem Satz auf die andere Seite des Durchgangs.

Klebriges Zeug quoll zwischen seinen Zehen hervor. Zitternd und würgend wischte sich Con die Füße am Steinfußboden ab und versuchte, seinen rebellierenden Magen wieder unter Kontrolle zu bekommen.

Auf der Leiche waren deutliche Fußabdrücke zu erkennen.

Sebastian beobachtete ihn mit glitzernden schiefergrauen Augen. Er sah noch lebloser aus als sonst, wie eine Statue, in die jemand einen lebendigen Menschen eingesperrt hatte.

»Ich ... kann ... nicht ... springen«, stotterte er.

»Dann mußt du eben drüberklettern«, gab Con zurück. Sebastian mußte sich beeilen, damit sie endlich von hier wegkamen.

Vorsichtig legte Sebastian seine Hände dort an die Wände des Ganges, wo auch Con sich abgestützt hatte. Dann setzte er seinen rechten Fuß in Cons Abdruck auf dem Rücken der Leiche.

Knochen knirschten. Mit einem Angstschrei taumelte Sebastian zurück.

»Geh weiter«, ermunterte ihn Con. Wenn Sebastian jetzt aufgab, würde er das Hindernis nie überwinden.

Sebastian stellte den linken Fuß in Cons Fußabdruck. Noch lauteres Knacken und Knirschen, als die Knochen der Leiche unter Sebastians Gewicht brachen.

»Weiter!« bellte Con im Befehlston.

Die Risse in Sebastians Gesicht vertieften sich. Er wimmerte. Er machte noch einen Schritt, verlor beinahe das Gleichgewicht und riß einen Arm hoch, um nicht zu fallen, wenn man die langsame, kreisförmige Bewegung so nennen konnte.

Con streckte die Hand aus. »Hier«, sagte er. »Halt dich an mir fest.«

Sebastians Griff war so kräftig, daß er Con fast die Hand zerquetschte.

Wieder machte Sebastian einen Schritt und geriet ins Rutschen, als die Leiche unter ihm nachgab. Beim nächsten Schritt wimmerte er noch lauter, weil sein Fuß in weichem Matsch versank.

Jetzt verstand Con auch endlich, was Sebastian die ganze Zeit sagte.

»Tschuldigung ... Tschuldigung ...«, jammerte er unterdrückt.

»Sie sind tot«, unterbrach ihn Con, um ihn zu beruhigen. »Sie fühlen nichts mehr.«

Mit einem letzten Schritt landete Sebastian neben Con auf dem Steinfußboden. Sein Griff um Cons Hand lockerte sich nicht. »Bist du sicher?« fragte er.

»Ja«, beschwichtigte Con. So sicher, wie man eben sein konnte. Er wußte nicht genau, was mit den nicht gesegneten Seelen unbestatteter Toter geschah.

»Los jetzt«, befahl er und zerrte Sebastian hinter sich her. »Machen wir, daß wir weiterkommen.«

Hier im Hauptraum türmten sich die Leichen vor allem an dem Durchgang, den sie eben bewältigt hatten, und vor dem Türbogen an der gegenüberliegenden Seite des Raumes. Dort waren sie zu einem Stapel aufgeschichtet, als hätte jemand sie aus großer Höhe fallengelassen.

Der Leichengestank schien allerdings schwächer, aber vielleicht hatte Con sich auch nur daran gewöhnt. Auch der Rauchgeruch war verflogen und die Luft kühler, als wehte durch diesen Teil der Katakomben eine frische Brise.

Der Raum war breit und die gewölbte Decke bemalt wie im Tabernakel. Zahlreiche Türen öffneten sich auf den Gang. Con hatte schon früher in die Nebenräume geblickt und wußte, was sich darin befand: die Überreste der Betten und Tische aus jener Zeit, als die Auds in den Katakomben einquartiert waren.

Immer noch umklammerte Sebastian seine Hand. Es tat schrecklich weh.

»Sebastian«, mahnte Con mit einem Blick auf die beiden Hände.

»Oh«, rief Sebastian aus und ließ los. Sofort floß das Blut warm in Cons Hand zurück, und das unerträgliche Prickeln ließ nach.

Con widerstand dem Drang, die Hand gegen seine Brust zu drücken.

»Wie ... kommen ... wir ... hier ... raus?«

»Es gibt nur einen Weg«, erwiderte Con. Er zeigte auf den Türbogen, vor dem sich die Leichen türmten.

»Wie ... es ... da ... aussieht ... gefällt ... mir ... nicht.«

»Mir auch nicht«, stimmte Con zu. »Aber es hilft nichts. Komm.«

Der Boden des Raumes war ziemlich frei von Leichen. Con hatte immer noch eine Gänsehaut. Er schritt über den kalten Steinfußboden und spähte in jeden Nebenraum, an dem er vorbeikam. Er wußte selbst nicht genau, wonach er eigentlich Ausschau hielt – vielleicht gab es doch noch Überlebende inmitten dieser Verwüstung? –, jedenfalls sah er nach.

Mitten auf dem Gang blieb er plötzlich stehen. Sebastian tat es ihm nach.

In dem Raum links von Con standen Kisten. Con erkannte sie wieder. Es waren Vorratskisten aus der Tabernakelküche, in denen Äpfel, Karotten und anderes Obst und Gemüse aufbewahrt wurde. Die Gläubigen pflegten dem Tabernakel Lebensmittelspenden zu schicken, und es kam immer mehr zusammen, als der Tabernakel verbrauchen konnte.

Con stieg über eine Leiche und betrat den Raum. Sebastian wartete draußen.

»Was ... ist ... das?«

»Essen«, sagte Con. Hoffentlich war es nicht verdorben. Konnte Gestank Lebensmittel ungenießbar machen?

»Geweihtes ... Essen?«

»Nein«, erwiderte Con. Allerdings war der Fußboden mit Weihwasserflaschen übersät. »Bleib trotzdem lieber draußen.«

Er hatte keine Ahnung, ob Weihwasser für ein Geschöpf wie Sebastian tödlich war, aber er wollte lieber kein Risiko eingehen.

Die Kisten waren mit derselben schwarzen Schicht bedeckt wie alles hier. Con packte den Deckel einer Kiste und zog daran. Schwarzer Staub wirbelte auf und landete auf seinem Gesicht und in seiner bereits überstrapazierten Nase. Con nieste und wischte sich mit dem Ärmel über das Gesicht. Es fühlte sich schmierig an. Er zuckte zusammen, ließ sich aber nicht davon abhalten, die Kiste zu öffnen.

Sie war voller Rüben. Erfreulicherweise waren sie sauber, nur die unterste Lage war mit dem schwarzen Überzug bedeckt. Die oberste Schicht war weich, wie gekocht.

Cons Magen knurrte. Er hatte gar nicht bemerkt, wie hungrig er war.

»Ich hatte recht, Sebastian«, rief er. »Es ist wirklich Essen.«

»Geweihtes ... Essen«, wiederholte Sebastian. Con registrierte den Unterton. Sebastian konnte unglaublich stur sein. Er würde nichts anrühren.

»Glaub ich nicht«, widersprach Con. Er zog eine Rübe aus der Mitte des Haufens. Dort waren die Früchte weder weich noch geschwärzt. »Ich habe noch nie gehört, daß auch Essen Zauberkraft besitzt. Nur, daß man sich danach besser fühlt.«

Con biß herzhaft in die Frucht. Obwohl er Rüben noch nie gemocht hatte, schmeckte diese hier köstlich. Das Tak und die mageren Rationen in der Höhle hatten seinen Appetit nie wirklich befriedigt.

Con ging zur Tür und reichte Sebastian eine Rübe.

»Probier mal«, forderte er ihn auf.

»Ich ... brauche ... nichts ... zu ... essen ....«, lehnte Sebastian ab.

»Aber du hast doch sicher Hunger, oder etwa nicht?«

»Nicht ... auf ... das ... hier«, erwiderte Sebastian. »Zu ... gefährlich.«

»Na komm schon«, ermunterte ihn Con, der keine Lust hatte, sich herumzustreiten. »Wir müssen alle essen.«

»Ich ... nicht.« Sebastian ließ die Rübe fallen, als hätte er sich die Finger verbrannt.

»In der Höhle hast du doch auch etwas gegessen.«

»Schon ...«, murmelte Sebastian.

»Und dort hatten wir kaum Vorräte. Hier ist ein ganzer Raum voller Lebensmittel.«

»Ich ... hab' ... nur ... gegessen ... um ... so ... zu ... sein ... wie ... alle ...anderen.«

Das hat nicht geklappt, dachte Con, aber er sprach es nicht aus. »Bist du wirklich sicher, daß du ohne Essen auskommen kannst?«

»Ja«, versicherte Sebastian. »Ich ... bin ... nicht ... so ... wie ... du.«

Das war allerdings richtig. Con war sich immer noch nicht über den vollen Umfang von Sebastians Fähigkeiten im klaren, aber sie kamen ihm seltsam vor. Reichlich seltsam, obwohl Con nach der ersten Invasion der Fey geboren war.

»Was dagegen, wenn ich zugreife?«

»Du ... mußt ... essen«, gab Sebastian zurück.

Con öffnete eine zweite Kiste und dann eine dritte. Rüben, Kartoffeln, Äpfel. Genug, um sich den Rest seines Lebens davon zu ernähren.

Wenn es nicht verdarb.

Die Rübe jedenfalls schien in Ordnung zu sein, sie schmeckte wie Rüben eben schmeckten. Als nächstes ergriff Con eine Kartoffel und zermalmte sie zwischen den Zähnen. Er war so ausgehungert, daß er sich zwingen mußte, langsam zu essen.

Sebastian stand an der Tür und sah zu. Erst störte es Con,

aber nach einer Weile war es ihm egal. Er stopfte sich voll, bis er nicht mehr konnte. Dann betrachtete er die Weihwasserflaschen.

Er war so durstig, und richtiges Wasser schien es hier nicht zu geben.

Ob es dem Heiligsten wohl etwas ausmachte, wenn Con seinen Durst mit Weihwasser löschte?

Con machte es etwas aus. Er hätte lieber anderes Wasser getrunken.

»Sebastian«, bat er. »Kannst du nachsehen, ob es in einem dieser Räume Wasser gibt?«

»Ich ... geh' ... da ... nicht ... rein«, weigerte sich Sebastian.

Irgendwie konnte Con Sebastians Mißtrauen verstehen. Er hatte Con erzählt, daß man ihn sein ganzes Leben lang vor dem Weihwasser gewarnt hatte. In der Tat hatte er Con an jenem ersten Tag, als sie durch die Tunnel gerannt waren (soweit Sebastian rennen konnte) gefragt, ob er Weihwasser bei sich trüge.

Con hatte seine Weihwasserflasche beim Kampf mit den Fey verloren.

»Du mußt ja nicht hineingehen«, beschwichtigte Con. »Nur einen Blick riskieren.«

Er wischte sich Rübensaft vom Kinn und musterte die Kisten. Er wollte sich nicht allzulange hier aufhalten. Sebastian behauptete, daß es einen Tag dauerte, das Versteck seines Freundes zu erreichen. Das bedeutete, daß Con Lebensmittelvorräte mitnehmen mußte.

Viel konnte er nicht tragen. Das Schwert wog schon genug. Die meiste Zeit hing es zwar in Cons improvisiertem Gürtel, aber manchmal hielt er es auch in der Hand.

Sein Talar hatte ein paar Taschen, die er mit Obst und Gemüse vollstopfen konnte. Außerdem würde er versuchen, auch Sebastian zu überreden, einige Lebensmittel zu tragen. Verschreckt, wie er war, würde sich Sebastian allerdings wahrscheinlich weigern.

Con hörte Sebastian den Gang entlangschlurfen. Er legte eine Hand auf seinen Magen. Er fühlte sich voll und aufgebläht, nicht so befriedigt wie zuvor. In seiner Gier hatte Con zuviel in sich hineingestopft. Aber immerhin fühlte er sich gestärkt.

Er würde diesen Tag überstehen.

»Da ... sind ... noch ... mehr ... Leichen«, hallte Sebastians Stimme durch den Gang.

»Kein Wasser?«

»Ich ... hab' ... nicht ... in ... allen ... Räumen ... nachgesehen«, antwortete Sebastian. Aber er klang zweifelnd.

Außerdem wurde Wasser nicht in Kisten, sondern in Lederbeuteln aufbewahrt. Bei dem Gestank und Ruß überall war es sicher verschmutzt.

Daran hatte Con gar nicht gedacht.

Das einzige in Glasbehälter abgefüllte Wasser war das Weihwasser.

Con schloß ein Auge und richtete eine kurze Bitte um Vergebung an den Heiligsten. Nur hier unten war Wasser so rar, betete Con. War er erst einmal wieder über der Erde, konnte er aus dem Fluß trinken.

Nur dieses eine Mal.

Dieses eine Mal.

Er kniete sich auf den Boden und ergriff eines der Fläschchen. Das Glas war mit dem üblichen schwarzen Überzug bedeckt. Con zog den Stöpsel heraus.

Seine Hand zitterte. Er hörte Sebastian auf dem Gang. Wenn Sebastian ihn ertappte, würde er noch mehr Angst bekommen.

Con durfte nichts verschütten. Er wollte nicht, daß Sebastian mit der Flüssigkeit in Berührung kam. Er hatte gehört, daß ein mit Weihwasser getränktes Tuch ausgereicht hatte, um Jewel, Sebastians Mutter, zu töten. Sebastian durfte nicht dasselbe Schicksal erleiden.

Aber Con hatte so furchtbaren Durst.

Vorsichtig faßte er den Hals der Flasche. Dann trank er.

Zuerst schmeckte das Wasser nach Kartoffeln und dem allgegenwärtigen Gestank. Dann erst spürte Con den Geschmack des Weihwassers selbst.

Es war bitter.

So bitter, daß es ihm die Tränen in die Augen getrieben hätte, wenn er noch Tränen übrig gehabt hätte.

Con trank das Fläschchen bis auf den letzten Tropfen aus, stöpselte es wieder zu und legte es in eine Ecke. Dann biß er in eine Kartoffel, um den Geschmack loszuwerden.

Scheußlich. Kein Wunder, daß niemand freiwillig Weihwasser trank. Con hoffte, daß es ihm nicht dasselbe antun würde wie den Fey.

Als Getränk jedenfalls schien es ungeeignet.

Seinen Durst hatte es trotzdem gestillt.

Als Sebastian in der Tür stand, hatte sich Con schon wieder erhoben. »Hilfst du mir, etwas von diesen Lebensmitteln mitzunehmen?«

»Ich ... habe ... Taschen.« Sebastian kehrte die Taschen seiner Robe nach außen.

»Gut«, lobte Con. »Ich brauche auch draußen etwas zu essen. Selbst wenn wir nur wenig mitnehmen können.«

»Ich ... weiß ... nicht ... wie ... wir ... nach ... draußen ... kommen ... sollen«, stotterte Sebastian.

Con unterdrückte ein Seufzen. »Ich hab's dir doch erklärt. Über dem Leichenhaufen da hinten gibt es eine Strickleiter.«

»Nein ...«, widersprach Sebastian.

»Ich habe sie selbst benutzt«, versicherte Con.

»Da ... ist ... keine ... Leiter«, behauptete Sebastian steif und fest. »Und ... keine ... anderen ... Tunnel.«

»Das hast du gesehen«, konstatierte Con mit fester Stimme, obwohl sich sein Magen zusammenkrampfte.

»Genau ...«, bestätigte Sebastian.

Con stieg über die Leiche und drängte sich an Sebastian vorbei. Ohne den Nebenräumen einen Blick zu gönnen, eilte er den Gang entlang. Kein Wunder, daß Sebastian so lange gebraucht hatte. Er hatte eine beträchtliche Entfernung zurückgelegt.

Der Leichenberg am Ausgang war so hoch wie Con. Es sah aus, als seien die Menschen auf der Flucht vor den Fey entweder gestürzt, oder sie hatten einander totgetrampelt.

Der Gestank war wieder da, aber nicht so stark wie vorher. Con betrachtete erst die Toten und dann den Schacht über ihnen. Er hätte die verrotteten Holzstufen sehen müssen, aber sie waren nicht da.

Auch die Tür nicht.

Licht fiel durch den Schacht auf die oberste Leiche.

Die Deckenbalken rund um die Öffnung waren verkohlt.

Der Brand des Tabernakels hatte die Holzstufen und die Strickleiter vernichtet. Die Leute hier waren nicht bei dem Versuch, die Katakomben zu verlassen, gestorben, sondern sie waren von oben durch die Öffnung gestürzt.

Con musterte die Wände. Rußbedeckt, aber glatt. Die Türen auf dieser Seite des Ganges führten in leere Räume.

Das war alles.

Das durfte nicht alles sein.

Es mußte noch einen anderen Ausgang geben.

Con zog die Karte aus dem Talar. Obwohl der Rocaan sie ihm erst vor zwei Wochen überreicht hatte, war sie zerknittert und zerschlissen. Sie war älter als Con, älter, als der Rocaan geworden war, vielleicht sogar so alt wie der Tabernakel selbst.

Nun gut, sie zeigte viele Gänge. Die Palastseite von Jahn war dicht von ihnen durchzogen. Aber auf der Tabernakelseite zeigte die Karte nur diesen einen Gang.

Er führte vom Tabernakel zur Brücke. Auf seiner ersten Wanderung hatte Con festgestellt, daß alle Abzweigungen Sackgassen waren.

Sackgassen.

So wie diese hier.

Wenn ihnen kein anderer Weg einfiel, diesen Ort zu verlassen, saßen sie in der Falle.

Sie würden zurück zum anderen Flußufer gehen müssen.

Zurück zu jenem Ort, den Sebastian so fürchtete.

Zurück zu der Magie, die dort lauerte.

Zurück in die zerstörte Stadt, über die jetzt der Schwarze König herrschte.

Con drehte sich um und sah, wie Sebastian langsam den Gang entlangstolperte.

»Was ... sollen ... wir ... machen?« stotterte er.

»Keine Ahnung«, erwiderte Con. »Ich habe wirklich nicht die leiseste Ahnung.«

20

Feder flog durch die unterirdischen Gänge. Anders als vor wenigen Stunden erfüllte Lärm die Tunnel. Die Infanterie marschierte.

Rugad hielt Wort.

Das Geräusch Hunderter Füße, die im Gleichschritt über den Steinfußboden trampelten, begleitete Feder. Ab und zu hallten Befehle von allen Seiten, aber die meiste Zeit schwiegen die Führer der Infanterie, und die Soldaten selbst waren gut ausgebildet.

Auch Feder sprach nicht. Er gehörte zu einem Dutzend Irrlichtfänger, die die Gänge nach dem Urenkel des Schwarzen Königs durchkämmten. Sie würden ihn finden.

Sie mußten ihn finden.

Der Schwarze König duldete kein Versagen.

Nicht nur die Irrlichtfänger waren auf der Jagd nach dem Jungen. Auch die Infanterie suchte ihn, und außerdem hatte Rugad noch einen aus Spionen, Tierreitern – Rattenreitern, soweit Feder gesehen hatte – und Hexern ausgeschickt. Sie konnten es mit dem Enkel des Schwarzen Königs aufnehmen und ihn einfangen, ohne ihn zu töten.

Feder schwirrte aus der Richtung vom Palast her durch die wohlbekannten Gänge. Offenbar hatte Rugad innerhalb kurzer Zeit sämtliche Fey in Alarmbereitschaft versetzt. Feder war schon Dutzenden von Truppen begegnet, sowohl Infanterie als auch Fußsoldaten. Einige durchkämmten die Tunnel.

Andere schlugen dieselbe Richtung ein wie Feder.

Zur Höhle.

Die Höhle konnte nicht mehr weit weg sein. Jetzt, wo er die

Richtung kannte, kam der Weg Feder erfreulich kurz vor. Die Truppen hatten zwar die Spinnweben beseitigt, aber dafür hing der Schmutz und Staub, den sie aufgewirbelt hatten, noch in der Luft.

Weil Feder seine kleinstmögliche Gestalt angenommen hatte, waren manche Staubkörnchen für ihn so groß wie Steine. Er mußte ihnen ausweichen, während er flog.

Außerdem war es heiß. Die vielen Menschen heizten die engen Gänge auf, und Feder spürte es nur allzu deutlich.

Wenigstens waren die Tunnel diesmal erleuchtet. Während ihrer Wache hatten die Infanteristen überall Feylampen aufgehängt. Wie Motten flatterten die kleinen Inselbewohnerseelen gegen das Glas, die winzigen Hände zu Fäusten geballt, die vergeblich gegen die Wände ihrer Gefängnisse trommelten.

Manchmal, wenn Feder in neckischer Stimmung war, flog er zu den Lampen hoch und schlug von außen dagegen. Die meisten Seelen hatten noch nicht gemerkt, daß sie tot waren. Die meisten merkten nicht einmal, daß ihre Hände nur aus ihrer Seele und ihren Gedanken bestanden. Genausogut könnten sie sich in Bäume verwandeln, wenn sie sich für Bäume hielten.

Bäume aus Licht.

Aus blendendem, reinem Licht.

Die aus Inselbewohnern hergestellten Feylampen brannten heller als alle anderen, die Feder je gesehen hatte. Es sah aus, als hielte jemand Hunderte von Sonnenstrahlen unter der Erde gefangen.

Das helle Licht offenbarte Feder jede Einzelheit. Die Risse im Stein, die Schichten von Schmutz und Schmiere, sogar an der Decke, verrieten ihm, daß diese Tunnel sehr alt sein mußten. Sie waren zu anderen Zwecken gebaut worden, Zwecken, die Feder nicht kannte und nicht begriff.

Die Inselbewohner wahrscheinlich auch nicht.

Hier unten versteckten sich die Schwarzkittel wie Ratten in ihrem Loch.

Wie Ratten würden die Fey sie auch ausrotten.

Feder passierte einen Trupp Rattenreiter, der in Richtung Höhle unterwegs war. Aus irgendeinem Grund wirkten sie noch bedrohlicher als andere Tierreiter, vielleicht, weil Feder sich nicht vorstellen konnte, daß sich jemand ausgerechnet eine Rattengestalt aussuchte. Tierreiter wählten sich ihre Gestalt, sobald sie in den Besitz ihrer Zauberkräfte gelangten. Sie konnten aber auch aussehen wie gewöhnliche Fey, obwohl sie meistens gewisse Eigenschaften ihrer Tiergestalten übernahmen: Vogelreiter hatten oft fedriges Haar oder sahen aus wie ein Vogel mit einem Fey auf dem Rücken. Nur daß dieser Fey keine Beine hatte, weil sein Oberkörper mit dem Vogelrücken verschmolz. Die Fey auf den Rücken der Rattenreiter waren winzig und sahen genauso bösartig aus wie die Nagetiere, auf denen sie hockten.

Feder schauderte es. Er war froh, daß nicht er ihr Opfer war.

Feder war nicht auf dem Weg zur Höhle, um zuzusehen, wie die Schwarzkittel gefangen wurden, sondern um herauszufinden, welche Richtung der Urenkel eingeschlagen hatte. Feder hatte einen Verdacht, den er noch niemandem verraten hatte.

Seiner Meinung nach hatte der Urenkel den Weg nach Süden eingeschlagen.

Er fand das nur logisch. Der Palast lag im Norden der Stadt. Nach allem, was Feder gehört hatte, war die Intelligenz des Urenkels beschränkt. Deshalb würde er sicher glauben, daß er dem Schwarzen König entfliehen konnte, wenn er die entgegengesetzte Richtung einschlug.

Als Feder sich der Höhle näherte, schwoll der Lärm an. Das

Marschieren verteilte sich suchend in verschiedene Richtungen und verklang.

Das, was Feder hörte, waren Schreie.

Männerstimmen, die in panisches Gebrüll und Warnrufe ausbrachen. Ein paar Infanteristen stießen den unverwechselbaren Siegesschrei der Fey aus.

Sie hatten seit zwei Wochen nicht mehr gekämpft, aber ihre Mordlust war ungebrochen.

Feder bog um die letzte Ecke vor dem Ende des Tunnels. Der hell erleuchtete Steinfußboden war schwarz. Wasser rann den Gang entlang, als sei der Fluß durch die Wände gebrochen.

Wasser ...

... und Blut.

Feder fragte sich, ob Rugad vorausschauend genug gewesen war, Rotkappen mitzuschicken. Jemand mußte all dieses magische Material vor der Verwesung retten.

Während Feder den letzten Teil des Weges zurücklegte, wurden die Schreie lauter, und er sog den Kupfergeruch von Blut ein. Am Eingang der Höhle ließ er sich instinktiv von einem Aufwind in die Höhe tragen und konnte gerade noch einem durch die Luft peitschenden Hautfetzen ausweichen.

In ihrem Blutrausch hatten die Fußsoldaten sämtliche Hemmungen verloren.

Feder blickte nach unten. Drei Fußsoldaten umringten einen Schwarzkittel – oder das, was von ihm noch übrig war. Immerhin ließen sie den Kopf unversehrt.

Überall in der Höhle wiederholte sich die Szene. Feylampen standen auf Kisten, auf dem Boden oder baumelten von Fakkelhalterungen, aber es waren nicht genug, um den ganzen Raum zu erhellen. In die schattigen Winkel der Höhle duckten sich Schwarzkittel, die verzweifelt ihre Weihwasserflaschen umklammerten.

Zahlreiche Flaschen lagen zerbrochen auf dem Boden. Glassplitter mischten sich mit abgehäuteten Leichen und noch bekleideten, von der Infanterie aufgespießten Toten.

Weiter vorn in dem flackernden Licht schwang die Infanterie ihre Schwerter. Das Klirren von Metall auf Metall hallte durch die Höhle und mischte sich mit den Schreien der Sterbenden.

Auch die Rattenreiter hatten ein paar Schwarzkittel aufgestöbert. Der Rattenteil des Reiters nagte an der Leiche, während die Feyhälfte ihn anfeuerte. Feder bekam eine Gänsehaut, als er dem Reißen und Schlingen zusah. Manchmal ekelte er sich sogar vor seinen eigenen Leuten.

Einige Schwarzkittel flohen in die Tunnel, wo sie der Infanterie direkt in die Arme liefen. Wieder hörte man das Splittern von Glas, gefolgt von Gelächter und Schmerzensschreien.

Diese Höhle war der letzte Zufluchtsort der Schwarzkittel. Der allerletzte. Ihr Versteck war entdeckt, ihre Zukunft dahin. Endlich bezahlten sie dafür, daß sie einst eine ganze Feyarmee ermordet hatten.

Sie alle bezahlten dafür.

Das Versteck der Schwarzkittel auszuheben, bereitete Feder keinerlei Gewissensbisse. Er hatte selbst gesehen, was ihr heiliges Gift anrichten konnte. In jener Nacht, als einer der Irrlichtfänger nach Jahn geflogen war, um die Ankunft des Schwarzen Königs anzukündigen, hatte er einen toten Fey auf der Brücke gefunden. Der Unglückliche war zu einem runden Ball zusammengeschmolzen. Nur ein Ohr und eine ausgestreckte Hand erinnerten noch an einen Fey.

In der Hoffnung auf eine Spur, irgend etwas, das ihn zum Urenkel des Schwarzen Königs führte, flog Feder quer durch die Höhle. Hier war der Junge jedenfalls nicht. Sonst hätte der Schwarze König diesem Angriff niemals zugestimmt.

Feder hatte eigentlich erwartet, daß der Schwarze König anordnen würde, niemanden zu töten.

Rugad mußte seinen Befehl geändert haben. Feder wußte auch, wie. Der Schwarze König suchte schließlich nach einem Fey. In dieser Höhle gab es eindeutig keinen unbekannten Fey.

Trotzdem hoffte Feder, daß sich der Schwarze König nicht einzig und allein auf ihn verließ. Das wäre riskant, denn Feder hatte den Jungen noch nie mit eigenen Augen gesehen.

Er schüttelte den Gedanken ab und ließ sich von der Luftströmung über das Gemetzel hinweg in einen dunkleren Teil der Höhle tragen. Lampen bezeichneten die Stellen, an denen schon Fey gewesen waren.

Die Dunkelheit dagegen war noch unerforscht.

Außerdem befand sich Feder hier, wenn er sich nicht irrte, auf der Südseite der Höhle.

Er schlüpfte um eine Ecke und folgte einem steil ansteigenden Gang. Hier war noch niemand gewesen, noch nicht einmal die verängstigten Schwarzkittel. Aber Feders eigener schwacher Schimmer offenbarte ihm eine frische Spur.

Sein Herz begann heftig zu klopfen, und sein Mund wurde trocken.

Eine frische Spur.

Er hatte gefunden, was er suchte.

Hoffentlich war es die ersehnte Beute.

Der Gang verengte sich, und Feder zögerte. War der Gang zu schmal für einen normal großen Inselbewohner?

Wahrscheinlich nicht, denn die Spur brach nicht ab.

Die Spur.

Den Urenkel des Schwarzen Königs zu finden, würde den Höhepunkt von Feders Karriere darstellen. Man würde sich seiner für immer als desjenigen Fey erinnern, der das Imperium gerettet hatte.

Feder versuchte, seine Erregung zu unterdrücken.
Es war zu früh, um sich Siegesgefühlen hinzugeben.
Aber bald würde es soweit sein.
Das wußte er.
Er spürte es förmlich.

21

Der Cardidas verströmte einen schwachen Blutgeruch. Boteen kauerte am Fuß der Brücke und tauchte die Hand ins Wasser. Es war trüb und braun und sah aus wie immer.

Sauber.

Trotzdem war der Blutgeruch überwältigend.

Boteen schloß die Augen, ließ aber die Hände im Wasser. Dieser Fluß war voller Blut. Altem Blut. Jahrhundertealtem Blut. Sein schlammiger Grund barg noch immer unerforschte Geheimnisse, Geheimnisse, die Boteen führen konnten …

Boteen öffnete die Augen und zog die Hände aus dem Fluß. Was er tat, war verrückt. Zaubermeister konnten nicht jeder Spur folgen, konnten sich nicht mit jeder Einzelheit der Vergangenheit befassen, ganz gleich, wie faszinierend sie war.

Boteen war dem Inselzauberer auf der Spur. Diese Spur hier war frisch. Sehr frisch. Kaum älter als ein paar Wochen.

Seltsam, denn die meisten Spuren des Mannes waren schon Jahrzehnte alt.

Dieser neue Abschnitt der Spur war klar und deutlich: Er besaß eine goldene Mitte, umgeben von Abdrücken, die Boteen nicht deuten konnte. An den Rändern verblaßte das Gold zu Silber, und an dieser frischen Stelle hier hatte sich das Silber sogar in Rot verwandelt.

Der Anblick jagte Boteen einen Schauder über den Rücken. Dieser Zaubermeister hatte schon zweimal mit dem Tod gerungen.

Zweimal hatte seine Zauberkraft ihn gerettet.

Er mußte wahrhaftig ein mächtiger Mann sein.

Auf dem Boden vor Boteen befand sich ein großer Abdruck, so groß wie ein Mensch. Boteen war mit der Hand durch das

Gras gefahren, hatte sogar mit den Fingern in der Erde gewühlt, aber gefunden hatte er weiter nichts außer der Auskunft, daß der Zaubermeister an dieser Stelle knapp dem Tod entronnen war.

Aber da war noch der Fluß.

Er schien förmlich nach Boteen zu rufen.

Der Fluß roch nach Blut.

Nach dem Blut des Zaubermeisters.

Boteen wischte sich die nasse Hand an einem Grasbüschel ab und beschloß, es noch einmal zu versuchen. Diesmal holte er tief Luft. Er würde die Spur eingehend prüfen. Mit der übrigen Magie im Wasser konnte er sich später befassen.

Er tauchte seine Hände in die klare Kälte, erforschte mit seinem Geist die schlammigen Tiefen, bis seine Finger ein Seil streiften. Er packte und drückte es. Das Seil fühlte sich so matschig an, als griffe er in bloßen Schlamm.

Boteen öffnete die Finger und versuchte es ein zweites Mal. Das Seil nahm erneut Gestalt an. Diesmal bohrte Boteen einen Finger hinein. Ein Blitz schoß durch seinen Geist. Ein Blitz – ein Bild – ein flüchtiger Eindruck ...

Während er sank, rann Blut aus den Wunden in seinem Gesicht. Das Blut strömte aufwärts und verdunkelte die mondbeschienene Wasseroberfläche.

Er ertrank ...

Boteen riß sich zusammen und zwang sich zu atmen. Nicht *er* war es, der ertrank. Er bekam genug Luft. Er hatte eine alte Erinnerung berührt. Eine im Fluß treibende Erinnerung ...

Aber er wollte leben. Er mußte leben.

Er trat Wasser, zuerst noch schwach, dann mit zunehmender Kraft. Seine Beine waren unverletzt. Seine Lungen schmerzten, aber sie brannten nicht. Wie lange konnte ein Mensch unter Wasser die Luft anhalten?

Er wußte es nicht ...

Boteen fühlte es. Das Kreisen der Magie. Dies war ein entscheidender Moment. Hier hatte der Inselzauberer sein Rot erworben ...

Wieder trat er Wasser, jetzt schon lebhafter, bis ihn die Kraft seiner Beine an die Oberfläche trieb. Das Blut wirbelte um ihn herum. Mit einem Mal gerann es und bildete ein klebriges Seil, an dem er sich hochziehen konnte.

Er phantasierte.

Er starb.

Das Seil riß ...

Boteen fühlte, wie ihm das Seil aus den Fingern glitt.

»Nein!« schrie er und griff so hastig danach, daß er fast in den Fluß gestürzt wäre.

Dann merkte er, daß dies nicht seine eigene Panik war. Es war ein Widerhall der Panik des Inselzauberers.

Boteen hockte sich wieder hin, die Finger immer noch im Wasser.

»Komm zurück«, flüsterte er. »Komm zurück.«

Das Seil erschien erneut. Boteen spürte seine Nähe im Wasser: dick, glitschig und warm.

Beinahe heiß.

Wie Blut.

Der Blutgeruch wurde immer stärker.

Boteen wartete, bis das Seil seine Hand berührte, dann bohrte er erneut den Finger hinein.

Das Blut sammelte sich wieder und verwob sich erneut zum Seil. Wieder zog er daran, trat Wasser und strampelte. Er kam immer noch ohne Luft aus. Vielleicht war er doch schon tot.

Wenn dem so war, würde er sich mit Zähnen und Klauen den Weg zum Angesicht Gottes erkämpfen. Er würde nicht für immer hier unten in Dunkelheit, Kälte und Nässe verweilen.

Wieder trat er und zog an dem Seil, und plötzlich durchstieß sein Kopf die Wasseroberfläche. Er befand sich noch im-

mer mitten im Cardidas. Der Mond versilberte das Wasser, außer dort, wo sein Blut schwamm. Nur an den Stellen, an denen sich sein Blut sammelte, erschien der Fluß schwarz.

Schwarz.

Die Bilder verschwammen. Boteen zog die Hände aus dem Wasser und hockte sich auf die Fersen.

Vor einer Woche, direkt vor der Invasion. Diese Blutspur war tatsächlich frisch.

Der Inselzauberer hatte seine Macht benutzt, um seine eigene Haut zu retten.

Das hatte er schon einmal getan. Ein einziges Mal. In der Nähe des Palastes. Dort hatte Boteen zwar schwache Eindrükke empfangen, aber sie waren mit einem Glanz überzogen, der Boteen vermuten ließ, daß die Zauberkraft eines anderen die Tat vollbracht hatte.

Die Zauberkraft eines Fey.

Abscheu erfüllte Boteen, so starker Abscheu, daß es ihm fast den Magen umdrehte.

Über ihm waren Fey. Fey auf der Brücke. Fey ...

Boteen hielt inne. Auch diese Gefühle waren nicht seine. Er wischte sich die Hände am Gras ab und lehnte sich zurück.

Der Inselzauberer besaß große Macht. Er gelangte gerade erst in den vollen Besitz seiner magischen Kräfte, also mußte er noch jung sein. Außerdem haßte er die Fey.

War dies der Mann, der den Erben des Schwarzen Throns schützte?

Das war unwahrscheinlich, es sei denn, der Inselzauberer ignorierte das Fey-Blut des Erben und sah nur dessen Inselabstammung.

Aber auch das ergab keinen Sinn. Der Thronfolger, der junge Gabe, war von den Versagern aufgezogen worden. Mit größter Wahrscheinlichkeit war er ein so typischer Fey, wie es ein Halbblut nur sein konnte.

Boteens Schenkel schmerzten.

Vielleicht stammte die Spur von dem anderen Zaubermeister, dem, der mit seiner Magie nichts anzufangen wußte. Dafür sprach das Gefühl der Verwirrung, aber nicht das Seil aus Blut. Konnte ein nicht ausgebildeter Zaubermeister sein Leben auf diese Weise retten?

Boteen wußte es nicht.

Er hatte keine Ahnung, wessen Spur er eigentlich folgte.

Wenn dies hier wirklich der andere Zaubermeister war, der seine Magie unterwegs verlor, was war dann mit jenem passiert, der den jungen Gabe begleitete? War er jemals in Jahn gewesen?

War Gabe dort gewesen?

Boteen schloß die Augen. Er berührte den großen Körperabdruck auf dem Boden und versuchte, die Fortsetzung der Spur zu finden, versuchte vorauszusehen, wohin sie ihn führen würde.

22

Gabe drückte sich an die Felssäule. Coulter stand ein bißchen zu dicht neben ihm. Gabe hatte den Zorn auf seinen alten Freund immer noch nicht völlig abgelegt. Bei den unmöglichsten Gelegenheiten flammte dieser Zorn auf und klang dann wieder zu einem dumpfen Schmerz ab.

In Gabes Augen war Coulter schuld an Sebastians Tod.

Hätte Coulter die Verbindung zwischen Gabe und Sebastian nicht getrennt, dann wäre Sebastian jetzt noch am Leben, daran zweifelte Gabe nicht.

Leen hockte noch immer auf ihrem Felsbrocken und starrte zu der Rotkappe hinüber. Fledderer schien in einer merkwürdigen Verfassung. Anscheinend jagte die Nachricht von dem Zauberspruch ihm gehörig Angst ein.

Auch Gabe fühlte sich an diesem Ort unbehaglich. Am liebsten hätte er ein Schattenland errichtet und sie alle darin versteckt, aber Fledderer erlaubte es ihm nicht.

Nach einem Schattenland suchen die Fey zuerst, hatte er gewarnt. *Ein Schattenland entdecken sie sofort.*

Das leuchtete sogar Gabe ein, aber es änderte nichts an seinem Wunsch. Er hatte fast sein ganzes Leben in einem Schattenland verbracht. Er hätte gern die vertraute Atmosphäre genossen, und sei es auch nur für einen Moment.

Die wirkliche Welt war voller Gefahren, ganz anders als die Welt, die er gewöhnt war. Er fragte sich immer noch, warum die Stadtbewohner so verängstigt auf ihn reagiert hatten. Hätten sie ihn als Fey bezeichnet, hätte er ihre Angst leichter nachvollziehen können.

Aber das hatten sie nicht.

Sie hatten ihn »lang« genannt.

Plötzlich richtete sich Coulter hoch auf. Er blickte erst zum Himmel, dann zu Boden. Auch Fledderer erhob sich und sah sich um, aber nicht in derselben Richtung. Er schien sehen zu wollen, was Coulter sah.

Leen warf Gabe einen fragenden Blick zu. Gabes Herz pochte. Etwas hatte sich verändert.

Er spürte es.

»Was ist los?« fragte Gabe.

»Eine fremde Magie«, gab Coulter zurück. »Die Personen, deren Anwesenheit ich gefühlt habe – eine davon ist näher gekommen.«

»Welche Personen?« fragte die Rotkappe.

»Die so sind wie ich. Ich habe euch doch von ihnen erzählt.« Coulter wandte den Blick nicht vom Himmel. Hätte Gabe es nicht besser gewußt, hätte er gedacht, Coulter betrachte einfach nur die Wolken.

»Nein«, widersprach die Rotkappe. »Hast du nicht.«

Gabe erstarrte mitten in der Bewegung. Die unbequeme Haltung verursachte ihm Rückenschmerzen. *Die so sind wie ich.*

»Es gibt noch zwei Personen auf dieser Insel, die so sind wie ich«, erklärte Coulter. »Bis jetzt war es nur eine.«

Er schnauzte Fledderer an, als sei dieser unerträglich begriffsstutzig.

»So wie du«, wiederholte Gabe. »Zaubermeister?«

»So nennen es die Fey«, bestätigte Coulter. »Ich habe euch von ihnen *erzählt.*«

»Kann schon sein«, beschwichtigte Leen, »aber inzwischen ist so viel passiert. Vielleicht können wir uns bloß nicht daran erinnern.«

Es schien keine Rolle zu spielen, was sie sagte. Coulter löste sich von der Steinsäule. Seine Augen suchten ein letztes Mal den Himmel ab. Dann blickte er hinunter ins Tal und musterte das Dorf.

»Suchst du Spuren?« fragte die Rotkappe.

»Ja«, erwiderte Coulter. »Aber niemand war hier. Außer Gabe natürlich.«

Er trat auf den Pfad, dann ein Stück beiseite.

»Aber etwas wird kommen«, flüsterte er.

Gabes Nackenhaare sträubten sich. »Wann?« fragte er.

»Heute. Morgen. Nächste Woche. Ich weiß es nicht.«

»Und was wollen sie?« unterbrach die Rotkappe.

»Auch das kann ich nicht erkennen«, entgegnete Coulter. Seine Stimme klang seltsam, als beantworte er die Fragen, ohne nachzudenken, als kämen die Antworten aus einem Teil seines Selbst, der unabhängig von seinem Gehirn existierte.

»Was soll das bedeuten: Die Magie hat sich verändert?« fragte Leen.

»Genau das«, sagte Coulter. Dann flüsterte er wieder: »Genau das.«

»Wir verstehen dich nicht«, beharrte Gabe.

»Das ist auch nicht nötig«, fauchte Coulter. Er entfernte sich noch weiter von ihnen, kniete sich plötzlich hin und streckte die Hände aus. So saß er lange Zeit.

Die Rotkappe näherte sich ihm von hinten und trat unruhig von einem Fuß auf den anderen. Leen erhob sich von ihrem Stein.

Gabe rührte sich nicht.

Auch er fühlte sich eigenartig.

Eigentlich hatte er sich schon den ganzen Tag seltsam gefühlt. Bestimmt lag es daran, wie merkwürdig dieser Tag begonnen hatte. Oder am Hunger. Ihre Vorräte gingen zur Neige. Morgen mußte jemand in die Stadt gehen, um Lebensmittel zu besorgen.

Jemand, der klein war.

Außerdem war da noch der Berg selbst. Die unheimliche Anziehung, die er auf Gabe ausübte, wurde immer stärker.

Schließlich schüttelte sich Coulter, stand auf und drehte sich wieder um. Sein Gesicht war bleich, doch die Farbe kehrte in seine Wangen zurück. Auch seine Augen waren wieder wie vorher.

»Wir müssen Gabe hier wegbringen«, befahl er.

»Machen wir«, versicherte Leen. »Sobald Adrian kommt.«

»So lange können wir nicht warten«, erwiderte Coulter.

»Hast du nicht gesagt, daß du nicht weißt, wieso die Magie sich verändert hat?« fragte Fledderer.

Coulter leckte sich die Lippen. Er sah aus, als habe er Angst. »Die anderen – sie haben etwas getan. Ich kann fühlen, daß sie sich verändert haben. Und sie konzentrieren sich auf diesen Ort hier. Die Veränderungen werden sich bald auch hier bemerkbar machen.«

»Bist du sicher?« fragte Fledderer.

»Ich spüre es.« Coulter kam zu ihnen zurück. Sein Gesicht lief rot an. Das war erstaunlich, wenn man bedachte, wie blaß er eben noch gewesen war. »Wir müssen Gabe hier wegbringen.«

»Wir können Adrian nicht wegen einer bloßen Ahnung im Stich lassen«, protestierte Leen.

»Es ist Coulters Ahnung«, sagte die Rotkappe. »Adrian kann auf sich selbst aufpassen.«

Gabe blickte zum Gipfel empor. Das seltsame Gefühl in seinem Magen wurde stärker. »Wir sollten auf Adrian warten«, beharrte er.

»Nein«, wiederholte Coulter. »Es geht nicht nur um dein Leben, Gabe. Du bist wichtiger als nur das.«

Gabe starrte ihn an. Tatsächlich, in Coulters blauen Augen stand Furcht. »Was kann es schaden, auf Adrian zu warten?«

»Ich glaube nicht, daß wir Zeit dazu haben«, erwiderte Coulter. »Besser kann ich es nicht erklären.«

»Und wohin sollen wir gehen?« fragte die Rotkappe. »Wir sind hier schon am äußersten Rand der Insel.«

»Ich bin für den Süden«, mischte sich Leen ein. »Das ist auf jeden Fall besser. Dieser Zauberspruch heute morgen war einfach schrecklich.«

»Nein«, sagte Gabe.

Alle Blicke richteten sich auf ihn. Er mußte mit größerem Nachdruck gesprochen haben, als er beabsichtigt hatte.

»Wir gehen höher hinauf«, erklärte er.

»Wir sind jetzt schon zu nahe an der Schneegrenze«, wandte die Rotkappe ein. »Wir können nicht mehr viel höher steigen. Da oben wird die Luft dünn. Außerdem werden wir dort nichts finden.«

»Doch«, widersprach Gabe. »Dort wartet etwas auf uns. Ich kann es fühlen.«

»Schon wieder Gefühle«, knurrte Leen und setzte sich wieder.

»Eine Vision?« fragte Coulter.

Gabe schüttelte den Kopf. »Es fühlt sich nur beinahe an wie eine Vision, eher wie ein Schimmern ganz am Rande meines Gesichtsfeldes.«

Coulter hob den Blick zum Gipfel. »Wo?« fragte er.

Gabe stieß sich von seiner Felssäule ab. Er trat neben Coulter und streckte die Hand aus.

Über ihnen verlor sich der Pfad zwischen zerklüfteten Spitzen. Große Felsbrocken säumten den Weg, und Steinsimse unterbrachen die glatten Felswände. Auf einigen der Simse wurzelten Bäume, bis der Bewuchs weiter oben verschwand und der Schnee begann. Je höher das Auge wanderte, desto kräftiger wurde das Rot der Felsen. Es sah fast aus, als blute der Stein.

Gabe zeigte auf eine Stelle direkt über dem Pfad. In seinen Augen sah sie aus wie ein dunkler Fleck auf der Bergflanke, eine Öffnung im Fels.

»Der Schimmer da oben?« fragte Coulter.

»Ich sehe keinen Schimmer«, erwiderte Gabe. »Ich sehe etwas Dunkles.«

»Ich sehe gar nichts«, warf Fledderer ein.

»Ich auch nicht«, meinte Leen. »Dunkel oder schimmernd – es ist einfach rot dort oben. Rot, kahl und furchteinflößend.«

»Furchteinflößend ... ja«, bestätigte Coulter. »Aber da oben ist auch Magie. Und sie schimmert auf dem Berg.«

»Warum hast du sie dann nicht schon früher gesehen?« zweifelte die Rotkappe.

»Ich habe sie ja gesehen«, sagte Coulter. Er blickte Gabe an, und Gabe senkte den Kopf. Er hatte schon einmal versucht, die Gruppe höher ins Gebirge zu führen, aber damals hatte Coulter abgelehnt. Fledderer hatte sich darüber gewundert – Gabe nicht.

»Warum hast du es dann nicht erwähnt?« fragte die Rotkappe.

»Wenn ich jedes kleine bißchen Magie erwähne, das mir auffällt, wäre ich die ganze Zeit über am Reden«, wich Coulter aus.

Er spielte es herunter. Gabe und Coulter waren sich dessen beide bewußt. Coulter sah die Rotkappe nicht an, während er sprach.

»Und du hast es auch gesehen und nichts davon gesagt?« wandte sich Fledderer an Gabe.

»Was glaubst du denn, was es ist?« fragte Leen.

»Es kann alles mögliche sein«, entgegnete die Rotkappe, aber sein Gesicht verfinsterte sich, als gefielen ihm diese Möglichkeiten ganz und gar nicht.

»Es kann auch nichts sein«, beschwichtigte Coulter.

»Es ist etwas«, widersprach Gabe. Er wollte die Kraft, die er dort oben wahrnahm, nicht verharmlosen. Die anderen sollten wissen, worauf sie sich einließen. Jedenfalls soweit er selbst es wußte. »Diese Dunkelheit war die ganze Zeit schon da.«

Wieder drehten sich alle zu ihm um. Gabe zuckte die Achseln. Besser konnte er es nicht erklären. Die Dunkelheit war so ähnlich wie ein Schattenland, das er in der Hand halten konnte, ein Schattenland, bevor er es groß genug machte, um Menschen aufzunehmen.

Vielleicht war es wirklich eine Erscheinungsform von Magie, wie Coulter es nannte.

Vielleicht.

»Und wenn es nichts ist?« fragte Leen. »Dann sind wir ohne Grund dort hinaufgestiegen und sitzen in der Falle.«

»Nicht mehr als jetzt«, mischte sich Fledderer wieder ein. »Auf den Felssimsen da können wir nicht haltmachen. Vielleicht entdecken wir von dort oben einen anderen Pfad, der uns von der Stadt wegführt.«

»Im Dunkeln zu klettern, ist gefährlich«, gab Leen zu bedenken.

»Coulter kann uns Licht machen«, schlug Gabe vor.

»Damit das ganze Tal unseren Aufstieg beobachtet?« Die Rotkappe schüttelte den Kopf, als habe Gabe den Verstand verloren. »Das ist keine Lösung.«

Wieder hob Gabe den Blick. Auch er hatte keine Lust, den Berg in der Dunkelheit zu erklimmen. Dieser blutrote, grausam kalte Berg erschreckte ihn schon bei Tageslicht.

Aber vor den Leuten im Tal fürchtete er sich genauso.

»Wir müssen ja nicht bei Nacht losgehen«, meinte Coulter.

»Ach, und was schlägst du statt dessen vor?« spottete die Rotkappe. »Bis morgen zu warten? Du bist doch hier derjenige, der es eilig hat.«

»Er will bloß nicht auf Adrian warten«, verteidigte Leen Coulter.

»Adrian ist mein Freund«, sagte Coulter. Seit ihrer Rückkehr aus dem Steinbruch schien er sich nur mit Mühe zu beherrschen. Gabe fürchtete, daß ihn der Vorfall auf dem Markt nicht gerade ruhiger gemacht hatte. Manchmal verbarg sich hinter Coulters Zorn nichts als nackte Angst.

»Er ist mein Freund«, wiederholte Coulter. »Vielleicht könnt ihr so etwas nicht verstehen.«

Er verschränkte die Arme vor der Brust und drehte ihnen den Rücken zu.

»Was willst du damit sagen?« fragte die Rotkappe. »Daß wir dich bewundern sollen, weil es dir so schwer fällt, dich zwischen Adrian und Gabe zu entscheiden?«

»Meinetwegen braucht sich Coulter nicht zu entscheiden«, protestierte Gabe. »Schließlich reden wir hier über mich. Und ich will auf Adrian warten.«

»Aber du bist es, den wir schützen müssen«, erklärte die Rotkappe. »Deshalb zählt deine Meinung hier nicht.«

»Jetzt laßt mich doch mal ausreden!« Coulter fuhr mit funkelnden Augen und geballten Fäusten herum. »Ich bleibe hier und warte auf Adrian.«

»Das kannst du nicht machen«, widersprach Gabe.

»Warum nicht?« fragte Coulter.

»Du würdest uns nicht wiederfinden.«

»Ich habe genauso gute Augen wie ihr, vielleicht sogar noch bessere.«

»Und was ist, wenn es nichts zu sehen gibt?« fragte Leen.

»Dann kann ich immer noch euren Spuren folgen. Jeder von euch dreien hinterläßt eine Spur.«

»Das ist in der Tat ein Problem«, seufzte die Rotkappe und hockte sich auf den Boden. »Wenn uns wirklich ein anderer

Zaubermeister auf den Fersen ist, braucht er nur den Spuren zu folgen.«

Coulter nickte. »Daran habe ich auch schon gedacht. Aber wir wissen nicht genau, wo sie sich jetzt befinden. Wenn wir ihnen immer ein Stück voraus sind, können wir ihnen vielleicht aus dem Weg gehen.«

»Und was ist, wenn ...« Gabe schluckte. Er mußte sich überwinden, die Frage zu stellen. »Was ist, wenn sie dich finden, nachdem wir weg sind?«

Coulter sah ihn an, als sei ihm die Besorgnis in Gabes Stimme nicht entgangen. »Nach mir suchen sie nicht.«

»Das ist nicht sicher.«

»O doch«, gab Coulter zurück. »Du bist hier der Gejagte, Gabe, und du wirst es bleiben, solange der Schwarze König lebt. Wir anderen sind unwichtig.«

Gabe schüttelte den Kopf. Er haßte diese Diskussion. Er haßte alles. »Wie lange müssen wir denn noch fliehen?« fragte er. »Wann hören sie endlich auf, nach mir zu suchen?«

»Wenn sie dich gefunden haben«, konterte Coulter.

»Dann sollte ich mich ihnen vielleicht lieber gleich ausliefern.«

»Soweit bist du noch nicht«, unterbrach ihn Fledderer von seinem Sitzplatz auf dem Boden.

Gabe spürte ein Frösteln. »Glaubst du, ich werde mich ihnen eines Tages freiwillig ausliefern wollen?«

»Ganz bestimmt«, bekräftigte die Rotkappe. »Wenn du erst einmal stark genug bist, über das Imperium der Fey zu herrschen, wirst du dich fangen lassen.«

Gabes Frösteln wurde stärker. »Ich darf meinen Urgroßvater nicht töten.«

»Das brauchst du auch nicht«, gab Fledderer zurück. »Bis dahin wirst du in der Lage sein, ihn mit deiner Zauberkraft und deinem Geist zu übertrumpfen.«

»Er ist der größte Feldherr der Fey.«

»Stimmt«, sagte die Rotkappe. »Aber er ist auch ein alter Mann, der Angst hat, ohne einen würdigen Nachfolger zu sterben. Eines Tages wirst du dieser würdige Nachfolger sein.«

»Ich will aber über kein Imperium herrschen.«

»Du willst auch nicht länger fliehen wollen.«

Gabe verschränkte die Arme. Sein Herz schmerzte. »Habe ich wirklich keine Wahl?«

»Im Moment nicht«, erwiderte Fledderer. »Wenn wir wieder Zeit zum Nachdenken haben, fallen uns sicher noch andere Möglichkeiten ein.«

»Wir brauchen Zeit«, bestätigte Coulter, »und indem ich hier auf Adrian warte, verschaffe ich uns welche. Ihr steigt auf diesen Berg. Wir finden euch dann schon.«

Gabe verschränkte die Arme. Der Vorschlag gefiel ihm nicht. Nichts gefiel ihm.

»Was passiert, wenn ihr nicht kommt?« fragte Leen.

»Ihr wartet so lange, wie ihr es für richtig haltet«, sagte Coulter. »Dann bringt ihr Gabe in Sicherheit.«

»Auf dieser Insel gibt es keine Sicherheit«, knurrte Fledderer. »Der Schwarze König ist schon zu nahe.«

»Bis jetzt haben wir Gabe erfolgreich vor ihm versteckt«, widersprach Coulter. »Mit jedem Tag wird unser Sieg größer.«

»Vielleicht«, seufzte Gabe. »Vielleicht verschwenden wir aber auch bloß unsere Kraft. Ich mache einfach keine Fortschritte.«

»Noch nicht«, beschwichtigte die Rotkappe. »Wir hatten noch keine Zeit dazu.«

»Das ist ja genau der Punkt«, sagte Gabe. »Wie verschaffen wir uns Zeit? Oder müssen wir nur immer weiterziehen, bis sie uns am Ende doch finden?«

Coulter kam zu ihm und legte ihm die Hand auf die Schulter. Gabe mußte sich zusammenreißen, um nicht zurückzuzucken. »Du mußt mir wieder vertrauen«, bat Coulter.

»Nein«, fauchte Gabe. »Du hast Sebastian getötet.«

»Du hättest es nicht verhindern können, Gabe. Du hättest höchstens mit ihm zusammen sterben können.«

»Das werden wir wohl nie genau feststellen, nicht wahr?« Gabe trat einen Schritt zurück. Er fuhr sich mit der Hand über die Schulter, obwohl er wußte, daß es kindisch war. »Vielleicht hätte ich ihn doch noch retten können.«

»Vielleicht«, erwiderte Coulter. »Das werden wir wohl nie herausfinden. Jetzt ist die Sache jedenfalls erledigt.«

»Sie ist ganz und gar nicht erledigt.« Gabes Zorn flammte von neuem auf, und er konnte ihn nicht unterdrücken. Er wollte ihn auch gar nicht unterdrücken. »Sie wird nie erledigt sein. Nicht zwischen uns.«

Fledderer trat zwischen sie und packte Gabe beim Hemd. Für seine geringe Körpergröße war er erstaunlich stark. »Schluß. Schluß jetzt«, rief er.

»Warum?« zischte Gabe. Er zitterte. Fledderer hatte schon einmal versucht, ihn zu töten. Vielleicht würde er es wieder versuchen. »Bloß, weil es dich stört?«

»Wenn der Schwarze König besiegt ist, habt ihr genug Zeit, euch zu streiten. Eher nicht.« Die Rotkappe stieß Gabe vor die Brust. Gabe taumelte, fing sich aber wieder. »Jetzt machen wir drei uns endlich an den Aufstieg. Coulter bleibt hier. Verstanden?«

Gabe riß sich los. Er haßte es, herumgeschubst zu werden, besonders von einer Rotkappe. »Ich weiß nicht, warum wir auf ihn hören sollten.«

»Er besitzt mehr magische Kräfte als wir alle zusammen«, entgegnete Fledderer.

»Außer vielleicht Gabe«, meinte Leen. Sie sah ihn hoffnungsvoll an. »Hattest du eine Vision über das hier?«

Gabe starrte den schwarzen Fleck auf der Bergflanke an. Er schien zu pulsieren. »Ich glaube nicht.«

»Du glaubst nicht?« wiederholte Fledderer. »Entweder hattest du eine oder nicht.«

Gabe ballte die Fäuste. Langsam ging ihm diese kleine Rotkappe wirklich auf die Nerven. »Ich *glaube* es nicht«, betonte er. »Wissen kann ich es erst, wenn ich dort bin. Manchmal empfange ich nur Bruchstücke. Ich erkenne sie vielleicht wieder, wenn ich davorstehe.«

Fast hätte er hinzugesetzt: *Ich erwarte nicht, daß du das verstehst*, aber er hielt sich zurück. Es hatte keinen Sinn, Fledderer noch mehr zu reizen.

»Also«, begann dieser wieder, als hätte er Gabe gar nicht zugehört. »Wenn du keine Vision darüber hattest, befolgen wir Coulters Vorschlag.«

Coulter beobachtete alles mit gesenkten blauen Augen, die Arme vor der Brust verschränkt. Äußerlich wirkte er ganz ruhig, aber Gabe hatte den Verdacht, daß er sich genauso fürchtete wie die anderen. Er gab es bloß nicht zu.

Einen Augenblick hatte Gabe Mitleid mit Coulter, wie früher, als sie noch Freunde waren. Eine flüchtige Anteilnahme, eine leichte Besorgnis, dann schüttelte er sie ab. Coulter brauchte Gabes Mitgefühl nicht. Er konnte auf sich selbst aufpassen.

»Ich will nicht ohne Adrian gehen«, wiederholte Gabe.

»Was du willst, spielt keine Rolle«, fuhr ihn die Rotkappe an. »Du kommst mit. Adrian würde dem als erster zustimmen.«

Gabe zog sich zwischen die Säulen zurück. Kurze Zeit war das kleine Lager für ihn wie ein Zuhause gewesen. Er würde seine Sachen packen. Er würde gehen. Aber es paßte ihm nicht.

Immerhin war er dann Coulter für eine Weile los.

Gabe seufzte, hockte sich auf den Boden und stützte den

Kopf in die Hände. Noch vor wenigen Wochen hatte er ein richtiges Leben geführt. Er hatte gewußt, was jeden Tag passieren würde. Er hatte seine Freunde gehabt, seine Pflegefamilie und seine Ausweichmöglichkeit – Sebastian. Er hatte gewußt, wie er war und wer er war, jedenfalls innerhalb dieses Umfeldes.

Jetzt aber wollte Fledderer ihn zu jemandem ausbilden, der dem Schwarzen König ebenbürtig war, als hätte eine magielose Rotkappe eine Vorstellung davon, wie man das anstellte. Jetzt wußte Gabe nicht mehr, wo er in der nächsten Nacht schlafen würde. Er hatte kein Zuhause, und zu sagen hatte er anscheinend auch nichts mehr.

Gabe wollte dem Schwarzen König nicht ebenbürtig sein. Er hatte weder darum gebeten, Visionen zu haben, noch darum, Schwarzes Blut zu besitzen. Sein ruhiges Leben hatte ihm gut gefallen. Er wollte es zurückhaben.

Aber sein altes Leben existierte nicht mehr.

Das machte Gabe furchtbar traurig. Manche Leute übermannte angesichts eines Verlustes rasender Zorn. Ihn nicht. Auch er empfand Zorn, aber nicht die Art von Zorn, um so zu werden wie sein Urgroßvater. Gabe wollte niemand sein, der Unschuldige abschlachtete, weil ihre Eltern einen Fehler begangen hatten.

Gabe wußte nicht, wie ihn Fledderer angesichts dieses grundlegenden Unterschiedes zwischen ihm und seinem Urgroßvater ausbilden wollte.

Er war sich nicht einmal sicher, ob sie es versuchen sollten.

Leen steckte ihren Kopf zwischen den Säulen hindurch. »Fledderer will aufbrechen.«

»Wir müssen erst unsere Bündel packen«, wandte Gabe ein.

»Laß etwas für Coulter und Adrian zurück.«

Gabe nickte. »Was glaubst du, wie weit es bis dahin ist?« erkundigte sich Leen. »Bis zu jenem Ort, den nur Coulter und du sehen können?«

»Nicht weit«, sagte Gabe. Selbst hier zwischen den Säulen spürte er das Pulsieren. Es schien dadurch, daß Gabe seine Anwesenheit eingestanden hatte, noch stärker zu werden.

Unwillkürlich blickte er wieder an der Felswand empor, obwohl er wußte, daß er nichts erkennen würde.

Dort oben wartete etwas auf ihn. Etwas, das er unbedingt sehen wollte. Im Lauf der Jahre hatte er gelernt, derartigen Gefühlen zu vertrauen.

Nervös war er trotzdem.

»Ist es auch wirklich nicht gefährlich?« fragte Leen.

Gabe wußte nicht, was sie meinte: den Aufstieg, die Tatsache, Adrian und Coulter zurückzulassen, oder die Zukunft selbst.

»Ich weiß nicht«, murmelte er und wünschte sich zum ersten Mal in seinem Leben, Visionen durch Willenskraft selbst auslösen zu können.

Dann hätte er wenigstens Antworten.

Selbst wenn diese Antworten ihm vielleicht nicht gefielen.

23

Marly stand mit verschränkten Armen neben dem Tisch und sah zu, wie Matthias Tak aus einer Dose nahm und in ein kleines Bündel steckte. Tri hatte ein Weihwasserfläschchen in der Hand.

Matthias spürte Marlys Mißbilligung bis auf die andere Seite des Zimmers.

»Du kannst nich' suchen gehn«, sagte sie. »Ich schick Denl und Jakib los.«

»Sie wissen nicht, wonach sie suchen sollen«, widersprach Matthias.

»Die kennen die Fey genauso gut wie du«, beharrte Marly.

»Längst nicht so gut«, erwiderte Matthias. »Ich kämpfe seit Jahren gegen sie. Und ich habe gesiegt.«

»Aber in der Nacht am Fluß hast du beinah verlorn«, erinnerte ihn Marly.

Matthias hob den Kopf. »Willst du damit sagen, daß du dir Sorgen um mich machst?«

»Aye, Heiliger Herr«, sagte sie und betonte die letzten beiden Worte.

Matthias wurde rot. Das Gewebe unter seiner zerschundenen Haut schmerzte. Er hatte gehofft, sie mache sich Sorgen um ihn selbst, nicht um das Wissen, das er hütete.

»Sie hat recht«, mischte sich Tri ein. »Wenn dort wirklich Fey sind, bin ich vielleicht nicht in der Lage, dich zu beschützen.«

»Mir geht's nich' nur ums Beschützen«, erklärte Marly. »Er war schwer verletzt.«

»Trotzdem habe ich es bis hierher geschafft«, entgegnete Matthias.

»Aye. Mit unserer Hilfe.«

Matthias zuckte die Achseln. Er hatte keine Lust auf eine Gardinenpredigt.

»Wenn das wahr ist, was du über den Rocaan sagst«, meinte jetzt auch Tri, »dann bist du der einzige, der die Geheimnisse noch kennt.«

Das gab den Ausschlag. Matthias wußte es. Er seufzte. »Also gut, hol Denl und Jakib. Wir werden als Gruppe gehen.«

»Du bist noch nich' gesund genug zum Reisen«, wiederholte Marly.

»Mir geht's gut.«

»Das stimmt nich'. Der Weg von Jahn war 'ne Schinderei für deinen Körper und deine Wunden. Du tust immer so, als wärst du aus Eisen, aber das bist du nich'. Es is'n wahres Wunder, daß du überhaupt noch am Leben bist. Ein Mann, sogar ein Mann wie du, sollt' sich nich' zu sehr auf Wunder verlassen.«

Matthias schob einen Wasserbeutel, der von ihrer Wanderung nach Constantia noch voll war, in das Bündel. Ihre Vorwürfe konnte Marly sich sparen. Vielleicht waren Fey in der Gegend. Darüber mußte sich Matthias unbedingt Gewißheit verschaffen. Er durfte sich nicht länger in diesem Haus verkriechen.

»Es ist mein Risiko«, sagte er.

»Aye«, erwiderte Marly, »und wir dürfen uns dann um den Rest kümmern.«

»Ihr seid bestens allein zurechtgekommen, bevor ich aufgetaucht bin«, wandte Matthias ein.

»Da war'n auch noch nich' Tausende von Fey auf der Insel«, entgegnete Marly leise.

»Matthias«, unterbrach sie Tri. »Sie hat recht. Du bist ernsthaft verwundet. Vielleicht sollten wir lieber abwarten.«

»Wir können nicht warten«, fuhr Matthias ihn an. Er schnürte das Bündel zu und band es sich um die Taille.

»Es war schließlich meine Idee«, fuhr Tri fort. »Ich kann selbst gehen und die Langen warnen.«

»Ohne meine Hilfe findest du sie nicht.« Matthias richtete sich kerzengerade auf und schob das Bündel zurecht. »Hol Denl und Jakib. Wir gehen zusammen. Und damit Schluß, Marly. Ich habe keine Lust, mich noch länger mit dir herumzustreiten.«

»Und ich werd mir gut überlegen, ob ich mich noch mal um dich kümmer, wenn du wiederkommst, erschöpft und blutig und zerschunden«, erwiderte sie spitz.

»So siehst du mich also zurückkommen?« fragte Matthias.

»Deine Wunden sind noch nich' verheilt«, erklärte sie. »Blutig wirst du auf jeden Fall sein.«

»Das war ich doch bis jetzt auch nicht. Du hast mich gut gepflegt«, widersprach Matthias.

»'s is' jedenfalls nich' recht, daß du dich wieder mit den Fey anlegen willst. Beim letzten Mal ham sie dich fast getötet.«

»Entschuldige, meine Dame«, sagte Tri. »Aber ich habe nie behauptet, daß es sich um Fey handelt.«

»Du hast gesagt, sie wärn lang. Fey sind lang. Und er da geht bloß mit dir, weil er glaubt, daß es Fey sind.« Marly blickte Tri stirnrunzelnd an. Seit sie hierhergekommen waren, hatte sie immer gute Laune gehabt. Ihr Stimmungsumschwung beunruhigte Matthias ein bißchen.

»Matthias ist selbst ziemlich lang«, gab Tri zu bedenken. »Es könnten einfach ... Außenseiter sein.«

»Und warum machst du dann jetzt vor dem Wort ›Außenseiter‹ 'ne Pause?«

Kluge Frau. Matthias hätte gern gelächelt, aber es war die Schmerzen nicht wert.

Tri sah Matthias an. »Ich weiß nich', wie einer, der hier geborn is', ein Außenseiter sein kann«, fuhr Marly fort.

»Du bist noch nicht lange genug in Constantia«, sagte Tri. »Matthias hat Glück, daß er noch am Leben ist, und du auch, schätze ich.«

Wieder verzog sie das Gesicht. »Hast du's ihm erzählt?«

»Daß deine Familie aus dieser Gegend kommt?« fragte Matthias zurück. »Das war nicht nötig. Jeder kann es an deiner Hautfarbe und Größe erkennen. Du bist keine gewöhnliche Frau, Marly. Du fällst auf.«

»Wie die Langen, die ihr jagt?«

»Ja«, bestätigte Matthias. Er wollte Marly nicht noch mehr erzählen, wollte ihr nicht erklären, wie es war, hier zu leben. Aber es hatte keinen Zweck, es ihr noch länger zu verschweigen.

Er räusperte sich und seufzte. »Marly, die Einwohner hier könnten sich genausogut vor dir und mir fürchten. Es spielt keine Rolle, ob wir Fey sind oder nicht. Sie haben einfach Angst vor Leuten wie uns.«

»Warum bist du dann hierhergekommen?« fragte Marly.

»Weil hier der Ursprung der Geheimnisse zu finden ist«, erwiderte Matthias.

»Geheimnisse? Die vom Tabernakel?«

Matthias nickte. Tri beobachtete ihn so gespannt wie noch nie.

»Was meinst du mit *Ursprung*?« fragte Marly weiter.

»Bei den meisten Geheimnissen handelt es sich einfach um Rezepte«, gestattete sich Matthias eine kleine Lüge. »Und die Zutaten findet man eben hier.«

»Und warum is' das so wichtig?«

»Weil bereits eines der Geheimnisse, das Weihwasser, Fey getötet hat. Vielleicht haben andere die gleiche Wirkung.«

Marly trat einen Schritt auf ihn zu. »Willst du mir etwa erzähln, daß unser Gott uns Waffen gegen die Fey gegeben hat?«

»Ja«, sagte Matthias.

»Ein liebender und gerechter Gott?«

»Tabernakelgewäsch«, entfuhr es Tri. Er drehte sich sofort zu Matthias um. »Tut mir leid.«

Matthias zuckte die Achseln. Er machte sich nichts daraus. Seit dem Tag, an dem er erbaut worden war, hatte der Tabernakel die Geschriebenen und Ungeschriebenen Worte nach seinem eigenen Gutdünken ausgelegt. Jetzt aber war es zerstört. Obwohl Matthias ihn vermißte, trauerte er ihm nicht nach. Das war ein Unterschied.

»Und du siehst dich wie so 'ne Art General in einem heiligen Krieg?« erkundigte sich Marly.

»Nein«, entgegnete Matthias. »Aber ich glaube, daß wir mit allen Waffen kämpfen sollten, die uns zur Verfügung stehen.«

»Kommt mir komisch vor«, murrte sie. »Gott mit den Werkzeugen des Krieges zu dienen.«

»Das haben wir von Anfang an getan«, erklärte Tri. »Das Schwert ist zugleich ein Werkzeug des Krieges und das Herz des Rocaanismus.«

»Klingt, als ob du was von der Sache verstehst«, erwiderte Marly. Matthias hatte dasselbe gedacht. Hatte Tri in seiner Zeit bei den Weisen mehr gelernt als nur, wo man Varin zutage fördern konnte?

Tri lächelte flüchtig. »Du wirst noch merken, daß man den Glauben hier anders handhabt.«

»Hier scheint alles anders zu sein«, konterte Marly. Sie strich sich das Haar aus dem Gesicht und schlang einen Arm um den Leib. »Aber was wollt ihr mit diesen Langen machen, wenn's doch keine Fey sind?«

Darüber hatte Matthias auch schon nachgedacht. Es gab verschiedene Möglichkeiten. Vielleicht würden sie die Langen in ihre Dienste nehmen und in dieses Haus bringen. Vielleicht würde er aber auch gar nichts unternehmen. Er hatte sich noch nicht entschieden. »Das sehen wir, wenn wir wieder hier sind«, sagte er ausweichend.

Marly seufzte, als wüßte sie, daß er ihr etwas verschwieg. »Ich geh Denl und Jakib holen«, murmelte sie und verließ das Zimmer.

»Hat ganz schön Haare auf den Zähnen, die Frau«, meinte Tri.

Matthias schüttelte den Kopf. »Sie ist stark und klug. Sie macht sich bloß Sorgen, das ist alles.«

»Ich glaube, sie empfindet etwas für dich«, gab Tri zurück.

»Mitleid.« Matthias rückte das Bündel um seine Taille zurecht, bis es sich bequem anfühlte. »Glaubst du, daß die Langen noch in der Gegend sind?«

»Daran zweifle ich nicht. Wo sollten sie sonst hin? Außerdem besagt das Gerücht, daß sie Freunde im Steinbruch haben.«

Matthias zog die Schnüre fest. Das Bündel scheuerte auf seinem Rücken. »Die Sache wird immer rätselhafter.«

»Nur, wenn du sie für Fey hältst. Was ist, wenn es Leute wie deine sind? Ein paar Lange und der Rest Normale?«

Bei dieser Wortwahl zuckte Matthias zusammen. Gerade hatte er angefangen, Tri zu mögen. »Hältst du mich für unnormal?«

»So ist das eben in Constantia«, erklärte Tri. »Jeder, der größer ist als ich, ist unnormal. Und jemand, der größer als ich ist und es außerdem noch überlebt hat, in den Bergen ausgesetzt zu werden, ist sogar noch verdächtiger.«

»Der alte Brauch ist hier immer noch lebendig, nicht wahr?« seufzte Matthias.

»Bevor die Umstände mich zwangen, die Weisen zu verlassen, hatte ich gehofft, endlich damit Schluß zu machen«, gab Tri zurück.

Denl trat ins Zimmer. Sein rundes Gesicht war von Sorgenfalten zerfurcht, das blonde Haar zerzaust. Schon bevor sie in Constantia angekommen waren, war er erschöpft gewesen. Matthias schrieb es der beständigen Furcht zu: Seit der Invasion der Fey war Denl völlig verstört. Er hatte vergeblich versucht, es zu verbergen. Matthias hatte Denl erst näher kennengelernt, nachdem sie ein paar Tage unterwegs gewesen waren. Denls ganze Familie war während der ersten Invasion der Fey ermordet worden. Einige Auds hatten sich seiner angenommen und ihn im Glauben an den Rocaanismus aufgezogen. Nur die Stellung seiner Geburt, als Fünfter in einer Familie von sechs Kindern, hatte verhindert, daß er selbst Aud geworden war.

Der Tabernakel hielt sich streng an die Regel, nur zweitgeborene Söhne aufzunehmen.

»Wenns bei diesem Ausflug drum geht, jemanden abzumurksen, könnt Ihr nich' auf mich zähln«, knurrte Denl, aber er wandte sich an Tri, nicht an Matthias. In Denls Augen war Matthias immer noch der Rocaan, da mochte Matthias selbst sagen, was er wollte.

Ein Mann hört nich' einfach auf, der Gottgefällige zu sein, pflegte Denl zu widersprechen.

»Ich will nur mit ihnen reden«, beschwichtigte Tri.

»Und wenn's Fey sind?« fragte Denl.

Tri sah Matthias an. »Ich verlasse mich da auf Matthias' größere Erfahrung.«

Matthias erwiderte seinen Blick. Kannte Tri ihn denn schon so gut, um zu wissen, daß Matthias jeden Fey töten würde, bevor dieser auch nur den Mund aufmachen konnte?

»Ich versteh immer noch nich', warum wir gehn müssen, Heiliger Herr«, beschwerte sich Denl.

»Es *könnten* Fey sein«, erklärte Matthias. »Ich muß es genau wissen.«

»Warum? ’s macht doch für uns keinen Unterschied. Sie sind sowieso überall auf der Insel.«

»Doch, für mich macht es einen Unterschied«, beharrte Matthias. »Ich habe die Frau getötet, die in den Augen der Fey fast so mächtig war wie der Schwarze König.«

»Ich hab immer gedacht, Gott hätt sie getötet«, wunderte sich Denl.

»Vor meinen Augen«, bestätigte Matthias. Und mit seiner Hilfe. Nur die allerstrengste Auslegung der Worte konnte jemanden glauben machen, daß Gott Jewel getötet hatte. Schließlich hatte Matthias das Tuch mit Weihwasser getränkt und auf Jewels Kopf gelegt.

Die erste religiöse Zeremonie hatte sie überlebt – die Hochzeitszeremonie, durchgeführt von Matthias und der Schamanin der Fey. Damals hatte Gott sie verschont. Aber damals hatte Gott auch nicht zugelassen, daß das Tuch, das Matthias an jenem Tag benutzt hatte, zusammen mit dem Weihwasser aufbewahrt wurde.

»Seither sind sie mir auf den Fersen«, erklärte Matthias.

»Ich komm nich’ mit, wenn’s um Mord geht«, beharrte Denl verstockt.

»Es geht nur um Information«, versicherte Matthias. »Du kannst hierbleiben, wenn du willst. Marly wollte, daß du mitkommst, um mich zu beschützen. Ich brauche keinen Schutz.«

»Brauchst du doch«, sagte Marly hinter Denl. Neben ihr stand ihr Bruder Jakib. Er sah nicht ganz so ungepflegt aus wie Denl. Auf jeden Fall wirkte er kräftiger. Außerdem war er mit Sicherheit sauberer, denn er hatte sich am Brunnen gewaschen. Jetzt, wo sein Haar sauber war, zeigte es das gleiche Kupferrot wie Marlys. »Und deshalb werdet ihr nich’ ohne diese Männer losziehn.«

»Seit wann erteilst du hier die Befehle?« fragte Matthias belustigt.

»Seit grad eben. Wir könnens uns nich' leisten, dich zu verliern, nich' jetzt.«

Jakib zuckte die Schultern. »Sie is' meine Schwester. Ich kann nix dagegen machen.«

»Aber ich.« Denl wandte sich zum Gehen.

Marly stemmte ihm eine Hand vor die Brust, um ihn aufzuhalten. »Du gibst doch immer damit an, daß du so stark im Glauben wärst«, fauchte sie. »Du behauptest, daß du reiner wärst als wir andern. Dann kannst du auch den Heiligen Herrn beschützen.«

»Er sagt, er is' nich' der Heilige Herr«, rief ihnen Denl in Erinnerung.

»Und du sagst, er isses. Beides geht nich', Denl. Entweder is' er's oder nich', aber das mußt du in deinem Herzen wissen, nich' in deinem Kopf.«

Denl seufzte. Erst fuhr er sich mit der Hand durchs Haar, dann ließ er die Schultern fallen, wie um sich von übergroßer Anspannung zu befreien. Schließlich sah er sich nach Matthias um.

»Hast du genug zu futtern für uns alle, oder solln wir selbst was mitnehmen?«

»Ich habe genug«, versicherte Matthias. »Ich glaube nicht, daß wir lange unterwegs sein werden.«

»Vielleicht nur für den Rest unseres Lebens«, zischte Denl.

Marly gab ihm einen leichten Schubs. »Hoffentlich nich'. Ich würd nich' gern auf euch drei verzichten müssen.«

Matthias' Stimmung stieg, als er hörte, daß sie ihn mit einbezog.

Marly warf Tri einen strengen Blick zu. »Und du«, mahnte sie, »siehst gefälligst zu, daß sie zurückkommen.«

»Mach ich, meine Dame«, versprach Tri.

»Ich werd dich dran erinnern«, drohte Marly.

»Mach dir keine Sorgen«, beschwichtigte Matthias. »Wir kommen bestimmt zurück.«

Unter ihrem Blick fühlte er sich unbehaglich. Es war, als könnte sie seine Gedanken lesen.

»Ich hoff, du hast recht«, sagte sie. »Ich hoff es wirklich sehr.«

24

Jemand hatte diesen Tunnel erst vor kurzem benutzt. Feder landete auf dem Fußboden. Wie in den meisten Gängen bestand der Boden aus Stein, aber dieser Stein war alt. Der Mörtel der Decke war lose geworden und abgebröckelt. Einige der Klumpen waren so groß wie Felsbrocken.

Natürlich wußte Feder, daß das mit seiner kleinen Gestalt zusammenhing. Aber wenn er zu seiner vollen Größe heranwuchs, konnte er in diesem Gang nicht aufrecht stehen, und wenn er kroch, verhakten sich seine Flügel an der rauhen Decke, und ihre zarten Membranen zerrissen.

Außerdem war der Boden genau wie die Wände moosbedeckt. In der Mitte des Bodens waren die Mörtelbrocken beiseitegefegt, das Moos niedergetreten. Jemand mußte kürzlich hindurchgekrochen sein.

Und zwar nicht nur einer. Feder vermutete, daß die Schwarzkittel auf diesem Weg ihre Höhle entdeckt hatten. Der enge Tunnel mußte durch die alte Steinbrücke führen, die sich über den Cardidas wölbte. Feder sog den Algengeruch des Flußwassers ein und befühlte den feuchten Stein. Wenn er genau hinhörte, konnte er sogar das Wasser über sich rauschen hören.

Dieser Tunnel würde ihn zum Urenkel des Schwarzen Königs führen.

Feder erhob sich vom Boden und flog weiter, froh, daß der Tunnel benutzt war. Der Staub und die Spinnweben heute morgen waren gräßlich gewesen. Es schüttelte ihn immer noch, wenn er daran dachte.

Zum Teil war sein Unbehagen allerdings auch auf seine Begegnung mit dem Schwarzen König zurückzuführen. Feder hatte schon früher kurzen Audienzen beigewohnt, gewöhnlich zusammen mit den anderen Irrlichtfängern dieses Feldzugs. In letzter Zeit hatte der Schwarze König Wirbler bevorzugt. Wann immer Rugad einen Irrlichtfänger benötigt hatte, um etwas auszuspionieren, hatte er Wirbler geschickt. Die Irrlichtfänger hatten schon gemunkelt, Wirbler könne mehr sehen als seine Kollegen.

Aber vor zwei Wochen war Wirbler von dem Auftrag, den Urenkel des Schwarzen Königs zu finden, nicht zurückgekehrt. Auch Cinder nicht. Die beiden waren zusammen unterwegs gewesen.

Manche glaubten, der Urenkel habe Wirbler und Cinder entdeckt und umgebracht, um sich dem Zugriff des Schwarzen Königs zu entziehen. Andere vermuteten, die Inselbewohner hätten ein neuartiges Gift erfunden, das speziell bei kleinen Fey tödlich wirkte.

Ein übel verbrannter Infanterist behauptete sogar, Wirbler habe den Urenkel gestellt, und ein anderer Inselbewohner habe in einem Maisfeld alle beteiligten Fey mit Hilfe eines Feuerzaubers getötet.

Niemand schenkte seiner Geschichte Glauben. Derartige Macht besaßen die Inselbewohner nicht.

Trotzdem beunruhigte der Gedanke Feder um so mehr, je näher er dem Urenkel kam.

Es war so leicht, einen Irrlichtfänger zu töten. Einer von Feders Vorfahren war in einem Honigglas ertrunken. Einen anderen hatte die Katze gefressen.

Feder machte sich nur selbst verrückt. Über so etwas durfte er jetzt nicht nachdenken. Je näher er seiner Beute kam, um so vorsichtiger mußte er sein.

Er brauchte ja nicht ganz dicht heranzufliegen.

Alles, was er zu tun hatte, war, die Fliehenden aus sicherer Entfernung auszuspionieren und ihnen dann die Soldaten auf den Hals zu hetzen. Er selbst konnte verschwinden, bevor jemand merkte, daß er überhaupt dagewesen war.

Immerhin waren hier keine Spinnweben, tröstete er sich. Dieser Tunnel war sauber.

Schwacher Rauchgeruch mischte sich mit dem muffigen Dunst des Flußwassers. Entweder näherte sich Feder der Oberfläche und damit der Stadt, oder er befand sich kurz vor einem ausgeräucherten Tunnel. Aber da war noch ein anderer Geruch, der ihm einen Schauder über den Rücken jagte.

Verwesendes Fleisch.

Das hatte Feder seit den letzten Schlachten um Nye nicht mehr gerochen. Damals hatten sich die verzweifelten Nye tagelang bis tief in die Nacht verteidigt, während die Leichen ihrer Kameraden zu ihren Füßen verrotteten. Erst nach einer Woche Belagerung hatten sie sich ergeben. Tausende von Toten hatten tagelang in der sengenden Sonne gelegen.

Feder hatte damals geglaubt, er könne den Gestank nie vergessen. Er hatte sich zwingen müssen, etwas zu essen, weil der Geruch noch monatelang auf seiner Zunge klebte.

Mitten im Flug prallte er geradewegs gegen eine Mauer aus Gestank. Eine Mischung aus dem Geruch von verwesendem Fleisch, abgestandenem Rauch und Moder überwältigte ihn. Feder überschlug sich vor Schreck, fing sich wieder und schluckte krampfhaft, um den spärlichen Inhalt seines Magens bei sich zu behalten.

Gerüche waren immer besonders unerträglich, wenn er seine kleine Gestalt angenommen hatte.

Der Tunnel verbreiterte sich an dieser Stelle zu einem großen Raum. Leichen türmten sich vor der Türöffnung, die meisten schon mehrere Wochen alt. Der einzige Nebengang endete in einer Sackgasse. Feder konnte nicht ausweichen.

Er hielt sich in der Nähe der Decke, die winzige Hand auf

Mund und Nase gepreßt. Die Toten waren Schwarzkittel. Plötzlich verstand Feder auch, warum es hier so roch.

Er mußte sich direkt unter dem heiligen Ort der Inselbewohner befinden, jenem Gebäude, das Rugad dem Erdboden gleichgemacht hatte. Das Tunnelsystem hatte ihn in eine fürchterliche Falle verwandelt. Die Schwarzkittel, die es bis zum anderen Flußufer geschafft hatten, hatten noch Glück gehabt – Feder staunte, daß überhaupt welche überlebt hatten.

Eine der Leichen im Durchgang sah so zerquetscht aus, als sei jemand auf sie getreten. Feder schwebte zu der Stelle, an der die Decke in die Wand überging, und versuchte, sein schwaches Licht abzuschirmen. Er spähte durch die Tür. Am anderen Ende des Ganges erblickte er Rugads Urenkel, der eine Kiste hinter sich herzerrte.

Der Urenkel hob langsam den Kopf, als spüre er etwas. Feder hielt den Atem an. Ein anderer Mann – eher ein Junge in einem schmutzigen, ehemals weißen Gewand trat aus einem Nebenraum. Auch er trug eine Kiste. Der Urenkel sagte etwas, und der andere schüttelte den Kopf.

Der Urenkel fühlte Feders Anwesenheit.

Langsam flog Feder rückwärts. Der Abschnitt des Tunnels, in dem sich die beiden jungen Männer aufhielten, schien viele Türen zu haben, aber dahinter lagen offenbar keine weiteren Gänge. Feder konnte sich jetzt nicht näher damit befassen. Aber wenn er schnell an die Oberfläche zurückflog, konnte er die Infanterie herunterschicken.

Dann konnte er den Urenkel des Schwarzen Königs fangen.

Feder hielt erst kurz vor dem Tunnel unter der Brücke an. Es mußte noch einen anderen Weg nach draußen geben. Einen Augenblick stand er mit schwirrenden Flügeln in der Luft und dachte nach.

Aber wenn es einen anderen Ausgang gab, hätten die Schwarzkittel ihn bestimmt gekannt.

Sie wären nicht so kläglich in den Tunneln verendet oder zum anderen Flußufer gekrochen.

Es gab nur zwei Möglichkeiten. Entweder mußte Feder am Urenkel des Schwarzen Königs vorbei- oder aber zurückfliegen.

Er würde zurückfliegen, aber er mußte sich beeilen. Er konnte sehr schnell fliegen. Einst hatte er einen Irrlichtfängerrekord für die schnellste Überquerung von Nye aufgestellt. Das war zwar Jahre her, aber er konnte es wiederholen.

Er mußte es einfach schaffen.

Er wagte nicht, sich die kostbare Beute noch einmal entgehen zu lassen.

25

Con zog die volle Kiste durch den Gang. Sein Rücken tat weh, und er war furchtbar schmutzig. Bei jedem Schritt schlug ihm das Schwert gegen die Beine, aber er wollte es auf keinen Fall ablegen. Lag es an den ungewöhnlichen Eigenschaften der Waffe, oder verkörperte sie in seiner Vorstellung die Schwerter aus dem Tabernakel? Die religiösen Schwerter, die für ihn Symbole Gottes waren.

Vielleicht trug er die Waffe auch als Buße für all die Toten, die er auf dem Gewissen hatte.

Con versuchte, nicht an sie zu denken, und das war ihm in der letzten Woche auch meistens gelungen. Aber ab und zu erinnerte er sich wieder an jenen Augenblick, als das Schwert so mühelos durch Fleisch geglitten war wie durch Wasser.

Jetzt mußte er sich auf seine Arbeit konzentrieren. Er hatte nach einem anderen Ausgang gesucht, aber keinen gefunden. Auch Sebastian hatte keinen entdeckt.

Con hatte Sebastian sogar gefragt, ob sie zur Höhle zurückkehren sollten. Aber Sebastian hatte nur gezittert und geflüstert: »Nein ...«

Da die Strickleiter verschwunden und die Holztreppe verbrannt war, mußten sie sich selbst eine Treppe bauen, um die Katakomben zu verlassen.

Con hoffte, daß sie die Kisten hoch genug stapeln konnten, damit Sebastian und er den Rand der Öffnung erreichen und sich hochziehen konnten.

Allerdings wollte Con sich lieber nicht vorstellen, wie Sebastian das versuchte. Schwer und ungeschickt, wie er war, würde es im besten Falle ziemlich schwierig werden.

Aber ihre einzige Alternative war, unter der Brücke zurückzukriechen, und das brachten sie nicht über sich.

Um den Kistenstapel zu stabilisieren, hatten sie die Leichen an der Wand aufgeschichtet. Con hatte diese unangenehme Aufgabe fast ganz allein bewältigen müssen. Sebastian hatte sofort angefangen, mit diesem gräßlichen rauhen Geräusch zu weinen, und das hatte Con nicht ausgehalten. Bestimmte Dinge schienen Sebastian besondere Angst einzujagen: Der Tod und alles, was damit zu tun hatte, gehörte dazu. In anderen Dingen schien er vernünftig und fast normal.

Con fragte sich noch immer, warum man ausgerechnet ihm diese Weisung erteilt hatte. Warum er sie immer noch befolgte, obwohl der Tabernakel niedergebrannt war. Er versuchte, derartige gotteslästerliche Gedanken zu verdrängen, aber sie plagten ihn hartnäckig, besonders hier unten, in den verwüsteten Eingeweiden des Heiligtums. Wie konnte ein Gott, besonders der Gott, mit dem Con sich in seinen Studien beschäftigt hatte, so etwas zulassen?

Welchem Zweck diente das alles? Wollte der Heiligste auf diese Weise seine Anhänger Gottes Ohr näherbringen? Oder wollte er den Glauben der Überlebenden auf die Probe stellen?

Con hatte keine Antwort auf diese Fragen. Er war der Niedrigste der Niedrigen, ein Aud, der bis vor zwei Wochen alle Arbeiten verrichtet hatte, für die andere sich zu gut waren. Dann hatte der Rocaan ihn eines Tages in seine Studierstube gerufen und ihm jene Weisung erteilt, die ihn schließlich zu Sebastian geführt hatte.

Sebastian allerdings war wahrhaftig eine schwere Prüfung.

Trotzdem hatte Con in den letzten Tagen eine gewisse Zuneigung zu dem Jungen entwickelt. Er mochte seine Eigenarten, seine Unbeholfenheit, seine bedingungslose Treue. Wäre er nur geschickter und könnte besser mithelfen!

Cons Hände waren glitschig von den verfaulenden Überresten seiner früheren Gefährten. Seine Nase war von ihrem Gestank betäubt, und er wußte nicht, ob er sich jemals wieder sauber fühlen würde. Aber er schuftete weiter, denn er vertraute Sebastians Instinkt, der sie bis hierher durch das Tunnelsystem geführt hatte.

Sebastian zerrte eine Kiste aus dem Nebenraum. Als er in den Gang trat, ruckte er mit dem Kopf und schüttelte sich kurz. Con setzte seine eigene Kiste ab und drehte sich nach Sebastian um.

Sebastian ging doppelt so rasch wie sonst, beinahe so schnell wie ein normaler Mensch.

Es sah aus, als renne er.

Schneller als je zuvor stand er neben Con. Ächzend nahm ihm Con die Kiste ab. Sie war viel schwerer, als er erwartet hatte. Sebastian war zwar schwerfällig und langsam, aber stark.

»Hast ... du ... das ... Licht ... gesehen?«

Con runzelte die Stirn. Licht? Außer dem Licht, das durch den schmalen Tunnel neben den Leichen fiel, war es in den Katakomben stockfinster. Glücklicherweise waren Cons Augen daran gewöhnt, weil er sich schon so lange unter der Erde aufhielt.

»Nein«, sagte er.

Sebastian hielt die Hand hoch. »Es ... fühlt ... sich ... anders ... an.«

»Was?« fragte Con, obwohl er sich vor der Antwort fürchtete.

»Die ... Magie.«

Con schluckte. Wie konnte es hier unten Magie geben? Diese Katakomben lagen unter dem Tabernakel, dem Ort, wo allein Gott herrschte.

»Ist es so wie das letzte Mal?« fragte Con weiter.

Sebastian nickte. Eine langsame Bewegung des Kopfes – hoch und nieder. »Genau ... so.«

»Willst du, daß wir diesen Gang verlassen? Wir könnten zurückgehen«, schlug Con vor.

»Nein!« sagte Sebastian heftig. »Das ... Licht ... kam ... von ... dort.«

»Folgt es uns?«

Sebastian schwieg, als sei ihm dieser Gedanke noch nicht gekommen. »Ich ... weiß ... nicht ... Aber ... wir ... müssen ... hier ... weg.«

»Wir arbeiten ja schon so schnell wir können«, beschwichtigte Con. »Schneller geht es nicht. Wir sind nur zu zweit.«

»Du ... kannst ... rausklettern ... Ich ... kann ... dich ... hochheben.«

»Nein«, lehnte Con ab. »Wir bleiben zusammen. Außerdem kommst du niemals hier heraus, wenn ich dich alleinlasse.«

»Ich ... könnte ... zurückgehen.«

»Mitten in die fremde Magie? Lieber nicht.«

»Con ... es ... sind ... Fey. Sie ... hassen ... Leute ... wie ... dich.«

»Dich mögen sie auch nicht besonders, nach allem, was ich gesehen habe, als ich dich fand«, gab Con zurück. »Laß uns diese Treppe fertigbauen und von hier verschwinden.«

»Ich ... hoffe ... wir ... haben ... genug ... Zeit.«

»Ich auch«, erwiderte Con erschöpft. Er würde noch schwerer und schneller arbeiten müssen.

Und beten.

Der Rocaan hatte ihm die Weisung nicht ohne Grund erteilt. Bis jetzt war es Con gelungen, Sebastian zu verteidigen. Er hatte den einzigen Sohn des Königs beschützt. Gemeinsam hatten sie vielen, fast unüberwindlichen Schwierigkeiten getrotzt.

Sicher würde ihm der Heiligste auch diesmal beistehen.

26

Matthias ging nur selten in die Stadt hinein. Er haßte die hohen Steingebäude und das Gedränge im Zentrum. In Jahn war es ihm nie so ergangen, aber hier, unter Leuten, die ihn wegen seiner Körpergröße anstarrten, fühlte er sich unbehaglich.

Er spürte ihre Feindseligkeit.

Er spürte die Angst, die sie veranlaßt hatte, ihn als unschuldiges Kind dem fast sicheren Tod in den Bergen auszuliefern.

»Die Langen haben die Stadt in der Morgendämmerung verlassen«, sagte Tri. An Matthias' Seite das Stadtzentrum zu betreten, schien ihn genauso nervös zu machen wie Matthias selbst.

»Ich weiß nich', wieso du denkst, du kannst sie wiederfinden«, nörgelte Denl.

Jakib nickte zustimmend. Er schien Matthias' Anspannung zu spüren. Seit sie Jahn verlassen hatten, schien sich keiner aus der kleinen Truppe, die Matthias begleitete, wohl in seiner Haut zu fühlen. Yasep, ihr Anführer, hatte behauptet, sie seien eben noch nie aus Jahn herausgekommen, aber Matthias wußte, daß das eine Lüge war. Die meisten Männer sprachen mit dem Akzent der Sümpfe von Kenniland, und Jakib und Marly sah man an, daß sie hier in den Bergen geboren waren. Yasep verheimlichte etwas, wie immer, aber Matthias wußte nicht, was.

Im Moment war es ihm gleichgültig.

Was ihn beschäftigte, war das Gefühl tief in seinem Magen, das Gefühl, daß die »Langen«, von denen Tri gesprochen hatte, tatsächlich Fey waren.

Und das noch bestimmtere Gefühl, daß Matthias wußte, wie er sie finden konnte.

Er wußte, daß er ins Stadtzentrum gehen mußte, auf den Marktplatz, ganz gleich, was ihn dort erwartete. Dort mußten sie die Suche beginnen.

Wenn er erst einmal den Marktplatz erreicht hatte, würde er schon herausfinden, was er als nächstes zu tun hatte.

Wäre Matthias nicht ein solcher Skeptiker und hätten seine Tage als Geistlicher nicht so lange zurückgelegen, dann hätte er vielleicht gehofft, daß die leise ruhige Stimme endlich zu ihm sprechen und ihm jene Weisheit verleihen würde, nach der er sich als Aud und noch mehr als Rocaan so sehr gesehnt hatte.

Aber das hier fühlte sich nicht an wie eine Stimme. Es war ein so selbstverständliches Wissen wie das Wissen um seinen eigenen Namen.

»Ich kann verstehen, wenn ihr nicht mit mir auf den Markt gehen wollt«, versicherte Matthias.

»Das isses nich'«, widersprach Jakib. »'s sieht nur so aus, als ob du dem Feind gradwegs in die Arme laufen willst.«

»Das muß nicht sein«, sagte Matthias.

»Auf den Markt zu gehen, ist wirklich keine gute Idee«, stimmte Tri zu. »Alle sind noch völlig verstört von dem Vorfall heute morgen. Eine Menge Leute wissen nicht, daß du zurückgekommen bist. Und du ... du siehst nicht mehr aus wie früher.«

Matthias lächelte und zuckte sofort vor Schmerz zusammen. »Wie ich aussehe, ist ihnen egal«, erwiderte er. »Sie werden immer Angst vor mir haben.«

Trotzdem lief ihm ein Schauder über den Rücken. Er wollte die Leute von Constantia lieber nicht auf die Probe stellen. Die meiste Zeit hatten sie ihn in Ruhe gelassen, aber in den Jahren, die er nach dem Verlassen des Tabernakels hier verbracht hatte, war es zu einigen unangenehmen Zwischenfällen gekommen. Manchmal hatte Matthias sogar mit dem Gedanken gespielt, woanders hinzuziehen, aber er war geblieben. Der Berg konnte ihm wertvolle Informationen liefern.

Er mochte sich auch nicht mehr allzuweit von den Bergen entfernen. Sie zogen ihn an, selbst wenn er sie nicht bestieg.

Matthias führte die kleine Truppe die Straße zum Marktplatz hinunter. Der Markt befand sich genau in der Stadtmitte, auf einem Platz, der eigens zu diesem Zweck angelegt worden war. Die Verkaufsstände gehörten bestimmten Familien, und die Standplätze wurden von Generation zu Generation vererbt.

Je näher Matthias dem Markt kam, desto heftiger zog sich sein Magen zusammen. Jeder Muskel seines Körpers war angespannt. Er haßte es, hierher zu kommen. Als er früher in Constantia gewohnt hatte, hatte er jemanden damit beauftragt, seine Einkäufe zu tätigen. Aber dann hatte er eines Tages verdorbenes Fleisch gegessen und war sehr krank geworden. Danach hatte er nur noch Freunde für sich einkaufen lassen, und selbst dann war er noch mißtrauisch gewesen.

Der Marktplatz war nicht mehr so voll wie am Nachmittag. Einige Kaufleute packten bereits ihre Waren ein. Andere verhängten die Stände mit Planen. Wieder andere verkauften noch – was in dieser Gegend der Blauen Insel oftmals Tauschhandel bedeutete. Matthias musterte die Kunden und sah keine vertrauten Gesichter. Trotzdem kannte er viele der Kaufleute, obwohl sie ihrerseits ihn nicht wiederzuerkennen schienen.

Matthias schluckte und betrat den Platz. Seine Füße schlurften über die geschliffenen Steinplatten.

Um ihn herum erstarb sofort jede Unterhaltung.

»Dämonenbrut«, flüsterten manche.

»Schon wieder Lange«, sagte ein anderer.

Tri hob die Hände. »Ruhe!« gebot er. »Das ist Matthias. Erkennt ihr ihn nicht?«

»Dämonenbrut«, wiederholte eine Frau am Rand der Menge. Als Matthias an ihr vorbeiging, spuckte sie ihm vor die Füße.

Matthias widerstand dem Drang, sich nach ihr umzusehen. Wenn er das tat und der Frau später einmal irgend etwas zustieß, würde man ihm die Schuld geben. Statt dessen richtete er seinen Blick zu Boden. Scheinbar betrachtete er das Steinpflaster, behielt die Leute aber aus dem Augenwinkel im Blick.

»Hebe Dich Hinweg«, zischte jemand.

Matthias spürte die Worte im ganzen Körper. Panik ergriff ihn. Er mußte hier weg. Sofort.

»Halt«, rief Tri. »Matthias ist ein Mitglied unserer Gemeinde. Der Berg hat ihn zurückgewiesen. Ihr habt kein Recht dazu.«

Matthias ging weiter. Unter ihm begann der Stein zu glühen, als brenne eine Feuerspur, so schmal wie sein kleiner Finger, vor seinen Füßen.

»Dämonenbrut«, knurrte eine andere Frau, als er an ihr vorbeikam. Auch sie spuckte vor ihm aus. Die Spucke landete auf dem kleinen Feuer, aber es zischte nicht.

Wieder hob sich Matthias' Magen.

»Was siehst du?« fragte Jakib.

»Das Licht da«, antwortete Matthias gedämpft und zeigte auf den Boden. »Siehst du es auch?«

Eine zweite glühende Spur erschien neben der ersten. Sie schimmerte silbern. Matthias hockte sich hin, berührte sie und fühlte ...

Jewel. Nicholas. Sie standen neben der Krippe, in der ihr neugeborener Sohn lag. Jewel ging davor auf und ab, ließ Matthias nicht heran. Das Baby schrie einmal ...

»Da is' bloß Stein«, sagte Denl. Er klang verstört.

Die Spur blieb. Das Bild verschwand.

Fey. Diese Spur hatten Fey hinterlassen. Warum? Um Matthias eine Falle zu stellen? Hatten sie das Bild in den kleinen Feuerpfad eingebaut, damit er es finden sollte?

Warum?

Woher hatten sie gewußt, daß er hier war?

»Dämonenbrut.«

»Hebe Dich Hinweg.«

Wieder erfaßte ihn Panik. Er ballte die Faust, atmete tief durch und unterdrückte die Angst.

Neben ihm schnappte eine Frau nach Luft und preßte beide Hände an die Brust. Sie warf Matthias einen wilden Blick zu und rannte in eine Seitenstraße.

Tri schob eine Hand unter Matthias' Arm. »Wir müssen gehen.«

»Ich habe sie gefunden«, widersprach Matthias.

»Sie sind nicht hier«, versicherte Tri. Er zerrte Matthias am Ärmel. »Laß uns gehen.«

Denl und Jakib hatten die Hand auf ihre Schwerter gelegt und sich wie Leibwächter neben Matthias aufgebaut.

»Ich habe es mir anders überlegt«, meinte Tri. »Ich will sie nicht mehr finden.«

Matthias berührte die zweite Feuerspur. Er sah nichts Besonderes. Die Spur wickelte sich um seine Fingerspitze, aber es tat nicht weh. Der Stein fühlte sich glatt und kühl an.

Wieder zerrte Tri an ihm.

»Dämonenbrut.« Diesmal stießen mehrere Leute gleichzeitig das Wort hervor. Matthias sah immer mehr Füße um sich herum. Er blickte auf und merkte, daß alle Leute auf dem Marktplatz ihn anstarrten.

Vor ihm brannten die Spuren, dünne, in der Dämmerung glühende Linien.

Zitternd erhob sich Matthias. Die Klippler starrten ihn an,

als wäre er ein Ungeheuer, das sie mit einem Augenzwinkern zu Asche verwandeln konnte. Unwillkürlich hob er die Hand ans Gesicht, ließ aber den Arm mit geballter Faust wieder sinken.

»Dämonenbrut«, zischten mehrere Stimmen gleichzeitig.

Matthias streckte die andere Hand aus. Er zitterte immer noch. Tri war dicht hinter ihn getreten. Jakib und Denl hatten sich nicht von der Stelle gerührt.

»Ihr Leute kennt wohl wirklich gar kein Erbarmen!« sagte Matthias laut. Diesmal erlaubte er seinen Fingern, über sein verbundenes Gesicht zu streichen. »Erst vor ein paar Wochen wäre ich fast gestorben, aber das war euch egal.«

»Du hättest niemals leben sollen, Dämonenbrut«, rief ein Mann hinter ihm.

In Matthias' Kehle stieg die Galle hoch. Er schluckte. »Ich stamme aus dieser Stadt. Jemand, vielleicht sogar einer von euch, hat mich gezeugt. Eine Frau hat mich zur Welt gebracht, aber nie mit mir gesprochen, niemals anerkannt, daß ich überhaupt existiere. Statt dessen habt ihr den sogenannten Weisen erlaubt, mich nackt und allein auf den Berg zu bringen und im Schnee auszusetzen.«

»Matthias ...«, unterbrach ihn Tri mit warnendem Unterton.

»Ich bin hier«, fuhr Matthias fort. »Ich wurde hier geboren, ich lebe hier, und ihr werdet akzeptieren müssen, daß ich ebenso hierher gehöre wie jeder andere von euch, groß, wie ich bin, entstellt, wie ich bin, verhaßt, wie ich bin. Ich werde nicht gehen, nur weil ihr mich dazu auffordert.«

»Du hättest auf dem Berg verrecken sollen«, knurrte der Mann hinter Matthias.

Matthias drehte sich nicht um. Er wollte nicht sehen, wer so zu ihm sprach.

»Vielleicht«, stimmte er zu. »Aber vielleicht hatte der Roca andere Pläne mit mir.«

»Der Roca liebt keine Langen«, hielt eine Frau dagegen.

»Ach wirklich?« entgegnete Matthias. »Dann waren es vielleicht Gottes Pläne.«

»Matthias ...«, warnte Tri wieder.

»Oder die des Dämonen, dem du dienst.«

»Ich diente dem Tabernakel«, sagte Matthias.

»Aber jetzt nicht mehr«, konterte der Mann.

»Oh, auf meine Weise diene ich ihm noch immer«, erwiderte Matthias. »Und deshalb bin ich hier.«

Der Schatten des Berges fiel auf die Stadt. Wenn Matthias den Kopf hob, würde er die Sonne noch immer am Himmel glühen sehen.

In der zunehmenden Dunkelheit leuchteten die Spuren vor seinen Füßen noch stärker. Sie schienen ihm zuzuzwinkern, als forderten sie ihn auf, ihnen zu folgen.

»Ich glaub nich', dasses 'ne gute Idee is', sich mit dem Pack da anzulegen«, zischte Jakib.

»Es ist besser für uns alle, wenn du verschwindest«, fing der Mann wieder an.

»Nein«, erwiderte Matthias. »Es ist nicht besser. Die Fey haben die Blaue Insel erobert, und ich bin einer der wenigen, die wissen, wie man gegen sie kämpfen kann.«

»Du kämpfst gegen niemanden«, höhnte eine kleine Frau in der vordersten Reihe der Menschenmenge. »Du bist bloß hergekommen, um dich zu verstecken.«

»Matthias ...« Tri hielt noch immer Matthias' Arm gepackt. »Bitte. Laß gut sein.«

Die Spuren flackerten schwach und wurden blasser. Matthias fixierte sie gebannt, voller Angst, daß sie ganz verlöschten.

»Ich bin hergekommen, weil hier der Rocaanismus seinen Ursprung hat. Der Roca stammt aus dieser Gegend.«

»Hier hat keine Religion ihren Ursprung.« Die kleine Frau

trat vor. Sie war jünger als Matthias. Er kannte sie nicht. Sie hatte braunes, welliges Haar und ein faltenloses Gesicht. »Hier wurde ein Mann geboren.«

»Der Gottgefällige«, fügte der Mann, der Matthias verhöhnt hatte, hinzu.

»Die Religion wurde von Leuten wie dir zu ihrem eigenen Vorteil erfunden, um ihre eigene Macht zu vermehren.«

»Da bin ich nicht so sicher«, gab Matthias zurück.

»Bitte.« Tris Stimme war nur noch ein Flüstern. »Darüber kann man nicht diskutieren. Diese Leute kannst du nicht überzeugen.«

»Wir sind nich' genug, um zu kämpfen, Heiliger Herr«, zischte Denl. »Hör auf den Mann.«

»Was du glaubst, zählt nicht«, rief die Frau. »Nur die Wahrheit zählt.«

»Und was ist die Wahrheit?« fragte Matthias. Seine Stimme wurde lauter. Er erkannte einen Klang in ihr, den er zuletzt gehört hatte, als er als Rocaan zu den Gläubigen gesprochen hatte. »Für euch ist Wahrheit etwas anderes als für mich. Für euch ist es Wahrheit, daß man sich vor mir fürchten muß, weil ich groß bin. Für mich ist die Wahrheit, daß ich gehaßt werde, weil ich groß bin, obwohl ich nichts dafür kann. In meinem Innern bin ich nicht anders als ihr.«

»Heiliger Herr«, wisperte Denl. Er war noch näher an Matthias herangetreten, genau wie Jakib. Die Menge schloß sich um sie. Die Spuren, die gerade noch auf dem Boden geschimmert hatten, verschwanden jetzt unter unzähligen Füßen.

»Schon vor langer Zeit hat man uns vor diesen Langen gewarnt«, erklärte der Mann.

»Wer hat euch gewarnt?« fragte Matthias zurück.

»Der Roca«, erwiderte eine Frau.

»Tatsächlich?« spottete Matthias. »Ihr solltet mal eure eigene Überlieferung studieren, eure Geschichte. Manche der alten Legenden behaupten, daß der Roca selbst groß war.«

»Aber die meisten sagen, daß er so war wie wir.« Tri sprach jetzt ebenso laut wie Matthias. »Bitte, Matthias, du bist hier nicht willkommen. Wir wollen gehen und uns um unsere eigenen Angelegenheiten kümmern.«

Matthias warf ihm einen Blick zu. Mit diesen wenigen Worten hatte Tri sich mit den Bewohnern von Constantia verbündet, obwohl er immer noch auf Matthias' Seite stand. Er mußte große Angst haben. So große Angst, daß sogar Tri, der sich gegen die Weisen gestellt hatte, den Rückzug antrat.

»So wie du«, stimmte Matthias Tri zu. »Manche der alten Legenden sagen auch, daß er klein war. Wie du.«

Tri wich zurück, als hätte Matthias ihn ins Gesicht geschlagen. Aus Denls Kehle drang ein Angstlaut. Die Menge schob sich näher.

Matthias musterte sie. Bekannte Gesichter, alte Gesichter, unbekannte Gesichter. Ein Meer von Gesichtern im Dämmerlicht. Die hellen Spuren, die von ihnen wegführten, erleuchteten weder ihre Füße noch den Stein.

Die Spuren verströmten kein gewöhnliches Licht.

Sie waren das, was er gesucht hatte.

Es hatte keinen Zweck, mit Leuten zu diskutieren, die er ohnehin nicht überzeugen konnte, wie Tri sagte.

»Ich werde so lange in Constantia bleiben, wie ich es für richtig halte«, verkündete Matthias. »Also solltet ihr euch lieber an meinen Anblick gewöhnen.«

Damit ging er weiter, darauf bedacht, den Spuren zu folgen, ohne auf sie zu treten. Vor ihm wichen die Menschen zurück, als hätten sie Angst, ihm nahezukommen, als könnte es ihnen körperlichen Schaden zufügen, ihn zu berühren.

Um ihn herum raschelte und wisperte es.

Dämonenbrut.

Seelenloser.

Langer.

Hebe Dich Hinweg.

Hebe Dich Hinweg.

Hebe Dich Hinweg.

Die Worte stießen Matthias vorwärts, und er überließ sich ihnen. Er folgte der Spur quer über den ganzen Marktplatz und noch weiter. Denl und Jakib blieben an seiner Seite. Einen Augenblick später holte Tri sie ein.

Die Menge ließ sie ungehindert gehen. Matthias warf einen letzten Blick über die Schulter zurück. Immer noch standen die Menschen dichtgedrängt am Rand des Marktes und starrten hinter ihm her. Ihre Augen funkelten im Zwielicht.

Sie schienen von innen heraus zu glühen, und Matthias schauderte es kurz, bevor er seinen Weg fortsetzte.

Die Spur schlängelte sich durch die Straßen von Constantia. Matthias hob den Blick, betrachtete den Berg und sah, daß sich die Spur schwach leuchtend seine Flanke hinaufwand. An diesem Abend fühlte er den Berg noch stärker. Er schien etwas Lebendiges zu sein, seine Anwesenheit war so deutlich wie die Jewels und Nicholas' vor wenigen Minuten.

Auf halber Höhe des Berges flammte ein Licht auf und erlosch wieder, als hätte sich eine Tür kurz geöffnet. Matthias konnte das Zimmer dahinter spüren: warm und einladend, wie der Tabernakel an einem regnerischen Abend.

Dann verschwand das Gefühl wieder.

»Alles in Ordnung mit dir?« erkundigte sich Denl.

Matthias merkte, daß er mitten auf dem Pfad stocksteif stehengeblieben war und den Berg mit offenem Mund anstarrte.

Er schloß den Mund wieder.

»Mir geht's gut«, versicherte er.

Aber er grübelte. Überall diese Lichter, die ihn unablässig lockten. Bestimmt waren es von den Fey gelegte Fallen, Fallen, die nur er sehen konnte. Er trug kein Weihwasser bei sich, und selbst wenn – es wirkte ohnehin nicht mehr.

Er war schutzlos.

Oder bedeuteten die Lichter etwas anderes, etwas, das nur »Lange« sahen? Fürchteten sich die Leute von Constantia deswegen vor ihm? Weil er in gewisser Weise ein Teil des Berges war?

»Matthias«, mahnte Tri. »Wir können hier nicht stehenbleiben. Sie werden uns folgen.«

»Ich weiß«, erwiderte Matthias. »Wir gehen ja schon.« Er hatte nur eine Chance, seine eigenen Fragen zu beantworten. Er konnte sich nicht ewig verstecken.

Matthias holte tief Luft und stieß sie zischend wieder aus. »Wir steigen auf den Berg«, verkündete er und ging weiter, auf das verlockende Licht zu.

27

Tief unter ihnen hatte sich der Pfad zwischen den Felsen verloren. Gabe, Leen und die Rotkappe suchten beim Klettern in den Spalten des Gesteins Halt. Gabe war jetzt froh, daß Leen ihn davon abgehalten hatte, zuviel Gepäck mitzunehmen. Auch ohne ein Gewicht auf dem Rücken, das einen nach hinten zog, war das Klettern anstrengend genug.

Fledderer hatte es am schwersten. Seine Arme und Beine waren nicht so lang wie Gabes. Als Gabe sich umdrehte, sah er, wie die Rotkappe, die Arme um einen Felsbrocken geschlungen, mit dem Fuß nach kleinen Vorsprüngen angelte, die Gabe nicht einmal erkennen konnte. Gabe hatte dieser Teil des Aufstiegs keinerlei Schwierigkeiten bereitet.

Allerdings hatte Fledderer auch darauf bestanden, alle seine Waffen mitzunehmen. Sie waren an ihm festgebunden, als wäre er keine Rotkappe, sondern ein Tierreiter. Er hatte Glück, daß er so kräftig war. Ein durchschnittlicher Fey hätte eine solche Ausrüstung nicht tragen können.

Gabe fragte sich, wie Fledderer es überhaupt bis hierher geschafft hatte. Coulter hatte Fledderer vorgeschlagen, die Waffen bei ihm zu lassen, aber die Rotkappe hatte sich rundweg geweigert. Er schien auf den Schutz seiner Waffen nicht verzichten zu wollen.

Wenigstens war das Geröllfeld nicht allzu steil. Es stieg zwar an, aber so langsam, daß Gabe es gut bewältigen konnte. Bei ihrem Aufbruch hatte Leen gemeint, es sähe so aus, als habe es hier früher einmal Steinstufen gegeben. Nachdem sie es Gabe gezeigt hatte, sah er es auch. Jahrzehnte, vielleicht Jahrhunderte vor ihnen hatte jemand flache Felsen im Boden verankert und sie so lange ausgetreten, bis sie ganz glatt waren. Aber dann waren Lawinen den Berg herabgestürzt und hatten das Gelände mit großen und kleinen Gesteinsbrocken übersät, so daß die Stufen nicht mehr benutzbar waren.

Vor ihnen pulsierte die Dunkelheit. Sie bedeckte einen kleinen Bereich der Bergflanke und sah fast aus wie der ungeschützte Torkreis eines Schattenlandes. Leen und Fledderer behaupteten immer noch, nichts zu sehen.

Gabe sah, fühlte und schmeckte es sogar. Sie waren schon ganz nah.

Er konzentrierte sich darauf, nach oben zu schauen. Zu Beginn des Aufstiegs hatte er einmal ins Tal hinuntergeblickt. Es war von Nebel verhüllt, die Häuser kaum zu erkennen, die größten Bäume ragten wie Grashalme aus dem Dunst heraus. Das Tal sah so winzig aus, daß Gabe Angst bekommen und sofort den Halt verloren hatte. Er hatte sich zwar wieder gefangen, sich aber geschworen, nie mehr nach unten zu blicken.

»Wie weit noch?« keuchte Fledderer. Sein Atem ging stoßweise. Er war offenbar völlig erschöpft.

Gabe war in besserer Verfassung, aber er wußte nicht, wieviel davon der Vorfreude zuzuschreiben war. Während er sich der Dunkelheit näherte, schlug mit jedem Herzschlag eine Welle der Erregung über ihm zusammen. Gabe hoffte bloß, daß das nicht eine Art Köder war. Er wußte, daß seine einzige Rettung vor einem solchen Zauber darin bestand, daß Leen und Fledderer ihn nicht spürten.

»Nicht mehr sehr weit«, versicherte er.

»Das hast du schon vorhin gesagt«, beschwerte sich die Rotkappe. »Wenn wir nicht bald da sind, bleibe ich einfach stehen.«

»Hierherzukommen war deine Idee«, gab Leen zurück.

»Ich wußte ja nicht, daß wir dazu die Fähigkeiten von Tierreitern brauchen«, konterte Fledderer.

Gabes Hände wurden langsam kalt. Der Boden zwischen den Felsen war mit einem Hauch von Pulverschnee bedeckt.

»Vorsicht«, warnte er. »Es wird glatt.«

Wieder blickte er hoch. Die Dunkelheit pulsierte. Noch ein paar Felsen, dann erreichten sie ein flaches Plateau, fast wie ein Vorplatz. Auch Gabe wurde jetzt langsam müde. Er fühlte es in Rücken und Schultern, Beinen und Füßen.

Da sah er eine Öffnung im Fels. Hier waren die Stufen zwar dünn und gebrochen, trotz allem aber noch zu benutzen. Gabe blieb auf einem kleinen, flachen Stück Erdboden stehen und wartete auf Fledderer und Leen.

Irgendwann während des Aufstiegs hatte sich Leen von der Rotkappe überholen lassen. Es sah Leen ähnlich, den Schwächsten der Gruppe zu beschützen, ohne daß dieser es merkte, sogar wenn es sich um eine Rotkappe handelte. Gabe lächelte ihr zu. Sie nickte, ohne das Klettern zu unterbrechen. Sie war dicht genug hinter Fledderer, um ihn aufzufangen, falls er fiel, aber weit genug entfernt, daß er nicht merkte, wie sie auf ihn aufpaßte.

Als Fledderer Gabe erreichte, ließ er sich ächzend zu Boden fallen. »Sind wir da?« schnaufte er.

»Nein«, sagte Gabe. Er zeigte auf das größere Plateau weiter oben. Dieser Bereich bestand aus durchgehendem Stein, als hätte jemand Felsbrocken gesucht, geglättet und zu einem Fußboden zusammengefügt. »Dorthin müssen wir.«

»Immerhin gibt es hier Stufen«, keuchte Leen. Sie legte Fledderer eine Hand auf den Rücken. »Atme langsam.«

Er gehorchte. Gabe war überrascht, daß Fledderer auf Leen hörte. Sonst ließ er sich doch von niemandem etwas sagen. Gabe war außerdem verblüfft, daß Leen so freundlich zu einer Rotkappe war.

Vielleicht hatte sie sich an ihn gewöhnt.

»Was siehst du dort oben«, fragte Leen.

»Neben dem Sims?« fragte Gabe zurück.

Sie nickte.

»Dieselbe Dunkelheit, die ich schon vorhin gesehen habe«, erklärte er. Er kniff die Augen zusammen, doch die Erscheinung veränderte sich nicht. »Wißt ihr, es ist fast lebendig. Es bewegt sich, beinahe als ob es atmet.«

Fledderer erhob sich langsam. Er hielt sich immer noch den Magen. »Und wir sollen wirklich dort hinaufgehen?«

»Ja«, nickte Gabe. Dann runzelte er die Stirn. »Wie sieht es für euch aus?«

Leen hob den Kopf. »Die Sonne blendet«, sagte sie. »Das kann nicht sein«, widersprach Gabe. »Diese Seite des Berges liegt im Süden.«

»Außerdem«, wandte die Rotkappe ein, ohne hinzusehen, »geht die Sonne unter, und die Westseite wird von Felsen abgeschirmt.«

»Also siehst du eine Helligkeit?« fragte Gabe verwundert.

»Nein«, sagte Leen. »Ich sehe eine Spiegelung. Das ist etwas anderes.«

Das stimmte, und es beunruhigte Gabe zutiefst.

»Wie kommt es, daß ich es sehe und ihr nicht?«

»Vielleicht bist du der einzige, der dorthin gehen soll«, meinte Leen.

»Oder du siehst eine Art von Magie«, schlug Fledderer vor. »Erinnere dich, Coulter konnte es auch sehen.«

»Aber er sah etwas anderes«, widersprach Leen.

»Und Leen wird eines Tages über Magie verfügen. Sie ist nur noch nicht in ihren Besitz gelangt.«

»Stimmt«, bestätigte die Rotkappe. »Deshalb kann sie immerhin eine Spiegelung erkennen. Ich sehe noch nicht einmal das.« Er hob den Kopf, beschattete die Augen mit der freien Hand und spähte. »Sieht aus wie eine Felswand. Nicht mehr, nicht weniger.«

Seine Stimme klang traurig.

»Stufen, die zu einem Plateau führen, das direkt vor einer Wand endet?« fragte Gabe.

Die Rotkappe nickte.

»Das ist wirklich verwunderlich«, murmelte Gabe. »Vielleicht sieht jeder, der es betrachtet, etwas anderes.«

»Vielleicht«, stimmte Leen zu, aber sie klang unsicher.

Die beiden verloren allmählich die Nerven, aber trotzdem wollte Gabe noch höher hinauf. Er mußte dieses seltsame dunkle Ding aus der Nähe betrachten.

»Laßt uns gehen«, ermunterte er seine Gefährten. »Es ist nicht mehr weit.«

»Das ist es ja gerade«, knurrte die Rotkappe.

»Bist du soweit?« fragte Gabe.

Fledderer holte tief Luft. Von dem anstrengenden Aufstieg war er immer noch rot im Gesicht, aber nicht mehr so besorgniserregend wie vorher.

Gabe nickte ihm zu, drehte sich um und betrat die erste Stufe. Sie war in der Mitte gebrochen, so daß er seine Füße auf die Seiten setzen mußte. Er erklomm eine zweite, dann die dritte und benutzte die Geröllhaufen zu beiden Seiten als Geländer.

Fledderer folgte ihm, und Leen bildete wie zuvor den Schluß.

Nach wenigen Sekunden hatte Gabe den Sims erreicht.

Es bestand überhaupt nicht aus einer durchgehenden Felsplatte. Es war aus Steinen gemauert und so alt, daß die Steine selbst schon wieder gesprungen waren. Dadurch war es uneben geworden.

Diese Plattform war von Menschenhand geschaffen und so angelegt, daß sie aussehen sollte wie ein Teil des Berges.

Gabes Nackenhaare sträubten sich.

Fledderer kam neben ihm zum Stehen und ließ sich sofort

zu Boden plumpsen. Es schien ihn nicht zu stören, daß seine Schwerter auf dem Stein klirrten. Leen mußte um ihn herumgehen.

Gabe blickte zu der Dunkelheit hinüber. Sie pulsierte nicht mehr. Tatsächlich wirkte sie überhaupt nicht mehr lebendig. Alles, was Gabe sah, war die Öffnung einer Höhle, so rundgeschliffen und natürlich wie die Höhleneingänge, die er schon in anderen Teilen des Gebirges gesehen hatte.

Abgesehen von den Schwertern an der Außenwand.

Steinschwerter, aus dem Fels gehauen. Sie waren größer als Gabe selbst. Zwei von ihnen waren mit der Spitze nach unten in den Berg gemeißelt. Ihre Knäufe ragten in die Luft, als warteten sie darauf, daß ein Riese sie ergriff.

Zwei weitere Schwerter ragten seitlich aus dem Eingang. Auch ihre Spitzen waren vom Stein umschlossen, die Knäufe ragten heraus. Sie befanden sich mehrere Meter über Gabes Kopf und standen seitlich ab.

Ein fünftes Schwert balancierte über der Mitte der Öffnung. Es stand ebenfalls auf der Spitze, aber sein Knauf war ganz vom Stein umschlossen. Dieses Schwert wirkte nicht wie aus dem Stein herausgehauen, sondern wie eine spätere Hinzufügung.

»Das ist Ihr religiöses Symbol«, sagte Fledderer mit schwankender Stimme. »Wir müssen hier weg.«

»Nein.« Gabe packte Fledderer am Arm. Er konnte es nicht erklären, aber er spürte keine Bedrohung. Nur den dringenden Wunsch, die Höhle zu betreten.

»Das ist bestimmt eine Falle«, warnte Leen.

»Nein«, sagte Gabe. »Es ist mehr als das.«

Er ließ die Rotkappe los und ging auf die Höhle zu. Fledderer stürzte ihm nach und umschlang ihn mit seinen kurzen Armen und Beinen. Gabe fühlte, wie sich ihm die Waffen der Rotkappe gegen die Hüfte preßten.

»Du darfst da nicht hineingehen«, keuchte die Rotkappe. »Du darfst nicht. Wenn du da drinnen stirbst ...«

»Mir passiert schon nichts«, beschwichtigte Gabe.

»Laß mich wenigstens zuerst gehen«, bat Leen. Sie drängte sich vor die beiden, zog ihr Messer und steuerte auf die Schwerter zu.

»Siehst du den Eingang denn?« erkundigte sich Gabe.

»Klar und deutlich«, gab sie trocken zurück. Sie hatte Angst – Gabe sah es an ihrer Haltung – aber sie blieb nicht stehen. Gabe machte sich von Fledderer los und trat einen Schritt vor.

Leen blieb zwischen den beiden senkrechten Schwertern stehen und berührte das ihr nächste vorsichtig mit einem Finger. Ihre Hand zitterte.

Gabe hielt die Luft an ...

Nichts geschah.

Leen nickte. »Alles in Ordnung«, verkündete sie. Sie ging an den Schwertern vorbei und in die Höhle hinein.

»Donnerwetter!« rief sie aus, und ihre Stimme wurde als Echo zurückgeworfen.

Sie kam wieder heraus, trat zwischen die stehenden Schwerter, als wären sie nichts weiter als Bäume, und ergriff Gabes Hand. »Du mußt mitkommen.«

»Keine Falle?« fragte die Rotkappe.

»Wenn es eine Falle gibt, ist sie weiter hinten«, versicherte Leen. »Aber ich glaube, hier ist schon seit Jahrhunderten niemand mehr gewesen.«

Gabe brauchte keine zweite Einladung. Er ließ seine Hand in Leens. Der starke Drang, hier heraufzukommen, den er zuvor verspürt hatte, war plötzlich verschwunden. Er wollte sich Zeit lassen, alles in Ruhe betrachten.

Als sie sich den Schwertern näherten, zwang er Leen, langsamer zu gehen.

»Sie sind gemeißelt«, sagte er.

»Was denn sonst«, fauchte Fledderer ärgerlich.

»Nein«, widersprach Gabe. »Sieh dir die Verzierungen an.«

Die Klingen waren so herausgemeißelt, als bestünden sie tatsächlich aus Metall. Auch die Knäufe waren sorgfältig gearbeitet. In die Klingen waren Spiralen und Symbole eingeritzt, die Gabe nicht enträtseln konnte. Die Verzierungen der Knäufe dagegen kamen ihm bekannt vor.

Gabe nahm Leen das Messer aus der Hand, stellte sich auf die Zehenspitzen und schabte. Eine Schmutzschicht nach der anderen bröckelte ab.

Unter dem Schmutz glänzte trüb ein Edelstein, dem die Sonne einen roten Schimmer entlockte.

Juwelenverzierte Knäufe. Gabe fragte sich, ob diese Schwerter tatsächlich aus Stein bestanden, oder ob nur die Schmutzkrusten, die sie überzogen, sich inzwischen mit dem Metall verbunden hatten.

»Wo sind wir hier?« fragte Fledderer nervös.

Gabe stand wieder mit beiden Füßen auf dem Boden und gab Leen das Messer zurück. »Ich weiß es nicht«, sagte er. Aber sein Hochgefühl wurde immer stärker. Er mußte einfach hier sein.

Er wußte es.

Es fühlte sich richtig an.

»Die Sache gefällt mir nicht«, beschwerte sich die Rotkappe. Er verstellte Gabe den Weg. »Du gehst gefälligst als letzter. Wenn da drinnen doch eine Falle lauert, sollten Leen und ich uns zuerst damit befassen.«

Leen stand in der Öffnung der Höhle, direkt unter der Spitze des obersten Schwertes. Sie hüpfte auf und ab, als könne sie ihre Aufregung nicht länger bezähmen.

Die Luft war schneidend kalt, aber Gabe fror nicht. Er sah hinauf zu den Schwertern über sich. Sie schienen durch keine

Befestigung gehalten. Es sah aus, als hätte sie jemand gegen die Felswand geschleudert, wo sie haftengeblieben waren. Gabe konnte sich fast vorstellen, wie sie noch vom Schwung des Wurfes zitterten, ehe sie in ihrer jetzigen Position erstarrten.

Das einzige Schwert, das aussah, als sei es absichtlich dort angebracht worden, war dasjenige über Leens Kopf.

»Kommt«, rief sie.

Gabe fand es merkwürdig, daß ihre Stimmung so plötzlich umgeschlagen war. Vielleicht war die Angst der Rotkappe berechtigt. Vielleicht gab es in der Höhle etwas, in das sie sich lieber nicht einmischen sollten.

Wieder überholte Fledderer Gabe. Als er Leen erreichte, blieb er stehen.

»Bei den Mächten«, keuchte er. »Was ist *das*?«

Gabe trat neben ihn und schnappte nach Luft.

Die ganze Höhle war hell erleuchtet. Es sah aus, als sei in einer Ecke eine kleine Sonne angebracht. Das Licht war gleißend hell, blendete aber nicht und wirkte völlig natürlich.

Gabe spürte die Kälte von draußen im Rücken. Vor ihm breitete sich eine trockene, einladende Wärme aus. So weit das Auge folgen konnte, führten Stufen in die Tiefe. Der Boden am Fuß der Stufen schien aus weißem Stein zu bestehen.

»Marmor«, flüsterte Fledderer und zeigte nach unten.

Die Höhle sah riesig aus. Sie unterteilte sich in Abschnitte, einzelne Räume, fast wie der Palast von Gabes Vater.

Dann waren da noch die Wände.

Sie waren über und über mit Schwertern bedeckt.

Echten Schwertern, die im Licht schimmerten.

»Du hättest keine Waffen mitzuschleppen brauchen«, sagte Gabe spöttisch zu Fledderer.

»Die hier gehören wenigstens mir«, gab die Rotkappe zurück, die Hand auf dem Schwertknauf. »Diese dort besitzen vielleicht irgendeine religiöse Bedeutung. Sie könnten uns etwas antun.«

»Seht mal«, rief Leen aus und deutete auf eine Stelle neben Gabe. Die Felswand hinter ihm – die Wand neben dem Eingang der Höhle – war mit Trinkkelchen bedeckt. Jeder Kelch stand auf einem eigenen kleinen Sims aus demselben weißen Stein.

Die Wände weiter hinten schienen mit anderen Gegenständen verziert, die Gabe aus dieser Entfernung nicht erkennen konnte.

Diese Höhle war wahrhaftig einer der erstaunlichsten Orte, die Gabe je gesehen hatte.

Er trat einen Schritt vor, aber Fledderer hielt ihn zurück. »Wir wissen immer noch nicht, was es hiermit auf sich hat«, warnte er. »Laß Leen und mich vorgehen.«

Leen löste sich aus ihrer Erstarrung und folgte Fledderer. Gabe ließ die beiden vorangehen, obwohl er wußte, daß es kaum einen Unterschied machte.

Immer noch spürte er keinerlei Gefahr. Die Wärme, das Licht und die frische Luft machten den Ort zu einer Art Zuflucht. Der Schmuck der Wände schien eigens für Gabe zum Leben zu erwachen.

Die Marmorstufen waren glatt. Gabe nahm immer nur eine Stufe auf einmal und wartete, bis Fledderer und Leen die nächste hinabgestiegen waren, bevor er weiterging.

Am Fuß der Treppe war der Boden eben. Sockel ragten auf, aber was darauf stand, war im gedämpften Licht nicht auszumachen. An der hinteren Wand war ein Tisch aus dem weißen Stein gehauen, und dort, wo sich der Raum teilte, spie ein Brunnen Wasser in ein Becken. Das Plätschern war schwach und beruhigend.

Gabe war durstig.

Aber er hütete sich, unbekanntes Wasser zu trinken. Sein

Leben lang hatte man ihm beigebracht, sich auf der Blauen Insel von jeglichem Wasser fernzuhalten, besonders wenn es von den Symbolen der einheimischen Religion umgeben war.

Leen und Fledderer erreichten ohne Zwischenfall die Haupthalle.

Gabe stieg die letzte Stufe herunter. Aus der Nähe betrachtet war der Fußboden nicht mehr ganz so weiß. Durch den Stein zogen sich graue Adern. Gabe hob den Kopf. Die Decke war so hoch, daß er sie kaum erkennen konnte. In der Mitte befand sich eine Lichtquelle. Sie war groß, rund und schimmerte wunderschön.

Da hörte er Schritte. Er wirbelte herum.

Der Eingang der Höhle war leer.

Die Türen zu den Nebenräumen ebenfalls.

Fledderer und Leen starrten ihn an, als sei er plötzlich verrückt geworden.

»Habt ihr das gehört?« fragte Gabe.

Die Schritte kamen näher. Sie waren leicht und über dem Glucksen des Brunnens kaum zu hören.

Wieder drehte Gabe sich um. In dem hohen, hallenden Raum war es schwer, ein bestimmtes Geräusch auszumachen.

»Ich höre nichts«, meinte Leen.

»Ich auch nicht«, schloß sich die Rotkappe an.

Dann erschien hinter dem Brunnen eine Frau. Gabe blinzelte. Dort waren Stufen, die er vorher nicht gesehen hatte. Die Frau stand auf der obersten Stufe.

Sie kam ihm bekannt vor.

Sie sah aus wie eine Fey.

Als sie Gabe erblickte, lächelte sie. Sie sprang leichtfüßig die Stufen hinunter wie eine noch junge Frau.

Gabe konnte sich nicht rühren. Sein Herz pochte wild.

Die Frau ging um den Brunnen herum.

Fledderer und Leen sahen sie nicht. Sie musterten forschend die übrigen Eingänge, schienen auf etwas zu lauschen, das sie nicht hören konnten.

»Gabe«, sagte die Frau und streckte die Arme aus. Sie trug Kniebundhosen, Stiefel und eine Lederweste, die Uniform der Infanteristen aus der Armee seines Großvaters. Ihr schwarzes Haar war zu einem Pferdeschwanz zurückgebunden.

Gabe bewegte sich nicht. Er starrte sie nur an.

Schon zweimal hatte er ihr Gesicht gesehen, beide Male in einer Vision.

In seiner ersten Vision.

Da hatte er sie neben einem Mann mit gelbem Haar und blasser Haut stehen sehen. Dann war ihr Gesicht geschmolzen.

In seiner zweiten Vision war sie noch einmal aufgetaucht, an dem Tag, an dem er beinahe gestorben wäre. Jenem Tag, an dem Coulter ihm das Leben gerettet hatte, indem er einen Bund mit ihm geschlossen hatte.

Dem Tag, an dem *sie* gestorben war.

Sie lief zu ihm und schlang die Arme um ihn.

Sie fühlte sich warm, wirklich und sehr lebendig an.

»Mein Gabe«, murmelte sie.

»Mutter?« fragte er und überließ sich ihrer Umarmung.

DAS MYSTERIUM

28

Schluß für heute«, rief einer der Männer.

Vor Erleichterung stöhnend ließ Adrian die Hacke fallen. Die Blasen, die am Vormittag an seinen Händen aufgeplatzt waren, bluteten jetzt. Trotzdem hatte er noch über die Mittagspause weitergearbeitet, in der heißen Nachmittagssonne, bis zum Einbruch der Dämmerung. Nach der Unterhaltung mit dem Besitzer des Steinbruchs und dem fremden Mann aus dem Dorf hatte er nicht gewagt, früher zu gehen.

Dem Mann, der nach Gabe und Leen suchte.

Adrian hoffte, daß Fledderer und Coulter das Versteck ohne Zwischenfälle erreicht hatten. Nachdem sie gegangen waren, hatte er den ihnen zugewiesenen kleinen Abschnitt des Steinbruches allein bearbeitet. Er hatte die Felsbrocken in faustgroße Steine gehackt, damit sie später geglättet und zu Baumaterial zurechtgehauen werden konnten. Es war harte Knochenarbeit, die trotz allem Sorgfalt erforderte, aber sie befriedigte Adrian nicht. Die Feldarbeit dagegen mit ihrer ständigen Abwechslung, dem Zusammenspiel von Mensch und Erde, Mensch und Wetter, Mensch und Vieh, hatte er sehr geliebt.

Im Steinbruch dagegen zählten nur die Muskeln seiner Arme, seines Rückens und seiner Schultern, die Kraft seiner Wirbelsäule, seiner Beine und seines Bauches.

Jeder einzelne Muskel tat ihm weh.

Außerdem machte er sich Sorgen.

Schon den ganzen Tag machte er sich Sorgen. Wenn Coulter und Fledderer es nun nicht geschafft hatten? Wenn die Stadtbewohner das Lager entdeckt hatten?

Warum haßten sie die sogenannten »Langen« bloß so, und was hatte das alles mit den Fey zu tun?

Adrian streckte sich, bis seine Wirbel knackten. Der Schmerz war köstlich. Auch auf seinem Hof hatte Adrian körperliche Arbeit verrichtet, aber nicht derartig eintönige. Nicht einmal das Pflanzen ähnelte dieser Art von Arbeit.

Am Tag zuvor hatten sich die Arbeiter vor dem großen Tisch aufgereiht, ihre Markierungen vorgezeigt und sich den Tageslohn auszahlen lassen. Auch Adrian schlenderte jetzt in diese Richtung. Er wußte zwar, daß die Leute den ganzen Tag geschuftet hatten, aber irgendwelche Fortschritte waren auf den ersten Blick nicht zu erkennen.

Steinsplitter übersäten den Boden, dazwischen größere Felsbrocken. Ein paar Schubkarren standen in der Mitte des Steinbruchs. Daneben waren kleine Felsbrocken aufgeschichtet, die später kleingehackt werden sollten. Die Bewohner von Constantia benutzten die kleineren Steine als Straßenschotter, was Fledderer absurd fand. *Es tut meinen Füßen weh*, beschwerte er sich. *Gestampfter Lehm ist viel besser.*

Nicht in der Regenzeit, fand Adrian. Hier, wo das Land von Natur aus hügelig war, hatten viele Straßen ein starkes Gefälle. In der Regenzeit würden sie sich in unpassierbare Schlammpisten verwandeln oder sogar ganz weggeschwemmt werden. Der Schotter schützte sie immerhin vor dem Verschlammen.

Am Abrutschen konnte er sie allerdings nicht hindern.

Langsam schob sich die Schlange vorwärts. Keiner der Arbeiter sah so erschöpft aus, wie Adrian sich fühlte. Aber schließlich waren die meisten von ihnen alte Hasen. Diese Tagelöhnerarbeit war ihr einziger Lebensunterhalt. Adrian hatte immer angenommen, die meisten Leute zögen es vor, ihr eigener Herr zu sein. Aber dann hatte er sich umgesehen. Die felsigen, nur mit einer dünnen Erdkrume bedeckten Hügel machten Landwirtschaft so gut wie unmöglich. Nur die zähesten Bauern hielten durch, und die meisten Lebensmittel wurden aus den Gebieten weiter stromabwärts importiert. Adrian fragte sich, wie lange das jetzt, wo die Fey an der Macht waren, noch möglich sein würde.

Die Stadtbewohner schienen sich in Sicherheit zu wiegen.

Adrian wünschte, er könnte es auch.

Den ganzen Tag, die ganze letzte Woche war es ihm vorgekommen, als liefe ihm die Zeit davon. Er fragte sich, wie der magielose Fledderer es schaffen wollte, Gabe auszubilden, und er wußte, daß Gabe und Coulter so schnell wie möglich die Kluft zwischen sich überwinden mußten. Adrian verstand den Anlaß ihrer Feindseligkeit immer noch nicht ganz. Die beiden hatten zwar versucht, es ihm mit Hilfe von Worten wie Verbindung und Bund zu erklären, aber Adrian fand, daß sie über rein körperliche Erscheinungen sprachen, wohingegen er ihr Problem für ein gefühlsbedingtes hielt.

Eine gefühlsbedingte Bindung konnte kein Außenstehender zerstören.

Schließlich erreichte auch Adrian den langen Tisch vor dem Eingang des Steinbruchs. Er mußte eine kleine Kerbe in einer Schüssel mit Erde machen, um zu beweisen, welche Markierung die seine war. Der Mann hinter dem Tisch gab Adrian die Markierung zurück und händigte ihm drei Goldmünzen aus.

Neben ihm stand der Besitzer des Steinbruchs.

»Gute Arbeit heute«, lobte der Besitzer. »Kommst du morgen wieder?«

Adrian wußte es selbst nicht. Die Frage kam ihm wie eine Falle vor, und er war zu müde für Fallen. Aber er zwang sich zu lächeln.

»Klar«, sagte er.

Er schloß die blutige Hand um die Münzen und ging so aufrecht zum Tor, wie es sein schmerzender Rücken zuließ. Er hätte Wasser und etwas zu essen gebrauchen können, aber hier oben gab es nichts.

Die Sonne war hinter den Bergen untergegangen, aber der Himmel war noch schwach gerötet. Auch dieser Schimmer würde bald verblassen. Adrian mußte den Aufstieg in völliger Dunkelheit angehen.

Noch immer spürte Adrian den Blick des Besitzers im Rükken. Wenn er jetzt schon bergauf ging, würde er nur noch mehr Verdacht erregen.

Adrian seufzte und schloß sich den anderen Arbeitern an, die die Hauptstraße in Richtung Stadt entlangtrotteten.

29

Pausho lehnte an dem Felsen direkt am Eingang zum Steinbruch. Sie haßte den Steinbruch, obwohl er fast die ganze Stadt mit Arbeit versorgte. Der Steinbruch war alt und hatte sich im Lauf der Jahre tief in den Berg gefressen. Wenn Pausho den Berg von Constantia aus betrachtete, sah sie den Talkessel, an dessen Stelle einst der Berg gewesen war.

Als hätte man den Steinbruch aus dem lebendigen Fleisch des Berges herausgeschnitten.

Pausho stieg nur selten den Pfad zum Steinbruch empor, aber an diesem Nachmittag blieb ihr nichts anderes übrig. Sie trug ihren dunkelsten Pullover, Leggins und schwere Stiefel. Neben ihr, im Schatten des Felsens nahezu unsichtbar, stand Fyr. Zak hatte sich noch dichter an Pausho herangeschoben und legte ihr die Hand auf die Schulter.

Die hereinbrechende Dämmerung half ihnen dabei, sich zu verbergen. Bis jetzt hatte sie keiner der Arbeiter eines Blickes gewürdigt. Die Männer trabten den Hügel herunter, die Rükken von der Arbeit gekrümmt, in Gedanken schon bei dem vor ihnen liegenden Feierabend.

Die Steinbrucharbeiter übten einen der härtesten Berufe in Constantia aus. Sie arbeiteten tage-, manchmal wochenlang, wurden dafür allerdings auch ausgezeichnet bezahlt. Sobald genug Steine gehauen waren, waren die Männer so lange arbeitslos, bis jemand ein neues Bauvorhaben in Angriff nahm.

Manchmal sogar monatelang.

Einer der Weisen hatte früher im Steinbruch gearbeitet. Mit einem Hauch von nostalgischer Sehnsucht hatte er Pausho das System erklärt. Er hatte die harte Arbeit gemocht und fand die Entscheidungen, die die Weisen zu treffen hatten, im Vergleich dazu einfach.

Wie Pausho solche Weisen vermißte.

Wie sehr sie sich nach den einfachen Zeiten sehnte.

Jetzt, wo sie Tri ausgeschlossen hatte, stand Pausho vor dem Problem, einen Ersatz für ihn suchen zu müssen.

Aber erst, wenn sie die Langen gefunden hatte.

Sie wußte nicht genau, was sie tun würde, wenn ihre Suche Erfolg hatte, aber sie mußte unbedingt wissen, wo die Langen sich aufhielten. Sie durften auf keinen Fall ungehindert um Constantia herumschleichen. Wenn Pausho das zuließ, brach sie ihren Eid. Sie mußte dieses Problem zuerst lösen und die Langen so weit wie möglich aus der Umgebung der Stadt vertreiben – und dabei waren alle Mittel erlaubt.

Zak sah sich die heimkehrenden Arbeiter genau an. Die meisten waren Nachbarn. Pausho kannte ihre Gesichter, ihren Gang, die gebeugten Rücken. Einige der alten Männer hatten lange Kinder gezeugt und sie tränenüberströmt zu den Weisen gebracht. Diese Männer konnten Pausho nicht mehr ins Gesicht sehen.

Pausho hatte damit kein Problem. Die Männer hatten das Wohl der Gemeinde über die Liebe zu ihren eigenen Kindern gestellt.

Manche Männer hatten später weitere Kinder gezeugt, die meisten aber nicht. Sie hatten ihre Familien verlassen und von der Landwirtschaft gelebt, bis sie schließlich nach Constantia zurückgekehrt waren, wo sie jede Arbeit annahmen, die sie bekommen konnten. So war es nun einmal mit den Langen: Sie ruinierten das Leben ihrer Mitmenschen vom ersten Atemzug an.

Genau das verabscheute Pausho so an ihnen.

Endlich schloß sich Zaks Hand fester um ihre Schulter. Er hielt den Blick auf einen Mann gerichtet, der vor dem Steintisch stand. Der Mann war sonnengebräunt, blond und nicht größer als die anderen Arbeiter. Aber er war ein Fremder. Pausho kannte ihn nicht.

»Der dort«, flüsterte Zak.

Zak hatte mit dem Fremden gesprochen, der mit den Langen in den Steinbruch gekommen war. Zak hatte nicht alles geglaubt, was ihm der Fremde erzählt hatte. Der Mann wirkte zu ruhig. Jeder Fremde, den man derartig ausfragte, hätte nervös werden müssen. Aber dieser Mann sprach, als ginge ihn das alles gar nichts an.

Am Tag zuvor hatte man die Langen verjagt, und seine übrigen Gefährten waren verschwunden, obwohl Ome, der Besitzer des Steinbruchs, schwor, daß sie an jenem Morgen zusammen mit dem Fremden zur Arbeit angetreten waren.

Dieser Mann dort würde sie zu den Langen führen, da war sich Pausho sicher. Oh, er war gerissen genug gewesen, um eine Menge Leute an der Nase herumzuführen. Sie hielten seinen Gleichmut für den Beweis seiner Unschuld und die Tatsache, daß er immer allein arbeitete, für ein Zeichen, daß er keine Freunde hatte, aber Pausho wußte es besser.

Diese Langen waren verdammt gerissen.

Deshalb mußten die Weisen noch schlauer sein.

Der Fremde hatte eben seine Markierung wieder in Empfang genommen, Omes Gehilfe ihm den Lohn ausgehändigt.

»Bist du sicher?« wisperte Pausho.

»Ganz sicher«, gab Zak zurück.

Pausho nickte und winkte Fyr heran. Dann zeigte sie auf den Fremden.

»Diesem Mann folgen wir«, befahl sie.

»Dem, der gerade sein Geld kriegt?« fragte Fyr leise mit leicht zitternder Stimme. Sie war nach Tris Ausschluß in den Kreis der Weisen aufgenommen worden. Pausho hatte sie mitgenommen, weil sie jung war und dem Fremden überallhin folgen konnte, wie weit sich dieser auch von der Stadt entfernen mochte.

»Ja«, bestätigte Zak.

Pausho legte ihre Hand auf die Zaks. »Du kannst jetzt gehen«, sagte sie. »Fyr und ich kümmern uns um die Sache.«

»Ihr werdet mich brauchen.«

Pausho lächelte ihm zu. Sie und Zak waren alte Freunde. Sie hatten mehr zusammen durchgestanden, als für sie gut gewesen war. Aber Zak war älter und wurde allmählich gebrechlich, obwohl er selbst es noch nicht zu merken schien. Es mußte sich nicht eine Nacht damit um die Ohren schlagen, einen Mann zu verfolgen, der sie vielleicht gar nicht weiterbrachte.

»Fyr und ich kommen schon zurecht«, wehrte Pausho ab.

»Ich schaffe es auch allein«, mischte sich Fyr ein.

»Es ist besser, wenn wir zu zweit sind«, meinte Pausho.

»Es geht besser allein«, widersprach Fyr. »Unauffälliger.«

Der Fremde schritt jetzt durch das Tor. Einen Moment lang blieb er stehen und drehte den Kopf unmerklich in Richtung des Berges. Die Bewegung war nur angedeutet, und hätte Pausho nicht bewußt darauf geachtet, wäre ihr nichts aufgefallen.

Dann trottete der Mann den anderen Arbeitern hinterher.

»Es ist sicherer, wenn ein Mann mitkommt«, fing Zak wieder damit an und sah dem Fremden nach.

Pausho verstand seine Bedenken. Alle Arbeiter waren Männer. Eine Frau konnte leicht Verdacht erregen.

Wenn sie gesehen wurde.

Das allerdings hatte Pausho nicht vor.

»Na schön«, willigte sie ein, denn sie hatten jetzt keine Zeit zum Streiten. »Zak, du folgst den Arbeitern. Fyr und ich bleiben außer Sichtweite. Wenn der Kerl sich von Constantia entfernt, heften wir uns an seine Fersen. Wenn er in die Stadt geht, übernimmst du die Verfolgung.«

Zak nahm die Hand von ihrer Schulter. Ohne ein weiteres Wort mischte er sich unter die Heimkehrenden.

»Er wird nicht bei den Arbeitern bleiben«, gab Fyr zu bedenken.

»Ich weiß«, seufzte Pausho.

»Laß mich gehen«, bat Fyr. »Ich bin besser zu Fuß als du.«

Pausho legte ihr den Arm um die Taille. »Du bist zwar beweglicher, aber dafür weiß ich besser, wie man mit den Langen umgeht. Wir wollen uns die Gefahr teilen.«

»Glaubst du wirklich, daß es gefährlich ist?« flüsterte Fyr.

»Ja«, entgegnete Pausho und folgte dem Fremden, so gut es ging in die länger werdenden Schatten geduckt, den Hügel hinunter.

30

Con balancierte ganz oben auf dem Kistenstapel und zog noch eine Kiste hoch. Seine Arme schmerzten, sein Rükken war wund. Schweiß lief ihm über das Gesicht, und der Talar klebte ihm am Leib. Noch nie in seinem Leben war er derartig schmutzig und erschöpft gewesen.

Sebastian war immer noch aufgeregt und trieb Con unablässig an, schneller zu arbeiten. Sebastian selbst lief so rasch er konnte – fast so schnell wie Con. Zweimal war er dabei schon über seine eigenen Füße gestolpert und auf die Kiste geplumpst, die er schleppte. Einmal war der Deckel der Kiste dabei aufgesprungen, und Kartoffeln waren über den Steinfußboden der Katakomben gerollt. Sebastian drehte sich ständig ängstlich um, um sicherzugehen, daß ihm niemand folgte.

Er behauptete, das seltsame Licht sei wieder verschwunden.

Aber er hatte Angst, daß es zurückkam. Er versicherte, daß es sich um dieselbe Veränderung der Magie handele, die er auf der anderen Seite der Brücke gespürt hatte.

Je eher sie diese Katakomben verließen, desto besser, dachte Con. Auch er wurde langsam nervös. Vor ein paar Minuten hatte er geglaubt, aus dem hinteren Teil des Tunnels ein Stampfen zu vernehmen, aber Sebastian hatte nichts gesagt. Wäre dort wirklich ein Geräusch gewesen, wäre Sebastian bestimmt noch unruhiger geworden.

Die Dunkelheit war auch nicht gerade hilfreich. Als sie mit ihrer Arbeit begonnen hatten, war noch Licht durch die Öffnung über ihren Köpfen gefallen. Offenbar war dort der Eingang gewesen, und nachdem der Tabernakel abgebrannt war, fiel das Sonnenlicht ungehindert hindurch. Inzwischen schien die Sonne untergegangen zu sein. Besonders hell war es auch davor nicht gewesen, aber immerhin hell genug, daß Con das Gefühl hatte, ein Ziel zu haben.

Im Moment kam es ihm vor, als baue er einen Turm ins Nichts.

Der noch dazu wacklig war. Die Kisten waren unterschiedlich groß und schwankten, wenn sie aufeinandergestellt wurden. Je höher der Stapel wurde, desto mehr hatte Con gehofft, doch noch Reste der Holzstufen zu entdecken. Aber da war nichts. Das Feuer mußte heftig gewütet haben.

Con wußte zwar, daß sie bald hinausklettern konnten, aber er war trotzdem entmutigt.

Er versuchte, seine Entmutigung vor Sebastian zu verbergen, aber er hatte das Gefühl, daß Sebastian ihn durchschaute. Sebastian schuftete, so schwer er konnte. Jedesmal, wenn er hinfiel, entschuldigte er sich überschwenglich und versuchte, sein Tempo noch zu steigern. Schließlich hatte Con ihn gebeten, sich Zeit zu lassen. Sebastians Ungeschicklichkeit machte Cons Bemühungen wieder zunichte, und je mehr Sebastian versuchte zu helfen, desto mehr Arbeit hatte Con, bis er schließlich den Stapel praktisch allein errichtete.

Einmal, nachdem Sebastian behauptet hatte, das winzige Licht zu sehen, war Con ein Stück im Tunnel zurückgegangen. Sebastian hatte hinter ihm hergeschrien und war in Tränen ausgebrochen, aber Con war nicht umgekehrt. Er war bis zum Tunnel unter der Brücke gelaufen und hatte sich umgesehen. Im Vergleich zu der Plackerei, die Kisten aufzustapeln, wäre es ein Leichtes gewesen, Sebastian zurück in diesen Tunnel zu scheuchen und zur Höhle zurückzukehren. Aber als Con dort stand, hatte er ein deutliches Unbehagen verspürt. Es war fast mit Händen zu greifen. Er berührte die Tunnelwand, und ein Schauder überlief ihn.

Vielleicht warnte ihn die leise ruhige Stimme vor diesem Ort. Vielleicht merkte er auf einer ganz anderen Ebene jene Veränderung der Magie, von der Sebastian gesprochen hatte.

Vielleicht spürte Con aber auch nur in seinem Innersten, daß es einfach nicht mehr sicher war zurückzugehen. In der Höhle konnten sie nichts anderes tun, als abzuwarten. Irgendwann würden die Fey das Tunnelsystem entdecken und Con und Sebastian in der Höhle aufstöbern.

Diesmal würde es Con nicht gelingen, sie in die Flucht zu schlagen.

Im Laufschritt war er zu Sebastian zurückgekehrt und hatte ihn tränenüberströmt im Hauptgang angetroffen. Schmutz hatte sich in den Rissen seines Gesichts festgesetzt, und er sah aus, als hätte er sich blutig gekratzt.

Con hatte ihm versichert, daß sie nicht umkehren würden, und dann hatten sie sich wieder mit ihrer provisorischen Treppe befaßt.

Glücklicherweise bestand an Kisten kein Mangel. Die Auds hatten gut für ihr Überleben vorgesorgt. Pech, daß sie trotzdem hier unten gestorben waren.

Con kletterte von dem Stapel herunter und ging in einen der Nebenräume, um eine weitere Kiste zu holen. In allen Räumen türmten sich Kisten an den Wänden, und Sebastian und er arbeiteten sich von den nächstgelegenen Räumen zu den weiter entfernten vor.

Inzwischen stand Con im zweiten Raum. Er war schon fast leer. Con hob eine Kiste vom Boden hoch und erstarrte.

Jemand hatte gehustet.

Sebastian hustete nie.

Con schluckte. Er schleppte die Kiste in den Gang und blieb wieder stehen.

Nichts.

Alles still.

Außer Sebastians Schlurfen im Nebenraum.

Con wartete, bis Sebastian herauskam.

»Hast du irgendwas gehört?« fragte Con.

Sebastian schüttelte langsam den Kopf.

»Oder etwas gespürt?«

»Nur ... die ... Veränderung ... von ... vorhin«, stotterte Sebastian.

»Sie ist immer noch hier.«

»Wenn ...es ... sich ... erst ... einmal ... verändert ... hat ... bleibt ... es ... so«, erklärte Sebastian.

»Für immer?« fragte Con.

»Nein«, erwiderte Sebastian. »Bis ... jemand ... es ... wieder ... ändert.«

Das hatte keiner von ihnen getan. Also konnten sie weder wissen, ob das Licht oder die Veränderung der Magie verschwunden, noch, ob sie zurückgekehrt waren.

Con holte tief Luft. Langsam wurde die Kiste, die er hielt, ziemlich schwer. Und er war noch nicht am Ziel. Er schleppte die Kiste zum Stapel, balancierte sie vorsichtig und trat auf die erste Stufe. Er und Sebastian hatten mehrere Ebenen aufgeschichtet. Jede Ebene stützte sich gegen die Wand und wakkelte, wenn Con darauftrat. Die Treppe war gerade eben stabil genug.

Con hatte die höchste Ebene fast erreicht, als er wieder das Husten vernahm. Er stellte die Kiste ab und drehte sich um.

Sebastian stand am Fuß des Stapels und hielt wie eine Statue seine Kiste in der Schwebe. Nur, daß er zitterte.

Auch er hatte das Geräusch gehört.

Langsam setzte Sebastian die Kiste ab. Con duckte sich und spähte in den Gang hinter ihnen. Er schien dunkler als vorhin. Con hörte ein leises Rascheln wie von Kleidern.

Dann flammten plötzlich Lichter auf.

Unheimliche Lichter.

Die Art Lichter, die die Fey bei sich trugen.

Die Lichter, die kleine, glühende Seelen hinter ihrem Glas gefangenzuhalten schienen.

Es mußten um die fünfzig Lampen sein. Sie waren über den ganzen Gang verteilt. Sie flammten jäh auf, als hätte man sie alle gleichzeitig von ihren Schutzhauben befreit.

Als Cons Augen sich an die plötzliche Helligkeit gewöhnt hatten, blickte er in ein Meer von Gesichtern.

Feygesichtern.

»Neeeeiiiin«, heulte Sebastian.

Con hätte am liebsten eingestimmt. Aber er schwieg.

Er griff nach seinem Schwert und zog es aus dem Gürtel.

Er hatte keine Ahnung, wie viele Fey er mit dieser Klinge erledigen konnte, aber er würde es schon bald herausfinden.

31

Weißhaar stellte das Essen auf dem reichlich verzierten Tisch vor dem bestickten Sofa ab. Der Duft des frischen Brotes stieg Rugad verführerisch in die Nase. Sein Magen knurrte, aber er blieb mit hinter dem Rücken gefalteten Händen am Fenster stehen und beobachtete Weißhaar in der spiegelnden, leicht gewellten Scheibe.

Weißhaar wirkte besorgt. Die Zöpfe fielen ihm auf den Rücken und streiften seine tätowierten Arme. Er strich sich das Haar zurück, damit es nicht ins Essen hing. Während er wartete, blickte er kurz zu Rugad hinüber, aber sein Gesicht war ausdruckslos. Rugad hatte fast erwartet, daß Weißhaar ihm heimlich eine Grimasse schneiden würde.

»Verzeihung, Herr, aber ich finde, du solltest etwas essen.«

Rugad rührte sich nicht. Über der Stadt ging die Sonne unter und sandte Wogen von rotem Licht durch die immer noch rauchgeschwängerte Luft. Rugad war lieber auf dem flachen Land, wo die Sonne später unterging als in der Nähe der Berge. Dieser Sonnenuntergang war ein prächtiges Schauspiel, und Rugad wäre gern draußen oder in einem Schattenland gewesen, überall, nur nicht hier.

»Herr?« wiederholte Weißhaar.

Er wollte Rugad zwingen zu antworten. Jetzt, wo ihm das Sprechen so weh tat, hatte Rugad keine Lust, unnötige Worte zu verschwenden. Er wollte sich seine Kraft für Wichtigeres aufsparen.

Er drehte sich um, warf Weißhaar einen flüchtigen Blick zu und wandte sich wieder zum Fenster. Das Licht mischte sich mit Wolkenschleiern, so daß es aussah wie roter Rauch. Vor diesem Hintergrund starrte Weißhaars Spiegelbild Rugad an.

Noch immer war Weißhaars Gesichtsausdruck gewollt ausdruckslos, als unterdrückte er eine heftige Gemütsbewegung.

Schließlich nickte Weißhaar kurz, obwohl er zu glauben schien, daß Rugad ihn nicht sehen konnte, und verließ das Zimmer. Rugad wartete auf das Einschnappen der Tür, bevor er seinen Posten am Fenster verließ.

Das Gefäß mit seiner Stimme schlug ihm beim Gehen gegen die Hüfte. Manchmal vermißte Rugad die Kraft und Tragfähigkeit dieser Stimme, die Selbstverständlichkeit, mit der er sich ihrer so lange bedient hatte. Jetzt war nichts mehr selbstverständlich, wenn er sprechen wollte.

Die Mahlzeit, die für ihn in der Palastküche zubereitet worden war, bestand aus den Vorräten der königlichen Speisekammer. Nicholas war es anscheinend gewohnt gewesen, gut zu speisen, obwohl die Landbevölkerung im Norden der Insel darbte. Für Nicholas als Kriegsherrn hatte Rugad Respekt, aber als Herrscher duldete er Rugads Meinung nach zuviel Armut. Nicholas schien das erste Gebot für jeden Anführer nicht zu kennen: Eine unzufriedene Bevölkerung zettelt gerne Aufstände an.

Die Fey wußten das nur zu gut.

Falls es Rugad nicht gelang, Nicholas zu töten und sich selbst – oder seine Urenkel – als Herrscher der Blauen Insel einzusetzen, konnte er immerhin das Nächstbeste tun. Er konnte die Bewohner dieser armseligen Nester davon überzeugen, daß ihnen nichts Besseres passieren konnte als der Sturz ihres Königs Nicholas.

Im Süden und anderen Gegenden des Landes, die leichter zu erobern gewesen waren, war Rugad das bereits gelungen. Aber es gab immer noch aufständische Regionen, und auch diese mußte er sich gefügig machen.

Es gab unterschiedliche Mittel und Wege, sich ein Volk zu unterwerfen. Das einfachste und leichteste war Gewalt. Aber

Gewalt war niemals das beste Mittel. Rugad wollte nicht, daß seine Untergebenen unglücklich waren.

Er wollte kein seinen Untertanen verhaßter Herrscher sein.

Selbst Nye, um das er eine lange Schlacht geschlagen hatte, hatte sich schließlich Rugads Willen gebeugt. Und nun, Jahrzehnte später, hatten ihn die Bürger dieses schönen Landes nur ungern ziehen lassen. Auch Rugad selbst hatte sich Sorgen gemacht: Sein Enkel Bridge war der nächste in der Rangfolge, aber Rugad hatte ihn nicht offiziell zu seinem Stellvertreter ernannt. Bridge war ein lausiger Visionär und ein noch schlechterer Diplomat. Rugad war zu dem Schluß gekommen, daß es besser war, Jewels Brüder den Kampf um den Thron unter sich austragen zu lassen. Wenn sie versagten und ein anderer ihren Platz einnahm, war das kein Unglück. Nye war nur ein kleiner Teil des großen Imperiums der Fey. Es mußte nicht unbedingt von einem Mitglied der Schwarzen Familie beherrscht werden. Jeder Visionär konnte es regieren, und das vermutlich besser ohne Bridge und seinesgleichen als mit ihnen.

Rugad ließ sich auf das bestickte Sofa sinken. Er nahm eine Scheibe Brot vom Tablett und betrachtete stirnrunzelnd das übrige. Eine Schale Suppe, eine Scheibe Lammfleisch – woher auch immer, denn er hatte keine Schafe in der Umgebung der Stadt gesehen – und ein Stück Käse. Mehr, als er bewältigen konnte, besonders mit seiner wunden Kehle.

Er biß in das Brot, weil er dem köstlichen Duft nicht widerstehen konnte. Es schmeckte so gut, wie es roch: frisch, weich und noch warm. Auch die Suppe war hervorragend. Sie bestand aus einer Rinderbrühe, in der Fleisch- und Gemüsestücke schwammen. Der erste Schluck wärmte Rugads Kehle. Der zweite linderte den Schmerz. Rugad aß so hastig, daß er sich beinahe wieder fühlte wie ein kampflustiger junger Mann vor Beginn der Schlacht.

Beinahe.

Als er aufgegessen hatte, nahm er einen Schluck von dem honiggesüßten Met, den die Domestiken seit seiner Verwundung für ihn zubereiteten. Der Met blieb warm, bis Rugad davon trank, ganz gleich, ob er Minuten oder Stunden damit wartete. Die ihm innewohnenden Heilkräfte sollten Rugads Genesung beschleunigen, und Rugad fühlte sich nach jedem Schluck förmlich verjüngt.

Inzwischen war die Sonne fast untergegangen. Das rote Glühen am Horizont verblaßte, und im Zimmer wurde es dämmrig. Gleich würde Rugad sich eine Fackel bringen lassen und ein paar Kerzen anzünden.

Aber er stand nicht auf. Noch nicht. Er genoß jedesmal diese letzten Augenblicke des Tages, den Moment, bevor die Sonne über den Bergen im Westen verschwand und sich Dunkelheit über die Stadt legte.

Es wurde richtig finster in Jahn. Der Palast ragte zwischen wüsten Trümmerhaufen empor. Noch nie zuvor hatte Rugad eine Stadt so in Schutt und Asche gelegt wie diese. Einige Feuer hatten seine Soldaten gelegt, aber auf dem gegenüberliegenden Flußufer waren fast alle Gebäude zerstört, weil der Brand des Tabernakels auf sie übergegriffen hatte. In den ersten Nächten nach Rugads Eroberung von Jahn hatten die noch heißen Gluthaufen den ganzen Abend lang rot geschimmert. Dann waren die Feuer erloschen, und jetzt glühte nachts nur noch der Palast selbst wie ein einsamer Leuchtturm vor einer stürmischen Küste. Verwüstung, so weit das Auge reichte. Sämtliche Gebäude im Süden der Stadt waren nur noch Ruinen.

Es klopfte. Rugad setzte den Metbecher ab und erhob sich.

»Herein«, krächzte er. Das kurze Wort genügte, um den vom Met eben erst besänftigten Schmerz wieder aufflammen zu lassen.

Die Tür öffnete sich. Boteen stand leicht gebeugt unter dem niedrigen Türsturz. Hinter ihm wartete eine Domestikin mit Fackel und Kerze.

Rugad winkte sie herein. Die Domestikin steckte die Fackel in die Halterung neben der Tür und zündete dann mit der Kerze alle Lampen im Zimmer an.

Die Lampen verbreiteten ein sanftes Licht, nicht das helle, fast unnatürliche Licht der Fackeln. Ein paar Stunden zuvor hatten die Domestiken eine Feylampe aufgestellt, aber als die Seelen hinter dem Glas das Zimmer ihres Königs erkannt hatten, hatten sie begonnen, Klageschreie auszustoßen. Das Geräusch war leise, aber störend. Schließlich hatte Rugad die Lampe entfernen lassen, um seine Ruhe zu haben.

Rugad hatte noch nie eine Feylampe so jammern gehört wie jene, obwohl die alten Geschichten von derartigen Vorfällen berichteten. Sich auf diese Weise bemerkbar zu machen, kostete die Seelen unglaubliche Kraft, und die Feylampe hatte erst geflackert und war dann erloschen.

Boteen wartete, bis die Domestikin den Raum verließ, und schloß hinter ihr die Tür. Rugad musterte ihn. Boteen war so groß und schlank, daß er aussah, als würde er jeden Augenblick in der Mitte auseinanderbrechen. Die Oberseite seiner Stiefel war voller Asche und Schlamm, aber die Sohlen waren sauber, damit er in der Residenz des Schwarzen Königs keine Spuren hinterließ.

»Ich habe einen der Zaubermeister gefunden«, verkündete Boteen.

»Wo?« Rugad hatte sich noch immer nicht an sein eigenes Krächzen gewöhnt. Er erwartete immer, daß seine Stimme schon kräftiger klang.

»Nördlich von hier gibt es ein Gebirge, das ›Die Augen des Roca‹ genannt wird. An seinem nordöstlichen Ende befinden sich einige der steilsten Klippen der Welt. Ihr Gestein ist rot, und darum nennt man sie ›Blutklippen‹.«

Das alles war Rugad nicht neu. Er kannte die Geographie der Blauen Insel so gut wie seine Westentasche.

»Hast du ihn Gesehen?«

Boteen lächelte knapp. Nur ein einziger Zaubermeister in der Geschichte der Fey hatte jemals Visionäre Kraft besessen. Ein einziger. Jener Mann hatte vor sechshundert Jahren versucht, die Schwarze Familie zu stürzen.

Er war gescheitert.

Die Macht der Schwarzen Familie war größer, als die meisten ahnten. Sogar die meisten Zaubermeister.

»Ich habe ihn gefühlt«, erwiderte Boteen, dessen verkniffenes Lächeln seine Stimme angespannt klingen ließ. »Aber das ist noch nicht alles. Ich habe Spuren gefunden. Vielleicht begleitet er sogar deinen Urenkel, obwohl ich es bezweifle. Seine Energie hat sich auf der Brücke in Jahn mit der deines Urenkels vermischt. Erst habe ich deinen Urenkel durch den Zaubermeister gefühlt und bin dann geistig der Spur des Zaubermeisters bis zu den Blutklippen gefolgt.«

»Aber du bist ihm nicht wirklich dorthin gefolgt.«

»Ich hatte keine Zeit. Aber ich kann es nachholen, wenn du willst.«

Rugad schüttelte den Kopf. Er hatte bereits vorgehabt, einen Trupp Soldaten zu den Blutklippen zu schicken, um einige Veränderungen auf der Insel vorzunehmen.

Jetzt schien der richtige Zeitpunkt gekommen.

»Hast du nicht gesagt, da sei noch ein anderer?« erinnerte Rugad Boteen. »Wo ist der?«

Boteens Blick streifte Rugads nur flüchtig. »Ich habe Schwierigkeiten, ihn zu orten.«

»Ich dachte immer, Zaubermeister fühlten einander.«

»Das tun sie auch«, bestätigte Boteen, »jedenfalls bis zu einem gewissen Grade. Ich wußte, daß zwei von ihnen auf der Insel sind. Ich wußte nur nicht, wo. Jetzt habe ich immerhin den einen gefunden.«

»Aber nicht den anderen.« Rugad ignorierte die Schmerzen, die ihm das Sprechen verursachte. Dies hier war wichtiger.

»Den anderen nicht«, gab Boteen zu.

»Woher willst du dann wissen, daß du den richtigen gefunden hast?«

Boteen öffnete den Mund, schloß ihn wieder und seufzte. Nicht viele Leute konnten die Empfindungen deuten, die über sein Gesicht huschten. Rugad schon. Boteen holte tief Luft. »Eigentlich weiß ich es auch gar nicht.«

Rugad fühlte, wie er unwillkürlich enttäuscht die Schultern fallen ließ. Er hatte so gehofft, daß Boteen seiner Sache sicher war.

»Es ist etwas ... Seltsames ... an diesem ... Zaubermeister«, sagte Boteen zögernd.

»Seltsames?« Rugad verschränkte die Hände hinter dem Rücken. In dieser Haltung konnte er sich besser konzentrieren. Außerdem spürte er seinen Kehlkopf dann weniger.

»Er haßt die Fey, und doch hat er Kontakt mit deinem Urenkel.«

»Du glaubst also, daß sie zusammen sind?« fragte Rugad.

»Ich weiß nicht genau«, erwiderte Boteen. »Ich halte es für unwahrscheinlich, und trotzdem ist es möglich.«

»Warum?«

»In jener Nacht, als Wirbler ihren König von deiner Ankunft unterrichtet hat, hatten die beiden auf der Brücke über den Fluß Kontakt. Das ist dieselbe Nacht, in der dein Urenkel die Stadt verlassen hat.«

»Du nimmst also an, daß sie die Stadt gemeinsam verlassen haben.«

»So könnte es gewesen sein. Der Zaubermeister wäre in jener Nacht beinahe gestorben, aber jemand hat ihn rechtzeitig gefunden.«

»Wirbler hat mir nicht berichtet, daß er meinen Urenkel zusammen mit einem Verletzten gesehen hat.«

»Wirbler hat auch nicht nach Inselbewohnern Ausschau gehalten.«

»Er hätte es mir erzählt, wenn mein Urenkel mit einem von ihnen zusammen wäre.«

»Vielleicht.«

»Warum sollte ein Inselzauberer, der die Fey haßt, sich mit meinem Urenkel zusammentun? Warum sollte er für ihn töten?«

»Er hat Fey für ihn getötet«, sagte Boteen leise.

Rugad faßte sich an die Kehle. Plötzlich war der Schmerz wieder da, scharf und heftig. Auch das Mädchen hatte die Bereitschaft gezeigt, Fey zu töten. Hatte der Vater mehr Einfluß auf den Jungen, als Rugad dachte?

Rugad schluckte, wobei er sich an die Entspannungstechniken erinnerte, die der Heiler ihm beigebracht hatte. Der Schmerz ließ nach. »Ich dachte, mein Urenkel sei von Fey aufgezogen worden.«

»Von Versagern«, gab Boteen zurück. »Wer weiß, was sie ihm für den Fall beigebracht haben, daß die echten Fey zurückkehren.«

Das war ein Argument. Aber Rugad war noch nicht überzeugt.

»Ich will, daß du den zweiten Zaubermeister findest«, befahl er. »Ich schicke einige Leute zu den Blutklippen. So werden wir herausfinden, ob die Einwohner dort schon andere Fey gesehen haben, denn meine Truppen sind nie dort gewesen und Rugars auch nicht, soviel ich weiß.«

Boteen ließ den Kopf hängen. »Ich kann nicht versprechen, daß ich es schaffe«, gestand er.

Boteen hatte noch nie Zweifel an seinen eigenen Fähigkeiten geäußert. »Du mußt«, sagte Rugad.

»Dieser zweite Zaubermeister ... er ist abgeschirmt. Schon seit unserer Ankunft. Es ist, als hätte er mich gespürt und dann Vorkehrungen getroffen, daß ich ihn nicht ausfindig machen kann.«

Ein Bild schoß Rugad unvermittelt durch den Kopf. Es war keine richtige Vision, eher eine Art Erinnerung, nichts Sichtbares. Es war die Art und Weise, wie sich die Verbindung angefühlt hatte, als sein Urenkel ihn damals aus seinem Geist ausgeschlossen hatte.

»Wenn das der Fall ist, hat der Zaubermeister, dem du auf der Spur bist, mit meinem Urenkel nichts zu schaffen«, schlußfolgerte Rugad. »Aber es schadet nichts, ihn trotzdem zu finden.«

»Wie kommst du darauf?« fragte Boteen leise. Er verteidigte sich nicht, er schien nur neugierig. »Wenn ich es weiß, kann ich seinen Standort vielleicht leichter ausfindig machen.«

»Ich bin dem Beschützer meines Urenkels bereits einmal begegnet«, erklärte Rugad. »Nicht persönlich, sondern als ich versuchte, in den Geist meines Urenkels einzudringen. Ich traf auf eine wütende Kraft, die mich vertrieb und dann die Tür hinter mir verriegelte. Ich konnte die Verbindung zwar immer noch bereisen, aber der Geist meines Urenkels blieb mir seitdem verschlossen. Ein Zaubermeister, der so etwas vermag, ist auch in der Lage, seine eigene Spur abzuschirmen.«

»Die Inselzauberer haben nicht dieselbe Ausbildung wie die Zaubermeister der Fey«, wandte Boteen ein. »Du kannst aus ihrem Verhalten nicht dieselben Schlüsse ziehen.«

»Und du solltest lieber nicht davon ausgehen, daß ihre Ausbildung minderwertig ist, nur weil sie anders ist«, konterte Rugad. »Mein Sohn hat den entscheidenden Fehler gemacht, die

Bewohner dieser Insel zu unterschätzen. Ich habe nicht vor, diesen Fehler zu wiederholen. Du suchst weiter nach dem zweiten Zaubermeister. Ich meinerseits schicke Truppen zu den Blutklippen.«

»Mich könntest du dort auch gebrauchen«, gab Boteen zu bedenken.

Rugad sah ihn überrascht an.

Boteen zuckte die Achseln. »Ich bin der einzige, der dieser Spur folgen kann«, erklärte er. »Es gibt nur drei Zaubermeister auf dieser Insel, und zwei davon sind keine Fey. Niemand sonst kann diese Spuren lesen.«

Rugad seufzte. Das stimmte nicht ganz. Visionäre konnten das Spurenlesen zwar lernen, aber Rugad hatte weder die Zeit noch die Absicht, die Nordhälfte der Insel aufzusuchen. Er hatte Dringenderes zu tun.

Wieder seufzte er. »Gut. Du begleitest die Truppe, aber du bist nicht ihr Anführer. Du hast eine andere Aufgabe. Die Inselbewohner dürfen dich nicht zu Gesicht bekommen. Du konzentrierst dich ausschließlich auf die Spuren des Zaubermeisters. Laß die anderen ihre Arbeit tun.«

Boteens Augen wurden schmal. Er wußte, daß Rugad niemals leere Drohungen äußerte, aber ihm war nicht klar, was der Schwarze König eigentlich vorhatte.

»Wann sollen wir aufbrechen?«

»Sobald ich eine Truppe zusammengestellt habe«, erwiderte Rugad. »Ich gebe dir Bescheid.«

Boteen nickte und ging zur Tür. Bevor er sie öffnete, hielt er inne. »Rugad«, sagte er, »wenn du doch unrecht hast, was den Zaubermeister betrifft, der deinen Urenkel schützt, und ich recht, dann ist der Junge womöglich in Gefahr.«

»Ich habe das innerste Wesen dieses Zaubermeisters berührt«, erklärte Rugad. »Er liebt meinen Urenkel, vielleicht sogar ein bißchen zu sehr.«

»Hoffentlich hast du recht«, murmelte Boteen und verließ das Zimmer.

Rugad wußte, daß Boteens Bedenken berechtigt waren. Aber Boteen schien nicht zu begreifen, daß Liebe manchmal gefährlicher sein konnte als Haß.

32

Fledderer stand mitten auf der Marmortreppe. Dieser Ort war ihm unheimlich. Er war warm, obwohl es in einer Höhle von diesen Ausmaßen eigentlich kalt sein müßte. Er war hell, obwohl eine Höhle ohne andere Öffnungen als dem Eingang dunkel sein müßte. Er war voller Waffen, den Symbolen der Inselreligion, obwohl doch offensichtlich seit Jahrhunderten niemand hiergewesen war.

Jetzt stand Gabe auch noch wie erstarrt mit glasigen Augen in der großen Halle am Fuß der Treppe, und das letzte, was er gesagt hatte, war »Mutter« gewesen.

Mutter.

Dabei waren seine beiden Mütter tot. Seine richtige Mutter war vor fünfzehn Jahren gestorben. Seine Pflegemutter, Niche, war erst vor ein paar Wochen von Rugads Truppen umgebracht worden, als der Schwarze König alle Versager hatte abschlachten lassen.

Leen rannte an Fledderer vorbei die letzten Stufen hinunter.

Fledderer packte sie am Arm und hielt sie fest, bevor sie Gabe erreicht hatte.

»Laß mich los«, fauchte sie.

»Nein«, erwiderte Fledderer. »Es könnte ein Zauberspruch sein.«

»Hier?« fragte Leen. »Woher?«

Fledderer sah sich um. Abgesehen von den Schwertern und Kelchen waren die Wände mit Schalen und Wandteppichen bedeckt. Eine ganze Wand glitzerte im Glanz unzähliger Glasfläschchen. Fläschchen, die das heilige Gift enthielten.

Fledderer schluckte krampfhaft. Die Halle war lichtdurchflutet, und der Marmorfußboden erstreckte sich soweit das Auge reichte. Hinter dem Brunnen waren weitere Stufen und die Eingänge zu zwei Korridoren zu sehen, die ins Unendliche zu führen schienen. Fledderer vermutete, daß sich an ihrem Ende und am Fuß der Stufen hinter dem Brunnen noch mehr Höhlen befanden, vollgestopft mit den Utensilien der Inselreligion.

Ein Schauder überlief ihn.

»Fledderer?« fragte Leen.

»Alles hier hat etwas mit ihrer Religion zu tun. Und das Wasser ihrer Religion tötet Fey. Stell dir bloß vor, welche Wirkung die übrigen Gegenstände haben könnten. Vielleicht wurde Gabe verhext, als er den Raum betreten hat.«

»Aber wir sind doch auch Fey«, erinnerte Leen.

»Du bist noch nicht in den Besitz deiner Magie gelangt«, gab Fledderer zurück, »und ich habe überhaupt keine.«

»Oh.« Beide betrachteten Gabe. Der Junge war einen Schritt zurückgetreten. Sein Blick war allerdings immer noch verschwommen, als könne er nicht richtig erkennen, was direkt vor ihm war.

»Was tust du hier?« fragte er plötzlich. Aber er meinte nicht Fledderer und Leen. Er sprach mit der Luft.

»Vielleicht ist es eine Vision«, flüsterte Leen und wich zurück, um Gabe nicht zu berühren.

»War seine letzte Vision auch so?« fragte Fledderer, obwohl er die Antwort kannte. Gabe benahm sich wie alle anderen Visionäre. Er fiel zu Boden. Er sabberte. Er krümmte sich, manchmal vor Schmerzen, und er jaulte. Er sprach nicht in vollständigen Sätzen. Visionäre benahmen sich nicht wie die Leute in den Märchen der L'Nacin. Es war eher, als hätten sie Anfälle.

»Nein«, entgegnete Leen leise. »Es war anders.«

»Du bist nicht wirklich«, sagte Gabe jetzt und streckte die

Hand aus. Er hielt inne und bewegte die Finger, als berühre er etwas.

»Siehst du das?« zischte Leen. »Er bildet sich ein, jemanden zu sehen. Ich muß ihn da wegholen.«

»Nein.« Fledderer ließ sie nicht los.

»Wenn dort wirklich jemand ist, müßten wir ihn sehen«, verteidigte sie sich.

»Nicht unbedingt«, gab Fledderer zurück. »Gabes Verstand funktioniert anders als der unsere, und seine Fähigkeiten auch.«

»Aber wenn du recht hast mit der Inselreligion, müssen wir ihn von hier fortbringen«, sagte Leen stur.

Fledderers Mund war wie ausgetrocknet. Das war ein Argument. Ein wichtiges. Aber er wußte noch immer nicht, was sie tun sollten. In all den Jahren, in denen er sich mit Magie beschäftigte, hatte er noch nie von etwas Derartigem gehört.

Oder etwa doch?

Eine Erinnerung tauchte am Rande seines Bewußtseins auf, aber er bekam sie nicht zu fassen.

»Laß mich nachdenken«, murmelte er. »Laß mich nachdenken.«

Aber je mehr er sich konzentrierte, desto ungreifbarer wurde die Erinnerung, wie ein Kind, das gerade außerhalb seines Gesichtsfeldes herumhüpfte.

»Vielleicht sieht er ja wirklich etwas«, meinte Leen.

Ihre Worte unterbrachen Fledderers Konzentration. »Das bezweifle ich nicht«, bestätigte er.

»Das habe ich nicht gemeint.« Leen sprach hastig, als wolle sie Fledderer beschwichtigen. »Ich meine, vielleicht ist da tatsächlich etwas.«

»Sag ich doch«, gab Fledderer zurück. »Vielleicht ist da etwas.«

»Aber vielleicht hat es nichts mit Feymagie zu tun«, fuhr Leen fort.

Fledderer erstarrte. Daran hatte er nicht gedacht.

»Ich meine«, fuhr Leen fort, »wir befinden uns hier an einem Ort, der offenbar etwas mit der Religion der Inselbewohner zu tun hat. Gabe ist zur Hälfte Inselbewohner. Vielleicht sieht er etwas, das nur Inselbewohner sehen können.«

Ein Schauder lief Fledderer über den Rücken. Als er damals auf Adrians Gehöft gelebt hatte, hatte er sich so ausführlich wie möglich mit der Inselreligion beschäftigt. Wissen war eine Art Schutz. Es konnte ihn retten.

Das hatte er jedenfalls immer geglaubt.

Aber Gabe war nicht einfach nur zur Hälfte gewöhnlicher Inselbewohner. In seinen Adern floß das Blut ihres Religionsführers. Das Blut des Gründers der Religion, jenes Mannes, den seine Anhänger den Roca nannten. Seit Jahrhunderten stammte die königliche Familie in ungebrochener Linie von diesem Mann ab. Der Anteil vom Blut des Roca in Gabes Adern konnte zwar nicht mehr übermäßig groß sein, aber jeder Fey wußte, daß das Blut zu seinem Träger sprach.

»Vielleicht hat er eine religiöse Vision«, überlegte Fledderer.

»Genau«, erwiderte Leen, als hätte Fledderer ihr damit recht gegeben. Dabei dachte er bloß laut nach.

»Oder es ist eine Warnung«, fuhr Fledderer fort.

»Eine Warnung?«

»Diese Höhle ist nicht bewacht. Warum ist in der ganzen Zeit niemand hier gewesen? Weil sie wußten, was sich darin befindet?«

Fledderer betrachtete die unangetasteten Schätze an den Wänden. Hätten Fey diesen Ort entdeckt, hätten sie ihn bestimmt geplündert. Sie hätten die Edelsteine ins Imperium geschickt, die Schwerter als Waffen benutzt und die Kelche eingeschmolzen.

Aber die Inselbewohner hielten die Symbole ihrer Religion hoch in Ehren. Sogar Leute, die an der Religion zweifelten, respektierten die Gläubigen. Derartige Objekte zu stehlen mochte ein Tabu sein, das niemand zu brechen wagte.

»Ich verstehe das nicht«, sprach Gabe jetzt wieder. »Warum hat mir das noch nie jemand erklärt?«

Es klang wie eine ganz vernünftige Unterhaltung. Fledderers Nackenhaare sträubten sich. Was sollte er tun? Obwohl er sich mit sämtlichen Zauberpraktiken der Fey beschäftigt hatte, war dies das erste Mal, daß er eine Situation nicht einschätzen konnte. Er war sich nicht sicher, ob er sich ohne nachteilige Folgen für Gabe einmischen durfte, aber er wußte auch nicht, ob es dem Jungen vielleicht genausoviel Schaden zufügte, wenn er ihn dem Bann einer unbekannten Macht überließ.

Fledderer haßte diesen Zwiespalt.

»Vielleicht sollte einer von uns Coulter holen«, schlug Leen vor.

»Was könnte Coulter schon tun?« fragte Fledderer. Er hatte den Blick nicht von Gabe gewandt. Gabe ließ den Arm sinken und runzelte die Stirn, als höre er jemandem intensiv zu – jemandem, der direkt vor ihm stand.

»Coulter besitzt Inselmagie. Vielleicht weiß er ...«

»Coulter weiß auch nicht mehr als ich. Er wurde als kleiner Junge von den Fey aufgezogen, und danach haben Adrian und ich ihn unterrichtet. Alle seine magischen Fähigkeiten hat er sich von den Fey abgeschaut.«

»Wenn das stimmt«, sagte Leen leise, »dann müßtest auch du Zauberkraft besitzen. Aber auf dieser Insel gibt es wilde Magie. Das weißt du genausogut wie ich.«

Fledderer wußte das nur zu gut. Er gab es nur nicht gerne

zu, denn dieses Eingeständnis bedeutete zweierlei: erstens, daß er selbst niemals in den Besitz eigener Magie gelangen würde, und zweitens, daß es dort draußen ein ganzes magisches System gab, das er nicht begriff – das vielleicht niemand begriff.

So gern Fledderer auch vorgab, er habe sich damit abgefunden, niemals eigene Zauberkraft zu besitzen – akzeptiert hatte er diese Tatsache nie. Er hoffte immer noch, irgendwann magische Fähigkeiten zu erwerben, und Coulters Beispiel hatte ihn wieder Hoffnung schöpfen lassen. Wenn ein Inseljunge es schaffte, warum dann nicht auch Fledderer?

Einerseits wußte er, daß es sich dabei um reines Wunschdenken handelte. Andererseits war ihm das egal.

Aber die zweite Konsequenz beunruhigte ihn wirklich.

Fledderer hatte Jahrzehnte gebraucht, um alles über die Magie der Fey zu lernen. In den Händen Unerfahrener konnte diese Magie tödliche Folgen haben, jedenfalls wußte man nie genau, wie sie wirken würde.

Wilde Magie oder ein magisches System, das niemand begriff – das bedeutete, daß dieses System durch seine bloße Existenz eine Gefahr darstellte.

»Vielleicht sollten wir Gabe so lange schütteln, bis er aufwacht«, schlug Fledderer vor. Er ließ Leens Arm los. Sie blickte ihn unsicher an.

Dann streckte sie vorsichtig die Hand nach Gabe aus und berührte ihn.

Gabe fuhr herum und funkelte Leen so wütend an, daß Fledderers Hand unwillkürlich nach dem Messer griff.

»Mit mir ist alles in Ordnung«, fauchte Gabe. »Laßt mich in Ruhe.«

»Aber ...«, begann Fledderer.

»Davon verstehst du nichts«, fuhr ihn Gabe an.

»Wir sehen nichts«, erklärte Leen.

»Das habe ich schon mitgekriegt«, seufzte Gabe. Er hob den Finger, als bitte er jemanden um einen Augenblick Geduld. »Mit mir ist alles in Ordnung«, wiederholte er, diesmal etwas freundlicher, wie um seine Gefährten zu beruhigen. »Ihr braucht nicht nach Coulter zu schicken. Er wird schon bald hier sein. Warum schaut ihr zwei euch nicht ein bißchen um? Aber paßt mit den Sachen an den Wänden auf.«

»Und du willst weiterhin mit der Luft reden?« erkundigte sich Fledderer.

»Ich rede nicht mit der Luft«, widersprach Gabe.

»Mit wem dann?« fragte Fledderer.

Gabes Gesicht wechselte sekundenlang den Ausdruck, aber es ging zu schnell vorbei, als daß Fledderer es deuten konnte. Gabe sah so schuldbewußt aus wie jemand, der lügt.

»Ich bin mir noch nicht ganz sicher«, erwiderte Gabe. »Ich sage es euch, sobald ich es herausgefunden habe.«

»Sei vorsichtig«, warnte Leen. »Du weißt nicht, was das hier für ein Ort ist.«

»Ich habe eine ziemlich genaue Vorstellung«, konterte Gabe, wandte sich wieder ab und lächelte sein unsichtbares Gegenüber wie entschuldigend an.

Fledderer musterte ihn einen Augenblick. Gabe schwieg jetzt. Er schien zuzuhören.

»Die Sache gefällt mir nicht«, sagte Fledderer laut, damit Gabe ihn hörte.

»Es muß dir ja auch nicht gefallen«, meinte Leen.

»Wir sind aber hier, um Gabe zu beschützen«, erwiderte Fledderer.

»Das machen wir auch«, gab Leen zurück. »Wir wissen bloß nicht genau, wovor.«

Aber Fledderer wußte es. Es würde genauso aussehen, wenn Gabe sich mit einem Irrlichtfänger in dessen kleinster

Gestalt oder einem getarnten Spion unterhielte. Dann würde auch ein Inselbewohner dasselbe sehen wie Fledderer.

Nämlich nichts.

Nur, daß Fledderer kein Inselbewohner war. Er war ein Fey. Er wußte, daß Magie viele verschiedene Gestalten annehmen konnte.

Diese hier kannte er bloß nicht.

Das machte ihm angst.

33

Con hielt sein Schwert so fest er konnte umklammert, aber er fühlte sich völlig hilflos. Wie konnte er, selbst mit einer solchen Waffe, dieses riesige Aufgebot von Fey in die Flucht schlagen?

Der Tunnel war auf seine ganze Länge, bis hin zum Anfang, voller Fey. Sie drängten sich gegenseitig gegen die rußgeschwärzten Wände und stießen die Leichen einfach mit dem Fuß aus dem Weg.

»Du bist also der Urenkel des Schwarzen Königs«, ergriff die Feyfrau, die Sebastian am nächsten stand, das Wort. Sie war älter als die meisten Fey, denen Con bis jetzt begegnet war, und durch ihr schwarzes Haar zog sich eine weiße Strähne.

»Nein ...«, wehrte Sebastian ab.

Con kletterte vorsichtig den Kistenstapel herunter. Dieses Schwert hatte schon viele Fey in die Flucht geschlagen. Aber noch keine Armee.

Eine ganze Armee.

»Der Schwarze König will dich sehen«, fuhr die Frau fort.

Sebastian wich einen Schritt zurück und prallte gegen den Stapel, der gefährlich zu wackeln begann. Con blieb stehen, hielt sich fest und hielt Ausschau nach einem guten Landeplatz für einen Sprung. Er durfte weder das Schwert loslassen noch riskieren, sich beim Aufkommen den Fuß zu verstauchen.

»Lauf ... Con«, rief Sebastian. »Lauf!«

»Nein«, erwiderte Con mit gezücktem Schwert. »Solange ich hier bin, bekommt ihr ihn nicht.«

Der schwankende Stapel war fast zur Ruhe gekommen, aber Sebastian stieß erneut dagegen. Schließlich begriff Con, daß er es absichtlich tat.

Aber wozu?

Die Fey rückten näher. Con konnte nicht abwarten, bis das Schwanken aufhörte. Er trat einen Schritt vor ...

... und der Kistenstapel stürzte ein. Con verlor den Halt, stolperte und stürzte nach hinten, während die Kisten in alle Richtungen polterten. Er schützte den Kopf mit den Armen und etwas traf seine Finger, so daß er das Schwert losließ. Con hörte, wie die Waffe scheppernd zwischen die Kisten fiel. Er konnte sie sogar sehen. Die Klinge schnitt wie durch Wasser durch das Holz.

Dann landete das Schwert auf dem Leichenhaufen unter ihm und versank in dem Gewirr von Leibern.

Das alles sah Con, während er selbst fiel. Er schürfte sich Arme und Beine an den Kisten auf, und Splitter bohrten sich in seine ungeschützte Haut. Der Fall schien endlos zu dauern, obwohl Con wußte, daß nur wenige Sekunden verstrichen waren.

Dann landete Con zwischen weichem, verwesenden Fleisch und Knochen. Gestank hüllte ihn ein, sein Gewicht drückte ihn tief in die verfaulenden Leichen.

Sebastian schrie mit diesem scheußlichen, rauhen Geräusch, das Con bisher nur ein paarmal gehört hatte. Con standen die Haare zu Berge.

Dann brach der Schrei jäh ab, als hielte jemand Sebastian den Mund zu

»Na komm schon«, lockte die Frau. »Wehr dich nicht. Wir tun dir nicht weh.«

»Der Schwarze König möchte bloß seinen Urenkel kennenlernen«, setzte ein männlicher Fey hinzu.

Con versuchte, sich aus dem Leichenhaufen zu befreien. Es

gelang ihm, den Kopf zu heben und tief Luft zu holen, obwohl er sich wegen des Gestanks beinahe übergeben mußte. Um ihn herum verstreut lagen die Kisten und bildeten einen Wall zwischen ihm und Sebastian.

Auch das Schwert befand sich außerhalb von Cons Reichweite. Er konnte es nicht einmal sehen, er wußte nur, daß er nicht auf der Waffe gelandet war.

Con zerrte verzweifelt an den Kisten und versuchte, sie wegzuschieben, aber sie hatten sich fest ineinander verkeilt, und Con war mit seiner Kraft am Ende. Er konnte kaum die Arme bewegen. Ein unnatürlicher Schmerz schoß durch das untere Ende seiner Wirbelsäule.

»Was ist mit dem anderen?« fragte eine zweite Frau.

»Was soll mit ihm sein?« fragte die erste zurück.

»Sollen wir ihn kaltmachen?« Ihre Stimme klang gierig.

»Fußsoldaten«, lachte die Anführerin. »Ich dachte, ihr hättet euren Blutdurst bereits während des Gemetzels am anderen Flußufer gestillt.«

»Davon kann man nie zuviel haben«, gab die andere zurück.

»Wahrscheinlich nicht«, stimmte ihr die Anführerin zögernd zu.

»Also?« fragte die Fußsoldatin.

»Nein«, entschied die Anführerin. »Laßt ihn laufen. Der Schwarze König hat gesagt, daß er diesen hier sofort sehen will. Das geht vor.«

Con warf sich mit aller Kraft gegen die Kisten. Sie bewegten sich zwar, gaben aber keinen Spalt frei. Con stieß einen Laut aus, der fast wie ein Schluchzen klang.

»Nein!« rief er. »Nehmt mich!«

Wenn die Fey ihn befreiten, bekam er vielleicht das Schwert zu fassen, und wenn er erst einmal die Waffe hatte, konnte er gegen sie kämpfen.

Jemand lachte – Con glaubte, daß es wieder die Frau war –, und dann hörte er Schritte.

Sie entfernten sich.

»Nein!« schrie er wieder. »Laßt mich nicht hier zurück!«

Aber seine Stimme verhallte ungehört.

Sie mußten Sebastian abgeführt haben.

Denn plötzlich herrschte Totenstille.

34

Jakib und Denl trugen Fackeln, und Marly hatte sie offenbar zusätzlich mit Essen und ein paar Wasserbeuteln ausgerüstet. Nach der Hälfte der Strecke war Matthias entgegen seiner Überzeugung dafür dankbar, daß die beiden Männer Tri und ihn begleiteten. Ohne sie hätte er sich im Dunkeln niemals zurechtgefunden.

Nur die Spuren, die er als einziger erkennen konnte, glühten so hell wie kleine Feuer, die sich durchs Unterholz fressen. Die Nacht war klar, aber finster; einen Mond gab es nicht. Am samtschwarzen Himmel schimmerten schwach die Sterne. Der Berg ragte wie ein riesiger Schatten vor Matthias auf.

Abgesehen von dem Licht, das in seiner Mitte glühte. Es lockte Matthias wie ein gemütliches Zimmer und verursachte ihm zugleich eine Gänsehaut. Er versuchte, das verführerische Leuchten soweit wie möglich zu ignorieren und sich vorzustellen, daß es etwas anderes war, etwas, das nichts mit den Spuren zu tun hatte.

Das hoffte er jedenfalls.

»Kalt?« fragte Tri neben ihm.

»Nein«, entgegnete Matthias. Es war nicht die Kälte, die ihm Unbehagen bereitete. Seit Sonnenuntergang hatte die Luft sich abgekühlt, aber darauf war Matthias gefaßt gewesen und hatte beim Aufbruch daran gedacht, einen zusätzlichen Pullover überzuziehen.

»Willst du die ganze Nacht so weiterwandern?« erkundigte sich Tri.

»Wenn es sein muß«, gab Matthias zurück.

»Und was willst du machen, wenn du sie findest?«

Darauf wußte Matthias keine Antwort. Er trug kein Weihwasser bei sich, außerdem hatte die Flüssigkeit ihre Wirkung auf die Fey ohnehin verloren. Klugheit und List waren seine einzigen Waffen.

Außerdem war er sich nicht sicher, ob er diesmal überhaupt kämpfen wollte.

Interessant, daß gerade Tri eine solche Frage stellte. Anscheinend war sein Vorsatz, die »Langen« zu warnen, mit der untergehenden Sonne verschwunden.

Vielleicht hatte aber auch der Zusammenstoß mit den Klipplern auf dem Markt Tris Eifer gedämpft.

Matthias würdigte Tri keiner Antwort. Er ging einfach weiter, immer den Spuren nach, die sich über den schlammigen Weg schlängelten.

Diese Spuren waren wirklich merkwürdig. Es waren zwei Fährten, die sich unablässig überkreuzten, in die Erde eingebrannt, wie eigens zu dem Zweck angelegt, Matthias die Richtung zu weisen. Die anfängliche Panik, die in Constantia angesichts der Spuren in Matthias aufgestiegen war, hatte sich gelegt, und Matthias fragte sich, ob sie vielleicht eher durch das Verhalten der Städter ausgelöst worden war. Trotzdem spürte er immer noch ein merkwürdiges Prickeln.

Niemand außer ihm konnte die Spuren sehen. Nicht Tri, nicht Jakib und Denl, nicht die Städter.

Nur Matthias.

Matthias hatte schon so viel Ungewöhnliches, fast Unmögliches vollbracht, aber es beunruhigte ihn trotzdem jedes Mal.

Sein Vorgänger, der Fünfzigste Rocaan, hätte sicher behauptet, das läge daran, daß Matthias sich nicht Gottes Willen fügte. Der Fünfzigste Rocaan war immer der Ansicht gewesen, Matthias lege Gottes Willen zu sehr nach seinem eigenen Gutdünken aus.

Matthias war davon nicht völlig überzeugt. Im Lauf der Zeit hatte er sich schließlich außergewöhnliche Gelehrsamkeit erworben. In seinen frühen Jahren im Tabernakel hatte er allerdings feststellen müssen, daß er es an reiner Glaubensstärke nicht mit dem Fünfzigsten Rocaan aufnehmen konnte. Dasselbe konnte man zwar auch von vielen anderen Mitgliedern des Tabernakels behaupten, für die die Religion einfach ein Beruf wie jeder andere war, aber die wahren Gläubigen hatte Matthias immer respektiert.

Der Fünfzigste Rocaan war einer dieser wahren Gläubigen gewesen.

Genau wie Titus, Matthias' Nachfolger.

Alle beide waren von den Fey ermordet worden.

Matthias überlief ein Frösteln, und er blickte auf. Die Spuren wanden sich einen Bergpfad entlang und erleuchteten ihn. Dann überkreuzten sie sich noch ein paar Meter weiter und brachen vor einer Felswand plötzlich ab. Als Matthias die Wand, die noch ein ganzes Stück entfernt war, eingehender betrachtete, fühlte er eine flüchtige Anwesenheit.

Er blieb abrupt stehen. Dieselbe Anwesenheit hatte er schon einmal gefühlt, wenn auch nur ganz schwach. Das war kurz vor seinem Amtsantritt als Rocaan gewesen. Damals hatte er sie allerdings westlich von Jahn, in der Nähe des Blumenflusses, wahrgenommen. Bald war diese Anwesenheit zu etwas geworden, das Matthias für eine Art Wunschdenken gehalten hatte, einen Traum, wie der Schatten eines geliebten Toten, der einem lebendigen Menschen über die Schulter sieht.

Und doch spürte Matthias die Anwesenheit jetzt hier im Gebirge, demselben Gebirge, in dem man ihn als Säugling ausgesetzt hatte, so stark und deutlich, als könnte er sie berühren wie eine Person.

»Alles in Ordnung mit dir, Heiliger Herr?« erkundigte sich Denl besorgt.

Er war neben Matthias stehengeblieben. Seine Fackel

flammte hell vor dem schwarzen Himmel. Das Feuer sah irgendwie unwirklich aus, wie von einem der Künstler gemalt, die den Tabernakel ausschmückten.

»Ja, alles klar«, erwiderte Matthias. Der Fackelschein lenkte ihn von den Spuren ab. Etwas an den Spuren störte ihn. Einerseits unterschieden sie sich von der unsichtbaren Anwesenheit, andererseits waren sie mit ihr verbunden.

Wieder überlief ihn ein Frösteln.

Er durfte nicht länger so ziellos weiterwandern.

Er mußte allein weitergehen.

»Hör zu«, wandte er sich an Tri. »Bleib du hier. Sollten wir dort vorn auf Fey treffen, läufst du zurück nach Constantia. Berichte den Weisen Führern, daß du die Langen gefunden hast, und erzähl ihnen, wo.«

»Nein«, weigerte sich Tri. »Die Weisen sind genau die Sorte Leute, die wir hier oben nicht brauchen können. Ich bin hier heraufgekommen, um die Langen zu warnen und zum Fortgehen zu bewegen.«

»Ich weiß«, beschwichtigte Matthias. »Falls es sich nur um ungewöhnlich hochgewachsene Inselbewohner handelt, kannst du das gerne tun. Wenn es aber Fey sind, mußt du die Weisen Führer holen. Die Fey sind gefährlich. Sie brauchen keine Beschützer. Sie werden die ganze Stadt zerstören.«

»Das denkt er sich nich' bloß aus«, pflichtete Jakib Matthias bei. »Sie ham Jahn niedergebrannt.«

»Und die meisten Leute in der Stadt abgemurkst«, ergänzte Denl.

Tri schüttelte den Kopf. »Du weißt genau, was die Weisen tun werden. Sie werden hier heraufkommen und die Langen töten.«

Matthias nickte.

Tri warf den Kopf in den Nacken. »Willst du Leute umbringen, die du gar nicht kennst?«

»Ich kenne die Fey.«

»Aber nicht diese Fey.«

»Vielleicht nicht«, räumte Matthias ein. »Aber ich habe noch keinen Fey getroffen, der nicht den Tod verdient hätte.«

»Verzeih«, mischte sich Denl wieder ein, »aber der Heilige Herr hat recht. Diese Fey sind verdammt blutrünstig. Die ziehn dir bei lebendigem Leib die Haut ab, bevor du dich umgedreht hast.«

»Oder sie fangen dich lebendig und lassen einen ihrer Unholde deine Seele stehlen und in 'ne Kiste sperrn«, setzte Jakib hinzu. Er schauderte so heftig, daß seine Fackel flackerte.

»Das habt ihr alles gesehen?« fragte Tri ungläubig.

»Aye«, bestätigte Denl. »Die ham sich fast die ganze Insel untern Nagel gerissen. Sie ham Jahn abgefackelt. Wie oft solln wir dir das noch erzähln, Mann? Sie sind gekommen, um uns alle abzumurksen.«

»Und das glaubt ihr tatsächlich?« fragte Tri.

»Nein«, unterbrach ihn Matthias. »Das wissen wir.«

Er wollte nicht länger hier stehenbleiben. Er fühlte sich schutzlos.

Er drehte sich zu Tri um. »Muß ich den Auftrag jemand anderem erteilen?«

»Ich glaube nicht ans Töten«, murmelte Tri.

»Auch nicht in Kriegszeiten?« fragte Matthias.

»Es herrscht kein Krieg«, widersprach Tri.

»Vielleicht nicht in Constantia«, gab Matthias zu, »aber auf der Blauen Insel insgesamt schon. Ihr seid nur bis jetzt verschont geblieben, weil diese Gegend so abgeschieden ist.«

Tri holte zitternd Luft. Matthias wurde ungeduldig.

»Also, was ist?« fragte er. »Gehst du? Oder muß ich Denl schicken?«

»Denl werden sie nicht glauben«, gab Tri zu bedenken. »Er ist einer von deinen Leuten.«

»Also kommst nur du in Frage, nicht wahr?«

Tri schluckte. »Da hast du wohl recht.«

Matthias nickte knapp und folgte dem Pfad um eine scharfe Biegung. Denls und Jakibs Fackeln hinter ihm warfen Matthias' Schatten auf die Spuren. Der Schatten war riesig und ließ Matthias in der Dunkelheit noch größer erscheinen, als er ohnehin war.

Vielleicht war es aber auch der Berg, der ihn größer machte. Matthias wußte es nicht genau.

Jetzt konnte er die fremde Anwesenheit fast sehen. Sie stand aufrecht. Matthias fühlte ihre Beunruhigung. Die fremde Anwesenheit hatte jetzt auch Matthias bemerkt.

Matthias setzte sich in Bewegung. Denl und Jakib versuchten, mit ihm Schritt zu halten, aber sie schafften es nicht, weil sie kürzere Beine hatten.

Matthias war sich ohnehin nicht sicher, ob er sie dabeihaben wollte. Er wollte der fremden Anwesenheit lieber allein gegenübertreten.

Der Pfad stieg steil an, und Matthias' Waden schmerzten vor Anstrengung.

Als er die anderen hinter sich ließ, gewöhnten sich seine Augen allmählich an die Dunkelheit. Eine dritte, schwächer schimmernde Spur erschien und verschmolz mit den ersten beiden. Matthias blinzelte und hob den Kopf. Was er für eine Felswand gehalten hatte, war in Wirklichkeit ein seltsames Gebilde: mehrere Steinsäulen, die von einem flachen Sims überdacht wurden.

Die Anwesenheit befand sich zwischen diesen Säulen.

Der Boden um die Säulen herum war von den Spuren übersät, denen Matthias folgte. Aber sie führten noch weiter, hinauf zu dem lockenden Licht.

Matthias blieb mit zitternden Händen und stoßweisem Atem vor den Steinsäulen stehen.

»Ich fühle dich«, keuchte er. »Es hat keinen Zweck, sich zu verstecken.«

Hinter sich hörte er seine drei Gefährten den Pfad erklimmen. Hoffentlich hielt Tri sich an seine Anweisungen. Tri war ein unabhängiger Charakter. Das war früher zu Matthias' Vorteil gewesen. Jetzt war sich Matthias da nicht mehr so sicher.

Denl war jetzt so nahe, daß seine Fackel einen Lichtkreis um sie beide warf.

Ein Mann trat in den Lichtkreis. Er war blond, hatte ein rundes Gesicht und blaue Augen.

Er war klein.

Sehr klein. So klein wie Tri. Matthias überragte ihn um Haupteslänge.

Der Mann war jung. Sein faltenloses, sanftes Gesicht glich dem eines Knaben. Nur die Augen waren die eines Mannes. Sie blickten unendlich traurig.

Die seltsame Anwesenheit ging von diesem Mann oder Jungen aus. Damit verbunden war eine Macht, die Matthias noch nie gespürt hatte.

»Du bist also der zweite«, stellte der Junge fest.

Matthias wußte nicht, was für eine Art Begrüßung er erwartet hatte, aber ganz sicher nicht diese. »Der zweite?«

»Ich habe dich mein Leben lang gefühlt«, fuhr der Junge fort. »Aber ich dachte, du seist ein Fey.«

Das nach all den Verhöhnungen in der Stadt, nach all dem Haß, der Matthias sein Leben lang entgegengeschlagen war.

»Ich bin kein Fey«, fauchte Matthias.

»Nein«, stimmte der Junge zu. »Du bist wie ich.«

Auch Jakib hatte sie jetzt eingeholt. Das Licht seiner Fackel vermischte sich mit Denls. »Is' noch einer da drinnen?« fragte er.

»Nein«, erwiderten der Junge und Matthias wie aus einem Mund. Matthias ballte die Faust. Plötzlich hatte er das Gefühl, daß sein Bedürfnis, den Jungen allein zu treffen, begründet gewesen war.

»Geht zurück zu Tri«, befahl Matthias und nahm Denl die Fackel aus der Hand. »Wartet dort auf mich.«

»Aber Hei...«

»Tu's einfach«, unterbrach ihn Matthias, bevor Denl den Ehrentitel aussprechen konnte.

»Aye«, gab Denl nach.

Jakib warf ihm einen fragenden Blick zu. »Aber wir ham Marly versprochen, auf dich aufzupassen.«

»Das könnt ihr ja trotzdem machen«, beschwichtigte Matthias. »Bloß außer Hörweite.«

»Kennst du diesen Burschen?« erkundigte sich Denl.

»Ich weiß schon sehr lange, daß es ihn gibt«, gab Matthias zurück, und als er es aussprach, wußte er, daß es die Wahrheit war. Seit dieser Junge auf der Welt war, hatte Matthias um seine Existenz gewußt, auch wenn er es sich bis jetzt nicht richtig eingestanden hatte. Er hatte ihn so selbstverständlich gespürt wie den Boden unter seinen Füßen. Eines Tages war der Junge aufgetaucht, und Matthias hatte ihn gefühlt, wie jemanden, der ein Zimmer betritt.

»Mir gefällt die Sache nicht«, knurrte Jakib.

»Das macht nichts«, konterte Matthias.

»Du weißt, daß sie dich liebt. Wenn du nich' wiederkommst ...«

»Ich komme bestimmt wieder«, versicherte Matthias, wider Willen gerührt über Jakibs Worte. Wie konnte Marly ausgerechnet ihn lieben? Sie kannte ihn doch nur als Verletzten, als jemanden, der ständig Hilfe brauchte und in den ersten Tagen ihrer Bekanntschaft kaum auf eigenen Beinen laufen konnte.

»Ich werde ihm nichts tun«, versprach der Junge, und es klang, als habe er absichtlich einen Teil des Satzes weggelassen. *Ich werde ihm nichts tun – noch nicht. Ich werde ihm nichts tun – niemals. Ich werde ihm nichts tun – weil er so ist wie ich.*

»Wenn du lügst, finden wir dich«, schwor Jakib. »Dann machen wir mit dir dasselbe, was du mit ihm gemacht hast.«

Der Junge nickte ernst und scheinbar beeindruckt. Aber Matthias konnte seine Gedanken lesen. Der Junge glaubte nicht, daß Denl und Jakib ihm Schaden zufügen konnten. Jedenfalls ganz gewiß nicht in dem Maße, wie der Junge Matthias schaden konnte.

Um Matthias herum wurde es immer kälter. Beinahe hätte er Denl und Jakib gebeten, doch dazubleiben. Aber er hielt sich zurück. Der Junge hatte schon zuviel gesagt – zuviel, von dem Matthias nicht wollte, daß andere es hörten.

»Ist schon in Ordnung«, beschwichtigte Matthias wieder. »Geht jetzt.«

Denl musterte immer noch den Jungen. »Is' dir klar, daß dieser Mann hier im Besitz der Geheimnisse des ...«

»*Geht*«, fuhr ihn Matthias an. Er wußte, was Denl sagen wollte. Er wollte dem Jungen erklären, daß Matthias die Geheimnisse des Rocaanismus kannte. Daß er wußte, wie man Fey tötete. Aber Matthias war sich nicht sicher, ob er wollte, daß der Junge das erfuhr.

»Aye«, gab Denl nach. »Aber wenn der Kerl dich umbringt, müssen wir alle sterben.«

Das bezweifelte Matthias. Er wußte, wie zäh die Bande war. Aber er wußte auch, daß er für sie und ihr Überleben im Kampf gegen die Fey sehr wichtig war.

Er hatte das Gefühl, daß dieser Junge ihnen dabei helfen konnte.

»Ich komme schon zurecht«, sagte er.

Denl verzog das Gesicht und streckte Matthias die Fackel hin, aber Matthias schüttelte den Kopf. Er wollte beide Hände freihaben. Denl zögerte. Dann klemmte er die Fackel zwischen zwei Felsbrocken, machte kehrt und ging auf dem Pfad zurück.

»Sie beschützen dich«, stellte der Junge offenbar erstaunt fest.

Matthias hatte nicht vor, auf diese Bemerkung einzugehen. Er trat einen Schritt auf den Jungen zu, immer noch verblüfft darüber, um wieviel größer er selbst war. Er konnte von oben auf den Scheitel des Jungen blicken, genau wie bei anderen Inselbewohnern. Aber bei diesem Jungen fühlte es sich anders an.

»Was meinst du damit, daß wir gleich sind?« fragte er.

»Vor mir brauchst du dich nicht zu verstellen«, erklärte der Junge. »Fühlst du es nicht auch? Ich weiß schon mein ganzes Leben lang von dir. Ich wette, dir geht es genauso.«

»Und dem dritten auch«, ergänzte Matthias leise.

»Ja«, stimmte der Junge zu. »Dem dritten, der mit den Fey bei der letzten Invasion gekommen ist. Aber du bist kein Fey.«

»Nein«, bestätigte Matthias.

»Ich auch nicht. Trotzdem besitzen wir die Gabe der Magie.«

»Ich besitze keine Magie«, fauchte Matthias.

Der Junge lächelte. Im Schein der Fackel war sein Gesicht seltsam blaß. »Natürlich besitzt du sie. Sonst könnte ich dich nicht fühlen.«

Ihr besitzt große Magie, heiliger Mann.

Vor Jahren hatte sich Matthias aus dem Bann eines Traumreiters befreit, und der Fey hatte gesagt, daß nur die Magie zwischen ihnen so etwas fertigbringen könne. Er hatte den Zauberspruch eines weiteren Fey abgewendet und diesen getötet. Er hatte ein Seil aus Blut geflochten und sich daran vom Grund des Cardidas emporgezogen.

»Ich besitze keine Magie«, wiederholte Matthias flüsternd.

»O doch«, sagte der Junge. »Du hast bloß keine Übung. Hier. Versuch das mal.«

Er öffnete die Finger, und ein Feuerball erschien auf seiner Handfläche. Dann verschwand der Ball so schnell, wie er gekommen war.

»So etwas kann ich nicht«, wehrte Matthias ab.

»Du hast es nur noch nicht versucht.«

»Ich kann es nicht«, wiederholte Matthias.

Das Lächeln des Jungen wurde breiter. »Natürlich kannst du es. Erst stellst du es dir vor. Dann fühlst du es auf deiner Hand. Du und ich, wir können alles erschaffen, was wir uns vorstellen. Die meisten Leute können das nicht.«

Matthias erinnerte sich plötzlich, wie er während der ersten Invasion die Weihwasserflaschen genommen und den Fey entgegengeschleudert hatte, in der Hoffnung, sie damit aufzuhalten.

Es war ihm gelungen.

Aber das Blutbad, das er damit angerichtet hatte, hatte er sich nicht vorher ausgemalt.

Oder etwa doch?

»Versuch es«, forderte der Junge ihn erneut auf.

Matthias streckte die geöffnete Hand aus. Er mußte es einfach versuchen. Sonst würde er sich für den Rest seines Lebens fragen, ob der Junge recht hatte. Er stellte sich einen Feuerball wie den vor, den der Junge erschaffen hatte, und fühlte ihn plötzlich auf seiner Handfläche. Er senkte den Blick.

Dort brannte der Ball, ein perfekter Flammenkreis, rot, orange und in der Mitte blau, aber trotzdem kühl auf seiner Haut.

Matthias stieß einen überraschten Schrei aus und schüttelte das Gebilde ab.

Der Feuerball fiel zu Boden.

Der Junge schnippte mit den Fingern, und der Ball flog zu ihm hinüber. Er zerdrückte ihn zwischen den Handflächen, und das Feuer erlosch mit einer kleinen Rauchwolke.

Matthias sah das Licht der Flamme immer noch in der Dunkelheit vor sich.

»Wenn du einen erschaffst, ist er echt«, warnte der Junge. »Du mußt vorsichtig damit umgehen.«

»Das habe nicht ich gemacht. Das warst du«, keuchte Matthias. »Ich kann so etwas nicht.«

Der Junge musterte ihn. »Hast du das alles überlebt, indem du deine eigenen Fähigkeiten und deine Macht abgestritten hast? Indem du jemand anderem die Verantwortung zugeschoben hast?«

»Du warst es«, beharrte Matthias und wich zurück.

»Dann probier etwas anderes«, forderte ihn der Junge auf. »Etwas, von dem du mir nicht vorher erzählt hast. Stell es dir vor und warte ab, was passiert.«

»Nein.« Matthias wäre fast gegen die Felsen geprallt, zwischen denen die Fackel steckte. Halt suchend griff er danach, um nicht zu fallen. Die Fackel schwankte, und das Licht flakkerte. »Wer bist du?«

»Die Fey nennen mich einen Zaubermeister. Ich weiß nicht, wie der Inselausdruck dafür lautet. Ich nehme an, er ist längst in Vergessenheit geraten.«

»Haben die Fey dich dazu gemacht?«

»Nein.« Der Junge klang bekümmert. »Das wollten sie gern glauben, aber sie haben Tests durchgeführt. Dabei hat sich herausgestellt, daß ich die gleichen magischen Fähigkeiten besitze wie sie, obwohl ich vor der ersten Invasion geboren wurde. Ich bin ein echter Inselbewohner. Genau wie du.«

»Du mußt ein Fey sein. Manche von ihnen sehen aus wie Inselbewohner.« Matthias erinnerte sich daran, wie ein solcher Fey in den Tabernakel eingedrungen war.

»Stell mich auf die Probe«, schlug der Junge vor.

»Das Weihwasser wirkt nicht mehr.« Matthias richtete sich vorsichtig auf. »Du bist ein Fey, und du versuchst, mich zu täuschen.«

»Nein«, erwiderte der Junge. »Ich bin Coulter. Ich bin ein Inselbewohner wie du. Und auch du wirst eines Tages an deine eigenen Fähigkeiten glauben müssen.«

Ihr besitzt große Magie, heiliger Mann.

»Warum erzählst du mir das alles?« fragte Matthias.

»Bis jetzt dachte ich, daß ich der einzige Zaubermeister sei, der kein Fey ist«, erklärte Coulter. »Denk doch nur, wozu wir fähig wären, wenn wir uns zusammentun. Wir hätten genausoviel Macht wie ihre mächtigsten Leute. Wenn wir diese Macht richtig einsetzen ...«

»Wer sind deine Gefährten?« unterbrach ihn Matthias. »Von wem stammen diese Spuren?«

Zu seiner Überraschung richtete der junge Coulter seinen Blick direkt auf die Spuren, denen Matthias gefolgt war. »Von zweien meiner Freunde«, antwortete er.

»Wie kommt es, daß ich ihre Spuren sehe, aber nicht die meiner eigenen Gefährten?« fragte Matthias.

»Auch die könntest du sehen, wenn du wolltest. Aber wozu? Wenn wir die Spuren aller Leute sehen wollten, die jemals diesen Boden betreten haben, würden wir blind werden. Also treffen wir eine Auswahl.« Der Junge trat näher. »Vielleicht solltest du nach den Spuren deiner Freunde Ausschau halten.«

Matthias schüttelte den Kopf. »Damit du sie sichtbar machst?«

»Du kannst mich nicht für alles verantwortlich machen«, sagte der Junge. »Stell dir vor, was du alles tun könntest, wenn du deine Macht nutzt, statt sie zu verleugnen.«

Matthias zitterte. »Deine Freunde sind groß. Sie sind heute

nach Constantia gekommen und wurden vertrieben. Sind deine Freunde Fey?«

Der Junge schluckte. »Zwei von ihnen.«

»Du ziehst mit Fey umher?«

»Sie sind nicht so, wie du denkst«, erklärte der Junge. »Sie haben nichts mit dieser Invasion zu tun. Im Gegenteil. Sie versuchen, den Schwarzen König aufzuhalten.«

»Dafür habe ich nur dein Wort«, konterte Matthias. »Das Wort eines Jungen, der ein Fey ist oder auch nicht.«

»Ich bin kein Fey«, seufzte der Junge. »Das habe ich dir doch schon erklärt. Ich heiße Coulter. Ich bin wie du.«

»Nein, das bist du nicht«, entgegnete Matthias. »Ich würde mich niemals irgendwelchen Fey anschließen. Fey sind bösartige Geschöpfe, Mißgeburten.«

»Weil sie Magie besitzen?« fragte der Junge.

Matthias lief ein Schauder über den Rücken.

»Du verleugnest deine Magie. Tust du das, weil du ihnen sonst zu ähnlich wärst? Würde Magie dich zu einer Mißgeburt machen?«

Dämonenbrut.

»Würdest du dadurch bösartig?«

»Ich besitze keine Magie«, knurrte Matthias.

»Das stimmt nicht.«

»Warum bist du Fey so erpicht darauf, mich zu einem der deinen zu machen?« In Matthias stieg ein mörderischer Zorn auf, wie er ihn seit jener Nacht auf der Brücke von Jahn, in der er beinahe gestorben wäre, nicht mehr verspürt hatte. »Ich bin keiner von euch.«

»Und ich bin kein Fey«, gab der Junge zurück.

»*Du lügst*«, brüllte Matthias. Er langte nach den Felsen hinter sich, packte die Fackel und schleuderte sie dem Jungen entgegen. Der Junge streckte nur die Hand aus und unterbrach den Flug der Fackel mitten in der Luft.

»Willst du mich töten, weil ich die Wahrheit sage?« fragte er. »Haßt du dich selbst denn so sehr?«

»Ich hasse mich nicht«, keuchte Matthias.

»Du verleugnest dich selbst. Und wenn man dich mit der Nase darauf stößt, wirst du so wütend, daß der Berg zittert. Wenn du dich beruhigen und mir glauben würdest, wärst du viel glücklicher. Wir könnten zusammenarbeiten ...«

»Du siehst auch nicht glücklicher aus«, schnitt ihm Matthias das Wort ab. »Wenn du wirklich so glücklich bist, warum treibst du dich dann allein hier im Gebirge herum? Haben dich deine Freunde im Stich gelassen?«

»Nein«, erwiderte der Junge. »Aber manchmal, wenn man so große Macht besitzt ...« Seine Stimme brach ab.

»Trägt man große Verantwortung, ich weiß. Glaub mir, ich weiß es.«

Matthias hatte immer das Gefühl gehabt, daß er seiner Verantwortung als Rocaan nie richtig gerecht geworden war. Er hatte nicht um diese Position gebeten. Er war eine Fehlbesetzung gewesen. Ihm fehlte der Glaube. Er konnte ebensowenig an Sichtbare und Unsichtbare Dinge glauben wie an Inselmagie.

»Was willst du von mir?« flüsterte er. Er hatte das Gefühl, diese Frage schon sein ganzes Leben lang gestellt zu haben. »Warum hast du mir hier oben aufgelauert?«

»Ich habe dir nicht aufgelauert«, verteidigte sich der Junge. »Du bist den Spuren meiner Freunde gefolgt.«

»Wo sind sie?«

Wieder lächelte der Junge traurig. »Das soll ich dir verraten? Nachdem du gerade die Absicht geäußert hast, sie zu töten?«

Die Fackel hing zwischen ihnen in der Luft. Matthias starrte sie einen Augenblick lang an. Er widerstand dem Bedürfnis, auszuprobieren, ob sie wohl zu ihm zurückfliegen würde.

»Sag deinen Freunden, daß sie von hier verschwinden sollen«, entgegnete er. Er konnte genausogut das tun, was Tri sich vorgenommen hatte. »Das ist meine letzte Warnung.«

Dann drehte er sich mit militärischer Präzision um und ging den Pfad entlang zurück zu Denl, Jakib und Tri, Leuten, die wußten, wer er war.

Leuten, deren Anwesenheit er nicht fühlte.

35

Adrian duckte sich hinter einen Geröllhaufen. Obwohl es stockdunkel war, fühlte er sich ausgeliefert. Er hatte das Gefühl, beobachtet zu werden.

Die drei Männer waren aus der Richtung des Lagers den Berg heruntergekommen, und sie waren allein. Coulter, Gabe, Leen und Fledderer waren nicht bei ihnen. Auch nicht der vierte Mann. Der große, der ihr Anführer zu sein schien.

Adrian hatte ihn in der Dunkelheit nicht deutlich genug erkennen können. Seine Gefährten waren eindeutig Inselbewohner, aber der Anführer war groß genug, um ein Fey zu sein. Sein Gesicht war bandagiert, eine gute Tarnung, um Fey-Gesichtszüge zu verstecken.

Eine hervorragende Tarnung.

Allerdings hatte der Mann sich nicht wie ein Fey verhalten. Er hatte den anderen Befehle in Inselsprache zugerufen, als sie den Berg hinaufgetrottet waren, und er schien einer Spur zu folgen.

War er einer der Langen, vor denen sich die Städter so fürchteten? Waren diese Langen noch etwas anderes als Fey oder Inselbewohner? Gab es eine dritte Art Geschöpfe auf der Insel, von denen Adrian noch nie gehört hatte?

In dieser Finsternis schien alles möglich.

Adrian lehnte sich gegen einen Felsen. Seine Hände waren wund, und sein Rücken schmerzte noch immer, aber das waren Nebensächlichkeiten. Er hatte auf Wasser und etwas zu essen gehofft, aber als er die vier Männer in Richtung des Berges hatte aufbrechen sehen, wußte er, daß er diese Bedürfnisse jetzt zurückstellen mußte.

Fast wäre er in die vier hineingerannt.

Bevor er den Steinbruch verließ, hatte er sich eine List ausgedacht. Er war bergab gegangen, damit die Besitzer des Steinbruchs nicht auf die Idee kamen, Adrian wolle seine Freunde warnen.

Gabe und Leen.

Es schien, als sei die ganze Stadt hinter Gabe und Leen her. Diese panische Angst vor großen Menschen kam Adrian fast krankhaft vor, und das machte alles noch schlimmer. Wenn er diese Angst nicht verstand, konnte er sie auch nicht bekämpfen.

Noch schlimmer war, daß er nicht wußte, wie er seine Freunde davor warnen sollte.

Er hätte auf Fledderer hören sollen. Er hätte nicht zulassen dürfen, daß sie sich in dieses unbekannte Gebirge zurückzogen, in dem ihnen alles fremd war. Er hätte seinem Instinkt vertrauen sollen. Noch nie in seinem ganzen Leben hatte Adrian etwas Gutes über die Blutklippen gehört. Tatsächlich weigerten sich alle Leute, die dort gewesen waren, darüber zu sprechen, schüttelten abwehrend den Kopf und wechselten das Thema.

Langsam begriff Adrian, warum.

Dic drei Männer hockten am Wegesrand. Sie hatten nur noch eine Fackel bei sich. Die andere mußten sie weiter oben bei ihrem Anführer zurückgelassen haben.

Bei ihrem Anführer und bei Coulter.

»Gefällt mir nich'«, knurrte einer der Männer. »Er hat keinen, der ihn beschützt.«

»Aye«, stimmte ein anderer zu. »Aber er hat gesagt, wir solln gehn.«

»Das hatter«, sagte der dritte. »Er schien zu wissen, was er tut.«

»Er war nich' er selbst«, widersprach der erste Mann. »Habt

ihr seine Augen gesehn? Die warn ganz komisch. Schon seit wir aus der Stadt raus sind.«

»Seit all die Leute hinter ihm hergeschrien ham.«

»Kann sie noch hörn«, murmelte der erste. »*Hebe Dich Hinweg.* Krieg ich immer noch 'ne Gänsehaut von.«

»'s war wie'n Schlag«, meinte der zweite. »Man sollt nich' glauben, daß sie einen von ihren eignen Leuten so behandeln.«

»Hier is' eben alles anders«, seufzte der dritte.

Kurzes Schweigen. Adrian beugte sich weiter vor, um zu sehen, ob die Männer noch redeten. Im Fackelschein schimmerten ihre Gesichter orange. Sie sahen ziemlich gewöhnlich aus. Alle drei waren schmutzig, aber nicht so verschmiert, daß Adrian ihre Züge nicht erkennen konnte. Ihre Gesichter waren rund, fast dicklich, wie die von Säuglingen. Typische Inselbewohnergesichter. Nach all seinen Jahren bei den Fey konnte Adrian den Unterschied sogar im Dunkeln erkennen. Feygesichter waren niemals weich. Sie waren kantig, scharf geschnitten und zornig.

»Was glaubst du, was der Kerl von ihm will?«

»Nix«, gab der zweite Mann zurück. »'s war seine Idee zu bleiben.«

»Dumme Idee«, meinte der dritte. »Gefällt mir nicht, hier zu warten.«

»Gefällt dir nich'? Du wolltest ihn ja von Anfang an im Stich lassen.«

»Denl!« brummte der zweite Mann warnend.

»Is' doch wahr«, wehrte sich der so Angesprochene beleidigt. »Du hast dich sogar mit dem Pöbel da unten gemein gemacht. Da frag ich mich doch, ob du nich' gleich Fersengeld gegeben hättst, wenn wir nich' dagewesen wärn.«

»Ihr kennt mich schlecht«, verteidigte sich der erste.

»Das stimmt, und seit heut kenn ich dich noch weniger.«

»Denl ...«

»Du lügst!« schrie jemand über ihren Köpfen.

Adrian hatte die Stimme noch nie gehört, aber sie war so voller Schmerz und Zorn, daß er eine Gänsehaut bekam. Was ging dort oben vor sich?

»Das isser«, keuchte Denl. »Jetzt haben sie ihn.«

»Wer ›sie‹?« fragte der dritte Mann. »Es is' bloß ein Junge.«

»Is' doch egal«, sagte der zweite. »Ich hab meiner Schwester versprochen, daß wir ihn lebendig zurückbringen.« Er erhob sich und ging bergauf.

Die anderen schlossen sich ihm heftig diskutierend an.

Ein Junge. Bloß ein Junge. Keine »sie«. Nur ein Junge.

Aber welcher Junge? Gabe? Coulter? Oder verwechselten die Männer Fledderer mit einem Inselkind?

Es spielte keine Rolle. Alle drei waren Adrian wichtig, und sie waren wichtig für die Insel.

Bevor er es merkte, rannte er schon. Die drei Männer hatten Angst, und verängstigte Männer überlegten nicht lange. Sie handelten. Wer auch immer von Adrians Gefährten dort oben war – sie konnten ihm etwas antun. Vielleicht töteten sie ihn sogar.

Wenn es Gabe war, konnte er sich nicht verteidigen. Nicht so wie Coulter. Noch nicht einmal so wie Fledderer.

Die zahlenmäßige Verteilung war immer noch ungleichgewichtig – zwei gegen vier –, aber Adrians Eintreffen würde das ein wenig ausgleichen. Außerdem rechneten die vier Männer nicht mit einem Angriff von hinten.

Adrian war allein, aber er konnte sehr gefährlich werden, wenn einer seiner Freunde in Not war.

Das würden die Männer schon noch merken.

Vielleicht mußten sie für diese Erkenntnis sogar mit dem Leben bezahlen.

36

Pausho duckte sich hinter einen Felsen. Neben ihr ächzte Fyr. Bis jetzt hatte weder die Gruppe am Fuß des Pfades noch der Fremde hinter dem anderen Felsen sie bemerkt.

Das war gut. Es war nicht einfach gewesen, dem Fremden in der Dunkelheit auf den Fersen zu bleiben. Der Kerl war schlau: Erst war er in die Stadt gewandert, hatte sich dort zwischen den Häusern herumgedrückt und war dann durch eine kleine Seitenstraße zurückgegangen. Hätte Zak nicht wie ein Schießhund aufgepaßt, wäre der Mann Pausho durch die Lappen gegangen.

Fyr hätte seine Spur bestimmt längst verloren. Sie hatte ja noch nicht einmal Zak bemerkt. Pausho hatte sich schon gefragt, ob es richtig gewesen war, Fyr mitzunehmen, aber immerhin war Fyr, im Gegensatz zu ihr, noch immer frisch und munter. Es sprach doch manches für junge Beine.

Der Fremde war der ersten Gruppe auf den Berg gefolgt. Zwei von ihnen hatte Pausho erkannt: Matthias und Tri. Bei Tris Anblick überflutete sie eine Welle des Zorns. Wie hatte er sie bloß so an der Nase herumführen können? Warum war ihr seine Verbindung zu Matthias entgangen? Matthias war Dämonenbrut. Er wurde in Constantia nur geduldet, weil seine Pflegemutter sogar nach ihrem Tod bei den Städtern immer noch in hohem Ansehen stand. Aber Tri wirkte so normal, seinem Vater so ähnlich, so willig, den Zielen der Weisen zu dienen.

Gerade diese Bereitwilligkeit hätte Pausho mißtrauisch machen sollen. Niemand, der wußte, was die Weisen taten, war freiwillig bereit, einer von ihnen zu werden. Niemand.

Als der Fremde stehengeblieben war, hatten auch Fyr und

Pausho haltgemacht. Matthias und seine Begleiter dagegen waren weiter bergauf gewandert, aber dann waren drei von ihnen wieder zurückgekommen. Im Fackelschein konnte Pausho ihre Gesichter nur undeutlich erkennen. Tri sah erschöpft und fast verängstigt aus. Die beiden anderen kannte Pausho nicht, aber sie schienen aufgeregt zu sein. Leider konnte Pausho ihrer lebhaften Unterhaltung aus dieser Entfernung nicht folgen.

Der Fremde dagegen schien jedes Wort zu verstehen. Er lauschte gespannt.

Hatte Matthias die Langen gefunden?

Wollte er sich ihnen anschließen? Allein der Gedanke ließ Pausho schaudern. Matthias war auf eine Art gefährlich, die die wenigsten begriffen. Pausho war sich nicht einmal sicher, ob Matthias selbst es begriff. Tri hatte keine Ahnung, mit wem er sich da eingelassen hatte, und er war nicht lange genug bei den Weisen gewesen, um alle ihre Methoden zu kennen.

Außerdem hatte er sich geweigert, die Texte zu lesen. Wie dumm von ihm, daß er nicht jede Gelegenheit zu lernen wahrgenommen hatte.

Jetzt allerdings war Pausho froh darüber. Es gab Dinge, über die niemand außerhalb des heiligen Kreises Bescheid wissen sollte. Zuerst hatte Pausho befürchtet, Tri sei doch eingeweiht, aber dann war ihr klargeworden, daß er sich nicht die Mühe gemacht hatte, sich mit den Texten zu befassen.

Das war zugleich gut und schlecht für die Weisen. Pausho hatte Tri als einzige mißtraut und sich gegen ihn ausgesprochen. Alle anderen hatten Tri für einen feinen Kerl gehalten.

Jetzt würden die anderen sich hintergangen fühlen und womöglich Pausho die Schuld geben, weil sie von Anfang an gegen Tri gewesen war.

Plötzlich schrie eine Stimme von oben: *»Du lügst!«*

Der Ausruf hallte laut und klar zwischen den Felsen wider.

Pausho hörte Wut, Schmerz und Enttäuschung über einen Verrat in der Stimme, so wie jedesmal, wenn sie ein Neugeborenes im Schnee aussetzte. Selbst Neugeborene schienen schon zu verstehen, was man ihnen antat. Selbst Neugeborene erkannten Verrat.

Der Schrei schreckte die drei Männer vor Pausho auf. Sie rannten den Berg hinauf. Der Fremde zögerte nur kurz, dann setzte auch er sich in Trab.

»Sollen wir ihnen folgen?« fragte Fyr.

»Vielleicht«, sagte Pausho. Aber sie hatte es nicht eilig. Sollten doch die drei Parteien – die Langen dort oben, Tris Freunde und der Fremde – ihren Kampf alleine austragen. Sollten sie sich doch gegenseitig umbringen.

Das erleichterte nur Paushos Aufgabe.

Pausho erhob sich mühsam und lauschte, in der Hoffnung, noch mehr Schreie zu hören. Aber die Stille, die ihr entgegenschlug, war irgendwie noch verdächtiger.

Vorsichtig suchte sie sich ihren Weg bis zum Pfad. Jetzt, wo die Männer die Fackel mitgenommen hatten, war es noch finsterer. Fyr hielt sich dicht neben Pausho, die ihre Wärme und füllige Gestalt als tröstlich empfand.

»Was geht da oben vor?« flüsterte Fyr.

Pausho schüttelte den Kopf. Sie hatte nicht die leiseste Ahnung.

Plötzlich stieg der Pfad steil an. Pausho hörte Stimmen vor sich. Der Himmel leuchtete im Fackelschein, nein, mehr als Fackelschein. Es sah fast aus wie ein Freudenfeuer.

Paushos Kehle war wie ausgedörrt. Die Stimmen riefen wild durcheinander. Nur mit Mühe konnte Pausho einzelne Worte verstehen – jemand beschuldigte den Heiligen Herrn, eine andere Stimme verteidigte sich, und eine weitere versuchte, jemanden zum Schweigen zu bringen. Dann vereinigten sich vier Stimmen zu einem einzigen Schrei.

Pausho fiel in Laufschritt. Als sie oben ankam, sah sie am Rande des Pfades vier Männer. Wegen seiner abstoßenden Körpergröße war Matthias am leichtesten zu erkennen. Der Fremde hatte kurz vor den vieren haltgemacht. Vor ihnen sah Pausho einen Mann, dessen Körper in Flammen stand. Zwei Fackeln schwebten, wie von unsichtbarer Hand gehalten, zu seinen beiden Seiten in der Luft. Obwohl die Flammen den Mann vollständig einhüllten, schien er nicht wirklich zu brennen.

»Bleibt, wo ihr seid«, warnte er. »Faßt mich nicht an.«

»Ich wollte gerade gehen«, erwiderte Matthias.

»Deine Freunde haben versucht, mich zu töten«, entgegnete der brennende Mann.

Der Fremde trat zu der Gruppe und streckte die Hand aus. »Coulter ...«, begann er.

Ein Feuerball löste sich aus der Hand des brennenden Mannes. Er flog durch die Luft und landete mitten zwischen den anderen Männern. Flammen spritzten auf wie Wasser. Einer der Männer – Tri? In dem Wechsel von Licht und Schatten konnte Pausho es nicht genau erkennen – erstickte eine Flamme auf seinem Bein mit der Hand.

»Zurück«, warnte der brennende Mann.

»Wir gehen«, wiederholte Matthias.

Ein zweiter Feuerball löste sich aus der Hand des Mannes und flog Pausho fast vor die Füße.

»Nicht ich bin es, der hier lügt«, sagte der brennende Mann. »Du lügst. Du hast gesagt, daß du gehen willst, aber in Wirklichkeit willst du meine Freunde fangen und umbringen. Oder etwa nicht?«

»Das habe ich nie bestritten«, konterte Matthias.

»Außerdem hast du versucht, mich zu töten.«

»Ich habe nichts dergleichen getan.«

»Nicht direkt«, räumte der brennende Mann ein. »Deine Freunde haben dir die Arbeit abgenommen.«

Ein dritter Feuerball sauste durch die Luft und landete auf dem Pfad. Pausho sprang zur Seite, in den Schutz der Felsen. Neben ihr schnappte Fyr nach Luft. Es roch nach Rauch. Kleine Flammen züngelten über den Boden.

Der Fremde war noch näher getreten. »Coulter ...«, begann er wieder.

Ein vierter Feuerball zerplatzte und blendete Pausho.

»Zurück«, wiederholte der brennende Mann.

»Ich bin es«, beschwichtigte der Fremde. »Adrian.«

»Adrian«, rief der brennende Mann, und plötzlich war auch der Fremde von Licht umschlossen. Das Licht zog den Fremden erst zu dem brennenden Mann hin, dann hinter ihn und schließlich in einen geschützten Bereich aus Steinsäulen und einem flachen Dach. Es erlosch erst, als der Fremde außer Sichtweite war.

»Laß uns gehen«, beharrte Matthias.

»Warum sollte ich?« fragte der brennende Mann. »Du hast mich angelogen. Du hast versucht, mich umzubringen, und jetzt willst du meine Freunde töten.«

»Was ist hier los?« flüsterte Fyr, und Pausho hörte die Panik in ihrer Stimme. Ein derartiges Schauspiel hatten sie beide noch nie gesehen. Es überstieg ihr Fassungsvermögen.

Ein weiterer Feuerball flog über ihre Köpfe hinweg, rollte den steilen Pfad hinunter und setzte dabei kleine Grasbüschel in Brand.

»Hör auf damit«, rief Matthias. »Du wirst uns noch alle umbringen.«

»Bitte, Coulter«, flehte der Fremde aus der Dunkelheit hinter dem brennenden Mann. »Laß sie gehen.«

Zum dritten Mal hörte Pausho diesen Namen. Sie bekam eine Gänsehaut.

»Was ist?« flüsterte Fyr.

»Ich soll sie gehen lassen?« fragte der brennende Mann.

»Damit sie sich mit den Frauen dort unten zusammentun und uns angreifen? Ich glaube, das ist keine gute Idee. Sie wollen Leen töten und ...«

»Ich weiß«, erwiderte der Fremde. »Aber so kannst du sie nicht daran hindern. Laß sie gehen.«

»Du verstehst mich nicht«, widersprach der brennende Mann. Pausho hörte an seiner Stimme, daß er noch jung sein mußte.

Er war jung, und er hatte Angst.

»Du weißt nicht« – hörte Pausho nicht sogar ein Schluchzen? – »was passieren kann, wenn ich sie laufenlasse.«

Coulter. Pausho schlug die Hände vors Gesicht. *»Hebe Dich Hinweg«,* flüsterte sie. *»Hebe Dich Hinweg.«* Auch ihre Stimme klang jetzt angsterfüllt. Fyr legte ihr die Hand auf die Schulter.

»Dieses Ding weiß, daß wir hier sind«, zischte Fyr.

Pausho nickte. Aber sie hatte das Gefühl, daß das ihre geringste Sorge war. Denn dies hier war es, wovor sich die Weisen immer gefürchtet hatten.

Und Pausho hatte es zugelassen.

Coulter.

Sie schloß die Augen.

Es war ihre Schuld.

Sie mußte etwas unternehmen.

37

Con hatte jegliches Zeitgefühl verloren.

Seine Welt bestand nur noch aus Gestank, verwesendem Fleisch und scharfen Holzkanten. Er war zerkratzt und blutig. Leichenschleim war in seine Wunden eingedrungen, und er hatte gehört, daß man davon innerlich verfaulte und starb. Trotzdem kämpfte er sich verbissen vorwärts, durch Verwüstung und Dunkelheit, trieb sich Splitter in die Haut und wich den herabpolternden Kisten aus.

Inzwischen hatte er zwar das Schwert wiedergefunden, aber er hatte nicht genug Platz, um die Klinge auch zu benutzen. Er band sich die Waffe um die Hüfte und arbeitete sich weiter voran.

In den Katakomben herrschte eine seltsame Stille. Con war schon lange Zeit allein.

Sobald die Schritte verklungen waren, hatte er aufgehört zu schreien. Dann hatte er versucht, sich den Anblick der Fey wieder ins Gedächtnis zu rufen, obwohl er sie nur kurz gesehen hatte, bevor Sebastian den Stapel mit Holzkisten umgestoßen hatte ...

Es dauerte eine Weile, bis Con begriff, was Sebastian damit bezweckt hatte. Aber dann waren ihm Sebastians Worte vom Morgen wieder eingefallen.

Con ... es ... sind ... Fey. Sie ... hassen ... Leute ... wie ... dich.

Sebastian hatte geglaubt, Con damit das Leben zu retten. Vielleicht hatte er das sogar getan. Con war im Begriff gewesen, sich mit seinem besonderen Schwert in den Kampf zu stürzen und sich so lange und so gut er konnte gegen die Fey zu wehren, bis er entweder tot oder kampfunfähig war.

Oder bis die Fey sich zurückzogen.

Diese letzte Möglichkeit hatte Con allerdings für ziemlich unwahrscheinlich gehalten.

Statt dessen hatten die Fey Sebastian verschleppt.

Sebastian war Cons Freund, und ihm galt auch seine Weisung.

Con stemmte sich mit aller Kraft gegen eine Kiste. Die Kiste geriet ins Wanken, fiel und zerschellte auf dem Steinfußboden.

Auf dem Steinfußboden.

Con tastete mit der Hand vor seinem Gesicht und fühlte nichts.

Gar nichts.

Nichts versperrte ihm mehr den Weg.

Er war frei.

Er kletterte über die letzten Kisten. Es war stockdunkel. Die Fey hatten die Fackel mitgenommen. Durch die Öffnung über Cons Kopf fiel kein einziger Lichtstrahl.

Also mußte es immer noch Nacht sein.

Con hatte das Gefühl, als sei er tagelang in dem widerlichen Leichenhaufen gefangen gewesen, dabei waren nur einige Stunden vergangen.

Er war vollkommen verdreckt. Der Talar klebte ihm am Leib. Seine Finger und Beine waren voller Splitter. Noch nie hatte er einen so starken Drang verspürt, sich zu waschen.

Aber er wußte, daß er sich gedulden mußte.

Endlich berührten seine Füße den Steinfußboden. Er fühlte sich kühl unter Cons nackten Sohlen an. Kühl und angenehm. Con holte tief Luft. Wenigstens war hier der Gestank nicht mehr so überwältigend.

Aber Sebastian war fort.

Insgeheim hatte Con gehofft, daß die Fey Sebastian zurücklassen würden. Sie waren so schnell verschwunden, daß er fast sicher gewesen war, daß sie Sebastian nicht mitgenommen hatten. Sie hätten ihn tragen müssen.

Sie wollten ihn zum Schwarzen König bringen.

Vor den Anführer aller Fey.

Was würde dieses Ungeheuer einem so unschuldigen Wesen wie Sebastian antun?

Con tastete sich vorwärts. Seine Finger berührten Holzstücke, ganze Kartoffeln, Rüben, Möhren und Stoffetzen. Er untersuchte den Bereich um den Kistenstapel und wagte sich sogar noch tiefer in die Katakomben hinein.

Nichts.

Nichts außer Leichen und zerbrochenen Kisten.

Nicht einmal eine Feylampe hatten sie zurückgelassen.

Con setzte sich auf den Boden. Die Energie, die ihn seit dem Abzug der Fey aufrechtgehalten hatte, verließ ihn. Dies war sein dunkelster Moment, dunkler als jener, in dem er erfahren hatte, daß der Tabernakel niedergebrannt war. Es war schlimmer, als vom Kistenstapel zu stürzen und zwischen Kisten und Leichen begraben zu werden.

Con hatte seine Weisung nicht erfüllt. Er hatte zugelassen, daß der freundlichste Mensch, den er kannte, von den Soldaten des niederträchtigsten Volkes der ganzen Welt gefangengenommen worden war. Der Schwarze König konnte Sebastians Schicksal mit einem einzigen Satz besiegeln. Vielleicht hatte er es sogar schon getan.

»Tut mir leid«, flüsterte Con, ohne zu wissen, ob er zu sich selbst, dem Heiligsten oder Sebastian sprach.

Er stützte den Kopf in die Hände. Eigentlich war er immer noch ein Knabe. Seit er Sebastian gefunden hatte, hatte er sich wie ein Erwachsener gefühlt, denn er war Sebastian in so vielem überlegen. Aber er war trotzdem ein Knabe. Er war noch nicht einmal vierundzwanzig Jahre alt, das Alter, in dem man Auds zu befördern pflegte. Nur wenigen Auds in seinem Alter war jemals eine Weisung erteilt worden. Con hatte nur von einem einzigen anderen Fall gehört: Der Zweiundfünfzigste Rocaan hatte in so jungen Jahren eine Weisung empfangen. Er war ohne Waffen und Begleitschutz mit einer Botschaft in das geheime Versteck der Fey geschickt worden.

Der Zweiundfünfzigste Rocaan hatte es überlebt.

Aber jemand hatte ihm diese Weisung erteilt. Cons ursprüngliche Weisung hatte gelautet, König Nicholas vor dem Überfall der Fey auf Jahn zu warnen. Diese Weisung hatte Con nie erfüllt. Denn als Con den Palast endlich erreicht hatte, war der König geflohen. Statt dessen hatte Con den Sohn des Königs gefunden und beschützt.

Bis heute abend, bis vor wenigen Stunden, als der Sohn des Königs seinerseits Con beschützt hatte.

Sebastian hatte geahnt, daß man sie trennen würde. Vielleicht hatte er sogar geplant, sich den Fey freiwillig auszuliefern, seit er zum ersten Mal die »Veränderung« der Magie gespürt hatte. Immerhin hatte er Con erklärt, wo dieser seine Freunde finden konnte, und darauf bestanden, daß Con diese Erklärung Wort für Wort wiederholte.

Wo sind deine Freunde?

Im ... Süden ... Ein ... Tagesmarsch ... für ... dich.

Und für dich?

Diese Frage hatte Sebastian nie beantwortet. Hatte er alles vorausgesehen? Was für magische Kräfte mochte dieser steinerne Halbfey besitzen? Und konnten ihm diese magischen Kräfte noch helfen, wenn er dem Schwarzen König gegenüberstand?

Oder würde Gott selbst ihm helfen? Schließlich floß auch in Sebastians Adern das Blut des Roca.

Con neigte den Kopf und sprach ein kurzes Gebet für seinen Freund, in dem er ihn von ganzem Herzen und mit aller Kraft dem Heiligsten anempfahl. Er hoffte, daß das Gebet Gottes Ohr erreichte.

Gott durfte Sebastian jetzt nicht im Stich lassen. Nicht, nachdem er und Con so viel zusammen durchgemacht hatten.

Oder etwa doch?

Die Geschriebenen und Ungeschriebenen Worte besagten, daß Gott tatkräftige Menschen bevorzugte. Mit seinem Gebet hatte Con für Sebastian getan, was er konnte, aber er durfte alles andere nicht allein Gott überlassen. Wenn die Worte der Wahrheit entsprachen, wovon Con überzeugt war, mußte er selbst versuchen, Sebastian zu retten.

Con war im Palast gewesen. Er hatte auch die Fey in den unteren Stockwerken gesehen. Sebastian hatte recht: Die Fey haßten die Rocaanisten. Sie würden Con töten, sobald er nur den Mund aufmachte.

Con brauchte Hilfe, aber die Leute in der Höhle hinter ihm würden ihm kaum von Nutzen sein. Außerdem mußten die Fey aus dieser Richtung gekommen sein. Es gab keinen anderen Weg in die Katakomben.

Die Fey waren durch die Höhle gekommen.

Con überlief es kalt.

Wahrscheinlich waren inzwischen alle Menschen, die in der Höhle Zuflucht gesucht hatten, tot. Con hatte Glück, daß er überhaupt noch am Leben war. Dank Sebastian.

Er durfte Sebastian nicht einfach dem Schwarzen König überlassen.

Aber allein in den Palast einzudringen, war sinnlos.

Wo sind deine Freunde?

Im ... Süden ... Ein ... Tagesmarsch ... für ... dich.

Ein Tagesmarsch. Plus die Zeit, die Con benötigte, um umzukehren. Das waren mindestens zwei Tage. Konnte Sebastian so lange in der Gewalt des Schwarzen Königs überleben?

Con wußte es nicht. Er wußte nur eins: Wenn er allein in

den Palast zurückkehrte, würde er umkommen. Wenn er dagegen Hilfe holte, hatte er eine Chance, am Leben zu bleiben.

Wenn er am Leben blieb, konnte er Sebastian vielleicht retten.

Noch einmal neigte Con den Kopf. Er sprach ein weiteres kurzes Gebet für Sebastian und bat Gott, seinen Freund zu beschützen, während er selbst Hilfe holte. Er versuchte, nichts für sich selbst zu erbitten, flehte nicht um Vergebung für die Nichterfüllung seiner Weisung.

Trotzdem konnte er seine Gefühle nicht völlig unterdrükken, während er betete. Er wußte, daß er Gott ebensowenig etwas vormachen konnte wie sich selbst.

Seine Hände zitterten. Er beendete das Gebet und stand auf. Er warf einen letzten Blick auf den eingestürzten Kistenstapel. Die Kisten sahen aus wie zerbrochene, halb im Schlamm versunkene Spielzeuge. Wie der umgestürzte Bauklötzeturm eines Kindes.

Con konnte den Stapel nicht wieder aufbauen. Das würde zu lange dauern.

Er mußte zurückgehen.

Er mußte den Tunnelausgang am anderen Flußufer benutzen.

Er konnte nur hoffen, daß die Fey die Höhle inzwischen verlassen hatten.

»Bitte, Gott«, flüsterte er. »Bitte.« Er wußte nicht, ob er um Hilfe für sich selbst, für Sebastian oder für sie beide bat.

Doch, er wußte es. Er bat darum, daß er und sein neuer Freund auch diesen Schicksalsschlag zusammen durchstehen würden. Und am Leben blieben.

38

Sie lenken dich bloß ab«, sagte Gabes Mutter, den Blick auf die Rotkappe und Leen gerichtet. Die beiden standen ein paar Stufen über ihnen und ließen Gabe nicht aus den Augen. Leen verschränkte die Arme vor der Brust. Fledderer runzelte die Stirn, als versuche er, ein Rätsel zu lösen. »Komm mit, damit wir unter uns sind.«

Seit Gabe Fledderer angeschnauzt hatte, hatte er sich nicht vom Fleck gerührt. Er betrachtete seine Mutter – oder den Schatten seiner Mutter oder das Abbild seiner Mutter – und versuchte, sich jede Einzelheit einzuprägen. Ihr Pferdeschwanz schwang bei jeder Bewegung des Kopfes mit. In ihren Augen, dunkel und schwarz wie die aller Fey, glänzten Tränen, seit sie ihn erblickt hatte. Ihr Gesicht war faltenlos glatt, und ihre Haut besaß die Spannkraft der Jugend.

Als er sie in seinen Visionen gesehen hatte, war sie älter gewesen, und noch älter, als er sie durch Sebastians Augen betrachtet hatte. Auch Gabe selbst hatte eine schwache Erinnerung an sie, die immer deutlicher wurde, während er mit ihr sprach. Er erinnerte sich daran, wie ihr Gesicht über seinem schwebte, an ihre Stimme im Nebenzimmer, die mit seinem richtigen Vater lachte. Dann waren die winzigen Leute über ihm aufgetaucht, hatten ihn in eine Decke gewickelt, waren mit ihm aus dem Fenster geflogen und hatten ihm erzählt, sie brächten ihn nach Hause ...

»Gabe«, wiederholte seine Mutter, als merkte sie, daß er mit den Gedanken woanders war. »Bitte komm mit.«

Ganz gleich, wie sie aussah, er war nicht so dumm, ihr zu folgen.

»Sie stören mich nicht«, widersprach er.

»Sie haben dich schon einmal abgelenkt. Und sie haben Angst vor mir. Sieh dir bloß diese Rotkappe an.« Sie spuckte das Wort angeekelt aus. Vielleicht war sie seine Mutter. Vielleicht war sie wirklich hier. »Er starrt mich die ganze Zeit an, als ob er tatsächlich glaubt, er könnte mich sehen.«

»Und warum kann er es nicht?« fragte Gabe.

Seine Mutter streckte die Hand aus und berührte sein Gesicht. Ihre schwieligen Finger streichelten seine leicht zugespitzten Ohren, liebkosten seine runden Wangen und berührten schließlich vorsichtig die Lider seiner blauen Augen.

»Du siehst aus wie dein Vater«, sagte sie leise und verwundert, als könne sie es selbst nicht glauben. »Wie dein Vater, wenn er ein Fey wäre.«

Gabe trat einen Schritt zurück, damit sie ihn nicht mehr anfassen konnte. »Warum kann Fledderer dich nicht sehen?«

Als er seinen Namen hörte, blickte Fledderer auf. Auch Leen erstarrte. Sie beobachteten Gabe angespannt. Obwohl er sie vorhin angeschnauzt hatte, beruhigte ihn die Anwesenheit der beiden. Sie würden nicht zulassen, daß ihm etwas zustieß.

Jedenfalls nichts, das sie sehen konnten.

»Niemand hat dich ausgebildet, nicht wahr? Mein Vater hat dich ins Schattenland verschleppt und dir keinerlei Unterricht zuteil werden lassen.«

Wieder dieser hochmütige Ton. Er mißfiel Gabe. Besonders die Kritik an seinen Adoptiveltern, Niche und Wind. Schon der Gedanke an ihre Namen schmerzte ihn.

»Ich wurde als Fey aufgezogen«, sagte er.

»Aber nicht als Krieger.«

Noch ein wunder Punkt. Woher kannte sie seine Schwachstellen so gut? »Was geht dich das an?«

Sie lächelte und zupfte an ihrer Weste. »Ich wäre lieber eine einfache Kriegerin gewesen. Diese Visionen gegen Ende waren ziemlich verwirrend.« Sie wurde wieder ernst. »Du hast auch Visionen, nicht wahr?«

»Bevor ich nicht weiß, wer du bist, werde ich weder mit dir gehen noch dir etwas erzählen«, erklärte Gabe.

Jetzt verschränkte auch Fledderer die Arme. Leen trat einen Schritt vor. Ihre Hand lag auf dem Griff ihres Messers.

Gabe und seine Mutter konnten beide seine Gefährten aus dem Augenwinkel beobachten. Ihre Augen streiften die beiden flüchtig, dann lächelte sie wieder.

»Sie sind so besorgt um dich. Das ist gut, aber unnötig.«

»Im Gegenteil«, erwiderte Gabe. »Je länger du mir verschweigst, wer du eigentlich bist, desto weniger Glauben werde ich dir schenken.«

Sie seufzte. »Von allen Fey solltest du am besten wissen, wer ich bin. Daß du es nicht weißt, beweist nur, wie wenig dein Großvater sich um deine Ausbildung gekümmert hat.«

»Ich habe nie mit ihm gesprochen.«

»Das ist mir klar«, gab sie zurück. »Ich weiß nicht, warum er dich überhaupt entführen mußte, wenn er dich nicht so behandelt hat, wie es dem Thronerben gebührt.«

»Er hat mir gar nichts erzählt«, wiederholte Gabe.

»Und die Schamanin auch nicht?« Seine Mutter seufzte. »Wenigstens sie hätte deine Visionäre Kraft Sehen und fördern müssen.«

Gabe schwieg. Er hatte keine Ahnung, warum sich die Schamanin nicht mehr mit ihm befaßt hatte. Als Junge hatte er sie kaum zu Gesicht bekommen, und wenn doch, hatte sie ihn betrachtet wie ein seltenes Tier.

Trotzdem hatte sie ihm eine Menge guter Ratschläge gegeben.

Allerdings nur, wenn er ausdrücklich darum gebeten hatte.

Und er hatte nicht oft darum gebeten.

Er würde nicht noch einmal fragen, wer die Frau vor ihm

eigentlich war. Wenn sie es ihm nicht von sich aus erzählte, würde er zu Fledderer und Leen zurückgehen und zusammen mit ihnen diesen Ort verlassen. Dann würde er einfach annehmen, daß die Frau eine Vision war, hervorgerufen durch die besonderen Umstände in dieser Höhle. Vielleicht war sie auch eine Erscheinungsform der Inselmagie, und nur seine gemischte Abstammung ermöglichte es ihm, sie zu sehen.

Sie warf den Kopf in den Nacken. Ihre Augen glänzten, als sei sie stolz auf ihn. »Du bist ganz schön starrköpfig. Kein Wunder. Dein Vater und ich waren beide ausgemachte Starrköpfe. Wir waren so stur, daß keiner von uns nachgeben wollte, als wir die Klingen kreuzten. Und auch du gibst nicht nach. Du weigerst dich, mit mir zu kommen, bevor ich dir nicht verrate, wer ich bin.«

»Vielleicht noch nicht einmal dann.«

Sie seufzte wieder. Dann hob sie den Kopf und breitete die Hände aus. Ein Licht erhellte ihr Gesicht. Gabe konnte nicht erkennen, woher es kam. Es umfloß sie, machte ihre Haut rosig, ließ sie lebendiger aussehen. Gabe fühlte eine andere Anwesenheit darin, oder tausend andere Anwesenheiten. Die Höhle selbst erwärmte sich. Der Strahl des Brunnens sprang höher. Die Schwerter schwangen an ihren Haken hin und her, und die Kelche klapperten auf den Simsen.

Die Rotkappe starrte auf die Schwerter, Leen auf die Kelche. Also waren diese Erscheinungen wirklich. Seine Mutter schien das einzige zu sein, was die beiden nicht sehen konnten.

Schließlich ließ seine Mutter die Hände wieder sinken. Das Licht verblaßte. Die Schwerter pendelten aus, und die Kelche standen wieder still.

»Was war das?« flüsterte Fledderer. Seine Stimme hallte in der Höhle wider.

»Ich fühle mich nicht besonders wohl hier, Gabe«, keuchte Leen.

Gabe beachtete die beiden nicht. Er blickte seine Mutter an. Ihre Wangen glühten, und sie sah noch jünger aus.

»Für dich muß ich die Regeln brechen«, erklärte sie. »Ich weiß nicht, was die Magie daraufhin von mir fordern wird. Verstehst du, daß man jede vorsätzliche Veränderung der Magie mit einer gleichwertigen, unvorhersehbaren Veränderung bezahlen muß?«

Davon hatte Gabe noch nie gehört. Trotzig schob er das Kinn vor. »Soll das etwa eine Warnung sein?« fragte er.

Leens Hand schien sich fester um den Messergriff zu schließen.

»Ich muß dich warnen.« Seine Mutter klang zugleich traurig und ängstlich. »Offen mit dir zu sprechen, verletzt die Gesetze meiner Erscheinungsform. Wenn ich dich nicht warne, könnte ich noch mehr Schaden anrichten.«

»Und du willst, daß ich dieses Risiko eingehe?«

»Oder daß du mich akzeptierst, ohne Fragen zu stellen«, gab sie zurück.

Gabe starrte sie an. Seine Mutter. Jewel. Die Gemahlin seines Vaters, König Nicholas'. Die Frau, die an dem Tag ermordet wurde, an dem seine Schwester zur Welt kam. Die Frau, deren Namen niemand in Gabes Anwesenheit auszusprechen wagte, außer Sebastian, der seit ihrem Tod um sie trauerte.

»Akzeptieren ohne Fragen zu stellen, ist leichtsinnig«, erwiderte er.

»Es ist eine Frage des Vertrauens«, widersprach seine Mutter. »Und nur Inselbewohner glauben an Vertrauen. Und du bist zur Hälfte Inselbewohner, Gabe.«

»Ich wurde als Fey erzogen«, erwiderte er.

Bei dieser Bemerkung blinzelte sie und wich einen Schritt zurück. Sie zupfte an ihrer Weste und sah sich in der Höhle um, als erblickte sie sie zum ersten Mal.

»Ja«, sagte sie schließlich. Es klang fast wehmütig. »Du wurdest als Fey erzogen.«

Ihre Gefühle waren Gabe gleichgültig. Er war sich nicht einmal sicher, ob sie wirklich existierte, und wenn sie existierte, ob sie seine Mutter oder etwas anderes war, ein Inselgeschöpf oder, noch schlimmer, etwas Religiöses.

»Also wirst du meine Frage wohl beantworten müssen.«

Sie nickte knapp. Dann schien sie tief Luft zu holen. Gabe wußte nicht einmal, ob sie wirklich atmete. Er wußte nur, daß sie für andere unsichtbar war.

»Ich bin ein Mysterium«, erklärte sie leise.

»Na klar.« Gabe war nicht in der Stimmung für Scherze.

»Nein, Gabe.« Sie wandte sich ihm wieder zu, und ihr Blick traf seinen. Ihre Augen waren dunkel und eindringlich, als wolle sie ihn zwingen zu verstehen. »Ich bin ein Mysterium. Ich wurde eines der Mysterien. Du solltest wissen, was das bedeutet. Und ich mußte erst eine Macht um Erlaubnis fragen, bevor ich es dir erzählen durfte.«

Bei den Mysterien, pflegten die Fey auszurufen. *Bei den Mächten.*

Oder angesichts ungewöhnlicher Vorfälle: *Das muß ein Mysterium sein,* oder: *Das haben uns die Mächte geschickt.*

Gabe fror plötzlich.

»So etwas habe ich noch nie gehört«, murmelte er.

»Ich habe dich beschützt, seit du drei Jahre alt warst«, erklärte sie. »Als das Schattenland zusammenbrach, habe ich dir gezeigt, wie du es wieder aufbauen kannst.«

»Aber ich habe dich noch nie gesehen«, wandte Gabe ein.

»Es hängt mit diesem Ort zusammen, daß ich sichtbar bin«, gab sie zurück.

»Was hat es mit diesem Ort auf sich?« fragte Gabe.

Sie biß sich auf die Unterlippe. »Das darf ich dir nicht erzählen.«

»Dann kann ich dir auch nicht glauben«, konterte Gabe.

Sie schüttelte den Kopf. »Ich muß mich an die Regeln halten. Wenn ich zuviel verrate, verliere ich all meine Macht und füge auch dir Schaden zu.«

»Wie praktisch«, spottete er.

Sie fuhr sich mit der Hand über das Haar, als wollte sie ihre Frisur richten. »Bald wird jemand hier sein«, sagte sie. »Jemand, den du kennst und dem du vertraust. Sie wird dir erklären, was es mit diesem Ort auf sich hat.«

»Sie?« fragte Gabe. Er kannte keine Frau, der er vertraute.

Außer Leen.

Aber Leen war bereits hier.

»Bitte laß mich ausreden, Gabe«, fuhr seine Mutter fort. »Wir haben die Magie bereits angetastet. Also können wir ebensogut damit fortfahren.«

»Du bist also ein Mysterium«, wiederholte Gabe.

Fledderer blickte Gabe scharf an. Sein kleines Gesicht rötete sich, und dann starrte er an der Stelle, wo Gabes Mutter stand, in die Luft, als könnte er sie durch bloße Willenskraft sichtbar machen.

»Ja«, bestätigte sie.

»Warum du?« fragte Gabe. »Warum nicht meine richtigen Eltern, Niche und Wind?«

»Sie sind nicht deine richtigen Eltern«, entgegnete sie.

»Sie haben mich aufgezogen.« Er hatte sie nicht anschreien wollen, aber die Worte platzten aus ihm heraus. Sie hallten von den Höhlenwänden wider und klangen in seinen Ohren nach.

Sie (sie) ...

Haben (haben) ...

Mich (mich) ...

Aufgezogen (aufgezogen) ...

Seine Mutter nickte und wich seinem Blick aus. »Stimmt«, murmelte sie.

»Du wußtest doch nicht einmal, daß ich entführt worden war«, fuhr Gabe fort.

»O doch«, versicherte sie. »Ich habe es bloß nicht verstanden.«

Fledderer war noch ein Stück näher getreten. Er streckte die Hand nach der Stelle in der Luft aus, wo sich Gabes Mutter befand, aber Leen hielt ihn zurück.

»Laß sie reden«, zischte sie.

Offenbar glaubte wenigstens sie jetzt, daß Gabe jemanden sah. Vielleicht ahnte sie sogar, wen.

»Ein schwacher Trost«, murmelte Gabe.

»Du warst so ein aufgewecktes Kind«, sprach seine Mutter unbeirrt weiter. »Und dann, eines Tages, warst du völlig verändert. Ich dachte zuerst, es läge an mir. Ich glaubte, ich hätte die falsche Wahl getroffen, und die Überlieferung hätte unrecht. Sie besagt, daß Feyblut gemischt mit fremdem Blut besonders begabte Kinder ergibt, weil fremdes Blut die Magie stärkt. Ich nahm an, daß es mit Inselbewohnern eben nicht funktionierte.«

»Aber es hat funktioniert«, sagte Gabe. All dieses Gesäusel über seine erstaunliche Begabung, als er ein Kind war. Die Fähigkeit seiner Schwester, sich so mühelos zu Verwandeln. Gabe erinnerte sich immer noch daran, wie sie in ihrer Vogelgestalt über ihm flatterte, die blauen Knopfaugen starr auf ihn geheftet. An jenem Tag hatte sie ihn umbringen wollen. Es wäre ihr auch gelungen, wenn die anderen Fey sie nicht rechtzeitig daran gehindert hätten.

»Aber das wußte ich damals noch nicht. Ich habe so viel riskiert ...« Sie hob die Hand, als wäre ihr versehentlich etwas herausgerutscht, was sie lieber verschwiegen hätte. »Das war ein anderes Leben.«

»Jetzt hast du es ja hinter dir«, erwiderte Gabe, unfähig, den Spott zu unterdrücken.

Seine Mutter schüttelte den Kopf, als könne sie nicht glauben, was sie hörte. »Nein«, erwiderte sie. »Ich habe mit jenem Leben noch nicht abgeschlossen. Das ist auch einer der Gründe, weswegen ich hier bin.«

»Ach ja?« fragte Gabe. »Und meine Eltern? Haben sie mit ihrem Leben abgeschlossen?«

»Darüber weiß ich nichts«, gab sie zurück. »Ich habe sie nie gesehen. Nicht jeder Fey wird ein Mysterium.«

»Manche werden auch Mächte?« fragte Gabe.

Sie legte ihm die Hand auf den Mund. Ihre Finger waren kühl, aber nicht zu kühl. Wüßte er es nicht besser, hätte er sie für lebendig gehalten.

»Sprich nicht so über Dinge, die du nicht verstehst«, tadelte sie.

Offenbar wartete sie auf seine Zustimmung. Als er nickte, zog sie die Hand weg.

»Nicht jeder Fey hat ein Mysterium, und nicht jeder Fey wird zu einem. Manche Fey haben viele Mysterien, und jedes Mysterium beschützt mehr als einen Fey«, erklärte sie. »Ein Mysterium kann dem Menschen, den es am meisten liebt, und dem, den es am meisten haßt, erscheinen. Dann dürfen wir uns noch ein anderes, lebendes Wesen auswählen. Ich habe dich gewählt.«

»Also gilt nicht mir deine größte Liebe«, sagte Gabe.

Sie lächelte, als ärgere sie sich kein bißchen über seine Bemerkung. »Und auch nicht mein größter Haß.«

Sie mochte das lustig finden, aber Gabe war gekränkt. Tief in seinem Inneren verletzte es ihn, daß er für seine Mutter nicht der wichtigste Mensch war, auch wenn sie ihn gar nicht kannte.

Es tat weh.

»Warum hast du dann mich gewählt?« fragte er bemüht gleichgültig. Er selbst hörte seiner Stimme die Gekränktheit zwar an, aber seiner Mutter schien nichts aufzufallen.

Weil sie ihn eben nicht kannte.

Auch Leen hatte etwas gemerkt. Sie blickte Gabe stirnrunzelnd an. Ihre Hand lag immer noch auf Fledderers Ärmel. Die Rotkappe schien darauf zu warten, daß sie ihn losließ, damit er nachsehen konnte, was vor sich ging.

»Weil du mich brauchtest«, erklärte seine Mutter. »Durch meine Unwissenheit wärst du beinahe gestorben.«

»Du hast mich gerettet?« fragte Gabe ungläubig.

Sie schüttelte den Kopf. »Damals war ich noch kein Mysterium. Dein Freund hat dich gerettet. Behalte ihn im Auge. Er ist wichtig.«

»Wieso?«

»Behalte ihn einfach im Auge«, wiederholte sie.

»Also hätte ich dich damals gebraucht«, sagte Gabe, um sie zum Weitersprechen zu bewegen.

»Du brauchst mich immer noch.« Sie verschränkte die Arme, als mache sie sich auf Widerspruch gefaßt. »Den dringenden Wunsch hierherzukommen – den habe ich dir eingegeben. Ich wollte, daß du mich siehst. Ich wollte mit dir reden. Ich mußte mit dir reden.«

»Warum?« fragte Gabe.

»Weil du in Schwierigkeiten bist und meine Hilfe brauchst, Gabe.«

Auch Gabe verschränkte jetzt die Arme vor der Brust. So viele Leute hatten ihm in letzter Zeit erzählt, daß er Hilfe brauchte, *ihre* Hilfe, als käme er nicht allein zurecht. Coulter hatte ihm geholfen und dabei Gabes Verbindungen durchtrennt, und deswegen war Sebastian gestorben.

Sebastians Tod schmerzte am meisten, weil Gabe ihn hätte

verhindern können. Jene lebensechte Vision, wie Sebastian explodierte ...

Gabe schüttelte den Kopf.

»Und inwiefern brauche ich deine Hilfe?« bohrte er weiter.

»Du verfügst über Fähigkeiten, die du noch nie eingesetzt hast«, erläuterte seine Mutter. »Niemand hat deine Visionäre Kraft geschult. Niemand hat dir beigebracht, wie du ein Visionär des Schwarzen Throns wirst. Ich kann es dir zeigen.«

»Soweit ich weiß, war meine Mutter noch nicht im vollständigen Besitz ihrer Fähigkeiten, als sie noch am Hof des Schwarzen Throns lebte«, sagte Gabe. »Sie beherrschte diese Dinge ebenfalls nicht.«

Sie verzog das Gesicht zu einem flüchtigen, schmerzlichen Lächeln. »Du weißt viel. Aber ich bin ...«

»Jetzt ein Mysterium«, fiel ihr Gabe ins Wort. »Allwissend, allmächtig und doch so unfähig, dein Wissen zu teilen. Tut mir leid, wenn ich dir nicht glaube. Tut mir leid, daß deine Geschichte mir zu gut ausgedacht vorkommt.«

»Du brauchst mich, Gabe.«

»Und deswegen erscheinst du mir hier, in dieser Festung der Inselreligion, einer Religion, die Fey tötet, um mir zu erzählen, daß du eine der mächtigsten Fey bist, die es gibt.«

»Also hast du doch von den Mysterien gehört.«

»Ich wurde als Fey erzogen«, erwiderte Gabe. »Das habe ich dir bereits erklärt. Aber das solltest du auch von allein wissen, wo du doch ein Mysterium bist.«

»Ich wußte es auch«, behauptete sie.

»Was bist du wirklich?« fragte Gabe. »Etwas, das nur Inselbewohner sehen können? Ein Geist, der diese Höhle heimsucht, eine Höhle, die diejenigen magisch anzieht, die am wahrscheinlichsten auf den Schwindel hereinfallen?«

»Ich bin das, was ich gesagt habe«, beharrte sie.

»Ach richtig, ein Mysterium. Und jetzt hast du plötzlich beschlossen, mir zu erscheinen. Als ich drei war und beinahe gestorben wäre, konntest du mir nicht helfen, also mußte Coulter für dich einspringen. Auch als das Schattenland einstürzte, warst du nicht da ... nein, warte mal ... du hast ja gesagt, du seist mir zu Hilfe geeilt. Nur, daß ich nichts davon wußte. Du hast mir nicht geholfen, meine Eltern zu retten. Du hast mir nicht beigestanden, als die Feysoldaten uns im Maisfeld aufstöberten. Da mußte Coulter wieder für dich einspringen. Tut mir leid, daß ich nicht verstehe, was du mir erzählen willst. Tut mir leid, daß ich glaube, du willst etwas ganz anderes von mir ...«

»Gabe«, rief sie, und ihre Stimme mischte sich mit der Fledderers.

Gabe drehte sich nach der Rotkappe um. Fast fürchtete er, daß seine Mutter sich jetzt Fledderers bediente, um durch ihn zu sprechen.

»Was ist?« fragte Gabe.

»Wenn sie ein Mysterium ist, solltest du ihr lieber zuhören«, mahnte die Rotkappe.

Gabe rollte unwillkürlich die Augen zur Decke. Langsam ging ihm das alles entschieden zu weit. »Und wenn nicht?«

»Dann wirst du es schon merken«, beschwichtigte die Rotkappe.

»Also, ich merke es nicht«, sagte Gabe. »Und es paßt einfach zu gut, hier in dieser Inselhöhle.«

»Paßt zu gut?« wiederholte Fledderer. »Du warst der einzige, der diesen Ort sehen konnte. Wir sind tagelang gewandert, um hierherzukommen. Das paßt nicht besonders gut.«

»Ich konnte diesen Ort sehen und Coulter auch. Er ist kein Fey«, wandte Gabe ein.

»Aber er verfügt über Zauberkraft«, sagte die Frau. »Er ist jedem zaubermächtigen Fey ebenbürtig.«

»Und ich nehme an, du weißt auch, warum das so ist«, fauchte Gabe. »Aber wahrscheinlich darfst du es wieder einmal nicht verraten.«

Sie antwortete nicht, sah ihn nur an. »Ich bin für dich da, Gabe«, erwiderte sie schließlich. »Nur für dich.«

»Aber ich dachte, du kannst auch denen helfen, die du am meisten liebst und am meisten haßt.«

»Ich habe gesagt, wir können ihnen erscheinen«, erläuterte sie. »Von Hilfe habe ich nichts gesagt. Ich habe mich dafür entschieden, dir zu helfen. Ich hatte verschiedene Möglichkeiten. Ich hätte mir aussuchen können, jemanden an etwas zu hindern. Ich hätte mir aussuchen können, jemanden zu beobachten.«

»Warum hast du dann bis heute damit gewartet, mir zu helfen?« fragte Gabe.

»Ich habe nicht gewartet«, betonte sie.

Gabe verzog das Gesicht. Erst überzeugte sie ihn beinahe, und dann behauptete sie wieder das Gegenteil. Aber wie konnte ein Mensch, oder der Schatten eines Menschen, beweisen, daß er ein Mysterium war? Gabe wußte es nicht. Keine Ausbildung hatte ihn auf diese Frage vorbereitet.

Er wußte so wenig über die Inselbewohner. Das meiste hatte er von Sebastian gelernt, und der war nicht gerade ein heller Kopf gewesen. Außerdem konnte Gabe die Verbindung zu Sebastian nicht länger benutzen. Er konnte Sebastian noch nicht einmal mehr bitten, über die Verbindung zu ihm zu kommen.

Adrian mußte bald hier sein. Obwohl Adrian die Religion der Inselbewohner nicht praktizierte, war er doch mit ihr aufgewachsen und wußte mehr darüber als Sebastian.

Gabe würde sich sein endgültiges Urteil über diese Erscheinung in Frauengestalt bis zu Adrians Eintreffen vorbehalten. Er würde abwarten, ob Adrian sie sehen konnte. Adrian würde seine Testperson sein. Er war zwar ein Inselbewohner, aber ihm fehlte Zauberkraft.

Mit Adrians Hilfe würde Gabe die Wahrheit herausfinden.

Die Frau musterte ihn. Gabe fragte sich, ob sie wohl seine Gedanken lesen konnte. Wahrscheinlich nicht, aber er war sich nicht sicher.

»Du verstehst nicht, warum ich mich einmische, nicht wahr?« sagte sie schließlich angesichts seines beharrlichen Schweigens. »Ich habe dir geholfen, das Schattenland wieder aufzubauen. Glaubst du etwa, du hättest in einem Augenblick gelernt, wozu die meisten Visionäre Jahre brauchen?«

»Ich erinnere mich nicht an dich«, beharrte Gabe. »Ich war damals allein.«

»Und wer, glaubst du, hat dich aus dem Schattenland herausgeholt, bevor dein Urgroßvater es überfiel? Du wärst mit umgekommen, als er alle Versager abschlachten ließ.«

»Ich dachte, Schwarzes Blut darf Schwarzes Blut nicht töten.«

»Das stimmt«, bestätigte seine Mutter. »Aber manchmal passieren Unfälle. Außerdem ist dein Urgroßvater nicht zusammen mit seinen Truppen ins Schattenland gezogen. Seine Hände wären unbefleckt geblieben.«

»Man sagt, er sei wegen mir gekommen.«

»Er hätte dich getötet, wenn ich dich nicht rechtzeitig in Sicherheit gebracht hätte.«

Jetzt endlich wußte Gabe, daß sie log. Er hatte zwei Visionen gehabt. Zwei so deutliche Visionen, daß er das Schattenland sofort verlassen hatte. Er sah sie immer noch ganz klar vor sich:

In der ersten Vision stand er vor einem Fey, den er noch nie gesehen hatte. Sie befanden sich in einem großen Raum, offenbar im Palast der Inselbewohner. Außer ihnen waren dort eine Menge Feywachen versammelt. An den Wänden hingen

Speere, und auf einem Podest stand ein Thron, auf dem jedoch niemand saß. An der Wand hinter dem Thron prangte ein Wappen: zwei Schwerter, die sich über einem Herzen kreuzten.

Gabe war noch nie an diesem Ort gewesen, aber das Wappen erkannte er. Es gehörte der Familie seines Vaters.

Der fremde Fey besaß die wettergegerbte Haut eines Soldaten. Seine Augen waren dunkel und leer, seine Hände vom Alter verkrümmt. Er glich Gabes längst verstorbenem Großvater. Er starrte Gabe mit funkelnden Augen und ausgestreckten Händen an, als sei Gabe ein Wunderwesen, eine Art religiöse Sehenswürdigkeit.

Dann fühlte Gabe einen scharfen Schmerz im Rücken. Der Fey schrie auf ... seine Worte verschwammen ebenso wie sein Gesicht und der gesamte Raum ... und dann löste sich die ganze Vision in Dunkelheit auf.

Die zweite Vision hatte Gabe noch mehr verstört, obwohl sie unpersönlicher war. Er selbst befand sich außerhalb seines Körpers. Er schwebte über sich, als blicke er durch einen Spalt in der Wand oder sei eine Spinne an der Zimmerdecke. Sein Körper stand unter ihm, größer als dieser merkwürdige Fey. Sein Körper war genauso alt wie jetzt auch, er gehörte einem Jüngling, nicht einem ausgewachsenen Fey.

Der Mann und Gabe standen einander dicht gegenüber, umringt von Feykriegern. Zwei von ihnen bewachten die Tür. Die Fey trugen keine Waffen, aber einige von ihnen sahen aus wie Fußsoldaten, mit langen, tödlichen, messerscharfen Fingern.

Niemand schien ihn zu bemerken.

Der ältere Fey sagte etwas. Er musterte Gabes Körper wie ein kostbares und seltenes Gut. Der Körper – und Gabe – beobachteten ihrerseits den Mann.

Dann schlüpfte jemand in einem Kapuzenumhang durch

die Tür. Die Feywachen traten beiseite, aber der alte Mann bemerkte den Eintretenden nicht. Eine behandschuhte Hand mit einem langen Messer schob sich aus dem Ärmel des Umhangs. Mit zwei raschen Schritten hatte der Eindringling den Raum durchquert und die Klinge in den Rücken des Körpers gestoßen.

Gabe schrie auf, aber er konnte nicht in den Körper zurückkehren. Auch der alte Mann schrie. Die Tür war offen und der Eindringling verschwunden.

Der Körper lag mit aufgerissenen Augen auf dem Fußboden. Blut rann aus seinem Mundwinkel. Er hustete einmal, dann pfiff der Atem in seiner Kehle. Das Pfeifen endete in einem Seufzer, und dann schwand alles Leben aus seinem Gesicht.

Gabes Gesicht.

Damit brach die Vision ab.

Zwei Versionen seines eigenen Todes. Eine in seinem Körper, in der er den Todesstoß selbst fühlte, und eine von außerhalb. Sie hatten Gabe so verwirrt, daß er zur Schamanin gegangen war, wie sie es ihm bei schwer verständlichen Visionen erlaubt hatte. Die alte Frau hatte ihn mitleidig angeblickt.

Hast du gewußt, daß jeder Visionär seinen eigenen Tod Sieht? hatte sie gefragt.

Gabe hatte genickt. *Also ist es mein Tod?*

Sie hatte den Kopf geschüttelt. *Zwei Visionen, zwei Wege. In der zweiten stirbst nicht du, sondern ein anderer.*

Sebastian war gestorben. Sebastian, dieses gutmütige, unschuldige, kindliche Wesen. Sebastian, der Golem, der nicht hatte leben sollen und trotzdem lebte. Sebastian, den Gabe wie einen Bruder liebte. Sebastian, der so viel von Gabe übernommen hatte, daß Gabe sich fragte, ob einer von ihnen ohne den anderen überhaupt weiterleben konnte.

Wie kann ich es verhindern? hatte Gabe gefragt.

Du mußt den Weg ändern.

Aber wie?

Die Schamanin hatte nur die Achseln gezuckt. *Ich habe den Weg nicht gesehen. Wir können unsere Visionen nicht vergleichen. Die Zukunft ist zu dunkel. Alles ändert sich. Schon nächste Woche wird unser Leben eine neue Bedeutung haben.*

Gabe hatte die Vision geändert. Jedenfalls zum Teil. Sebastian war tatsächlich an einem Stich in den Rücken gestorben. Aber der Täter hatte keinen Kapuzenumhang getragen. Es war einer der Wachen von Gabes Urgroßvater gewesen, und Sebastian hatte sich freiwillig geopfert, um Nicholas zu retten.

Gabe hatte auch das Gesehen. Licht strömte aus jeder Öffnung von Sebastians Körper, bevor er in tausend Stücke zersprang.

»Ich hatte eine Vision«, sagte er zu der Erscheinung seiner Mutter. »Nicht du hast mich aus dem Schattenland gerettet. Ich hatte eine Vision.«

Sie lächelte ihn an. »Was glaubst du, wodurch Visionen ausgelöst werden, kleiner Gabe?«

»Sie werden gesandt ...«, hob Gabe an, im Begriff, das Glaubensbekenntnis der Visionäre aufzusagen, das ihn die Schamanin gelehrt hatte. Aber er verstummte, bevor er fertig war.

»Sie werden von den Mysterien und den Mächten gesandt«, bestätigte seine Mutter.

»Also kannst du in die Zukunft blicken.«

Sie schüttelte den Kopf.

»Aber das mußt du können, wenn du Visionen sendest«, beharrte Gabe.

»Die Zukunft verändert sich ständig. Auch das solltest du wissen.«

»Dann kennst du wenigstens eine Version der Zukunft.«

»Vielleicht«, gab sie zurück. »Vielleicht auch nicht.«

»Aber du könntest mir helfen. Wenn du wirklich soviel Macht besitzt, wie du behauptest, kannst du mir den rechten Weg weisen.«

»Das könnte ich«, stimmte sie zu. »Und morgen könnte ich dir einen anderen Weg weisen, der auch der rechte ist. Und am nächsten Tag einen dritten.«

»Du willst mir also nicht helfen.«

»Die Zeiten sind unsicher«, murmelte sie. »Erst vor einer Woche hattest du eine ganze Folge von Visionen. Sie haben dir verschiedene Möglichkeiten der Zukunft gezeigt, die alle durch dasselbe Ereignis ausgelöst wurden. Das war eine Warnung, kleiner Gabe: Alles, was du jetzt tust, bringt einen Stein ins Rollen. Jede Entscheidung ...«

»Sogar die, mit dir zu sprechen?«

»Hierherzukommen war eine wichtige Entscheidung«, bestätigte sie. »Meine Hilfe anzunehmen, wird eine weitere sein.«

»Warum setzt du mich unter Druck?« fragte Gabe. »Wenn es wahr ist, was du sagst, dann bist du mein Leben lang dagewesen. Warum muß ich mich ausgerechnet jetzt entscheiden? Warum nicht morgen oder übermorgen?«

»Dies ist der Ort, an dem drei Punkte zusammentreffen, Gabe«, erklärte seine Mutter. »Bald werde auch ich nicht mehr die Wahl haben, was ich tun soll.«

»Erklär mir das«, forderte er.

»Das ist nicht nötig«, gab sie zurück. »In weniger als einem Tag wirst du es verstehen.«

»Ich will es aber jetzt verstehen«, beharrte Gabe trotzig.

Sie strich ihm zärtlich über die Wange. Ihr Lächeln war liebevoll. »Du bist mein Sohn. Und der Sohn deines Vaters. Keiner von uns beiden hatte besonders viel Geduld. Du scheinst sogar noch ungeduldiger zu sein.«

»Also hängt deine Zukunft von meiner Entscheidung ab«, schlußfolgerte Gabe.

Seine Mutter schüttelte den Kopf. »Von deiner Entscheidung hängt die Zukunft aller Fey ab«, sagte sie.

39

Die Schamanin bestand darauf, daß sie im Dunkeln weitergingen. Sie trug eine kleine Fackel, die sie so vorsichtig hielt, als habe sie Angst, sich die Finger zu verbrennen. Die Fackel warf nur ein schwaches Licht auf den Pfad.

Eine derartige Finsternis hatte Nicholas noch nie erlebt. Allerdings war er auch kaum jemals aus Jahn herausgekommen. In der Stadt hatte immer Licht gebrannt. Jedenfalls bevor der Schwarze König Jahn zerstört hatte.

Der Gedanke traf Nicholas wie ein Messer ins Herz. Eines Tages würde er an seine eigenen Grenzen stoßen. Dann würde er wissen, wie viele Verluste er noch ertragen konnte, bevor sein Herz vor Kummer brach. Erst hatte er seinen Vater verloren, dann Jewel, dann Sebastian und schließlich seine Königswürde, vielleicht sogar die Blaue Insel selbst.

Trotzdem gab er nicht auf. Noch nicht. Er wußte selbst nicht genau, warum.

Natürlich wegen Arianna. Die Fackel der Schamanin erhellte ihre hohe, schlanke Gestalt, die vor ihm ging. Sie waren weiter bergab gewandert. Jetzt hatten sie die Baumgrenze erreicht, hohe, harzig duftende Kiefern. Die Schneefelder lagen hinter ihnen, aber auch weiter unten war die Nacht noch kalt.

Die Schamanin behauptete, in den Bergen sei es immer kalt.

Sie bestand auch darauf, daß sie schweigend gingen. Sie erklärte, daß es hier gefährliche wilde Tiere gab. Und obwohl sie nicht auf der Insel geboren war, glaubte ihr Nicholas.

Die alte Frau wußte überraschend viel. Aber wann sie endlich Gabe treffen würden, erzählte sie ihm nicht. Sie drängte nur immer wieder zur Eile.

Nicholas schleppte sich mechanisch vorwärts. Den Punkt äußerster Erschöpfung hatte er schon längst überwunden. Arianna war schon bei ihrem Aufbruch am Rand ihrer Kraft gewesen. Nicholas wußte nicht, was für eine Energie seine Tochter noch aufrecht hielt. Manchmal glaubte er, daß Arianna sich innerlich so weit von ihnen entfernt hatte, daß sie nicht mehr wußte, was sie tat. Hätte die Schamanin sie an den Rand einer Klippe gestellt und ihr befohlen zu springen, hätte Arianna ihrem Befehl vielleicht widerspruchslos Folge geleistet.

Nicholas machte sich große Sorgen um seine Tochter. Sie war so verändert. Sie schien regelrecht dahinzuschwinden. Der Verlust Sebastians hatte sie zuviel gekostet. Daß Sebastian nicht ihr Blutsbruder gewesen war, spielte dabei offenbar keine Rolle. Er hatte ihr mehr als das bedeutet. Er war ihr Herzensbruder gewesen.

Nicholas konnte das nur zu gut nachfühlen.

Für ihn war Sebastian das Kind seines Herzens gewesen.

Wieder spürte er den schneidenden Schmerz. Er holte tief Luft. Solange er Schmerzen empfand, war er noch lebendig.

Sie folgten einem schmalen Pfad, der sich zwischen Bäumen und Felsbrocken schlängelte. In der Dunkelheit konnte Nicholas ihn kaum erkennen. Er folgte einfach Arianna. Er war dankbar für die Stiefel, die sie für ihn gestohlen hatte. Er war jetzt dankbar für kleine Dinge.

Kleine Dinge waren alles, was ihm geblieben war.

Kleine Dinge: Arianna, und die Hoffnung, Gabe zu finden.

Die Hoffnung, Gabe zu finden, und die noch größere Hoffnung, die Insel zurückzuerobern. Sie an seine Kinder weiterzugeben, ohne daß der Schwarze König sich einmischte.

Manchmal wünschte Nicholas, er hätte kräftiger zugestoßen. Er konnte es immer noch nicht fassen, daß der Schwarze König mit einem Schwert in der Kehle überlebt hatte. Nicholas hatte gedacht, Fey seien leichter zu töten.

Jewel war leichter zu töten gewesen.

Jedenfalls für Matthias.

Er hatte ihr nur ein mit Weihwasser getränktes Tuch auf den Scheitel zu legen brauchen.

Dann war sie gestorben.

Einen gräßlichen Tod.

Nicholas machte zwei große Schritte. Wenn Jewel noch lebte, wäre Arianna nie geboren worden. Jewel hätte nicht gewußt, wie man eine Gestaltwandlerin zur Welt bringt, besonders keine so mächtige wie Arianna. Und zu jener Zeit hätte kein Fey freiwillig den Palast betreten, um Jewel beizustehen.

Allerdings fragte Nicholas sich manchmal, ob die Schamanin auch so gekommen wäre, sobald bei Jewel die Wehen eingesetzt hätten. Schließlich war sie herbeigeeilt, als Jewel im Sterben lag. Vielleicht wäre sie auch gekommen, um Arianna während der Geburt zu retten.

Aber vielleicht auch nicht. Die Schamanin glaubte fest daran, daß man den Dingen ihren Lauf lassen sollte. Sie glaubte, daß die Mysterien und Mächte der Fey schon alles regeln würden.

Nicholas fragte sich, was die Schamanin wohl bewog, sie in diese Finsternis zu führen, was ihr den Weg zu Nicholas' richtigem Sohn wies.

So viel hing von diesem Sohn ab, den er noch nie gesehen hatte: ein ganzes Königreich und dazu die Zukunft der Fey. Die Schamanin half ihnen nur, Gabe zu finden, weil sie den Schwarzen König stürzen wollte.

In diesen Bahnen hatten sich Nicholas' Gedanken schon die ganze Nacht bewegt. Während der ganzen Wanderung war sein Geist wieder und wieder um jeden dieser Punkte gekreist, und immer hatten seine Überlegungen bei Gabe geendet. Über die Begegnung mit seinem Sohn gingen sie nie hinaus. Nicholas hatte das Gefühl, keine Pläne schmieden zu können, bevor er nicht sein erstgeborenes Kind traf, das seine und Jewels Hoffnung, ihre beiden Völker zu vereinen, verkörperte.

Plötzlich blieb die Schamanin stehen. Ihre Hand zitterte. Der Schein der Fackel tanzte über den Boden. Die ganze Welt schien plötzlich in Bewegung.

»Halt mal, Arianna«, bat die Schamanin. Ihre Stimme klang belegt, als könne sie kaum sprechen.

Arianna rührte sich nicht. Nicholas stürzte vor und nahm der Schamanin die Fackel aus der Hand. Sie blickte ihn an. Ihre runden braunen Augen füllten sich mit Tränen, und dann brach sie zu seinen Füßen zusammen.

Nicholas drückte Arianna die Fackel in die Hand und wollte der Schamanin aufhelfen, als seine Tochter ihm die freie Hand auf die Schulter legte.

»Nicht«, flüsterte sie. »Sie hat eine Vision.«

Nicholas betrachtete die Schamanin. Ihre Augen waren offen, dabei aber völlig ausdruckslos. Sie sah aus wie Ari damals im Turm, kurz nachdem die Truppen die Ankunft der Fey gemeldet hatten.

»Aber du hast nicht ...«

»Visionen sind etwas Persönliches«, sagte Arianna. »Das hat sie mir erklärt.«

Nicholas kniete sich neben die Schamanin. Die alte Frau ballte und öffnete die Fäuste, und ihr Unterkörper wand sich, als versuche sie wegzulaufen. Ihr Mund arbeitete heftig. Nur die Augen bewegten sich nicht. Sie starrten geradeaus in die Dunkelheit.

Die Schamanin sah aus wie eine Sterbende. So leblose Augen hatte Nicholas bis jetzt nur bei Toten gesehen.

Bei Jewel.

Nicholas hätte die Schamanin gern berührt, sie wach gerüttelt.

»Wie lange kann das hier dauern?« wandte er sich an Arianna, obwohl er wußte, daß sie noch weniger von Visionen verstand als er selbst.

»Bis es zu Ende ist«, gab sie zurück, und Nicholas blickte überrascht auf. Offenbar hatte die Schamanin sich Arianna anvertraut, und Arianna hatte zugehört.

»Es gefällt mir nicht«, murmelte Nicholas.

»Stell dir vor, wie es sich erst für sie anfühlen muß«, erwiderte Arianna trocken. Sie war nicht neben der Schamanin niedergekniet. Sie stand aufrecht wie eine Flamme, wie eine Säule.

Als wollte sie sich dem, was mit der Schamanin passierte, nicht stellen.

»Hast du auch wieder eine Vision gehabt?« erkundigte sich Nicholas.

»Nein«, entgegnete Arianna. »Die Schamanin hat gesagt, manchmal kommen sie jahrelang nicht wieder.«

Aber sie klang nicht besonders zufrieden. Sie schien überhaupt nicht glücklich zu sein, daß sie Visionäre Kräfte besaß. Ihre Fähigkeit, sich zu Wandeln, hatte sie dagegen in vollen Zügen ausgekostet, bis sie sich sogar ohne Solandas Erlaubnis und ohne fremde Hilfe Verwandeln konnte, und das jahrelang.

Es war ihr hervorragend gelungen.

Nicholas wäre längst tot, wenn seine Tochter nicht vom Augenblick ihrer Geburt an alle Regeln mißachtet hätte.

Jetzt stieß die Schamanin einen tiefen Seufzer aus und hob eine Hand an das Gesicht. Ihre Augen schlossen sich.

»Jetzt?« fragte Nicholas.

»Wenn du unbedingt willst«, sagte Arianna, als käme es ihr

niemals in den Sinn, jemandem zu helfen, der gerade eine Vision gehabt hatte. Oder vielleicht wollte sie auch nur speziell der Schamanin nicht helfen.

Nicholas schob die Arme unter die Achseln der Schamanin und richtete sie auf. Er drückte sie an sich wie ein Kind. So hatte er sie noch nie gehalten, und er hatte sich nicht klargemacht, wie gebrechlich sie war. Sie war so groß und dünn wie Arianna, aber ihrem Körper fehlte Ariannas jugendliche Spannkraft. Es fühlte sich an, als könne Nicholas sie in der Mitte durchbrechen, wenn er zu fest zupackte.

»Alles in Ordnung mit dir?« erkundigte sich Nicholas.

»Soweit das möglich ist«, ächzte die Schamanin. Ihre Stimme schwankte. Sie wischte sich mit Daumen und Zeigefinger die Mundwinkel ab und seufzte wieder.

»Was war das?« fragte Nicholas.

»Ich weiß nicht genau«, antwortete die Schamanin. »Habt ihr etwas Gesehen?«

»Ich besitze keine Visionäre Kraft«, erwiderte Nicholas.

»Ich weiß«, sagte die Schamanin. »Aber manchmal gibt es offene Visionen, besonders wenn etwas gleichzeitig passiert oder wirklich mächtig ist ...« Sie schüttelte den Kopf, als hätte sie schon zuviel verraten.

»Ich habe nichts Gesehen«, wiederholte Nicholas fast enttäuscht.

Die Schamanin blickte Arianna über die Schulter an. »Und du?« fragte sie.

»Ich hatte keine Vision«, erwiderte Arianna. Sie klang erleichtert.

»O weh«, seufzte die Schamanin. Dann fügte sie leise hinzu: »Also ist es meiner.«

»Deiner?« fragte Nicholas.

»Helft mir hoch«, bat die Schamanin. »Wir müssen uns beeilen. Wir haben nicht mehr viel Zeit.«

»Was ist denn los?« fragte Nicholas.

»Helft mir hoch«, bat die Schamanin wieder.

Nicholas drückte sie vorsichtig an sich und zog sie hoch. Sie zitterte am ganzen Leib. Hätte Nicholas es nicht besser gewußt, hätte er geglaubt, sie werde gleich in Tränen ausbrechen.

Die alte Frau wich einen Schritt zurück und klopfte sich den Staub vom Gewand. Dann nahm sie Arianna die Fackel ab.

»Wir müssen weiter«, wiederholte sie.

»Erzähl uns, was du Gesehen hast, während wir gehen«, entgegnete Nicholas, und es klang wie ein Befehl. Er hatte der Schamanin noch nie etwas befohlen.

Die Schamanin führte sie zum Pfad zurück. Sie ging so gebeugt, daß Nicholas sich fragte, ob sie sich beim Fallen verletzt hatte.

»Geht es ihr gut?« wisperte Arianna.

»Ich weiß nicht«, flüsterte Nicholas zurück.

»Kommt«, rief die Schamanin.

Sie beeilten sich, sie einzuholen. Nicholas' Herz hämmerte. Immer noch fühlte er die zerbrechliche Gestalt in seinen Armen.

»Was hast du Gesehen?« fragte er noch einmal. Die Schamanin stieß einen kurzen Seufzer aus. »Gemäß der Überlieferung der Fey gibt es drei Orte der Macht auf der Welt«, begann sie. »Der erste befindet sich in den Eccrasischen Bergen. Dort liegt der Ursprung der Fey. Man erzählt sich, daß eines Tages ein Ziegenhirte diesen Ort entdeckte und mit seiner Familie dorthin zog. Als sie ihn wieder verließen, waren sie Fey geworden.«

Während die Schamanin sprach, sah sie ihre Gefährten nicht an. Ihre Stimme zitterte.

»Wie kam das?« fragte Arianna.

»Hör einfach zu, Kind«, wies die Schamanin sie ungewöhnlich streng zurecht.

Arianna blickte ihren Vater an. Im Fackelschein sah Nicholas die Angst, die sich auf ihrem schmalen Gesicht ausdrückte.

»Ich weiß nicht, wieviel von dieser uralten Legende wahr ist«, fuhr die Schamanin fort, »aber es gehört zur Ausbildung jeder Schamanin, daß sie die Eccrasischen Berge und den Ort der Macht aufsucht.«

»Bist du dort gewesen?« erkundigte sich Arianna.

Nicholas lauschte gespannt. Warum erzählte die Schamanin ihnen das alles?

»Ja«, bestätigte sie. »Ich kam gerade von dort zurück, als ich verpflichtet wurde, Rugars Flotte zu begleiten. Für eine Schamanin bin ich noch jung. Sehr jung.«

Sie machte eine Pause, hob die andere Hand und strich sich über das wie immer zerzauste weiße Haar. Ihre Bewegungen waren langsam und seltsam unbeholfen, als hätte die Vision sie bis ins Mark erschüttert.

»Was hast du Gesehen?« fragte Nicholas zum dritten Mal.

»Bitte, Nicholas, laß es mich auf meine Art erzählen«, wies ihn die Schamanin zurecht. »Wir haben nicht mehr viel Zeit.«

»Das hast du schon einmal gesagt«, mischte sich Arianna mit erhobener Stimme ein. »Was wird passieren?«

»Es wendet sich doch nicht wieder Schwarzes Blut gegen Schwarzes Blut, oder?« erkundigte sich Nicholas besorgt. Kurz nach Ariannas Serie von Visionen hatte die Schamanin eine Vision darüber gehabt und Nicholas davon erzählt, weil sie so erschrocken gewesen war.

»Nein, so schlimm ist es nicht«, beschwichtigte sie jetzt. »Jedenfalls glaube ich das nicht.«

Sie ließ die Hand sinken.

»Obwohl es vielleicht vorzuziehen wäre«, fügte sie hinzu und lächelte ihre Gefährten über die Schulter an. Es war ein trauriges Lächeln.

»Willst du denn wirklich das absolute Chaos, die Vernichtung?« wunderte sich Arianna.

»Nein«, erwiderte die Schamanin. »Ich wünschte, diese Vision wäre so wichtig wie jene über das Schwarze Blut. Aber das ist sie nicht. Ich weiß es.«

»Dann kannst du uns doch davon erzählen«, unterbrach sie Nicholas ungeduldig.

»Das hat keinen Zweck«, entgegnete die Schamanin. »Ich muß vieles auslassen. Aber einiges solltet ihr doch wissen.«

Der Pfad wurde breiter. Sie kamen schnell voran, vielleicht schneller als vorher. Arianna schien in besserer Verfassung zu sein als vor der Vision der Schamanin. Sich auf die Vision ler Schamanin zu konzentrieren, schien sie von ihren eigenen Problemen abzulenken.

Vielleicht hätten sie nicht so lange schweigend wandern sollen. Vielleicht hätte Nicholas versuchen sollen, mit seiner Tochter zu sprechen, ihren Schmerz ein wenig zu lindern.

»Wie gesagt, die Überlieferung der Fey spricht von drei Orten der Macht«, begann die Schamanin von neuem. »Drei. Wir haben erst einen davon entdeckt, nämlich den in den Eccrasischen Bergen. Manche Leute behaupten, hinter dem Erobe-rungsdrang der Fey verbirgt sich nur die Suche nach den beiden anderen Orten der Macht.«

»Ich dachte immer, auf diese Weise solle sich frisches Blut mit dem Blut der Fey vermischen«, wandte Nicholas ein.

»Das stimmt auch«, bestätigte die Schamanin. »Das ist so, seit der erste Fey sich mit einer Nicht-Fey zusammentat. Aber die Orte der Macht haben den Fey von Anfang an keine Ruhe gelassen.«

»Warum hat Jewel mir nie davon erzählt?« fragte Nicholas.

»Weil viele Fey die anderen beiden Orte der Macht für eine bloße Erfindung halten. Existierten wirklich weitere Orte der Macht, dann müßte es doch noch andere Völker wie die Fey geben, die versuchen, die ganze Welt zu erobern, nicht wahr?« Die Schamanin schien keine Antwort zu erwarten.

Aber Arianna sprach trotzdem. »Nicht, wenn die Völker unterschiedlich sind«, sagte sie langsam.

»So unterschiedlich sind Völker nicht, Kind«, gab die Schamanin freundlich zurück. »Sonst hätten wir drei nicht so viel gemeinsam. Ich bin um die halbe Welt gereist und habe eine Menge Unterschiede gesehen, aber nicht solche, von denen du sprichst.«

»Also hat das alles mit deiner Vision zu tun«, schlußfolgerte Nicholas. »Die Orte der Macht.«

»Ja«, bestätigte die Schamanin. »Heute morgen habe ich einen Ort der Macht Gesehen. Ich Sah ...«

Sie unterbrach sich und schüttelte den Kopf.

»Du Sahst..?« drängte Nicholas.

Aber die Schamanin warf ihm einen Blick zu, aus dem Nicholas schloß, daß sie ihren Satz nicht beenden würde, jedenfalls nicht so, wie sie es vorgehabt hatte.

»Dein Sohn hat einen Ort der Macht gefunden«, erklärte sie schließlich.

»Gabe?«

»Wenn er ihn nicht schon gefunden hat, wird er ihn entdecken, bevor wir ihn treffen. Aber der Ort befindet sich in den Blutklippen. Wußtet ihr das?«

Ein Ort der Macht in den Blutklippen? Nicholas war noch nie dort gewesen. Er hatte gehört, daß in jener Gegend ein starrsinniger Menschenschlag lebte. Einmal hatte er sogar die Weisen getroffen, die ihm ziemlich weltfremd vorgekommen waren. Ihre Überzeugungen waren reichlich altmodisch. Der

Tabernakel haßte sie und hielt sie für eine gefährliche Sekte. Vor einigen Generationen hatte der Tabernakel den Palast ersucht, die Blutklippen von den »Gotteslästerern« zu säubern, aber unternommen hatte man nichts. Die Weisen verließen ihre kleinen Städte nie, und nur die abenteuerlustigsten Auds wagten sich dorthin. Wie viele andere entlegene Gegenden der Blauen Insel blieben die Blutklippen ein abgeschlossenes Gebiet für sich.

»Nein«, erwiderte Nicholas schließlich. »Davon habe ich noch nie gehört.«

»Bist du sicher?«

»Der Roca stammte aus dieser Gegend«, warf Arianna ein. »Stimmts, Papa?«

Nicholas blickte seine Tochter stirnrunzelnd an. Er hatte ihr zwar gewisse Grundkenntnisse des Rocaanismus vermittelt, aber viel mehr auch nicht. Das glaubte er der Tatsache schuldig zu sein, daß auch in ihren Adern das Blut des Roca floß. Um später die Insel zu regieren, mußte sie etwas über deren Religion wissen. Aber wie er Arianna kannte, hatte sie sich aus eigenem Antrieb weiter damit beschäftigt.

Der Gedanke verursachte Nicholas eine Gänsehaut. Sich auf eigene Faust mit dem Rocaanismus zu beschäftigen, hätte für Arianna tödlich ausgehen können.

»Das ist schwer zu beantworten, mein Liebling«, sagte er. »Viele Legenden behaupten, der Roca stamme aus den Blutklippen. Aber wieder andere besagen, daß er in den Schneebergen oder den Sümpfen von Kenniland geboren wurde. Praktisch jede Gegend der Blauen Insel erhebt Anspruch auf ihn.«

»Außer Jahn«, setzte Arianna hinzu.

»Es waren die Söhne des Roca, die Jahn erbaut haben«, wandte Nicholas ein. »Die Stadt existiert überhaupt erst seit der Aufnahme des Roca.«

»Legenden haben oft einen wahren Kern«, murmelte die Schamanin.

»Ich weiß«, entgegnete Nicholas. »Aber was den Roca betrifft, ist es schwer, Wahrheit und Erfindung zu unterscheiden. So viele Orte beanspruchen ihn für sich, daß ich mich oft frage, ob er in Wirklichkeit mehr als eine Person war.«

Die Schamanin schwieg mit gesenktem Kopf. Im Laufe der Jahre hatte Nicholas gelernt, daß ihr Schweigen oft beredsamer war als ihre Worte.

»Du hältst diesen Ort der Macht für wichtig.«

»Ich weiß, daß er wichtig ist«, sagte sie.

»Du glaubst, daß er etwas mit dem Roca zu tun hat.«

»Ich glaube«, erwiderte die Schamanin bedächtig, »daß er etwas mit der wilden Magie auf der Insel zu tun hat. Jene Magie, für die wir nie eine Erklärung gefunden haben.«

»Die Fey haben ihre Magie von einem Ort der Macht bezogen«, überlegte Arianna laut. »Glaubst du, daß das auch bei mir der Fall war?«

»Du weißt, daß ich Arianna nie aus den Augen gelassen habe«, erinnerte Nicholas.

»Ich weiß«, bestätigte die Schamanin. »Ich weiß aber auch, daß zweierlei Blut in ihren Adern fließt. Schwarzes Blut, das mächtigste Feyblut, und das Blut eures Roca. Ich halte es nicht für Zufall, daß du besondere Kinder hast, Nicholas. Ich halte es für die logische Folge der Verbindung zwischen zwei Menschen, die beide von Orten der Macht abstammen.«

»Wenn es auf der Insel wirklich einen solchen Ort gibt, müßte ich es doch wissen«, zweifelte Nicholas.

»Vielleicht«, erwiderte die Schamanin. »Es ist typisch für den Hochmut der Fey zu behaupten, daß die Überlieferung von den drei Orten der Macht falsch sein muß, weil es kein anderes Volk wie die Fey gibt.«

»Könnte nicht jemand diesen Ort der Macht auf der Insel einfach erschaffen haben?« fragte Arianna.

Die Schamanin warf ihr aus dunklen Augen einen scharfen Blick zu. Dann richtete sie ihre Aufmerksamkeit wieder auf den Pfad, der immer breiter wurde, als würde er regelmäßig benutzt. Das machte Nicholas nervös.

»Die Überlieferung der Fey besagt, daß die Orte der Macht älter sind als die Zeit selbst, Kind«, erklärte die Schamanin. »Zuerst gab es die Orte der Macht. Dann entdeckten die Fey einen davon.«

»Wenn es keinen anderen Ort der Macht zwischen den Eccrasischen Bergen und der Blauen Insel gibt, woher wollen die Fey dann wissen, daß drei von ihnen existieren?« fragte Nicholas.

»Am Ort der Macht ist die Magie rein«, erklärte die Schamanin. »Und Fragen werden beantwortet, wenn man den Preis bezahlt.«

»Was bedeutet das?« erkundigte sich Arianna.

»Es bedeutet, daß jemand sich fragte, ob es noch andere Orte der Macht gibt, und zwei weitere entdeckte«, kam Nicholas der Schamanin zuvor. »Aber ihre Lage hat er nicht feststellen können, nehme ich an.«

»Sogar die Lage ist überliefert«, ergänzte die Schamanin. »Die Überlieferung lautet folgendermaßen: ›Es gibt drei Orte der Macht. Verbinde sie, und die Dreieinigkeit der Kraft wird die Welt erneuern.‹«

»Das verstehe ich nicht«, beschwerte sich Arianna.

»Ich glaube, ich verstehe es«, widersprach Nicholas. »Es bedeutet, daß die Orte der Macht Punkte sind, bei deren Verbindung ein Dreieck entsteht. Wenn man zwei von ihnen entdeckt hat, kann man auch den dritten feststellen.«

»Genau«, bestätigte die Schamanin und ging vorsichtig um einen Felsbrocken herum, der mitten auf dem Pfad lag. »Und noch mehr als das. Es ist Teil des Vermächtnisses der Fey. Entscheidend ist das Wort ›Verbinden‹.«

»Darüber hat sich Sebastian doch so aufgeregt, nicht wahr«, wandte sich Nicholas an Arianna. »Er sagte, er habe seine Verbindung zu Gabe verloren.«

»Er sagte, sie sei zerbrochen«, setzte Arianna leise hinzu.

»Wir alle sind Verbunden«, erläuterte die Schamanin. »Du, Nicholas, bist mit Arianna Verbunden. Wenn ich will, kann ich diese Verbindung Sehen. Sie vibriert zwischen euch wie ein vielfarbiges Band. Visionäre können Verbindungen nicht nur Sehen, sie können auch entlang dieser Verbindungen reisen. Wenn ich eine Möglichkeit fände, in deine Verbindung einzudringen, könnte ich von dir zu Arianna reisen.«

Nicholas nickte. Das hatte er schon immer geahnt, nur nicht verstanden. Die Schamanin konnte die Fähigkeiten der Fey gut erklären. Was das betraf, hatte Nicholas sich schon mehr als einmal auf sie verlassen können.

»In die Verbindung einzudringen, das ist der Schlüssel. Das ist schwieriger, als es klingt«, fuhr die Schamanin fort. »Nur weil ich eure Verbindung Sehe, kann ich mich ihrer noch nicht bedienen. Ich brauche einen Eingang, einen Weg, zu euch durchzudringen.«

Wieder lag ihnen ein Felsbrocken im Weg. Nicholas machte einen Bogen um ihn. Er streckte die Hand aus und schürfte sich das Schienbein an einem anderen Felsen, den er nicht gesehen hatte. Immer noch war es stockdunkel. Die Morgendämmerung war eine bloße Sinnestäuschung. Nicholas fragte sich, wie lange diese Nacht wohl noch dauern würde.

»Mit diesen Verbindungen beschäftigt sich die Überlieferung?« nahm er den Faden wieder auf.

»Ja«, erwiderte die Schamanin. »Nach ihnen suchen die Visionäre, und das ist auch der Grund, warum sich am ursprünglichen Ort der Macht immer ein Schamane der Fey aufhält.

Wird einmal der zweite Ort der Macht gefunden, planen die Fey, den Schamanen am ersten Ort mit einem Schamanen am zweiten Ort zu Verbinden. Nach der Entdeckung des dritten Ortes werden sich alle drei Schamanen Verbinden, und damit entsteht die Dreieinigkeit der Kraft.«

»Und was *ist* das?« fragte Arianna. Sie klang ganz ruhig, als ginge sie das alles nichts an. Vielleicht hatte sie recht. Aber Nicholas ging es etwas an. Kein Wunder, daß die Schamanin den Schwarzen König aus dem Weg räumen wollte. Sollten die Fey noch mächtiger und beherrschender werden, als sie schon waren, wäre es für die ganze Welt besser, wenn sie ihren Blutdurst bezähmten und statt dessen Mitgefühl empfinden könnten.

»Wir wissen nichts über die Dreieinigkeit, Kind«, entgegnete die Schamanin. »Wir wissen nur, daß diese Dinge ihren Namen für gewöhnlich zu Recht tragen. Orte der Macht sind eben solche. Und ›Kraft‹ ist ein ziemlich umfassender Begriff.«

Nicholas überlief ein Schauder. Er hielt sich an einem Baum fest, als der Pfad einen scharfen Knick nach links machte und wieder steil abwärts führte. Wie sehr wünschte er sich, daß die nächtliche Dunkelheit sich wenigstens ein kleines bißchen erhellte.

»Tut mir leid«, sagte er. »Ich kann nicht glauben, daß die Schwarze Familie es den Schamanen überläßt, die Dreieinigkeit der Kraft zu kontrollieren.«

Die Schamanin blickte ihn an. Ein flüchtiges Lächeln huschte über ihr faltiges Gesicht. »Das schätze ich so an dir, Nicholas«, erklärte sie. »Dir entgeht wirklich nichts.«

»Was?« Arianna klang verwirrt. »Was hat Papa gemerkt, das mir entgangen ist?«

»Nicht der Schwarze Thron hat angeordnet, daß die Schamanen am Ort der Macht einen der Ihren postieren«, erläuterte die Schamanin. »Das ist ein Gesetz der Schamanen. Wie dein Vater weiß, ist die Magie der Fey in Domestikenmagie und Kriegsmagie eingeteilt. Der Schwarze Thron ist auf Kriegsmagie spezialisiert. Für Domestikenmagie empfindet er nur Geringschätzung.«

»Warum?« fragte Arianna.

»Weil Domestikenmagie in der Stille wirkt«, erwiderte die Schamanin. »Und weil sie Achtung vor allen Lebewesen empfindet. Ganz anders die Kriegsmagie. Sie will alles beherrschen.«

»Willst du damit sagen, daß ich Kriegsmagie besitze, weil ich von Schwarzem Blut bin?«

»Nein«, entgegnete die Schamanin. »Du bist nicht wie ich. Deine Visionäre Kraft ist anders, dunkler, und deine Magie besitzt größere Macht. Dir fehlt Gelassenheit und Ruhe, Arianna. Wenn du mit deiner Visionären Kraft zu uns Schamanen kämst und in unsere Mitte aufgenommen werden wolltest, würden wir dich abweisen.«

»Wegen meines Schwarzen Blutes«, murmelte Arianna und ließ den Kopf hängen. Nicholas hätte ihr gern tröstend den Arm um die Schultern gelegt, aber der Pfad war noch nicht so breit, daß sie nebeneinander gehen konnten.

»Wegen deines heftigen Temperaments. Ich weiß nicht, ob das eine Folge des Schwarzen Blutes ist. Manchmal glaube ich, daß es an deiner Fähigkeit, dich zu Verwandeln, liegt. Mir ist noch nie eine sanftmütige Gestaltwandlerin begegnet.«

»Und was ist mit meinem Bruder?« fragte Arianna. Nicholas hörte die Gehässigkeit in ihrer Stimme. Schon vor langer Zeit hatte Arianna beschlossen, ihren Bruder zu verabscheuen. Die Tatsache, daß sie unterwegs waren, um ihn zu treffen, schien diesen Abscheu nur noch zu verstärken. »Würdest du ihm gestatten, Schamane zu werden?«

»Er ist einer der friedlichsten Vertreter des Schwarzen Blutes, den ich kenne«, gab die Schamanin zurück. »Er erinnert mich an deinen Vater, Nicholas. Er ist gegen seinen Willen in diese Geschichte hineingeraten.«

»War das ein Ja?« bohrte Arianna.

»Das kommt darauf an«, konterte die Schamanin. »Er ist das erste mir bekannte Familienmitglied des Schwarzen Throns, das diese Eigenschaft besitzt. Ehrlich gesagt, macht mir das Sorgen. Ich befürchte, daß er nicht stark genug für die Pflichten ist, die auf ihn zukommen werden.«

»Und doch mißbilligst du diese Eigenschaften bei uns Trägern des Schwarzen Blutes und mißtraust uns, was die Orte der Macht betrifft.«

Nicholas fröstelte. Er wußte nicht, ob es ihm gefiel, daß seine Tochter sich so mit dem Schwarzen Blut identifizierte. Sie gehörte zu ihm. Er hatte sie als Inselbewohnerin erzogen. Und sie *war* auch eine Inselbewohnerin. Allerdings keine gewöhnliche.

Eine Inselbewohnerin mit wilder Magie.

»Das habe ich nicht gesagt«, verteidigte sich die Schamanin. »Wir mißtrauen euch, was die Dreieinigkeit der Kraft betrifft.«

»Und warum sind Schamanen vertrauenswürdiger?«

»Vielleicht sind wir es ja gar nicht«, sagte die Schamanin.

»Aber du hast doch eben behauptet, daß mein Sohn einen Ort der Macht entdeckt hat«, unterbrach sie Nicholas, um der Diskussion ein Ende zu bereiten. »Bedeutet das, daß du weißt, wo sich dieser Ort befindet?«

»Ich werde ihn finden«, versprach die Schamanin. »Zwischen deinem Sohn und mir besteht eine lose Verbindung. Durch sie kann ich seinen Aufenthaltsort ermitteln.«

»Und diese Entdeckung hat dich so verstört?«

»Ach«, seufzte die Schamanin. »Es ist nicht die Entdeckung, die mich verstört hat. Es ist die Vision.«

»Was hast du Gesehen?« fragte Nicholas wieder.

»Das geht nur mich etwas an, Nicholas«, wehrte die Schamanin ab.

»Also hast du deinen Tod Gesehen«, sagte Nicholas und spürte wieder diesen Schmerz in seinem Herzen, jenen Schmerz, der ihn seit Jewels Tod quälte und der seitdem immer stärker geworden war.

»Ich habe meinen Tod schon oft Gesehen«, beschwichtigte die Schamanin. »Jedesmal wurde er abgewendet.«

»Du weichst mir aus«, beharrte Nicholas.

»Die Zukunft ist immer im Fluß«, erwiderte sie.

»Erzähl es mir«, bat Nicholas. »Ich werde dir helfen, deinen Tod abzuwenden.«

Die Schamanin blieb so plötzlich stehen, daß Arianna beinahe auf sie aufgelaufen wäre. Die alte Frau drehte sich zu Nicholas um, um ihm ins Gesicht sehen zu können.

Dann legte sie ihm die Hand auf den Arm. »Nicholas«, sagte sie. »Du kannst es nicht aufhalten. Hier sind stärkere Kräfte am Werk als unsere Freundschaft.«

»Unsere Freundschaft war stets zum Wohle der Inselbewohner und der Fey«, wandte Nicholas ein.

»Daran wird sich auch nichts ändern«, bestätigte die Schamanin. »Aber versprich mir, den größeren Zusammenhang nie zu vergessen.«

»Ich lasse nicht zu, daß du stirbst!« rief Nicholas aus.

»Ich wähle mir meinen Tod selbst«, erklärte die Schamanin. »Wenn ich sterbe, sollt ihr euch daran erinnern, daß ich es tue, damit alles in Ordnung kommt. Denkt an diese Unterhaltung. Es wird hart für euch sein.«

»Ich will mich nicht im voraus mit deinem Tod beschäftigen«, murmelte Nicholas.

»Nicht mein Tod wird hart für dich sein«, entgegnete die Schamanin und drückte seinen Arm. »Du wirst gegen das Leben, das durch meinen Tod gerettet wird, protestieren.«

»Und wessen Leben ist das?« fragte Nicholas.

»Das erfährst du noch früh genug«, sagte die Schamanin, bevor sie sich abwandte und weiterging.

40

Matthias starrte den brennenden Jungen an. Er spürte dessen Angst – oder war es seine eigene? Der Junge diskutierte mit dem Mann, den er mit Hilfe des Feuers zu sich herangezogen hatte und dessen Anwesenheit Matthias jetzt erst bemerkte.

Die Situation wäre nicht so außer Kontrolle geraten, wenn Denl, Jakib und Tri ihm nicht mit gezückten Messern gefolgt wären und Anstalten gemacht hätten, den Jungen anzugreifen. Irgendwie mußten sie geahnt haben, daß Matthias in Gefahr schwebte. Sie hatten sich dem Jungen bis auf wenige Meter genähert, als dieser sich plötzlich in einen Feuerball verwandelte. Matthias hatte versucht, ihn zu beruhigen und wegzugehen, aber der Junge war nur noch wütender geworden.

Er wollte seine Feyfreunde schützen.

Matthias lief es eiskalt den Rücken herunter.

Vor dem dunklen Nachthimmel loderte der Junge gleißend hell. Überall auf dem Abhang glommen kleine Feuerkugeln, und es roch beißend nach Rauch; glücklicherweise gab es hier nur wenig Gras.

»Wenn du nicht willst, daß wir gehen, mußt du uns sagen, was wir statt dessen tun sollen«, forderte Matthias.

Es paßte ihm zwar nicht, dem Jungen soviel Macht einzuräumen, aber eigentlich spielte das keine Rolle. Falls der Junge ihn noch einmal aufforderte, mit ihm zusammenzuarbeiten, würde sich Matthias wieder weigern. Ihm gefiel weder dieses Zusammentreffen noch der Junge noch die Angst, die wie Wellen durch die Luft waberte.

Wieder schoß ein Feuerball fauchend über Matthias' Kopf

hinweg. Matthias duckte sich rasch. Mit dumpfem Aufprall landete der Ball hinter ihm.

»Coulter!« rief der unbekannte Inselbewohner. »Hör endlich auf damit.«

Aber Matthias wußte, daß Coulter nicht einfach aufhören konnte. Der Junge hatte die Feuerkugeln nicht mehr unter Kontrolle. Sie schienen direkt seiner Angst zu entspringen.

»Was willst du von uns?« fragte Matthias wieder.

»Laßt meine Freunde in Ruhe.«

»Um Gottes willen, Heiliger Herr«, flüsterte Denl. »Versprich's ihm doch.«

»In Ordnung«, sagte Matthias laut.

»Und keine Tricks«, rief der Junge.

»Nein«, log Matthias.

Ein Feuerball schoß durch die Luft direkt auf Matthias zu. Denl und Jakib warfen sich zu Boden. Tri duckte sich, die Hände schützend über den Kopf haltend.

Jetzt hatte Matthias endgültig genug. Er richtete sich so hoch auf, wie er konnte, und hob die Hand. Der Feuerball blieb einen Meter vor ihm in der Luft stehen und flog zu dem brennenden Jungen zurück. Der Junge fing den Ball auf und löschte ihn.

»Schluß damit«, befahl Matthias. »Dieser Unsinn hat jetzt lange genug gedauert.«

Wieder feuerte der Junge eine brennende Kugel auf Matthias. Diese Kugel war nicht außer Kontrolle geraten. Der Junge hatte absichtlich auf Matthias gezielt. Wieder hob Matthias die Hand, und der Ball prallte auflodernd gegen die unsichtbare Wand wie gegen eine Glasscheibe.

Wie gegen die undurchlässige Wand, die sich vor vielen Jahren ein paar Zentimeter vor Matthias' Hand gebildet hatte, als Burden ihn in seiner Zelle aufgesucht hatte. Die durchsichtige Wand, die ihm als Schutzschild vor den Angriffen der Fey gedient hatte.

Matthias ließ die Hand sinken. Sein Herz hämmerte, aber das lag nicht an dem Angriff des Jungen.

... Die Fey nennen mich einen Zaubermeister. Ich weiß nicht, wie der Inselausdruck dafür lautet. Ich nehme an, er ist längst in Vergessenheit geraten.

... Ihr besitzt große Magie, heiliger Mann.

... Eines Tages wirst du an deine eigenen Fähigkeiten glauben müssen.

... Wenn ein Mensch blinzelt, kann er die Magie eines anderen knistern sehen. Du strömst Magie aus.

... Ich besitze die gleichen magischen Fähigkeiten wie sie, aber ich wurde vor der ersten Invasion geboren. Ich bin ein echter Inselbewohner. Genau wie du.

... Ihr besitzt große Magie, heiliger Mann.

... Ich bin ein echter Inselbewohner. Genau wie du.

... Genau

... wie

... du.

»Das ist alles fauler Zauber«, sagte Matthias. Seine Stimme hallte von den Felswänden wider. »Du machst das bloß, damit ich denken soll, ich sei wie du. Du versuchst, mich zu etwas zu machen, was ich nicht bin.«

Seine Ängste, all die Veränderungen ... an allem war dieser Junge schuld.

Die Flammen um den Jungen erloschen. Die Fackeln neben seinem Kopf fielen qualmend zu Boden. Nur die Feuerkugeln glühten noch, aber es wurde plötzlich dunkel. Rote und grüne Flecken tanzten vor Matthias' Augen. Immer noch sah er den Widerschein des brennenden Jungen vor sich.

»Aber geklappt hat es trotzdem«, triumphierte der Junge.

»Du hast dich verteidigt. Und wie es scheint, nicht zum ersten Mal.«

Der Fremde neben ihm sah Matthias überrascht an. Tri nahm die Arme herunter. Denl und Jakib richteten sich auf. Am Rand von Matthias' Gesichtsfeld bewegte sich etwas. Zwei Frauen standen plötzlich da, wie aus dem Boden gewachsen. Sie kamen Matthias bekannt vor, aber er hatte jetzt keine Zeit, darüber nachzudenken, woher.

»Du hast das getan«, widersprach Matthias mit zitternder Stimme.

»Ja, ich habe das Feuer geschaffen. Aber du hast es abgewehrt. Ich habe jedesmal auf dich oder deine Freunde gezielt.«

»Dann zielst du schlecht, Fey.«

»Ich bin kein Fey«, widersprach der Junge.

»Er hat recht«, mischte sich der fremde Inselbewohner hinter dem Jungen ein. »Er wurde vor der Invasion der Fey geboren.«

»Ich soll mich auf das Wort zweier Inselbewohner verlassen, die ich noch nie im Leben gesehen habe?«

»Nein«, erwiderte eine schwankende Frauenstimme. Matthias drehte sich um. Es war eine der Weisen. Ihr Gesicht lag halb im Schatten. Nur ihre rechte Gesichtshälfte wurde vom goldenen Licht eines Feuerballs erhellt.

Pausho.

»Dieser Junge heißt Coulter. Sein Vater hat den Berg überlebt. Wie du, Matthias.«

Matthias überlief es kalt. Er ballte die Fäuste, und sie wurden plötzlich warm. Er senkte den Blick. Kleine Flammen zuckten zwischen seinen Fingern.

»Laß das!« brüllte er den Jungen an.

»Ich habe nichts gemacht«, versicherte dieser. »Die Magie bricht sich endlich Bahn. Ich frage mich, wie oft sie das in den letzten Jahren schon versucht hat und wieviel Schaden du dadurch angerichtet hast, daß du es unterdrückt hast.«

Matthias öffnete die Fäuste, und sofort erloschen die Flammen. Der Rauchgeruch verursachte ihm Kopfschmerzen. Tri duckte sich immer noch. Denl und Jakib saßen auf dem Boden und beobachteten das Geschehen.

Der Junge war schlau, das mußte man ihm lassen. Er drehte alles so, daß es aussah, als besäße Matthias dieselbe Magie wie ein Fey. Aus irgendeinem Grund schienen die Fey zu wissen, daß dieser Gedanke Matthias fast wahnsinnig machte.

»Bist du sein Vater?« wandte sich Matthias an den Fremden.

»Nein«, antwortete der Mann. »Eigentlich nicht. Wir haben einander gewissermaßen adoptiert.«

»Ich habe keinen richtigen Vater«, fauchte der Junge.

»Wenn du Coulter heißt, mußt du einen haben«, widersprach Pausho. »Coulter ist in dieser Gegend ein verbreiteter Familienname. Dein Vater hat die Stadt als junger Mann verlassen, um nie mehr zurückzukehren. Das war vor ungefähr zwanzig Jahren. Kurz vor deiner Geburt, nehme ich an.«

»Ich habe keinen richtigen Vater«, wiederholte der Junge unsicher.

»Doch«, erwiderte auch sein Freund leise. »Erinnere dich an Solanda. Sie hat dir erzählt, wie sie dich gefunden hat.«

»Sie hat mich entführt«, stieß der Junge mit rauher, wütender Stimme hervor.

»Das schon«, stimmte sein Freund zu. »Aber die alte Frau war nicht deine Mutter. Sie hatte dich adoptiert, erinnerst du dich? Von einem Paar, das von den Fey ermordet worden war. Sie hat deinen Namen für dich aufbewahrt. Er lautet Coulter. Wie der Name deines Vaters. Das hast du mir selbst erzählt, weißt du noch?«

»Nein«, knurrte der Junge.

Matthias machte dieser Wortwechsel mißtrauisch. Er hatte das Gefühl, daß die beiden ihm Theater vorspielten. Woher hatte der Junge gewußt, daß Matthias kommen würde? Woher wußte er, daß Matthias schon früher eine Schutzmauer errichtet hatte? Was für einen Plan verfolgten die Fey, und warum waren sie hinter Matthias her?

»Ihr könnt wieder aufhören«, sagte Matthias. »Ihr werdet mich nie davon überzeugen, daß ich so bin wie die Fey.«

»Ich versuche gar nicht, dich davon zu überzeugen«, verteidigte sich Pausho. »Ich kenne einfach nur den Namen Coulter. Ich erinnere mich noch genau daran, wie ich den Jungen hier heraufgebracht habe.«

»Was soll das heißen?« unterbrach sie der Junge. »›Ihn hier heraufgebracht‹?«

»Sie töten Säuglinge«, erklärte Matthias, »wenn diese ihren Maßstäben nicht entsprechen.«

Der fremde Inselbewohner zuckte zusammen. Tri schüttelte den Kopf. Denl und Jakib blickten Matthias an. Matthias konnte ihren Gesichtsausdruck nur schwer deuten. War es Überraschung oder Erschrecken oder beides? Sie mußten schon von diesem Brauch gehört haben, denn im Dorf wurde darüber geredet. Aber anscheinend hatten sie das Gerede nicht ernst genommen.

»Und jetzt habt ihr auch gesehen, warum man das mit diesen Kindern macht«, rief Pausho. Sie zeigte auf den Jungen. »Seht ihr, wie gefährlich sie sonst werden?«

»Du hast nicht ihn hier heraufgebracht, sondern seinen Vater.«

»Und der wurde gerettet. Auf diese Weise war es ihm möglich, sich zu vermehren und diese Kreatur zu zeugen. Und natürlich bist du wie er, Matthias. Genau wie er. Dämonenbrut. Du hättest schon vor vielen Jahren erfrieren sollen.«

Das sagte sie in so ruhigem und vernünftigem Ton, als

spräche sie nicht über die Vernichtung eines Menschenlebens, sondern über das Unkraut in ihrem Garten, das es auszurotten galt.

Matthias drehte sich der Magen um. »Nein«, keuchte er. »Ich bin nicht wie er.«

»Aber selbstverständlich. Die meisten langen Kinder sind so.«

»Er ist nicht lang«, widersprach Matthias.

»Aber sein Vater war es«, erklärte Pausho. »Die Regel trifft nicht immer zu, aber meistens. Daß jemand, der so normal aussieht wie dieser Junge, solche Fähigkeiten besitzt, ist selten. Vielleicht liegt es an seiner Mutter. Stammt sie von hier?«

»Du sprichst über Leute, die ich nicht kenne«, fuhr sie der Junge an.

»Natürlich kennst du sie. Sie waren deine Eltern. Ob du dich an sie erinnerst oder nicht, spielt keine Rolle.«

»Willst du damit sagen, daß es noch andere Inselbewohner wie Coulter gibt?« erkundigte sich der Fremde.

»Ich weiß nicht«, antwortete Pausho. »Nicht viele. Die meisten Kinder, die wir hier heraufbringen, sterben wie vorgesehen. Oder sie verschwinden. Und nicht alle, die der Berg zurückweist, besitzen besondere Kräfte. Manche haben nur mindere Fähigkeiten.«

»Töten die Weisen wirklich kleine Kinder wegen ihrer außergewöhnlichen Fähigkeiten?« fragte Tri. Er war noch bleicher als vorher. Im Feuerschein sah sein Gesicht fast grün aus.

»Sie töten aus Angst«, meinte der fremde Inselbewohner.

»Nein«, widersprach Pausho. »Aus Notwendigkeit. Wenn du die Worte gelesen hättest ...«

»Ich kann nich' glauben, daß der Roca von euch verlangt, Unschuldige zu töten«, fiel ihr Denl ins Wort.

»Dann weißt du nichts über den Mann, den du den Gottgefälligen nennst«, konterte Pausho. »Der Roca fordert uns sogar ausdrücklich dazu auf.«

»Nicht einmal ich glaube das«, mischte sich Matthias wieder ein. Seine Schläfen pochten jetzt heftig. Noch nie in seinem Leben hatte er sich so sonderbar gefühlt. Er konnte nicht glauben, was Pausho da sagte. Sie kannte den Jungen doch gar nicht. Oder doch? Und würde eine Weise wirklich mit den Fey zusammenarbeiten, nur um Matthias eine Falle zu stellen? Das war ziemlich unwahrscheinlich.

Aber die Fey waren hinter ihm her. Sie verfolgten ihn.

Weil er die tödlichen Eigenschaften des Weihwassers entdeckt hatte.

Weil er Jewel ermordet hatte.

Weil er Burden umgebracht hatte.

Deshalb hatten sie es auf ihn abgesehen. Aber Matthias hielt es für ausgeschlossen, daß sie sich seinetwegen in eine so abgelegene Gegend vorwagten.

»Wir in Constantia sind im Besitz der echten Worte«, erklärte Pausho. »Der Roca hatte zwei Söhne. Der eine wurde König der Blauen Insel, der andere unser geistlicher Führer. Der Roca wollte, daß alle Macht sich auf seine beiden Söhne konzentrierte. Er wünschte nicht, daß es noch andere mächtige Menschen gibt.«

Matthias schauderte es. Er hatte schon immer den Verdacht gehabt, daß das Verfahren des Tabernakels, den Rocaan zu wählen, falsch war. Nach seinen ausführlichen Studien war er zu dem Schluß gekommen, daß der Titel des Rocaan ursprünglich durch Vererbung weitergegeben werden sollte.

»Willst du damit sagen, daß auch Nicholas besondere Kräfte besitzt?« fragte er.

»Wenn er aus dem Geschlecht des Roca stammt, ja«, stimmte Pausho zu. »Darum haben wir das Herrscherrecht der königlichen Familie niemals angezweifelt. Ihre Erbfolge ist ungebrochen.«

»Das erklärt auch Gabe«, bemerkte der Junge.

»Gabe?« fragte Matthias.

Der Junge setzte zu einer Antwort an, aber der fremde Inselbewohner legte ihm die Hand auf den Arm. »Ich glaube, für heute abend reicht es«, sagte er.

»Was für ein Gabe?« beharrte Matthias.

»Das spielt keine Rolle«, wich der Junge aus. »Aber vielleicht glaubst du mir jetzt endlich.«

»Warum sollte ich«, erwiderte Matthias. »Und ich verstehe immer noch nicht, warum du dir solche Mühe gibst, mich zu überzeugen.«

Der Junge starrte ihn einen Augenblick lang an. Dann seufzte er. »Du verstehst es sehr gut. Jetzt, wo ich weiß, was du bist, frage ich mich dasselbe. Ich hatte gehofft, wir könnten zusammenarbeiten. Aber du kommst ja nicht einmal mit dir selber klar. Komm, Adrian. Wir suchen die anderen.«

Der Junge ergriff seinen Freund bei der Hand, und sie gingen bergauf. Matthias sah ihnen nach. Er war zu verwirrt und zu erschöpft, um ihnen zu folgen. Er brauchte Ruhe. Er mußte diese Kopfschmerzen loswerden.

Er mußte nachdenken.

Der Fremde und der Junge verschwanden in der Dunkelheit.

»Wohin gehen sie?« fragte Pausho.

Aber niemand antwortete ihr.

Keiner wußte die Antwort.

Es würde nicht schwer sein, der Spur der beiden zu folgen, und Matthias würde ihnen folgen.

Sobald er begriffen hatte, was er eben gehört hatte.